JN123510

Someone to Wed

by Mary Balogh

想いはベールに包まれて

メアリ・バログ
山本やよい[訳]

ライムブックス

Translated from the English
SOMEONE TO WED
by Mary Balogh

The original edition has:
Copyright © 2017 by Mary Balogh
All rights reserved.
First published in the United States by Signet

Japanese translation published by arrangement with
Maria Carvainis Agency, Inc
through The English Agency (Japan) Ltd.

想いはベールに包まれて

ウェスコット家

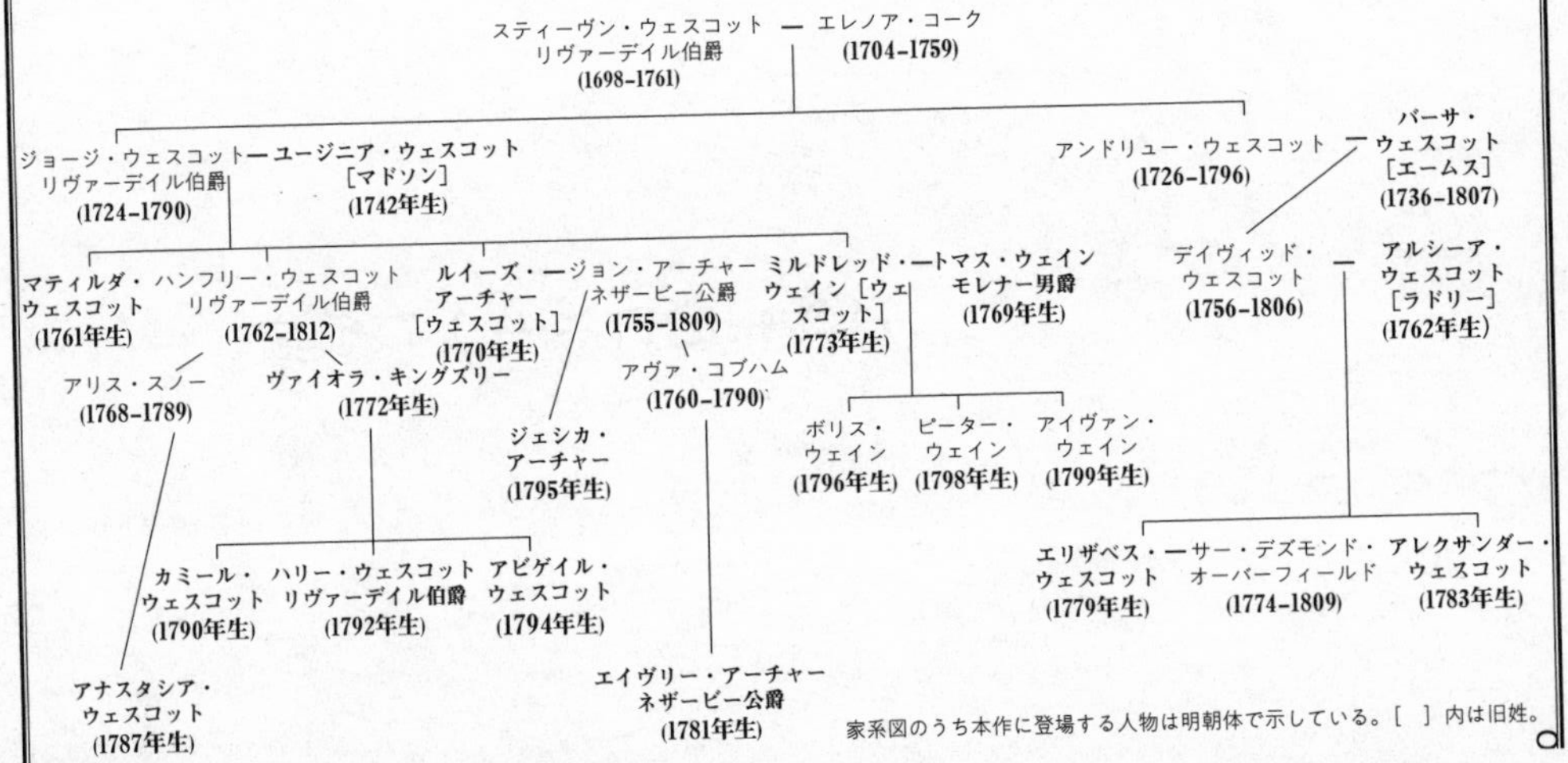

スティーヴン・ウェスコット リヴァーデイル伯爵 (1698-1761)
エレノア・コーク (1704-1759)
ジョージ・ウェスコット リヴァーデイル伯爵 (1724-1790)
ユージニア・ウェスコット [マドソン] (1742年生)
アンドリュー・ウェスコット (1726-1796)
バーサ・ウェスコット [エームス] (1736-1807)
マティルダ・ウェスコット (1761年生)
ハンフリー・ウェスコット リヴァーデイル伯爵 (1762-1812)
ルイーズ・アーチャー [ウェスコット] (1770年生)
ジョン・アーチャー ネザービー公爵 (1755-1809)
ミルドレッド・ウェイン [ウェスコット] (1773年生)
トマス・ウェイン モレナー男爵 (1769年生)
デイヴィッド・ウェスコット (1756-1806)
アルシーア・ウェスコット [ラドリー] (1762年生)
アリス・スノー (1768-1789)
ヴァイオラ・キングズリー (1772年生)
アヴァ・コブハム (1760-1790)
ジェシカ・アーチャー (1795年生)
ボリス・ウェイン (1796年生)
ピーター・ウェイン (1798年生)
アイヴァン・ウェイン (1799年生)
カミール・ウェスコット (1790年生)
ハリー・ウェスコット リヴァーデイル伯爵 (1792年生)
アビゲイル・ウェスコット (1794年生)
エリザベス・ウェスコット (1779年生)
サー・デズモンド・オーバーフィールド (1774-1809)
アレクサンダー・ウェスコット (1783年生)
アナスタシア・ウェスコット (1787年生)
エイヴリー・アーチャー ネザービー公爵 (1781年生)

家系図のうち本作に登場する人物は明朝体で示している。[ ] 内は旧姓。

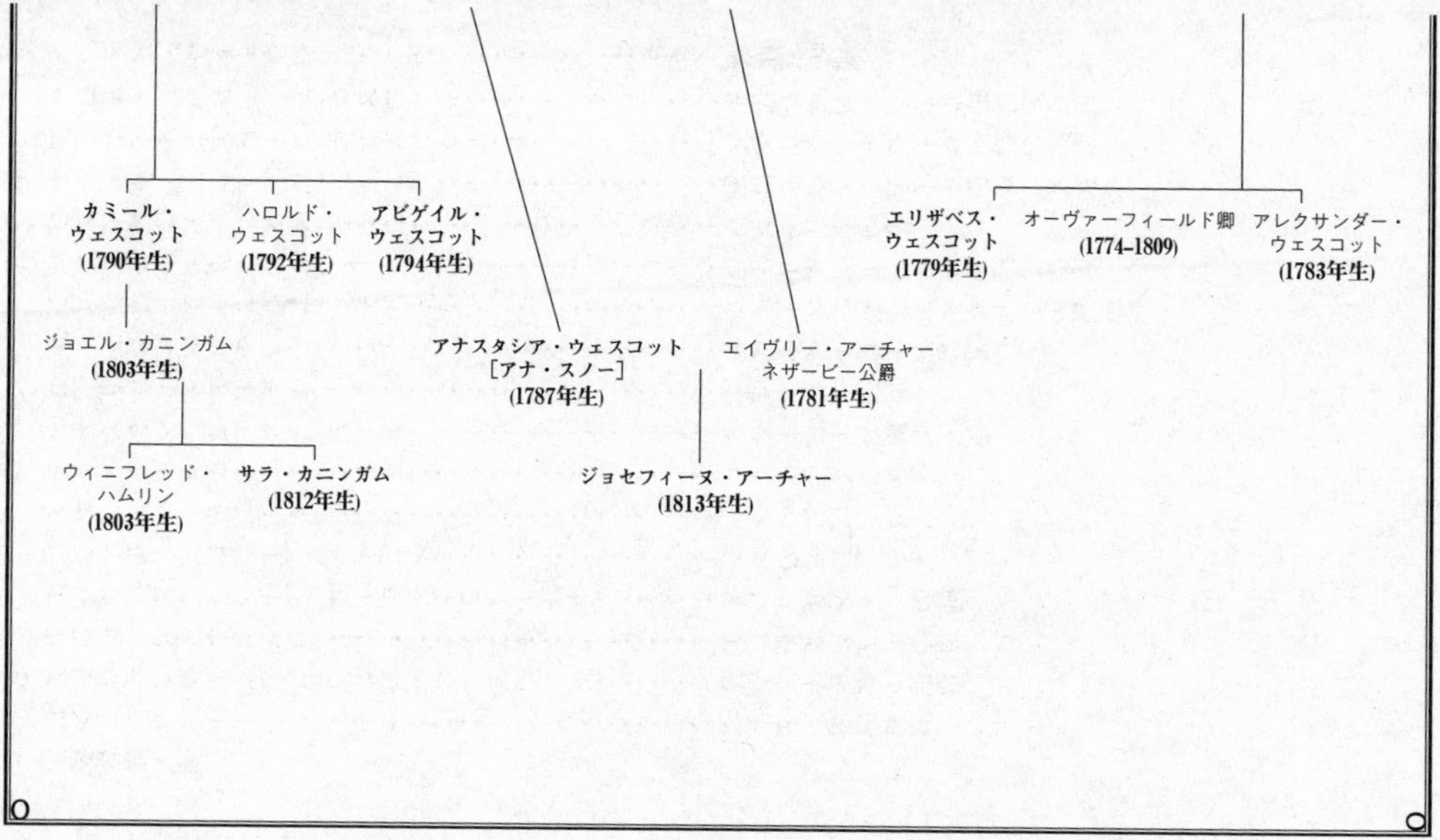

カミール・
ウェスコット
(1790年生)
ハロルド・
ウェスコット
(1792年生)
アビゲイル・
ウェスコット
(1794年生)
エリザベス・
ウェスコット
(1779年生)
オーヴァーフィールド卿
(1774-1809)
アレクサンダー・
ウェスコット
(1783年生)
ジョエル・カニンガム
(1803年生)
アナスタシア・ウェスコット
［アナ・スノー］
(1787年生)
エイヴリー・アーチャー
ネザービー公爵
(1781年生)
ウィニフレッド・
ハムリン
(1803年生)
サラ・カニンガム
(1812年生)
ジョセフィーヌ・アーチャー
(1813年生)

主要登場人物

レン（ロウィーナ）・ヘイデン……………………………ガラス工場経営者
アレグザンダー（アレックス）・ウェスコット…………リヴァーデイル伯爵
アルシーア・ウェスコット…………………………………アレグザンダーの母
エリザベス（リジー）・オーヴァーフィールド…………アレグザンダーの姉
レジナルド（レジー）・ヘイデン…………………………レンのおじ。故人
メガン・ヘイデン……………………………………………レンのおば。故人
モード…………………………………………………………レンに仕えるメイド
アナスタシア（アナ）・アーチャー………………………ネザービー公爵夫人
エイヴリー・アーチャー……………………………………ネザービー公爵
ルイーズ・アーチャー………………………………………先代ネザービー公爵未亡人
ジェシカ（ジェス）・アーチャー…………………………ルイーズの娘。エイヴリーの異母妹
ハンフリー・ウェスコット…………………………………先代リヴァーデイル伯爵。故人
ヴァイオラ・キングズリー…………………………………ハンフリーの妻
カミール（カム）・カニンガム……………………………先代リヴァーデイル伯爵の長女
アビゲイル（アビー）・ウェスコット……………………先代リヴァーデイル伯爵の次女
ハロルド（ハリー）・ウェスコット………………………先代リヴァーデイル伯爵の長男
ヘッティ・リトルウッド……………………………………資産家の娘

1

「リヴァーデイル伯爵さまのお越しです」一連隊の兵士を通すかのように両開きドアを大きくあけ放って執事が告げ、次に脇へどいて、その紳士がしっかりした足どりで部屋に入るのを見守った。

厳密に言うと、執事がわざわざとりつぐ必要はなかった。馬車が到着する音をレンも耳にして、旅行用の馬車ではなく二頭立ての二輪馬車のようだと見当をつけていた。ただ、立ち上がって外をのぞくようなことはしなかった。伯爵の到着はほぼ時間どおりだった。その点は好感が持てた。これまでに招かれた二人の紳士はいずれも遅刻で、片方など三〇分も遅れてやってきた。二人とも礼儀作法の許す範囲内でそそくさと追い返されたが、それは遅刻のせいだけではなかった。一週間前に招かれたスウィーニー氏はひどい虫歯で、微笑していないときですら、見ていて不愉快になるほどひんぱんに唇をめくりあげて虫歯をあらわにする癖があった。四日前にやってきたリッチマン氏はなんの面白味もない人物で、その点がスウィーニー氏の虫歯に劣らず不愉快だった。そして、今日、三人目がやってきたわけだ。

伯爵はつかつかと何歩か進みでると、背後で執事がドアを閉めると同時にぴたっと足を止めた。部屋にいるのが女性二人だけだったので、驚きをあらわにして室内を見まわした。一人はレンのメイドのモードで、隅の椅子にすわり、うつむいて刺繍《ししゅう》をしていた。貴婦人の付き添い役といったところだろう。伯爵の視線がレンのところで止まり、頭を下げた。

「ミス・ヘイデン？」それは問いかけだった。

時間厳守の彼に好感を持ったあとでレンがまず感じたのは、ひどい困惑だった。自分の求める相手ではないことがひと目でわかった。

長身、みごとな体格、一分の隙もないエレガントな装い、濃い色の髪、信じられないぐらいハンサム。しかも若い——二〇代の終わりか、三〇代の初めだろう。完璧にロマンティックなお伽話《とぎばなし》に登場する完璧なヒーローを夢に描くとすれば、部屋のなかほどに立つ生身の男性こそがまさにそれだ。ウィジントン館のお茶に招いたのはたしかに自分だとレンが答えるのを、男性は待っている。

ただ、これはお伽話ではない。非の打ちどころのない男性の姿にレンは困惑し、椅子の上ですくみ上がり、暖炉の片側にすわったまま、そばの窓を覆ったカーテンが作りだす影のなかに身を隠そうとした。彼女が望んでいたのはハンサムな男性ではなく、とくに若い男性でもない。年上で、平凡で、髪が薄かったり、太鼓腹になりかけたりしているかもしれないが、感じがよくて、ただ、基本的に……そのう、平凡な男性を望んでいた。健康な歯の持ち主で、少しばかり面白味があればそれでいい。しかし、自分の身元を否定して彼をそっけなく追い返すわけにはいかなかった。

「ええ、そうです」と答えた。「初めまして、リヴァーデイル卿。どうぞおかけになって」

暖炉の反対側に置かれた椅子を勧めた。「初めまして、社交のマナーぐらいは心得ているから、もちろん、立ち上がって客を迎えるべきだったが、影のなかに──少なくともこの時点で──身を隠していたのは、彼女なりの理由があってのことだった。

彼は椅子に近づきながら、そちらへちらっと目をやり、見るからに気の進まない様子で腰を下ろした。「まことに申しわけありません」と言った。「早めに着いてしまったようで。時間に正確なのがぼくの悪癖のひとつなんです。二時半にどうぞという招待を受ければ、いつだってヘマをしでかして、二時半に着かなくてはならないと思いこんでしまいます。ほかのお客さまたちもそろそろ着かれるころですね。レディの方々も含めて」

笑顔になった彼を見て、レンはますます困惑した。ハンサムな男がさらにハンサムになるとしたら、いまの彼がまさにそうだった。歯並びは完璧だし、笑顔になると目尻に魅力的なしわが刻まれる。そして、目は鮮やかな青。ああ、こちらぞ惨めになるばかり。リストの四番目は誰だったかしら？

「わたしから見れば、時間に正確なのは美徳です」レンは言った。「おそらくご存じと思いますが、わたしは事業をやっております。事業を成功させるためには、自分の時間はもちろんのこと、人さまの時間も大切にしなくてはなりません。あなたは時間どおりにお越しになりました。ほらね？」片手で弧を描き、炉棚で時間を刻みつづける時計のほうを示した。

「いま、二時三五分です。それから、ほかの方々はお招きしておりません」

伯爵は微笑を消し、モードをちらっと見てからレンに視線を戻した。「そうでしたか。たぶんご存じなかったのでしょうね、ミス・ヘイデン、ぼくの母も姉もこちらの田舎には来ていないということを。あるいは、一緒に伺うべき妻がぼくにはまだいないということも。お詫《わ》びします。あなたにいやな思いをさせるつもりも、困った立場に追いやるつもりも、ぼくにはありません」彼の手が椅子の肘掛けをつかんだ。立ち上がろうとするしるしだ。

「あら、お招きしたのはあなた一人です。わたしのほうはうら若き乙女ではないので、親戚にまわりを囲んでもらい、独身の紳士という危険なお相手から守ってもらう必要などありません。それから、世間体を気になさるなら、モードがいてくれます。あなたとは隣人どうしと言っていいでしょう、リヴァーデイル卿。もっとも、ウィジントン館とブランブルディーン・コートは一〇キロ以上離れていて、わたしはつねにここにいるわけではなく、あなたもつねにあちらにいらっしゃるわけではないでしょうけど。でも、いまはわたしがウィジントン館の主ですし、おじとおばの喪も明けました。近隣の方々とお近づきになるのが自分の務めだと思っています。先週はスウィーニー氏をここにお招きし、その二、三日後にリッチマン氏をお招きしました。お二人をご存じでしょうか?」

伯爵はむずかしい顔をしていて、椅子の肘掛けをつかんだ手もそのままだった。あいかわらず居心地が悪そうで、口実が見つかりしだい席を立つつもりでいるようだ。「どちらの紳士とも顔見知りではありません。ただ、知人と言える仲ではありません。ぼくが爵位と領地を受け継いだのはわずか一年前のことですし、こちらで過ごしたことはあまりないので」

「でしたら、ちょうどこちらに来てらしてよかったわ」レンがそう言ったとき、客間のドアが開いてお茶のトレイが運びこまれ、彼女の前に置かれた。レンは椅子の端のほうへ腰をずらし、無意識のうちに左へかすかに向きを変えてお茶を注《つ》いだ。モードが部屋の隅から無言でやってきて伯爵にティーカップと受け皿を渡し、次にケーキの皿を差しだした。

「あなたのおじさまとおばさまにあたるヘイデンご夫妻のことも、ぼくは存じ上げませんでした」モードに軽く礼をしながら、伯爵は言った。「お悔やみを申し上げます。たしか、短いあいだに続けて亡くなられたのでしたね」

「はい。おばはひどい頭痛で寝込み、数日後に亡くなりました。そして、一週間もしないうちに、おじもあとを追うようにして亡くなったのです。しばらく前から健康を害していましたので、おばを失って生きる気力をなくしたのでしょう。熱愛していましたもの」そして、おばのメガンのほうも、夫と三〇歳の年齢差があり、二〇年ほど前に大急ぎで結婚したにもかかわらず、夫を熱愛していた。

「お悔やみを申し上げます」伯爵はふたたび言った。「ご夫妻のもとで大きくなられたのですか？」

「はい。実の親でも、あれほど大切にしてはくれなかったでしょう。先代の伯爵さまはブランブルディーンにお住まいではなかったそうですね。いま申し上げたのは亡くなられたリヴァーデイル伯爵さまのことで、不運なご子息のことではありません。あなたはあそこを終《つい》の棲家《すみか》にしようとお考えですの？」

レンが聞いた話によると、伯爵家の不運な子息はいったん爵位を継いだものの、やがて、父親が若いころに極秘で結婚していて、彼の子供を三人生むことになる女性と結婚したときには秘密の妻がまだ存命だったことが判明した。子供たちはすでに成長していたが、突然、婚外子という立場に追いやられ、伯爵位を継いだばかりだった子息は、いま暖炉の反対側にすわっている男性に爵位を譲ることとなった。亡くなった先代伯爵は最初の極秘結婚で嫡出子を一人もうけた。女の子で、自分の身元をいっさい知らされないまま、バースの孤児院で大きくなった。レンはこれらすべてのことと、さらに多くを知ったのちに、伯爵をリストに加えた。この話は去年、大ニュースとして世間を騒がせ、何週間も噂《うわさ》の的になったものだった。噂を広めたくてうずうずしている召使いや出入りの商人がいれば、詳細を探りだすのはむずかしいことではなかった。

もちろん、どこまでが真実で、どこからが誇張か、誤解か、憶測か、真っ赤な嘘《うそ》かは、誰にもわからないが、レンの場合、社交上のつきあいがまったくないわりには、隣人たちに関して驚くほど多くのことを知っていた。例えば、スウィーニー氏もリッチマン氏も立派な紳士ではあるが金に困っているとか。ブランブルディーンは亡くなった先代伯爵に見捨てられ、事務室で仕事をするよりも村の宿屋の酒場に入り浸るほうが多かった怠惰な管理人に運営をまかせっぱなしだったせいで、破産寸前まで行ってしまったとか。いまでは、屋敷も領地も莫大《ばくだい》な金を注ぎこむ必要に迫られている。

レンが聞いた噂によると、新たに伯爵となったのは誠実な紳士で、暮らし向きも豊かだが、思いがけず相続することになった荒れ放題の屋敷を修復できるほどの財力は持ちあわせていないとのこと。亡くなった先代伯爵は貧乏ではなかった。それどころか、大金持ちだった。しかし、財産は嫡出子たる娘のところへ行ってしまった。その娘が新たに伯爵位を継いだ男性と結婚して、限嗣相続不動産と動産をもとのようにひとつにまとめれば、事は簡単だっただろうが、娘はネザービーという公爵と結婚してしまった。さまざまな要素に彩られたこの物語が、去年、ほうぼうの屋敷の主人たちのあいだでも、召使いたちのあいだでも大きな話題になった理由は、レンにもよく理解できた。

「ぼくはブランブルディーンで暮らすつもりです」リヴァーデイル伯爵が言った。顔をしかめてティーカップのなかを見つめていた。「ケント州にも家があって、とても気に入っているのですが、ぼくはこちらで必要とされていますし、不在地主ではとうていい地主になれません。ぼくを頼りにしてくれる人々のために尽くしたいと思っています」

顔をしかめた彼も笑顔のときに劣らずハンサムだった。レンは躊躇《ちゅうちょ》した。前の二人のときと同じように追い返すつもりなら、まだ遅くはない。招待した理由はもっともらしく説明したし、お茶とケーキも出した。向こうは〝変わった女だ〟と思いながら帰っていくに違いない。未婚女性のくせに付き添い役とは名ばかりのメイドしかいない部屋に男性を招いたわたしを、たぶん批判的な目で見るだろう。でも、この顔合わせのことはじきに忘れ、わたしのことも忘れてしまうだろう。わたしだって、この人にどう思われようと、何を言われようとかまわない。

　しかし、レンはここで、リストの四番目の人物のことを思いだした。五〇代後半で、つねづね独身主義を公言している男性だ。また、五番目の人物は、現実のものも妄想も含めて、つねに体調不良を訴えていることで有名だ。この二人をリストに加えたのは、最初の三人だけではリストが哀れなほど短く見えるという、それだけの理由からだった。

「リヴァーデイル卿、あなたが裕福な方でないことは存じています」ああ、もう遅すぎるかもしれない――ほぼ遅すぎると言ってもいい。いまになって追い返したりすれば、向こうはわたしのことを変わり者のうえに俗悪な女、自分の評判には無頓着な女だと思うだろう。

　伯爵はティーカップと受け皿を脇のテーブルにゆっくり置き、それからレンに視線を向けた。鼻孔がわずかに膨らんでいるのを見て、怒らせてしまったのだとレンは気づいた。「おや、そうでしたか？」伯爵の声には明らかに高慢な響きがあった。「お茶をごちそうさまでした、ミス・ヘイデン。これ以上あなたのお時間を奪うのはやめておきましょう」伯爵は立ち上がった。

「解決法をご提案できますけど」レンは言った。ひきさがろうとしても、もう遅すぎるのは明らかだ。「金銭的にかなりお困りのご様子なので。長年放置されてきたブランブルディーンを昔の姿に戻し、あなたを頼りにしている人々への義務を果たすために、お金が必要なことと思います。領地の経営に力を入れるだけでは、目標達成までに何年もかかるでしょう。それどころか、死ぬまでかかるかもしれません。事業で利益を出そうと思ったら、残念ながら、その前に莫大なお金を注ぎこむ必要があります。あなたはたぶん、お金を借りるか、もしくは、家屋敷を抵当に入れることをお考えでしょうね。あるいは、裕福な女性を妻にするとか」

伯爵は長身をすっと伸ばして立ち、顎の線をこわばらせた。いまも鼻孔が膨らんだままだ。堂々たる姿で、いささか剣呑《けんのん》な雰囲気もあり、レンは一瞬、口にしてしまった言葉を悔やんだ。しかし、撤回しようにももう遅い。

「ひとこと申し上げておきましょう、ミス・ヘイデン」伯爵はそっけなく言った。「あなたの好奇心は不愉快です。では、失礼します」

「たぶんご存じと思いますが、おじは大金持ちで、財産の多くはスタッフォードシャーに所有していたガラス工場から生まれたものでした。おばのほうがおじより先に亡くなったため、おじの全財産がわたしに遺《のこ》されました。わたしは事業経営をおじから徹底的に叩《たた》きこまれて、おじの晩年はその片腕となり、いまでは一人で工場を経営しています。この一年、事業が衰退したことは一度もなく、それどころか、いまも徐々に拡大しています。また、ほかにも不動産をいくつも所有し、投資もおこなっています。わたしはとても裕福な女性なのです、リヴァーデイル卿。ただ、わたしの人生には何かが不足しています。ちょうど、あなたが手元不如意でいらっしゃるように。現在二九歳で、三〇歳を目の前にしてわたしが求めているのは……結婚相手です。こんな姿では結婚など無理ですけど、わたしにはお金があります。そして、あなたにはお金がない」

彼のほうで何か言いたいことがあるかどうかをたしかめるために、レンは言葉を切ったが、伯爵はその場に根が生えたように立ちつくし、彼女を凝視しているだけだった。顎が花崗岩《かこうがん》のようにこわばっていた。レンは不意に、モードが部屋にいてくれてよかったと思った。ただし、気恥ずかしくもあったけれど。モードはこの件に最初から反対で、二人だけのときに、レンに遠慮なくそう言っていた。

「わたしたちが協力しあえば、望みのものをそれぞれ手にできると思います」レンは言った。

「それはつまり……結婚しようと？」彼が尋ねた。

はっきりそう言ったでしょ？」「ええ」レンは答えた。伯爵に見つめられたままなので、チクタクという時計の音が不快なほど強く意識された。

「ミス・ヘイデン」ようやく、伯爵が言った。「まだお顔も拝見していないのですが」


リヴァーデイル伯爵アレグザンダー・ウェスコットは、現実世界で出会ったことから生まれたとはとうてい思えない不気味な夢の世界に迷いこんでしまった気分だった。遠くの屋敷に住む隣人に招待されて、ここまでやってきた。このウィルトシャーに彼の屋敷と領地があるため——正直なところ、できれば相続したくなかったのだが——こちらで暮らすことになり、以来、そうした招待を数多く受けている。これから隣人としてつきあっていく人々と顔を合わせて友好関係を結ぶことが、いまの彼に課せられた義務だった。

そうした人々にミス・ヘイデンのことを尋ねてみたが、詳しく知る者は一人もいなかった。ただ、ヘイデンという夫妻の姪《めい》にあたり、夫妻は一年ほど前に立て続けに亡くなって、ウィジントン館が彼女に遺されたという事実がわかっただけだった。アレグザンダーの執事の記憶によると、ブランブルディーンの近くで開かれた社交的な催しに夫妻も何回か顔を見せたことがあるそうだ。しかし、さほどひんぱんではなく、それは住まいが遠かったせいだと思われる。ただ、姪が同居しているという話を、執事は一度も聞いたことがなかった。領地の管理人をしているウィリアム・バフォードにも訊《き》いてみたが、それ以上のことはわからなかった。以前の管理人が、当人が稼いだわけでもない金を賞与としてたっぷりもらって解雇されたあと、バフォードが管理人の仕事についてから四カ月しかたっていないのだ。執事の話だと、ヘイデン氏はかなり高齢だったという。そこで、アレグザンダーは推測した——姪というのはたぶん中年の終わりに差しかかっていて、あちこちの隣人をお茶に招待することにより、いまや自分のものとなった屋敷で存在感を示そうとしているのだろう。

招かれたのがまさか自分一人だとは、アレグザンダーはもちろん思ってもいなかったし、相手は彼の想像よりも若いレディだった。どれぐらい若いのかはよくわからない。さきほど彼が部屋に入ったときは、彼女のほうから立ち上がって出迎える様子もなく、暖炉と向かいあうかわりに端のほうに置かれた椅子にすわり、分厚いカーテンを閉ざした窓が作りだす暗がりに身を潜めていた。部屋の残りの部分は明るい日差しに満ちていて、暗がりとの対比がいっそう際立ち、レディの姿をさらに見えにくくしていた。優雅に腰を下ろしたその姿は、若くほっそりした印象だった。華奢《きゃしゃ》な手、長い指、きれいに磨かれた爪、若々しい肌。声は柔らかで低く、うら若き乙女の声ではないが、年配の女性の声でもない。三〇歳が目の前だという彼女の言葉に、アレグザンダーの推測が裏づけられた——彼とほぼ同い年だ。

彼女が着ているのはグレイのドレスだった。たぶん、半喪の期間に入ったのだろう。上品なデザインで、趣味がいい。そして、頭と顔は黒いベールに覆われていた。ベールを透かして髪と顔が見えるものの、どちらも鮮明ではない。髪が何色なのかわからないし、顔立ちもやはりよくわからない。お茶と一緒に運ばれてきたケーキにはまったく口をつけず、お茶を飲むときは手首を優雅に曲げてベールを持ち上げ、ティーカップを差し入れていた。

部屋に入ってからずっと居心地が悪かったと言ったら、ずいぶん控えめな表現になるだろう。一分また一分と過ぎるにつれて、アレグザンダーの心のなかでは、状況を理解した瞬間に黙ってまわれ右をすればよかったという思いが強くなっていった。不作法だと思われたかもしれないが、この部屋に二人きりでいるほうが——メイドの存在はアレグザンダーの目に入っていなかった——とんでもなく不作法なことだ。

しかし、いまのアレグザンダーは居心地が悪いだけでなく、憤慨していた。ブランブルディーンの救いがたい惨状と、金に困っている現状を無遠慮に指摘された。ただし、彼自身が金に困っているわけではない。父親が亡くなったあと、ケント州のリディングズ・パークの繁栄をとりもどすために五年のあいだ必死に努力し、ついにやり遂げた。ほどほどに裕福な紳士として快適な人生を歩みはじめた。ところが、去年の大惨事のせいで、迷惑な爵位と、崩壊寸前の限嗣相続の屋敷というさらに迷惑な厄介物を押しつけられることになった。彼のほどほどの財産は、突然、はした金になってしまった。

しかし、それを無遠慮に口にするとは――赤の他人のくせに――なんと失礼な女だろう。不作法なその態度に、彼の頭はしばし麻痺《まひ》していた。しかしながら、彼女に解決法を差しだされて、ようやくそれを理解しはじめた。向こうは裕福な女性で、夫を必要としている。こちらは裕福ではなく、裕福な妻を必要としている。おたがいの必要を満たすための結婚を向こうが提案しているのだ。しかし――。

〝ミス・ヘイデン、まだお顔も拝見していないのですが〟

奇怪なことだ。目がさめたときに、なぜそんな夢を見たのかと不思議に思うような場面だ。彼女が口にした別の言葉が、不意に彼の心のなかに響きわたった。〝こんな姿では結婚など無理ですけど〟――いったいどういう意味だ？

「ええ」沈黙を破って彼女が言った。「まだでしたわね、たしかに」顔を左に向けて、うしろにいるメイドを見た。「モード、カーテンをあけてくれる？」メイドが言われたとおりにすると、ミス・ヘイデンは突然、光に包まれた。ドレスがグレイよりも銀色に近くなった。対照的にベールの色が濃さを増した。彼女が両手を上げた。「わたしの財産と一緒に何を手にするかをご覧いただきましょう、リヴァーデイル卿」

わざと攻撃的な物言いをしているのか？　それとも、この言葉とかすかに嘲笑的な態度は、じつは防御手段であり、不安を隠すための彼女なりの方法なのか？　冷静に見えても、じつは気詰まりな思いをしているのかもしれない。彼女がベールを持ち上げてうしろへ放り投げると、ベールは背後の椅子の座面に落ちた。彼女の顔はしばらくのあいだ、軽く左を向いたままだった。

　髪は深みのある栗色《くりいろ》で、豊かでつやつやしていて、前と両脇をなめらかになでつけ、うしろで高くまとめてカールさせてある。首は長くて優美。横顔が繊細な美しさに満ちている——くっきりした眉、髪と同じ色の長いまつげ、鼻筋の通った鼻、繊細な彫刻のような頬、柔らかそうな唇、くっきりした輪郭の顎、なめらかな白い肌。彼女はやがて正面から彼と向きあい、まぶたを上げた。ハシバミ色の目をしていた。ただ、彼がそれに気づいたのはあとになってからだった。この瞬間に彼の注意を奪ったのは彼女の顔の左半分で、額から顎まで紫色だった。

　アレグザンダーはゆっくり息を吸って、思わず顔をしかめたくなるのを我慢した。すくみ上がったり、あとずさったりしたい気持ちも抑えこんだ。彼女が彼とまっすぐ向きあっていた。目鼻立ちにはなんの欠点もなく、ただ、紫色のあざが広がっているだけだった。寄り集まって濃く見えるところもあれば、薄い色が点々と散っているところもある。誰かから顔の片側に紫色のペンキをぶちまけられ、洗い落とす機会がないままになっているかのようだった。

「火傷《やけど》ですか？」アレグザンダーは尋ねた。もっとも、そうは思えなかった。火傷なら、ほかにも痕が残っているはずだ。

「生まれつきのあざです」

　そういうあざなら彼も見たことがあるが、これほどひどいものはなかった。あざさえなければ息をのむほど美しいはずの顔が、無残にもひどく損なわれている。〝こんな姿では結婚など無理ですけど〟

「でも、お金はあります」

そこでアレグザンダーは気がついた――あの嘲笑的な態度も、金持ち自慢も、挑みかかるようにつんと上げた顎も、まっすぐな視線も、やはり防御手段だったのだ。そっけない態度はごく薄い板のような虚飾だったのだ。〝現在二九歳で、三〇歳を目の前にしてわたしが求めているのは……結婚相手です〟そして、おじの死後大金持ちになったおかげで、ほしいものはなんでも金で買えるようになった。なんとも下品なことに思われる。しかし、復活祭のあとで社交シーズンが本格的に始まったら、裕福な花嫁を見つけるために今年はすぐロンドンへ行こう、と決心していた自分とどれほどの違いがあるだろう？

不意に、彼女がさきほど言ったことを思いだした。「スウィーニー氏とリッチマン氏にも同じ提案をされたのですか？」彼女に尋ねた。皮肉な名前だ――リッチマンとは。アレグザンダーの質問は不躾《ぶしつけ》だったが、そもそもこの事態からして正常ではない。「二人は拒否したのでしょうか？」

「提案はしておりません。拒否されてもおりません。もっとも、お二人がここにいらしたのは三〇分にも満たないあいだでした。わたしにふさわしい相手ではないことが、三〇分もしないうちにわかったのです。結婚を望んではおりますが、何がなんでも結婚したくて目の色を変えているわけではありません」

「では、ぼくのことはふさわしい相手だと判断されたのですか？　目の色を変える値打ちのある相手だと？」アレグザンダーは眉を上げ、両手を背中で組んで尋ねた。いまも立ったままなので、彼女を見下ろす形になっていた。彼女がそれに怖気《おじけ》づいたとしても、表情には出ていなかった。ぼくがふさわしい相手だと思われたのは爵位があるから？　だったら、なぜリストの三番目に？

「わずか三〇分で的確な判断を下すことはできませんが、それだけの値打ちのある方だと思います。本当の紳士でいらっしゃいます、リヴァーデイル卿」

では、あとの二人は紳士ではなかった？「どういう意味でしょう？」アレグザンダーは尋ねた。やれやれ、ここに突っ立ったまま、彼女と議論を続ける気か？

「わたしに敬意を示してくださる方だという意味で申し上げたつもりです」

アレグザンダーはあざのある顔を見下ろし、むずかしい表情になった。「あなたが結婚に求めるのはそれだけですか？　敬意だけ？」

「大切な要素です」

本当に？　それで充分なのか？　この先何カ月ものあいだ、アレグザンダーは何度も自分にそう問いかけることになる。正直なところ、聡明《そうめい》な返事だと思った。「では、ぼくがあなたの財産目当てで結婚しても、あなたは敬意を示してくれますか？」

「はい」しばらく考えこんだあとで、彼女は言った。「なぜなら、そのお金を自分の贅沢《ぜいたく》のために浪費する方だとは思えませんから」

「何を根拠にそう判断なさるのでしょう？　ご自分で認めておられるように、ぼくと顔を合わせてまだ三〇分にしかならないのですよ」

「でも、あなたのことはいろいろと存じ上げています。ケント州に管理の行き届いた領地をお持ちで、これから先の人生をそちらで快適に過ごし、ブランブルディーン・コートのことなど忘れてしまうこともできたはず。先代の伯爵さまはそちらを選ばれたわけですよね。大金持ちでいらしたというのに。ところが、財産はあなたのところではなく、伯爵さまのお嬢さんのところへ行ってしまった。あなたが相続したのは、爵位と限嗣相続不動産だけだった。それなのにこちらに来て、有能な管理人を雇い入れ、困難きわまりない仕事に挑もうとしていらっしゃる。領地と農場の繁栄をとりもどし、生計の手段をあなたに頼っている多くの者の暮らしを楽にするために。放蕩《ほうとう》三昧で財産を浪費するような人なら、そんなことをするはずがありません」

なるほど、三〇分どころではなく、時間をかけてぼくのことを調べ上げたわけだ。最初から彼女のほうが優位に立っていたのだ。二人は探るような視線を向けあった。

「ひとつお尋ねしますけど」アレグザンダーからまったく反応がないので、彼女は言った。「これを目にしながら暮らしていけますか、リヴァーデイル卿？」片手を優雅にひとふりして、自分の顔の左側を示した。

そう訊かれて、アレグザンダーは真剣に考えこんだ。生まれつきのあざが彼女の容貌をひどく損なっている。ただ、問題はもっと深刻だ。生まれたときからあざに悩まされてきたとすると、それが性格形成に大きな影響を及ぼしたはずだ。身を守ろうとする彼女のかすかな嘲りを含んだ態度を、冷ややかな外面を、孤立を、ベールを、ぼくはすでに目にしている。顔のあざは、彼女が受けた傷のなかでもっとも軽いものかもしれない。あざを目にしながら暮らしていくのは簡単かもしれない。むずかしいなどと思うのは残酷だ。しかし、彼女という人間と暮らしていくのは果たして簡単なことだろうか？

また、彼女の申し出について、ぼくは真剣に考えているだろうか？　だが、結婚のことを真剣に考えなくてはならない。それも早急に。ブランブルディーンでの暮らしが長くなればなるほど、自分の責任において幸せにしなくてはならない人々が貧しさに蝕《むしば》まれていくのを数多く目にすることになる。

「はっきりノーとお答えになりたいですか、リヴァーデイル卿？」ミス・ヘイデンが訊いた。「それとも、見込み薄？　それとも、期待できます？　それとも、イエスとお答えいただけるのかしら」

しかし、アレグザンダーはさきほどの質問にまだ答えていなかった。「人はみな、与えられた顔と共に、肉体と共に生きていく術《すべ》を学ばねばなりません。外見だけで疎んじられることも、ちやほやされることも、あってはならないのです」

「あなたはちやほやされる方ですの？」かすかな嘲笑をこめて彼女は尋ねた。

アレグザンダーは返事を躊躇した。「人によく言われます――お伽話に出てくるような長身で浅黒くてハンサムな男の典型だと。気の重いことです」

「妙なことをおっしゃるのね」薄笑いを浮かべたまま、彼女は言った。

「ミス・ヘイデン、いますぐお返事するわけにはいきません。ぼくがこちらに伺うずっと前から、あなたは計画を立てておられた。じっくり考える時間があり、調査をする時間さえあった。明らかに、ぼくより有利な立場にあった」

「見込み薄々という感じかしら？」彼女が言った。アレグザンダーは一瞬、ユーモアを解する人かもしれないと思った。「またいらしてくださいます、リヴァーデイル卿？」

「一人で伺うことはできません」アレグザンダーはきっぱりと言った。

「わたし、お客さまは呼ばないことにしています」

「すると、今日は客として呼ばれたのではなかったのですね。招待を受け、お茶とケーキを出されたにもかかわらず。仕事の面接といったところでしょうか」

「そうね」彼女からの反論はなかった。

「ブランブルディーンで何か計画するとしましょう。お茶会がいいかな。それとも、晩餐会《ばんさんかい》か、夜会か——何かを。数人の隣人と一緒にあなたをお招きしましょう」

「わたし、社交の場には顔を出さない主義ですし、近所づきあいをするつもりもありません」

アレグザンダーはふたたびむずかしい顔になった。「リヴァーデイル伯爵夫人になったら、そのようなことは許されませんよ」

「あら、許されると思います」

「無理です」

「専制君主になるおつもり？」

「ぼくの妻が世捨て人になるのを許すつもりはありません。顔に紫色のあざがあるというだけのことで」

「許すつもりはない？」彼女はつぶやいた。「わたしにふさわしい人なのかどうか、もっと慎重に考えてみる必要がありそうね」

「ええ、そうかもしれません。これがぼくにできる精一杯のことです。来週ぐらいに招待状をお送りします。お越しになる勇気がおありなら、あなたのご提案を二人でもっと真剣に考えるべきかどうか、判断できると思います。おいでになれない場合は、それが返事ということでおたがいに了承しましょう」

「わたしに勇気があるなら」彼女は低く言った。

「ええ。そろそろ失礼します。お茶をごちそうさまでした。お見送りいただくには及びません」

アレグザンダーはお辞儀をして、大股で部屋を横切った。彼女は椅子から立つことも、言葉をかけることもなかった。一瞬ののち、彼は客間のドアをうしろ手で閉め、頬を膨らませて大きく息を吐いてから、階段を下りていった。二輪馬車と馬は自分で厩《うまや》までとりに行くと執事に告げた。

2

リヴァーデイル伯爵は約束を守る人だった。訪問から二日たったとき、手書きの招待状がウィジントン館に届けられた。〝近隣の人々を何人かお招きして三日後にお茶会を開く予定です。ミス・ヘイデンにお越しいただければ光栄に存じます〟と書いてあった。レンは朝食の席で皿の横に招待状を置くと、味などほとんどわからないまま、ママレードを塗ったトーストを食べ、コーヒーを飲みはじめた。

行ってみる？

二日前に伯爵が辞去したあとで、モードが意見を述べた——当然だ。モードはいつだって意見を述べるのだから。かつてメガンおばに仕えていたメイドで、去年からレンのメイドになった。しかし、それ以前から、率直にものを言うのをためらったことは一度もない。

「すごくハンサムな人ですね」伯爵がいなくなってから、モードは言った。

「ハンサムすぎると思わない？」レンは尋ねた。

「本人のためにならないぐらいって意味ですか？」レンの前のテーブルに置かれたトレイを持ち上げようとしながら、モードは唇をすぼめ、手を止めて考えこんだ。「自分のことを神から女性への贈物だと思ってる人のようには見えませんでしたよ。お嬢さまと二人きりだとわかって、とても居心地が悪そうでした。そうでしょう？　お嬢さまが今回のとんでもない計画を立てられたとき、はしたないと言ってわたしが注意したのに、耳を貸してもくださらなかった。ですから、こっちでいちいち心配することじゃないんですけどね。その前の二人は招待されてとても喜んでましたよ。ただ、ベールがちょっと気になってたようですけど。おそらく、お嬢さまが大金持ちだと噂に聞いて、逆玉《たま》の輿《こし》に乗れると思ったのでしょう」

「スウィーニー氏とリッチマン氏は失敗だったわ」レンは正直に認めた。「リヴァーデイル伯爵も失敗かしら、モード？　もっとも、あなたがどう答えようと関係ないけど。あちらからの連絡は二度とないでしょうから。〝見込み薄々〟という返事すらよこさなかった。そうでしょ？　逆に向こうから挑戦してきたのよ。ほかの人たちも同席する催しにわたしを招待しようと言って。〝お越しになる勇気がおありなら〟ですって。まったくもう」

「で、おありなんですか？」モードはトレイを両手で持って身を起こしながら尋ねた。「おじさまご夫妻がいらしたころも、それ以後も、社交的な集まりに顔を出されたことは一度もなかったじゃないですか。ガラス工場の仕事がなければ、お嬢さまは完全な世捨て人だし、はっきり言ってガラス工場などなんの役にも立ちません。そうでしょう？　工場にいても夫は見つかりません。しかも、お嬢さまは工場でもかならずベールをつけてらっしゃる」

出かける勇気があるのかとレンに問いかけたモードだが、返事を待とうとはしなかった。無理もない――その二日後、招待状を見て考えこんだときも、レンはまだ心を決めかねていた。お茶会。ブランブルディーン・コートで。人数は未定だが、近隣の人々がやってくる。行ってみる？　はっきり言うなら、行く勇気はある？　たしかにモードの言うとおりだ——世捨て人同然の人生を送ってきた。二九年ものあいだ、社交的な催しにはいっさい出ていない。おじ夫妻がときどき客を招いていたが、レンはいつも自分の部屋に閉じこもっていたし、おじもおばも優しい人なので、下りてくるよう強要することはけっしてなかった。もっとも、レジーおじは何度かレンを説得しようとしたけれど。

「生まれつきのあざのせいで、おまえは人生を狭くしている」一度、おじにそう言われたことがある。「じっさいには、誰だってすぐ見慣れてしまい、ほとんど意識しなくなるというのに。わしらは自分の肉体的欠陥をやたらと気にするが、親しくなれば、人はさほど気にしないものだ。わしの脚が胴体のわりにずいぶん短いことなど、おまえはもうほとんど意識しておらんかもしれんが、わし自身はいつも気にしておるのだぞ。ときどき、これはふつうの歩調ではなく、よちよち歩きではないかと不安になる」

「あら、そんなことないわ、レジーおじさん」レンは反論したが、おじは目的のひとつをすでに達成していた。レンを笑わせたかったのだ。しかし、おじは一〇歳になるまでのレンを一度も見ていない。小さいときは、あざの色がいまよりずっと濃かった。鏡を見るたびにレンがどんな思いをしていたか、おじは知らない。

彼女をレンと名づけたのはおじだった——初めておじの前に出たときは、腕も脚もガリガリの、悲しそうな大きな目をした子で、羽が生えたばかりのミソサザイ《レン》を思わせたからだ。

それに、本名のロウィーナの愛称としても通りそうだった。メガンおばも彼女をレンと呼ぶようになった――〝新しい人生には新しい名前よね〟と言って、すべてを包みこむように強く抱きしめてくれた。レン自身もこの名前が気に入っていた。幼いころに愛情や称賛をこめてロウィーナと呼ばれた記憶は一度もないし、淡々とした口調で呼ばれた記憶すらない。しかし、おじとおばから新しい名前で呼ばれるようになると、それが――そして自分自身が――何か特別なもののように感じられた。一年後、おじ夫妻は彼女の完全な了承を得たうえで名字も変更し、彼女はレン・ヘイデンになった。

けさは心が千々に乱れていた。朝食をとるあいだも、おじとおばのことがしきりと思いだされた。ブランブルディーン・コートのお茶会に行ってみる？　行く勇気はある？　自分で答えを出さなくてはならない質問がふたつ。いや、じっさいにはひとつだ。伯爵が言っていた――リヴァーデイル伯爵夫人になったら、世捨て人のままでいることは許されませんよ。ぼくもそれを許すつもりはありません、と。ここはひとつ慎重に考えないと。世捨て人のままでいることについても、許すつもりはないと言われたことについても。したくないことを無理にやらされたのは遠い昔の話だ。民法のもとでも、教会法のもとでも、男性は女性に――妻と娘の両方に――対して絶対的な支配権を持つとされているが、レンはそれをほぼ忘れていた。

金の力で夫を手に入れようと決めたときは、そんなことは考えもしなかった。金の力で手に入れる――おぞましい響きだ。でも、レンがやろうとしているのはまさにそれだった。結婚したかった。憧れと欲求と熱望があって、それが肉体と感情のなかで混ざりあっていた。ときには夜になっても眠れないことがあった。何か名状しがたい疼《うず》きが肉体と頭のなかでざわめき、心に重くのしかかってくるように思われた。しかしながら、男に結婚を承知させようと思ったら、使える手段はひとつしかない。すなわち、金だ。幸い、金はうなるほどある。贅沢をすることにはあまり興味がない。必要なものはすべて持っている。そこで、本当にほしいものを手に入れるために金を使おうと決め、そういうことには不慣れながらも、できるだけ賢明な買物をする計画にとりかかったのだった。ところが、いま、自分に新たな問いかけをしなくてはならなくなった。財産と共にこの身を夫に委ねるとしたら、自由もすべて放棄しなくてはならないの？

男はたいてい、生まれながらの専制君主なの？　具体的に言うなら、リヴァーデイル伯爵もそうなの？　あのハンサムな外見に人は簡単にだまされてしまう。もっとも、わたしはだまされたりしないけど。それどころか、まさに逆。自分自身の容貌が容貌だけに、わたしが求めるのは見るからにハンサムな男性ではない。相手がハンサムだと、こちらがひどく怖気づいてしまう。ただ、伯爵は見目麗しいとか、ハンサムという以上の存在だ。完璧だ。でも、それは外見のこと。内面はどうなの？　心の狭い暴君で、財産をとりあげてから妻をどこかに閉じこめ、会おうともせず、思いだそうともしなくなるの？　いえ、違う。伯爵が口にしたのは正反対のことで、だから、よけい厄介なのだ。妻が世捨て人のままでいるのを許すつもりはないというのだから。

〝人によく言われます――お伽話に出てくるような長身で浅黒くてハンサムな男の典型だと。

気の重いことです〟どういう意味？〝気が重い〟というのは。

レンはテーブルにナプキンを置いて立ち上がった。かつてはおじが使い、いまは彼女のものとなった書斎で仕事が待っている。ガラス工場から書類と報告書がいくつも届いていて、いまのレンが名目だけにとどまらないオーナーである以上、早急に目を通さなくてはならない。招待状についてはあとで決めることにしよう。たぶん、丁重な断わりの返事を送り、自分の自由、財産、疼き、憧れ、熱望、眠れぬ夜、慣れ親しんできた人生のその他もろもろと今後もつきあっていくことになるだろう。

でも、もしかすると、ことによれば……招待に応じるかも。

〝……勇気がおありなら……〟

皿の横の招待状に腹立たしげな視線を向け、乱暴につかんで書斎へ一緒に持っていった。

女主人の役を務めてくれる母親も姉もいないのに、独身の紳士がこともあろうに午後のお茶会に近隣の人々を招待しようというのだから、アレグザンダーはいささかきまりが悪かった。しかしながら、主賓たるべき女性に来てもらうためには、相手が未婚で、しかも遠くから来なくてはならない点を考慮する必要があるため、夜の集まりは現実的ではなかった。

村とその周辺に住む隣人の多くがすでにアレグザンダーをそれぞれの自宅に招いてもてなし、彼を迎えた喜びをお世辞混じりで述べたり、こちらが伯爵家の本邸になればいいのにという思いを遠慮がちに口にしたりしていた。男性陣は農業や馬や狩猟や射撃や釣りにアレグザンダーが関心を持っているかどうかを探った。女性陣はパーティや祝祭やピクニックや集会を彼がどう思うかに大きな興味を寄せていた。娘を持つ母親たちは、彼に恋人か婚約者がいるかどうかを露骨に探ろうとして質問をよこし、娘たちは頬を染めてクスクス笑ったり、胸をときめかせたりしていた。ブランブルディーンの荒廃ぶりを考えると、人々は驚くほど温かく、アレグザンダーのほうもお返しにみんなを招かなくてはと思っていたところだった。たとえミス・ヘイデンが来てくれなくても、お茶会はじつにいい思いつきだ。

すでに招待状を渡した相手には、わざとらしく目を輝かせて説明しておいた——荒れ果てた客間をしっかり見ておいてほしい、そうすれば、数年後に修復がいくらか進んだとき、その変わりように驚きの目をみはってもらえるから、と。屋敷はたしかに色褪《いろあ》せてみすぼらしいが、これが自分に押しつけられることを初めて知ったときの不安に比べれば、さほど悲惨な状況でもなかった。アレグザンダーがこちらに来たころは、召使いの数はわずかだったし、いまもそれほど増えていないが、執事と家政婦として雇われたディアリング夫妻がすべての部屋を丹念に掃除してくれている。ただ、主要な部屋々の家具にはカバーがかかったままだ。艶《つや》出しできる部分はすべて艶やかに磨き立て、色褪せたカーテンと椅子の布地も埃《ほこり》だけは払ってある。構造上の問題もいくつかあって、崩れかけた煙突や、屋根の破損箇所や、屋根裏の雨漏りなどがとくに厄介だし、台所の調理設備も老朽化している。厩とパドックも哀れなものだ。壁面にはツタが傍若無人にはびこっている。

屋敷を本来の荘厳な姿に戻すには莫大な金を注ぎこまなくてはならず、これだけの大きな屋敷にふさわしい庭を造ろうとすれば膨大な労力が必要になるが、両方とも先延ばしにできることだし、修復作業によって失業中の者や半端仕事しかない者に大量の働き口を提供できるのはたしかだとしても、いまは先延ばしにせざるをえない。もっと重要な事柄がいくつもあり、そちらを先に片づけなくてはならない。農場がさびれていて、耕作地も家畜も建物も設備もひどい状態だ。その結果、農場で働くために雇われた者たちも辛《つら》い思いをしている。住まいはあばら家同然だし、給金は一〇年以上も上がっていない――それも、払ってもらえればの話だ。子供たちはボロをまとい、学校へもろくに行っていない。妻たちはやつれた顔をしている。

問題が多すぎてアレグザンダー一人で対処しきれるものではないが、その日の午後はすべてを脇へ追いやってお茶会を開くことにした。もしかしたら――うまくいけば――問題がすっきり片づくかもしれない。もちろん、ミス・ヘイデンが来てくれなければ、かすかな希望も消えてしまう。しかし、彼女が来るのを願っているのかどうか、アレグザンダー自身にもよくわからなかった。

ウィジントン館を訪ねて彼女に会ったときは、あまりいい印象を受けなかった。ただし、容貌のせいではない。全体の雰囲気が冷たくて……異様だった。ベールをつけ、部屋の暗がりに腰を下ろしたまま一度も立ち上がろうとしない彼女の姿から、ふざけ半分に魔女とその住処《すみか》を連想した。おまけに、結婚話を持ちだされて気分を害した。どう考えても間違っている、非常識だ、としか思えなかった。二輪馬車を走らせて屋敷に戻る長い道のりのあいだに、もちろん、あらためて自分に問いかけた――そんなふうに思ったのは、自分ではなく彼女のほうが話を切りだしたせいだろうか？　金目当てで自分から求婚するのはかまわないのに、彼女に求婚されて気分を害したのはなぜなのか？　しかしながら、自分が男に甘く女にきびしいことを認めはしたものの、彼女に優しい気持ちを持つには至らなかった。どう見ても、女らしい女だとは思えない。何をもって女らしいと言うのかはわからないが。

ところで、どれぐらい裕福なのだろう？　本人の言によると、とても裕福とのことだが、〝とても〟というのは具体的な言葉ではない。そうだろう？　そんなことを気にする自分に、資産額が莫大であれば彼女への不安をすべて帳消しにしそうな自分に、アレグザンダーは嫌気がさした。自分がその程度の人間だとは思いたくなかった。来ないでほしいと思った。しかし、お茶会の前日、招待に応じるという短い手紙が届いた。

彼女は最後に到着したなかの一人だった。客間にはアレグザンダー自身を除いてすでに一一人が集まり、二、三人は椅子にすわっていたが、ほとんどの者は立ったまま、室内を遠慮なく見まわしたり、窓の外を眺めたりしていた。招いてもらえたことに誰もが興奮してはしゃぎ、生き生きしていて、楽しそうだった。ある若い令嬢は両手を胸に押しあてて部屋の真ん中でくるっと旋回し、リヴァーデイル卿さえその気になってくだされば、この部屋は気軽な舞踏会を開くのにぴったりなのに、と言った。娘をたしなめようとした母親が笑いながらアレグザンダーのほうを見たちょうどそのとき、執事のディアリングが一二人目の客の到着を告げ、ミス・ヘイデンがその横を通り過ぎ、部屋に一歩入ったところで足を止めた。アレグザンダーは手を差しだすと、笑みを浮かべて、大股でそちらへ行った。

そのときもまだ、来ないでほしいという気持ちがいくらか残っていた。

女性にしては驚くほど背が高く――一八五センチのアレグザンダーより五センチほど低いだけで――しなやかで、ほっそりしていた。長身の女性はなるべく低く見せようとしがちだが、彼女の場合、そのようなことはいっさいなかった。背筋をすっと伸ばし、顎を高く上げていた。服装は、薄紫のハイウエストのドレス、小さなつばのついた銀白色のボンネット、おそろいのベールというシンプルで優美なものだった。ボンネットをかぶったままの女性客がほかに何人かいたので、彼女がひどく場違いに見えることはなかった。ただ、ベールは違和感があった。ベールを透かして顔が見えるが、あざまでは見えない。高慢で、冷淡で、よそよそしい感じだ。アレグザンダーは部屋の温度が二、三度下がったように思った。彼が差しだした手に、指の長いほっそりした彼女の手が置かれたが、その手までが冷たかった。

「ご機嫌いかが、リヴァーデイル卿？」鮮明な発声法と共に彼の記憶に残っているあの低い声で、ミス・ヘイデンは言った。

「お越しいただけて喜んでいます、ミス・ヘイデン」アレグザンダーは嘘をついた。「ぼくの隣人たちのなかに顔見知りの人はいますか？」彼女が誰一人知らないことをアレグザンダーは充分に承知していた――スウィーニー氏もリッチマン氏も呼ばないように気をつけた。

「みなさんにご紹介させてください」

室内の話し声がすべてやんだ。もちろん、ある程度は理解できることだ。田舎で人生の大半を送り、わずかな友人や隣人はいつも同じ顔ぶれという人々からすれば、新たな顔はつねに大きな興味の的だ。しかし、それ以上に人々の興味を掻《か》き立てたのは、一〇キロほど離れたところに住んでいるのなら少しは親しくなってもいいはずなのに、彼女が誰とも親しくしていないことだった。もちろん、いまだって、その新たな顔を目にしている者は一人もいなかった。アレグザンダーが彼女を連れて部屋をまわり、みんなに紹介しても、彼女はベールを上げようとしなかった。どの隣人も礼儀正しく彼女に挨拶するものの、いつのまにかわずかにあとずさってしまうのを、アレグザンダーは見守っていた。ベールで顔が見えないうえ、彼女が隣人たちの名前をくりかえして一人一人に丁寧な言葉をかけているにもかかわらず、その態度がよそよそしくて尊大なため、みんな、見るからに居心地が悪そうだった。

この人にはどこか……違うものがある、とアレグザンダーは思った。それ以上ぴったりの言葉は思いつけなかった。

隣人たちは心のこもった陽気な会話を再開して、それが一時間半以上続き、そのあいだにあと三人の客もやってきた。三人とも招待されたのを光栄に思っている様子で、楽しそうに屋敷のなかを見てまわったり、ひどい荒廃ぶりを自分の目でたしかめたり、本来の環境に身を置いた伯爵に会えたことを喜んだりしていた。人々はみな、周囲を楽しませ、自分も楽しみ、愛想よくふるまい、伯爵と親しくなるためにやってきたのだ。なんといっても、ブランブルディーン・コートとリヴァーデイル伯爵はこの地方の中心たるべき存在で、伯爵がこちらに来たのをきっかけに、みんなが長年にわたって――多くの場合は生まれてからずっと

——なじんできた社交生活がもっと生き生きした上質なものになるはずだ、という期待が高まっていた。誰もが椅子にかけたり、立ったり、自由に動きまわったりしながら、屋敷の料理番のメイザーズ夫人が古ぼけた調理器具を使い、腕によりをかけ、創意工夫を凝らして用意したご馳走《ちそう》を食べていた。

そのあいだじゅう、ミス・ヘイデンは人々に囲まれてすわっていた。最初は牧師夫妻と退役大佐夫妻がそばにいた。やがて、かわりにほかの人々がやってきた。彼女への好奇心ではちきれそうなのに加えて、一人ぼっちにしないようにという気遣いもあるのだろう。人々への紹介を終えたあとでアレグザンダーが案内した椅子から、彼女はまったく動いていなかった。不愛想ではなかった。話しかけられれば返事をし、落ち着いた上品な態度で相手の話に耳を傾けた。ベールの陰でお茶を飲んだが、料理にはいっさい手をつけなかった。

アレグザンダーがやがて気づいたように、どの瞬間であろうと彼女の存在を意識せずにいるのは困難だった。仲むつまじい温かな人々の輪のなかで彼女が唯一の不協和音になっている、などと言っては気の毒だ。そんなことはない。ただ、彼女の前では誰もがなぜか不自然なほど愛想よくふるまうものの、そばにいるのはせいぜい数分ぐらいだった。彼女の態度を冷淡と描写するのは正確ではない。寡黙でも高慢でもないし、招待客にあるまじき態度はいっさいとらない。ただ……どこかが違う。それはベール。そう、間違いなくベールだ。パーティに出かけたところ、仮装舞踏会だと思いこんでいる客が一人交じっていたが、その思い違いを当人に指摘しようとする者が一人もいないという状況にちょっと似ている。誰もが少々困惑している様子だ。ベールが顔を隠していることに気づかないふりをしようとしている。

彼の農場を借りている小作人とその妻が最初に暇《いとま》を告げた。それをきっかけにほかの人々も帰り支度を始めた。もっとも、うれしいことに、ほとんどの者が帰るのを渋っている様子だった。

「勝手ながら」自分も帰ろうと立ち上がったミス・ヘイデンに、アレグザンダーは言った。「あなたの馬車はウィジントン館へ帰しておきました、ミス・ヘイデン。ご自宅へはぼくの馬車で送らせていただきます」

彼女はベールの奥からじっと彼を見たあとで、返事もせずにふたたび腰を下ろし、膝の上で両手を軽く握りあわせた。

アレグザンダーは帰っていくすべての客と握手をした。お茶に招いてもらったことに誰もが心ゆくまで礼を言おうとするため、長い列はなかなか進まなかった。料理番に称賛を伝えてほしいとアレグザンダーに頼んだ者が何人かいた。前に会ったときと同じく、この田舎に腰を落ち着けてほしい、もっと会えるよう願っている、と言った者もいた。一人か二人は、アレグザンダーの母親のウェスコット夫人や姉のレディ・オーヴァーフィールドが元気にしているかどうかを尋ねた。ある小作人が、今年の春はこれまでのところ天候に恵まれているので豊かな収穫が期待できそうだと言うと、それを耳にした別の小作人は反論して、晴天続きの温暖な春は雨の多い冷夏と凶作の前触れになることが多いと言った。お茶会の最初のころにくるっと旋回してみせた若い令嬢は、伯爵邸の客間は気軽な舞踏会を開くのにぴったりだという意見を、ふたたびそれとなく口にした。母親が「お行儀よくしなさい」と、またしても娘をたしなめた。しかし、ついに全員が帰っていき、アレグザンダーは彼の馬車を玄関にまわすよう召使いに命じた。

二人だけになったところで、ミス・ヘイデンがふたたび立ち上がった。「ひとことの相談もなく、わたしの馬車を帰しておしまいになったのね、リヴァーデイル卿」と言った。紛れもない非難の言葉だった。

やめておけばよかったとアレグザンダーは後悔した。二度と会わずにすむよう願いつつ彼女を見送れば、さぞすっきりしたことだろう。彼女が地団太を踏んで癇癪《かんしゃく》を起こしてくれれば、もっと好感が持てたかもしれない。ところが、彼女は困惑をみごとに抑えこんでいた。アレグザンダーは背中で手を組み、彼女をじっと見つめ返した。それにしても、ずいぶん背が高い。女性の目を――というか、ベールを透かして見える目を――ほぼ真正面から見つめることに、彼は慣れていなかった。

「ミス・ヘイデン、先日お目にかかったとき、そちらから結婚を提案されましたね。双方がそれを望むかどうかを判断する前に、おたがいをもう少しよく知るべきだと思いませんか？あなたが決心をひるがえし、提案を撤回するつもりでおられるなら、そのかぎりではありませんが。もしそうだとしたら、あなたに付き添うメイドと、御者のとなりにすわる従僕を用意させてもらいます」

「心変わりはしておりません。では、わたしの求婚について考えていらっしゃるのね」

「考えてはおります、ええ」アレグザンダーはしぶしぶ答えた。「考えないほうが愚かというものです。ただ、古い諺《ことわざ》にもあるように、あわてて結婚してゆっくり悔やむようなことはおたがいに望んでいないはずです。そうでしょう?」アレグザンダーはドアのほうを身ぶりで示した。「少し前に、馬車の止まる音が聞こえたように思います」

ミス・ヘイデンが近づいてきたので、アレグザンダーは両開きドアの片方をあけて彼女を通した。そのあとに続きながら、腕を差しだそうかと思ったが、やはりやめておくことにした。彼にしては珍しく、紳士としての礼儀を無視したわけだが、彼女にはどこか彼を躊躇させるものがあり……まるで目に見えない氷の壁に囲まれた人のように見える。いや、その言い方はひどすぎる。彼女の態度のどこにも氷のように冷たいものはない。ただ……何かが違う。自分の心が求める言葉を、アレグザンダーはいまだに見つけられずにいた——もしそのような言葉があるとすれば。

不意に、今日のお茶会が彼女にとって生まれて初めての社交の場だったのではないかと思った。もうじき三〇歳という年齢を考えれば、信じがたいことだ。しかし……今日まで本当に世捨て人の暮らしを送ってきたのかもしれない。ここに来てからずっと怯《おび》えどおしで、意志の力だけで気丈にふるまっていたのかもしれない。〝お越しになる勇気がおありなら〟などと挑戦的に言われて、傍《はた》からは想像もつかないほどの勇気を奮い起こしたのかもしれない。

たぶん、結婚を焦っているのだろう。いや、〝焦って〟という言い方は思いやりに欠ける。

では、〝結婚を熱望している〟に変えよう。結婚相手——これは彼女自身が使った言葉——を見つけたいという思いがほかのすべてに優先するのだろう。そう思うと、彼女がこれまでより人間らしく見えてきて、好感すら持ったほどだった。

馬車に乗りこもうとするミス・ヘイデンに片手を差しだし、彼女がその手をとったので、いささか驚いた。

メイドのモードは彼の指示により、馬車と一緒にレンの屋敷へ帰されていた。いずれレンと婚約するつもりの彼としては、たぶん、礼儀作法を守る必要を感じなかったのだろう。でも、ほんとに婚約するつもり？　憂鬱なお茶会のあいだ、彼のほうからそうしたことをほのめかす言動はまったくなかった。隣人たちにもそれらしいことはいっさい言わなかった。おじ夫妻とつきあいのあった人も何人かいて、身内を亡くしたレンにお悔やみを言ってくれたし、会えてうれしいとも言ってくれた。ただ、心から喜んでいるようには見えなかった。それはたぶん、わたしが悪いから。もちろん、わたしが悪いに決まっている。

今日は人生で——とにかく一〇歳のとき以来——最悪の午後だった。レンはリヴァーデイル卿の馬車の座席に腰を下ろし、横に彼のための場所を空け、これが自分の馬車ならどんなによかったかと思った。お茶会という試練が終わるのを、永遠とも思えるあいだ——じっさいには二時間足らずだったが——待ちつづけ、自分の馬車に崩れるように乗りこみ、となりにモードの存在を感じて癒《いや》されたいと願っていたのに。こんなことはできない。どうしてもできない。彼はあまりにも男らしくてハンサムだし、世界はあまりにも広くて人が多すぎる。

座席の上でも、床の上でもいいから、うずくまって身体を丸めたかった。どうすればパニックを遠ざけておけるのかわからない……一〇キロの道のりは馬車でどれぐらいかかるだろう？　頭がうまく働かない。

「ベールを上げてくれませんか？」馬車が動きだして玄関を離れたとき、彼がレンに頼んだ。この人にはわからないの？　わたしに必要なのは追加のベールだということが。このベールに重ねるために――全身を包むために。とにかく一人になりたい。でも、この人に怒りをぶつけても仕方がない。こんな悪夢を現実にしたのはわたしだもの。いまになって撤回するつもり？　わたしは決断を下し、冷静な熟慮のもとで自分の進む道を計画してきた。レンは両手を上げると、ボンネットのつばの上までベールを持ち上げた。しかし、そうしつつも、左側の窓のほうへわずかに顔を背けた。

「ありがとう」伯爵は言った。そして、しばらく沈黙したあとで尋ねた。「つねに世捨て人の暮らしを送ってきたのですか、ミス・ヘイデン？」

「いいえ。盛大に事業をやっている身ですから、従業員たちが事業計画を立て、決定を下し、働いてくれるのに、自分は年中自宅にこもりきりで、儲《もう》けだけをふところに入れるなどというわけにはいきません。事業経営をおじから叩きこまれ、おじに連れられてガラス工場へ行ったときは職人たちと一緒に、会社へ行ったときは経営陣やデザイン担当者たちと一緒に長い時間を過ごしました。わたしはただのお飾りではない女性実業家なのです」

レンがわがままを言っても、おじとおばはたいてい好きにさせてくれたし、基本的な自由を尊重してくれたが、教育だけはきちんと受けるようにと口うるさく言った――一〇歳になるまで学校へ行ったこともなかった。そこで、二人はミス・ブリッグズを雇い入れた。初老の家庭教師で、可愛《かわい》いおばちゃまという感じの人だった。たしかに、そういう面もあったが、自分の生徒に難易度の高い教科課程を押しつける人で、優秀な生徒になるよう励ますだけでなく、そのためにきびしい指導をおこなった。また、礼儀作法、立ち居ふるまい、発声法、初対面の相手と礼儀正しく会話をするといった社交術も教えこんでくれた。レンが一八歳の誕生日を迎えたあとで、ブリッグズ先生は充分な年金と小さな藁葺《わらぶ》き屋根のコテージをもらってお役ごめんとなった。国を半分ほど横断したところにブリッグズ先生の愛する妹が住んでいたので、レンのおじは自ら費用を負担してその妹を呼び寄せ、コテージで一緒に暮らしてもらうことにした。

しかし、レンに本格的な教育を――というか、彼女が本格的な教育だと思ったものを――授けてくれたのは、おじ自身だった。ある日、一二歳のレンをガラス工場へ連れていったあとで、生涯の仕事に対する彼の情熱が姪の心に火をつけたことを知った。〝家に帰るまでずっと、こっちは口をはさむこともできなかったよ〟おじはあとになって、メガンおばにそう言った。〝あの子が質問を始めて三九問まで行ったが、そのあといくつ質問されたのか、わしにはもうわからなくなってしまった。わが家に若き天才が誕生したんだ、メグ〟

「おじさまご夫妻が亡くなるまで、あなたは二人のもとで暮らしておられたのですか？」リヴァーデイル伯爵が尋ねた。

「一〇歳のときからずっとです。ロンドンにおじの家があって、おばがわたしを連れてそこへ行き――その家を売る前のことでした――一週間後に二人は結婚しました」

「おじさまの名字を名乗っておられますね」

「養女にしてくれたんです」法的に認められた養子縁組だったのかどうか、レンには確信がなかったが、おじの死後、書類のなかから正式な証明書が見つかった。父親の署名があった――その瞬間、胃をえぐられるような衝撃を受けた。

ふたたび短い沈黙が流れた。たぶん、彼がさらなる説明を待っていたのだろう。「あなたの癖ですね」ようやく彼が言った。「話をなさるとき、目だけはぼくに向けるが、顔は向けようとしない。それでは目に負担ですよ。顔を背けるのはやめませんか？　先日お邪魔したとき、お顔の左側を拝見しましたが、もし記憶しておられるなら、ぼくが悲鳴を上げて部屋から逃げだしたり、ひどく眉をひそめたり、ヒステリーの発作を起こしたりすることはありませんでしたよ」

予想もしなかった言葉にレンは笑いたくなったが、かわりに、彼に顔を向けた。そのうち自然にできるようになるの？　でも、次の機会があるの？　このまま続けていきたいのかどうか、いまもよくわからない――あるいは、この人にその気があるのかどうかも。

「そんなにひどくはないですよ」レンの顔に視線を走らせたあとで、伯爵は言った。「あざを意識されるお気持ちはわかります。若いレディである以上、容貌をひどく損なうものだと思い、嘆いておられるのも理解できます。だが、けっして目ざわりではない。あなたを見た人は、もちろん、すぐさまあざに気づくでしょう。あなたとのつきあいを避ける者だっているかもしれない。そういう人間はどうせ、つきあう価値もない相手ですよ。しかしながら、ほとんどの人はあざを目にしても、次のときは気にしなくなるはずです。ぼくだって初めてお会いしたときは気がつきましたし、いまも気がついていますが、何度かお会いするうちに、賭けてもいいが、あざなど目に入らなくなるでしょう。ぼくが目にするのは単にあなたという人だけになるはずです」

〝お会いするうちに〟と言ってくれた。〝お会いするとすれば〟ではなかった。じゃ、また会ってくれるの？　レンはゆっくりと息を吸った。レンのおじもいまのリヴァーデイル卿と似たようなことを言っていた。〝あざ？　なんのことだ？〟あざの話が出ると、おじはかならずそう言い、次にレンに目を向け、あざに気づいて驚いたふりをしたものだった。ときには、真正面から顔を合わせるようレンに頼み、次にレンの顔の片側から反対側へ視線を移しながらむずかしい顔をして、〝おお、そうそう。紫色のあざは左側だったな。どうしても思いだせなかった〟というようなことを言うのだった。

「では、一〇歳になるまでは？」レンが黙りこんだままだったので、伯爵は尋ねた。「ご両親は亡くなられたのですか？」

「わたしの人生は一〇歳のときに始まりました、リヴァーデイル卿。それ以前のことは覚えておりません」

伯爵がじっと彼女を見た。彼の眉間にかすかなしわが刻まれていた。しかしながら、それ以上しつこく尋ねはしなかった。

レンはそろそろ自分が質問する側にまわろうと決めた。馬車の床に丸くなってうずくまるのは無理なようだし、いまも体内に爪を立てているパニックに降参するつもりもなかったからだ。「では、爵位を継ぐ前のあなたの人生はどのようなものでしたの？」と尋ねた。基本的な事実はいくらか知っているが、詳しいことは知らなかった。

「退屈だが幸せな人生でした――話題にすると退屈ですが、そういう人生が送れるのは幸せなことです。七年前まで両親がそろっていましたし、姉が一人います。大好きな姉です。誰もがいい兄弟姉妹を持てるとはかぎりませんからね。父は猟犬と馬と狩りが生き甲斐《がい》でした。温厚な人で、誰からも好かれていましたが、残念なことに貧乏でした。父が亡くなったあと、リディングズ・パークの財政を立て直すのにまる五年かかりました。そのころ、姉は夫の早すぎる死のおかげで不幸な結婚生活から解放されて実家に戻り、ぼくたちと暮らすようになっていましたし、ぼくはようやく落ち着いた人生を手に入れ、死を迎えるときまで安定した日々を送れるものと思っていました。将来にひとつだけ心配の種がありました。二〇歳の若き伯爵に万一のことがあった場合はぼくが爵位を継ぐことになっていて、ハリーというその若者が結婚して跡継ぎを作るのは何年も先のことだと思われていたのです。しかし、そう深刻に心配することでもないと思っていました。ハリーは健康で、基本的にはまっとうな若者でしたから。ぼくのことはそちらでもお調べになったことと思います。心配が現実のものになった経緯もよくご存じのはずです」

「若き伯爵の父親が重婚の罪を犯していたため、結果として伯爵は婚外子となり、爵位を継げる立場ではなくなった。かわりにあなたが継ぐことになった。その若者とはどういう血縁関係にあったのでしょう？——いえ、あるのでしょう？」

「またいとこです。曾《そう》祖父が同じなのです。尊敬すべきリヴァーデイル伯爵スティーヴン・ウェスコット」

「あなたは爵位がほしくなかったのですか？」

「誰がそんなものをほしがるんです？」今度は彼のほうから尋ねた。「ただのアレグザンダー・ウェスコットのかわりにリヴァーデイル伯爵とか閣下と呼ばれるという、愚にもつかない栄誉とひきかえに、義務と責任と頭痛を背負わされることになったんですよ。アレグザンダー・ウェスコットというのはなかなか立派な名前だとずっと思っていたのに」

貴族の称号に——たとえ財産抜きでも——死ぬほど焦がれている男はたくさんいるはずだ。それが彼にはほぼ無意味だと知って、レンは興味を覚えた。お茶会のときに近隣の人々から向けられた敬意や、さらには畏敬の念すら、彼にとって重要なものではなかったのだ。それよりも、当人の言葉を借りるなら〝退屈だが幸せな人生〟を送っていた大好きなリディングズ・パークに戻ることが彼の願いなのだ。

じっさいに会ってみるまでは、高慢でうぬぼれの強い貴族だろうと思っていた。だから、リストの最初ではなく三番目に持ってきたのだ。初対面のときには、すっかりそう思いこんでいた。

不意に、馬車という狭い空間に二人きりでいることに気づき、彼の魅惑的な男らしさにレンはまたしても落ち着きをなくした。そこにあったのが彼の完璧な容姿だけではなかったからだ。ほかに何かがあって、そのせいでレンは息ができなくなり、目に見えない何かに全身を包まれていまにも息が止まりそうだった。生まれて初めての経験だ――でも、そんな機会がどこにあったというの？

「爵位を継ぐ前に結婚をお考えになったことは？」

伯爵は眉を上げただけで、すぐには返事をしなかった。「ありました」と言った。

「どなたか具体的なお相手がいらしたの？」レンは〝いいえ〟という返事を期待した。

「いいえ」彼が答えた。嘘をついているようには見えなかった。

「どんな人を求めてらしたの？」レンは尋ねた。「どのような……資質を？」もちろん、図々《ずうずう》しい質問だし、彼の答えは――もし答えてくれるとしても――苦痛か不快さをもたらすだけだろう。〝ぼくが求めているのは、世捨て人の暮らしを送ってきたひょろ長い女性で、顔にあざがあり、事業経営というレディにあるまじきことをしていて――しかも、もうじき三〇歳になる人です〟などという答えが返ってくるわけはない。そうよね？

「とくにありません。ただ、一緒にいてくつろげる相手に出会うことだけが望みでした」

すばらしくハンサムで、ブランブルディーンを相続する前から魅力にあふれていたはずの男性からこんな返事を聞かされて、不思議な気がした。「愛は求めていらっしゃらなかったの？」彼に尋ねた。「あるいは、美貌は？」

「もちろん、結婚には愛情を望んでいました。しかし、美貌そのものが結婚の目的になるでしょうか？　美貌にもさまざまな種類があり、その多くがひと目でわかるものではありません」

「では、わたしと一緒にいてくつろげます？　わたしに愛情を感じることはできます？」もちろん、〝わたしのことを美人だと思えます？〟と尋ねるつもりは断じてなかった。

長いあいだ彼に見つめられて、レンは顔を背けないよう必死にこらえなくてはならなかった。この悲惨な午後はいつまでたっても終わらないの？「正直にお答えするしかないですね、ミス・ヘイデン」ようやく彼が言った。「いまはまだわかりません」

やれやれ、自業自得ね。この人が嘘をつくのを期待してたの？　少なくとも紳士だから、そつのない返事をくれたけど。馬車に揺られているこの時間が早く終わらないと、わたしはきっとわめき散らしてしまう。でも、中途半端に話を終わらせるわけにはいかない。「わたしのお金がとても高くつくことになるとお思いなの？」

「その言葉の陰には大きな苦悩が隠れていますね。ぼくを躊躇させているのはあなたの苦悩なのです、ミス・ヘイデン」

あまりに思いがけない返事に、レンはみぞおちをこぶしで殴りつけられたように感じた。この人が苦悩の何を知っているというの？　とくに、わたしの苦悩について。「それはおよそ魅力のない資質なのでしょうね？」高慢さを必死にかき集めて尋ねた。顔を背けた。

「いえ、とんでもない。まったく逆です」

理解できなくて、レンは眉をひそめた。しかし、彼からの説明はなく、それ以上質問する機会もなかった。ようやく、そう、ようやく、ブランブルディーンからウィジントン館までの道を馬車が走り終え、彼女の屋敷の玄関先で止まったのだ。

「またお訪ねしてもいいですか？」伯爵が訊いた。

〝ええ〟と答えるのは愚か者のすることだ。レンは口を開いて〝いいえ〟と答えようとした。心がひどく乱れ、肉体に本物の傷を負ったような気がした。一人きりになれる自分の部屋が一〇〇万キロも彼方《かなた》にあるように感じた。しかし、自分の未来はいまだどっちつかずの状態だ――〝ええ〟と〝いいえ〟の単純な違いのあいだで未来が揺れている。

ああ、この計画を思いついたときは、希望と可能性に満ちている気がしたのに。なんとかできるなんて、よくも思えたものね。

「ええ」と答えたそのとき、馬車の扉の外に御者が立ち、扉をあけるようにという伯爵の合図を待っているのが見えた。

3

四日後、ふたたびウィジントン館へ向かって馬車を走らせながら、アレグザンダーは思った――古い夢というのは、困ったことに、ぼくの人生に占める場所がなくなったあとも長いあいだ消えないものだ。

彼はもともと夢見がちな人間ではなかった。自分の願いより義務と責任を優先させるべきだとつねに思ってきたし、それらは相容《あいい》れないものだったからだ。七年近く前に父親が亡くなったとき、自分の夢は捨て去った。当時はまだほんの若造だったが、リディングズ・パークの惨状をなんとかしようとして精力的に努力を続けた。一年ほど前にリディングズがようやく繁栄をとりもどしたので、ふたたび夢を追おうとしたが、そのあと、ブランブルディーン・コートで一からやり直すことになってしまった。

しかも、今度の仕事は前よりはるかに困難だった。領地の人々の人生と生計がかかっていた。これをやり遂げるには金目当ての結婚をするしかない。ほかの方法を考えてみたが、見つからなかった。屋敷を抵当に入れて融資を受けても、いずれ返済しなくてはならない。競馬かギャンブルで大儲けを企《たくら》むのは、控えめに言っても危険を伴う。あっというまに大損をしてしまうこともある。やはり結婚するしかなさそうだ。

かつて彼が追っていた夢は、希望にあふれた若者が抱く永遠の夢だった――ほかの誰も経験したことのないようなめくるめく喜びと魔法をもたらしてくれる恋、世界でもっとも感動的な詩を生みだす原動力となってきた大いなる情熱とロマンス。いま思いだすと、少々気恥ずかしくなる。いずれにしろ、そんな恋はたぶん見つからなかっただろう。ただ、手の届かないものへの憧れは、何かへの……情熱は、いまも消えていない。しかし、憧れるだけ無駄だ。自分には別の人生が待っている。

花をつけた生垣を、鮮やかな新緑に染まった木々を、綿のような白い雲が浮かんだ青空を、下界のものすべてを温《ぬく》もりで包んでくれる太陽を見つめた。太陽の温もりは、眠気を誘う夏の熱気ではなく、麗《うら》らかな春のものだった。開いた窓から流れこむ田舎の豊かな自然の匂いを感じ、馬車の車輪のガラガラいう音や馬の蹄《ひづめ》の音を圧して響く小鳥たちのさえずりを耳にした。いろいろあっても、人生はやはりすばらしい。それを忘れないようにしなくては。思いどおりにならなかった過去を悔やめば、人生のすばらしさを簡単に見失ってしまう。夢を持つのはいいことだが、夢に現実を邪魔されるようなことだけは、ぜったいにあってはならない。

議会の会期とそれに伴う社交シーズンが始まるのは復活祭が終わってからだが、アレグザンダーはその前にロンドンへ行くつもりだった。社交シーズンはしばしば、大々的な結婚市場とも呼ばれていて、今年はそこで金持ちの妻を見繕うつもりだった――ぞっとする考え、ぞっとする言葉、ぞっとする現実。これでは令嬢たちが商品同然だ。しかし、多くの場合、それが現実なのだ。彼ならたぶん成功するだろう。なんといっても貴族階級、それに若い。もちろん、どちらかといえば貧しいが、あくまでも〝どちらかといえば〟に過ぎない。一年ほど前の彼はリディングズ・パークのウェスコット氏、理想の独身男性だった。結婚市場を敬遠していた。そこに足を踏み入れる前に裕福な妻を見つけ、試練を避けて通ることはできないだろうか？

なぜこうして馬車で出かけてきたのか、アレグザンダーはいまもよくわからなかった。また、目的地に到着したい思いがそう強くないときにかぎって、道のりがいつも短くなるように思えるのはなぜだろう？　ウィジントン館へ続く馬車道に入ったときにそう思った。再度の訪問はやめるべきだったかもしれない。ミス・ヘイデンにはどこか彼を不快にさせるものがある。原因は彼女の顔ではない。当人にはどうしようもないことだ。あざはじきに見慣れたものになり、気にならなくなるはずだと彼女に言ったのは、本当にそう思ったからだった。また、原因は彼女の身長でもない。もっとも、一八〇センチ近くあるに違いないと思うと、たじろぐ男性は多いかもしれない。だが、背は彼のほうが高い。そう、外見とは関わりのないことだ。

彼を不快にさせているのは、矛盾するようだが、彼をふたたびここにひき寄せた要素でもあった。それは彼女の苦悩だ。巧みに隠されている。じつのところ、顔のベールよりさらに分厚いベールに覆われている。冷静沈着な態度に包みこまれている。しかし、その苦悩が彼女の奥底からアレグザンダーに向かって叫び立てていて、彼はそれに嫌悪を覚えると同時に魅了されてもいた。嫌悪を覚えるのは、そこにひきずりこまれたくないから、そして、冷静さがはがれ落ちたときに苦悩が彼女を呑《の》みこんでしまうような気がするからだった。ただ、どうしても放っておけない。なぜかというと、彼女は一人の人間であり、彼は幸か不幸か、人間の苦悩に哀れみを覚えるからだ。

しかし、さまざまな思いと疑惑に苛《さいな》まれ、自分自身の暮らしを落ち着いて楽しむことができなくなっていたにもかかわらず、アレグザンダーはここに来てしまった。来なければよかったと思っても、もう手遅れだった。今日の訪問は予告していたものではないが、馬車の到着はたぶん彼女の耳にも届いているだろうし、すでに馬番が厩からこちらにやってくるところだった。もしかしたら、彼女も玄関先に出ているかもしれない。もっとも、世捨て人がそんなことをするとは思えないが。

彼女は玄関先にはいなかった。客間にもいなかった。アレグザンダーが客間に通されて二分ほどしてからやってきた。グレイのドレスは着古されて少ししわになり、髪はうしろで高めにまとめてシンプルだがやや不格好なシニョンに結ってあり、右の頬はうっすら紅潮していた——そう、それがわかったのは、彼女がベールをつけていないからだった。やや息を切らし、目を輝かせていて、彼はこのとき初めて、冷たい美貌だけの女性ではないことに気がついた。むしろ愛らしい感じだった。

「リヴァーデイル卿」彼女が挨拶した。

「申しわけありません。驚かせてしまって。ご都合の悪い時間に伺ったのではないでしょうか？」

「いいえ」彼女は部屋の奥へ進み、彼に手を差しだした。「書斎のほうで、長々と続く数字の列の足し算をしておりました。書斎に戻ったら最初からやり直さなくてはなりませんが、数字の列をいくつかに区切って、ひと区切りずつ足し算をすればよかったのに、そうしなかったわたしが悪いんです。ふたたびお越しいただけるとは思いもしませんでしたし、計算に没頭していたため、馬車の音に気づかなくて……。長くお待たせしたのでなければいいのですが」

「ご心配なく」アレグザンダーは彼女の手をとり、その姿に視線を走らせた。彼女は不意の訪問に驚くあまり、いつもの鎧《よろい》で身を守るのにしばらく時間がかかったようだ。しかし、いま、彼の目の前で鎧をまといつつあった。呼吸の乱れが治まってきた。頬の赤みと目の輝きが薄れはじめた。態度が冷静さを増し、落ち着きを見せてきた。傍目にもはっきりわかる変身だった。

彼女は二人の手に視線を落とし、自分の手をひっこめた。「いかがでしょう？」と言った。

「今日はお気づきになりました？」

ベールをつけていないことに？　だが、アレグザンダーは次の瞬間、彼女の言わんとすることを悟った――〝ぼくだって初めてお会いしたときは気がつきましたし、いまも気がついていますが、何度かお会いするうちに、賭けてもいいが、あざなど目に入らなくなるでしょう〟「ええ、気がつきました。しかし、お目にかかるのは今日でまだ三回目です。それでも、ぼくがたじろいだことは一度もないし、悲鳴を上げて部屋から逃げだしたこともありませんよ」

「たぶん、わたしのお金がほしくて必死でいらっしゃるのね」

アレグザンダーはゆっくり息を吸ってから返事をした。「では、ミス・ヘイデン、これで失礼します。あなたは数字の列を最初から足していく仕事にお戻りください」

彼女の頬に血の色が戻ってきた。「お詫びします。失礼なことを申し上げてしまいました」

「なぜおっしゃったんです? ご自身への評価がとても低くて、財産が唯一の取柄だと思いこんでおられるのですか?」

彼女がこの問いを真剣に受けとったことが、彼にも見てとれた。じっと考えている様子だった。「ええ」と答えた。

本当なら、この瞬間にアレグザンダーのほうから暇を告げるべきだった。衝撃的な返事であり、この場でとっさに口にしたものではない。たとえこの世の富をすべて差しだされたとしても、苦悩を秘めたこの人格を受け止めることは、ぼくにはできそうもない。それもすべて、生まれつきのあざのせいなのか?

「いったい何があったんです?」アレグザンダーは尋ねた。しかし、言い終わらないうちに片手を上げて相手を制止しようとした。「いえ、ぼくにはお返事をいただく権利はありません。しかし、財産だけが目当てであなたと結婚するわけではないのです、ミス・ヘイデン。

自分に差しだせるものは財産しかないとあなたが本気で信じておられ、あなたの財産とひきかえにぼくが差しだせるものは結婚しかないと本気で信じておられるなら、いますぐそうおっしゃってください。この件に終止符を打ちましょう。このまま失礼しますから、あなたはぼくに二度と会わずにすみます」

彼女が返事をするまでに長い時間があった。冷ややかな殻の奥へさらにひきこもってしまい、さらに長身でほっそりした印象になり、落ち着きと厳格さを増した。なるほど、この人にはあざ以外のものを隠すベールは必要なさそうだ。姿をはっきり見せつつ、その奥へ巧みに身を隠すことができる。アレグザンダーはぞっとするものを感じ、ふたたび不快になった。何か言ってほしいと念じ、そのいっぽうで、何も言わないでほしいと祈った。

「あなたは」ついに彼女が言った。「善良な方ですね、リヴァーデイル卿。わたしが差しだせる以上のものに値する方だし……あなたにはそれが必要です。絶望的な立場に立たされ、良心の持ち主ゆえに、さらに辛い思いをしてらっしゃる。わたしにはお金以外のものは何も差し上げられません。どうかほかの方を見つけてください——心からそう願っています」

そんな……！

彼女は脇へ一歩どいて、ウェストのところで両手を握りあわせ、彼のために玄関までの道を空けた。

アレグザンダーはふたたびゆっくり息を吸うと、その息を吐き、何かを言う前にふたたび吸った。なぜ黙って立ち去らなかったんだ？

「外へ出ることはないのですか？」と尋ねた。

「外はよく晴れた春の一日で、新鮮な温もりに満ちています。それに、広くて愛らしい庭があるようですね。一緒に散歩に出ましょう。二人で演じてきた緊迫のドラマのことは忘れて、天候や、花や、人生を彩る心地よい有意義なものを話題にしましょう。おたがいをもう少しよく知ることができますよ」

性急にものを言うことはけっしてない人だ。この女性は。しばらく無言で彼を見つめてから返事をした。「ショールとボンネットをとってきます」ようやく言った。「靴も替えてきます」

じつに気持ちのいい日だった。レンは玄関の外の石段を下りると、そこに立って空を仰ぎ、大きく息を吸った。

「妙なことだと思いませんか？」伯爵が言った。「こういう緑豊かな庭の美しさを楽しむためには、じめじめした日が多いブリテン諸島で陰気な雨が大量に必要になるのですから」

「ほとんど雨が降らない土地の写真を見たことがあります。植物が干からびていたり、一面の砂漠だったり。でも、それにも独自の美しさがあるように思います。この世界はそうした対比でできあがっているのですね。人生そのものと同じように。〝あれ〟もないことには〝これ〟を楽しむことはできないし、〝あちら〟もないことには〝こちら〟を楽しむことはできないし、〝あのとき〟もないことには〝いま〟を楽しむことはできない」

「あるいは、人の顔だって、あざのある左側がないことには、完璧な右側を楽しむことはできません」

レンは驚いて彼のほうを向いた。彼は微笑を浮かべ、目には笑いがあふれていた。しかし、レンは彼の言葉に傷つくかわりに……注意を奪われた。「完璧？」

「きっと前にも言われたことがあると思いますが」

いいえ、一度もなかった。でも、考えてみれば、人に顔を見せたことがほとんどない。会話がこんな方向へ進んでいくのは意に染まないことだった。「水仙の土手を見に行きましょう」と言って右を向き、南側の芝生を斜めに横切る形で勢いよく歩きはじめた。

レディにふさわしい上品な歩き方を教えるために、家庭教師がかなりの時間と労力を注ぎこんでくれたおかげで、レンもそうした歩き方を身につけていた。例えば、数日前にブランブルディーン・コートの客間に入ったときは、大股歩きではなかった。しかし、いまだにほぼどこでも大股になりがちだ。屋外ではそれがとくに顕著になり、長い脚が楽なリズムで動きだす。

伯爵はレンと並んでゆったりと歩いていた。レンには知りあいの男性が少ししかいない。ついでに言うなら、知りあいそのものが少ない。しかし、これまでに出会った男性はほとんど彼女より背が低かった。おじは頭ひとつ分低かった。リヴァーデイル伯爵はレンより五センチほど高い。一八〇センチ以上あるに違いない。

〝またお訪ねしてもいいですか？〟と伯爵に訊かれたものの、彼の再訪を本気で期待したわけではなかった。具体的な日にちの提案がなかったので、社交辞令だろうと思っていた。もう少しましな服を着ていればよかったと残念に思ったが、着替えをして髪を結い直すあいだ彼を待たせるようなことはしたくなかった。それに、いまはボンネットをかぶっている。

「お屋敷の横手にあるのはバラを這《は》わせた東屋《あずまや》ですか？」そちらのほうへうなずきを送りながら、伯爵は尋ねた。

「ええ。おばが造らせたもので、自慢にし、バラが咲くのを楽しみにしていました。庭が大好きな人で、庭もおばのことが大好きでした。わたしが花の種をまくときは、正しい間隔をおき、正しい深さにして、正しい時期にまきます。丁寧に土をかぶせ、せっせと水やりをします――ところが、芽が出てきません。とうとう、公平な分業を提案しました。おばが種をまき、わたしが花を楽しむことにしたのです」

「おばさまを恋しく思っておられますか？　おじさまのことも？　正確には、どれぐらいになるのでしょう？」

「一年と三カ月です。時間がたてば苦悩は薄れるものと思っていました。また、一年間の喪が明けて喪服を脱げば、痛切な悲しみも忘れられるだろうと思っていました。多少は忘れられたような気がします。でも、ときどき思うんです。心が空っぽになるより、悲しみを抱えたままのほうがいいって。少なくとも、悲しみには存在感がありますもの。ようやく悟ったように思います――おじとおばは亡くなっただけじゃない。消えてしまったんだって。あの二人がいた場所にはもう何もありません」

レンと伯爵は雑木林を抜け、石の太鼓橋を渡った。五年前、傷んだ古い木の橋にかわって架けられたもので、橋の下を丘のふもとへ向かって小川が流れていて、一人のときのレンは何時間でも流れに見とれ、瀬音に耳を傾けることができる。二人はやがて、庭園の西側の境界線になっている長い土手の上までやってきた。一、二週間前まで、このあたりは一面、金色の水仙と鮮やかな緑の葉に覆われていた。多少枯れてしまったものの、いまもみごとな眺めだ。

「夏はバラの東屋がとても華やかになります。でも、わたしは昔から、春のこの土手のほうが好きでした。野生の水仙が咲き乱れるので」

「手をかけて育てられたものより、野生のもののほうがお好きですか？」

「ええ、たぶん。そんなふうに考えたことはありませんでしたが。でも、水仙より愛らしい花はどこにもないと思います。希望を運んでくれる金色のトランペットです」こう言ったとたん、ひどく気恥ずかしくなった。〝希望を運んでくれる金色のトランペット〟だなんて。まったくもう。

「土手を下りることはできますか？」伯爵が言った。

「ええ。下から見るとさらにすてきですよ」

彼が手を差しだした。レンは躊躇した。人の手を借りる必要はない。この土手なら数えきれないほど上り下りしてきた。水仙の群れの真ん中にすわって膝を抱えたこともある。水仙のあいだに寝ころんで両腕を広げ、身体の下で大地が回転するのを感じ、頭上の空がまわっていくのを見守ったこともある。でも、もしこの人と結婚するのなら——双方にとって、あくまでも〝もし〟だが――彼の紳士らしいふるまいに慣れなくてはならない。上流階級の細かな約束事はブリッグズ先生がすべて教えてくれた――紳士はレディの前でどうふるまうべきか、レディは紳士の前でどうふるまうべきか。自分の手を預けると、彼の手に温かく強く包みこまれ、二人でゆっくり土手を下りはじめたときには、優美で女らしい女になったような気分だった。いつもなら、半分走るようにして土手を下りていく。ときには腕をパタパタさせて金切り声を上げることもある。この人が見たら愕然《がくぜん》としないだろうか……。

二人で土手を下りきって、庭園の境界線を示す田舎ふうの木の柵にもたれ――彼に手を握られたまま――上のほうを見つめて、レンは思った。黄色か、緑色か、半喪中のしるしであるグレイか薄紫以外の色を着れば、もっと早く元気になれるかもしれない。空虚な心もそれほど空虚でなくなるかもしれない。着るものの色で気分が左右されることってあるの？

「お二人をとても慕っておられたのですね」

伯爵はふたたびレンのおじとおばのことを話題にしていた。単なる無意味な雑談でないことはレンにもわかっていた。彼女のことを知ろうとしているのだ。おそらく、自分のことも知ってもらいたいと思っているのだろう。レンのほうは事前にそこまで考えたことがなかった。ほぼ勘だけを頼りに相手の男性を選ぶつもりだった。わずかな調査をしただけで、相手のことをほとんど知らないまま結婚を提案し、承知してもらい、式を挙げ、そして……そのあとは？　いついつまでも幸せに暮らしていくの？　いえ、わたしもそこまで愚かではない。とにかく結婚したい。本物の結婚をしたい。肉体的な結びつきを望み、子供を何人も持ちたいと思っている。何人も。ぜったい複数でなくては。自分が選んだ夫のことを知ろうとか、相手に自分のことを知ってもらいたいとかいったことは、ろくに考えもしなかった。出会ったその日から夫婦としての人生が始まるものと思っていたような気がする。外の世界はなし。過去もなし。重荷もなし。

　でも、それはたぶん無理。とにかく、彼が相手では無理だ。〝財産だけが目当てであなたと結婚するわけではないのです、ミス・ヘイデン〟――つまり、結婚の可能性を除外してはいないわけだ。〝財産目当ての結婚をするつもりはない〟とは言わなかった。ただ、財産のためだけに結婚するような人ではない。要するに、正直に言えば、彼女と結婚するつもりはないということだ。

　〝ご自身への評価がとても低くて……〟

「二人はわたしの命であり、救いでした。いずれおじを失うことになるのは、わたしも覚悟していました。八四歳でしたし、心臓が悪く、呼吸困難に陥ることもありましたから。そんな症状では、寝込んでしまう男性が多いものですが、おじの場合そういうことはなく、辛いと訴えることもありませんでした。本当を言うと無理は禁物だったのでしょうけど、まだまだ仕事に精を出していましたし、頭脳も冴《さ》えていました。でも、かなり弱ってきたので、終わりが近いことは誰もが覚悟していたのです。とても悲しいことで、わたしもきっと、おじの死を長いあいだ嘆き悲しむだろうと思っていました。でも、それは……どう表現すればいいのかしら？　受け入れることができる？　自然の摂理からすれば、誰もが年上の身内を失っていくものです。永遠に生きられる人はいません。でも、おじの死の少し前にメガンおばが亡くなったのは、誰も予想もしなかっただけに――」レンは口ごもり、それ以上続けられなくなった。しかし、続ける必要はなかった。彼女が言わんとすることは明白で、レンの手を握った伯爵の手に力がこもった。深い同情を示すしぐさだった。

「すみません。愛する人を亡くしたのはわたしだけじゃないのに。あなただって愛する方々を失ってらしたことと思います」

「父を亡くしました。ぼくは生前の父によく激怒していました。ぼくとはまったく違う生き方をする人でしたから。人生は楽しむためにあると言い、とことん楽しんでいました。ぼくはおそらく、父が亡くなったあとで初めて、自分がどんなに父を愛していたか――そして、どんなに父に愛されていたかを知ったのだと思います」

二人は暗黙の了解のうちにふたたび土手をのぼりはじめ、花を踏みつぶさないよう気をつけながら水仙のあいだを歩いていった。

「おばさまもかなりのお年だったのですか？」

「いえ、とんでもない。五四歳でした。三五歳のときにわたしを連れてロンドンに住む男性を訪ねました。のちにわたしのおじになったのがその男性で、おばは働き口を紹介してほしくて会いに行ったのです。以前、長年病気で伏せっていた最初の奥さんの話し相手《コンパニオン》として雇われていたものですから。その一週間後におじはメガンおばと結婚し、わたしたちはその家で暮らすことになりました。二人は幸せでした。わたしにも幸せを分けてくれ、養女にしてくれました。わたしほど恵まれた人間はいませんでした。いまもそうです。莫大な遺産を受け継いだのですから、リヴァーデイル卿。わたしとの話を進めようと決心なさったときに、もちろん、こちらから具体的な額を申し上げるつもりでおります」

相手の質問に答えるよりもはぐらかしたほうが多かったことは、レン自身にもわかっていた。彼にはもちろん、いろいろと質問する権利があるが、できれば何も訊いてほしくなかった。二人で橋の上に立ち、瀬音を立てて流れる川面《かわも》を見つめていたが、そのうち、彼に手を握られたままだったことに気づいて、レンは手をひっこめた。ショールを掻きあわせた。木陰の空気はひんやりと冷たかった。

「せせらぎの音には心和むものがあると思いませんか？」伯爵に言われて、彼にはもう何も質問する気のないことがレンにもわかった。「そして、水が流れる光景にも」

「ええ、たしかに。水仙が咲く季節でなくても、わたしはここに来るのが大好きです。人里離れた安らぎの場所という幻想に浸ることができますから。いえ、もしかしたら幻想ではないのかもしれない。現実かもしれません。去年あなたに爵位を譲った年下の身内の方はどうしてらっしゃるの？」

「ハリーのことですか？」伯爵は一瞬、彼女のほうを見た。「イベリア半島へ行き、第九五歩兵連隊、またの名をライフル連隊の中尉としてナポレオン・ボナパルトの軍隊と戦っています。軍隊生活は最高に楽しいと本人は言っていますが、何度か負傷していて、母親と姉妹をいつも心配させています。しかし、ハリーが軍隊で活躍するのは当然だとぼくは思っています。昔から元気いっぱいで、生きる熱意にあふれていて、思いどおりにならないことがあっても、泣きごとを言ったりひがんだりするような子ではなかったから。とはいえ、あの騒ぎのときはきっと打ちのめされたでしょうね。ハリーの人生の激変に比べれば、ぼくの人生の変わりようなど物の数ではありません。おまけに、あの子の父親が最低最悪の形で母親を裏切っていて、残酷にも、ハリーと姉妹を婚外子という立場にしてしまったのです。あの子たちの不幸は、なぜかぼくにも責任の一端があるような気がして、こうなったことに罪悪感を持っています。できるものなら爵位を拒否したかった。残念ながら、それは許されないことでした」

「では、姉妹の方々は？」

「カミールとアビゲイルのことですね。バースに住む母方の祖母にひきとられました。カミールはアナが育った孤児院の教師になる道を選びました。ええと、アナというのは、カミールたちの父親が遺した唯一の嫡出子で、現在はネザービー公爵夫人になっていますが、それはともかくとして、カミールは去年の夏に美術教師と結婚しました。その教師はけっこう有名な肖像画家でもあり、去年、思いもよらず莫大な遺産を相続することになりました。二人は現在、バースの町を見下ろす丘の上の大きな屋敷で暮らし、そこを研修所にして、ダンスを始めとして、演劇、絵画、執筆に至るまで、広い分野での静かな研修時間や教室を提供しています。講師を招いた講演会、音楽会、芝居の上演。ときには、孤児院の子供たちを招待してピクニックやパーティを開くこともあります。夫婦のあいだには養女が二人いて、もうじき実子が生まれる予定です。カミールにはぼくたち全員が大いに驚かされました。レディ・カミール・ウェスコットだったころの彼女ぐらい、堅苦しいというか、お高くとまっているというか——もっと露骨に言うなら、あれぐらい感じの悪いレディはどこにもいませんでしたから」

「では、その方を襲った悲劇は、じっさいには天の恵みだったのですね」

「たしかにそうだと思います」伯爵は同意した。「ただ、そう言ってしまうと、ひどく冷酷な気もしますが。カミールの母親はまず、ドーセットシャーで牧師をしている実の弟のもとに身を寄せましたが、現在は周囲に説得され、末娘のアビゲイルを連れて、かつて暮らしていたハンプシャー州の屋敷に戻っています。ヒンズフォード屋敷といって、じつはアナの所有ですが、彼女に懇願されて二人はそちらに戻ったのです。人生の激変と折りあいをつけるために、あの一家はいまも努力を続けているでしょうし、ウェスコット一族の残りの者たちも同様です。ぼくはときどき、ひどい無力感に襲われます」

「でも、あなたも同じことをなさっているのではありません？　大騒動の中心にいらしたお一人じゃないですか」

「いちばん得をした人間に見えるでしょうね。ときどき、ハリーや母親や姉妹から恨まれているに違いないと思い、不安になります。もっとも、ひとこと言っておくと、あの一家がぼくにあからさまな敵意を見せたことは一度もありません」

「一族のほかの方々はご一家の力になってらっしゃるの？　それとも、近寄らないようになさってるの？」

「ああ、それはありえません。ウェスコット一族は結束が強いですから。ぼくの父のいとこにあたる先々代伯爵未亡人、三人の娘とその家族。それから、ネザービー公爵がいます。彼の父親がウェスコット家の娘の一人を後妻にもらったのです。現在のネザービー公爵はハリーが先日二一歳の誕生日を迎えるまで後見人を務めていました。ハリーのために軍職を購入してくれたのもネザービーです。それから、ぼくの母親と姉がいます。もっとも、最初のうち、カズン・ヴァイオラ――かつての伯爵夫人――も、その娘たちも、ハリーも、ウェスコット一族の助けはいっさい受けようとしませんでした。カズン・ヴァイオラは、自分の結婚が法的に無効であり、故に自分は一族の人間ではないという事実にひどくこだわっていたのです。また、カミールとアビゲイルは自分たちが婚外子だったことに大きな衝撃を受け、しばらくのあいだ、傷ついた心をひそかに癒そうとしていました。では、お屋敷に戻ったら、一族の関係について筆記試験をさせてもらいましょう」

レンは彼のほうへ顔を向け、笑みを浮かべた。ときおり彼が見せるユーモアがレンは気に入っていた。「でも、楽々と合格点をとれると思います。ウェスコット一族のみなさんと、その配偶者と、お子さんたちの名前をひとつ残らず伺ったわけではありませんもの」

「姓と、名と、称号を？　すべて覚えるには一週間かかりますよ」

レンが先に立って橋を渡り、二人で横に並んで雑木林を抜けてから芝生に戻った。レンはバラの東屋のほうへ彼を連れていった。もっとも、春もまだ浅いため、見るべきものはたいしてなかった。彼は率直にあれこれ話してくれた。彼女のほうはごくわずかしか話していない。

「おじは身内の数が少なくて、その誰よりも長生きしました。最初の奥さんとのあいだにも、メガンおばとのあいだにも、子供はいませんでした。おじもおばも優しい人で、自分たちの子供はわたしだけで充分だと言ってくれました」おばとレンの続柄を尋ねるべきかどうか、彼が迷っているのが、レンには手にとるようにわかった。彼の顔がレンのほうを向いたが、レンはわざと視線を返さなかった。「夏には」彼から何か言われる前に、レンは話を続けた。「目をつぶっていてもバラの東屋を見つけることができたものです。愚かにもそんなことをする気になったときにはね。こと香りに関するかぎり、水仙よりバラのほうが圧倒的に上であることは、さすがのわたしも認めるしかありません」

二人はそのあと彼が帰るまで、個人的な事柄から離れた会話に終始した。屋敷に戻ると、伯爵は邸内には入ろうとせずに暇を告げ、馬車を玄関先にまわしてもらう必要はないときっぱり言った。

またお邪魔したいという言葉はなかった。

レンは彼が颯爽《さっそう》たる足どりで厩へ向かうのを見送りながら、自分がふつうの人間ならよかったのにという愚かな願いを抱いた。だって――ふつうではないから。比べる相手がほとんどいなくても、それはわかっている。比べるとしたら、お茶会に来ていたレディたちだ。若い人もそう若くない人もいて、みんな愛想がよく、微笑したり、笑ったり、さまざまなことを話題にしたりして、見るからにくつろいでいた。でも、わたしがふつうの人間だったら、あの人に会うことはなかったはず。そうでしょう？

またあの人に会いたい？　彼を追い求めたら傷つきかねないという妙な予感があった。そこまで考えたことはなかった。そうよね？

ああ、わたしがふつうの人間ならどんなによかったか。でも、悲しいけど、こういう人間なの。

4

まる一日かけて考え、考え直し、もとの考えに戻し、もう一度考え直してから、アレグザンダーはミス・ヘイデンに招待状を送り、一人でブランブルディーン・コートに来てもらおうと決めた。礼儀作法に適《かな》っているとは言えない。あるまじきことだ。しかし、体裁を整えるためにふたたび社交的な集まりを開いたところで意味がない。社交の場では彼女のことを知りようがない。結婚を真剣に考えるつもりなら、きちんと知っておかなくてはならない。

二人はウィジントン館からスタートした。満足できるものではなかったが、とにかくスタートしたのだ。アレグザンダーは危ぶんでいた——ミス・ヘイデンはちゃんと理解しているのだろうか。金の力でぼくという夫を現実に手に入れた場合、自分がどんな状況に身を置くことになるのかを。ぼくのほうも、自分がどんな状況に身を置くのかを知っておく必要がある。〝金の力で夫にされる〟のかと思うと、控えめに言っても、吐き気がしそうだった。

ミス・ヘイデンは二日後にブランブルディーン・コートを訪ねてきた。世間体を考えてメイドを連れていた。風の強い曇天の日で、家にこもっていれば悪天候でも問題はないはずだが、そうもいかなかった。メイドは召使いの区画へ追いやられ、彼がミス・ヘイデンに屋敷のなかを見せてまわった。使われていないみすぼらしい部屋々々は、窓の外に分厚く垂れこめた灰色の雲のせいでなおさら陰気に見えた。すべての部屋を見てもらった――半世紀以上にわたって新しい本が一冊も増えていない古びた図書室。いや、増えていたとしても、彼は見つけられずにいる。来客用のサロンと仕事用の部屋も見せた。すべて一階だ。二階の客間は彼女も前回見ているので省略したが、そのとなりの音楽室と呼ばれている部屋は見せた。もっとも、楽器は一台も置かれていない。さらに、用途のわからない部屋も残らず見せてまわり、そのほか、ダイニングルームと、この一世紀のあいだ踊った人がいるのかどうか疑わしい舞踏室へも案内した。三階にあるいくつかの客室や肖像画が飾られたギャラリーも見せた。ギャラリーは古ぼけた惨めな状態で、肖像画も重厚な額縁もすべて汚れ落としと修復の必要に迫られている。彼女を連れて台所へも行った。ディアリング夫人とメイザーズ夫人がいたが、どれほど昔から使っているのかわからない調理設備の不具合の数々については、どちらの夫人も何も言わなかった。

そのあと、二人は屋敷の西側の庭園を散策した。もっとも、外へ出ずに客間でお茶を飲んではどうかと彼が勧めたのだが。彼女は分厚いマントを持参し、散歩用の頑丈な靴を履いていた。また、邸内にいたときもボンネットをとろうとせず、ベールで顔を覆ったままだった。おそらく、初対面の召使いたちに気を遣ったのだろう。二人で歩くあいだ、彼女はあたりを見まわすだけで口数は少なく、見晴らしのいい場所に出るたびにふりむいて屋敷を見ていた。批判的な目で見ていることがアレグザンダーにも伝わった――屋根、煙突、壁を覆うツタ。

彼女の視線が厩と馬車置場へ移った。庭は広大で、荒れ放題とまではいかないものの、よく手入れされた庭園としての魅力にも、手つかずの自然が演出された魅力にも欠けていた。ゆったりと散策したくなるような場所ではなかった。

「手入れが行き届かず、お恥ずかしいかぎりです。庭師たちは長時間働き、精一杯がんばっているのですが。庭師の人数が足りないものですから」〝庭師を雇う金も足りなくて〟と続けてもよかったのだが、それは彼女もよく承知しているはずだ。

「農場、作物、家畜、作男たちについて話してください」彼女が言った。「こちらでとりいれていらっしゃる農法は最新式のものでしょうか？」

彼女の態度と同じように、きびきびした実務的な質問だった。査定をおこなう者の目で彼女があらゆるものを観察し、説明に注意深く耳を傾けていることに、アレグザンダーは気がついた。面接されているのも同然だ——たしかに、そうされても仕方がない。結婚の提案をアレグザンダーが検討していなかったら、彼女をここに招くことはなかっただろうし、彼女のほうも自分の提案をひっこめる気になっていたら、訪ねてくることはなかっただろう。アレグザンダーとしては、どこかの令嬢に求婚した場合にはこうした顔合わせもこういう質問への返答も、令嬢の父親に対しておこなうものだと思っていたから、まさか花嫁候補とじかにやりとりすることになろうとは予想もしていなかった。こんなおかしなやり方は間違っている、非常識だ、屈辱的とすら言える、と思った。しかし、彼女が自分の裁量で事業取引を進めてはならない理由はどこにもない。見るからに頭脳明晰《めいせき》のようだし、それを隠して作り笑いを浮かべ、崇拝に満ちた大きな目で彼を見つめ、無力なふりをする気など、どこにもなさそうだ。ただ、正直なところ、そんな彼女の姿を想像するのもけっこう楽しかった。

「ぼくはヘラクレスの難業にも匹敵するものに直面しています」アレグザンダーはついに言った。「ぼくが爵位を望まなかったのを不思議に思われますか?」

「いえ、思いません。でも、爵位を継承なさったわけだし、それが現実です。わたしが見たところ、あなたに与えられた選択肢は明確です。ここを離れてすべてを忘れ、お屋敷と領地の管理は従来どおり管理人に一任して、最善を尽くしてもらう――もしくは、最悪のことをさせておく。それがいやなら、裕福な女性を妻にする。でも、あなたの場合、選択の余地はなさそうね。なにしろ、良心を備えた男性ですもの。わたしが推測するに、あなたが気にかけてらっしゃるのは、お屋敷や、庭園や、さらには農場のことですらなく、おそらく、ここで暮らす人々のことでしょう。いえ、ただの推測にはとどまりません。ですから、裕福な女性を妻にするしかありません。ところが、それにすら良心の呵責《かしゃく》を感じていらっしゃる。一〇日ほど前にわたしから提案した話に、こちらの外見など二の次にして飛びつき、すべての問題を解決することもできたはずです。でも、あなたにはそれができなかった。結婚によって何を抱えこむことになるかを、わたしがきちんと理解しないかぎり、わたしと結婚しようとは夢にも……いえ、現に……お思いにならないはず。いまのわたしはきちんと理解しているつもりです。でも、あなたのほうは、わたしを少なくとも尊敬できるという確信がないかぎり、結婚するおつもりはない。いかが? 尊敬できます?」

アレグザンダーがこんな風変わりな女性に出会ったのは初めてだった。しかも、それはずいぶん控えめな表現だ。男性だろうと、女性だろうと、こんな風変わりな人間はいない。発言も態度も単刀直入で、こちらは逃げようがない。社交術を駆使して角が立たないようにするとか、穏やかな形で如才なくふるまうといったことがいっさいない。しかし、彼が苛立《いらだ》ちを覚えるのは、実務的なことに関しては率直で隠し立てをしない彼女が、自分自身についてはいっさい語ろうとしないことだった。

「ミス・ヘイデン」アレグザンダーは樹齢を重ねたオークの巨木の下で足を止め、幹にもたれて胸の前で腕を組んだ。「ぼくがあなたとの結婚を考える理由ははっきりしています。しかし、あなたがぼくとの結婚を望んでおられるのはなぜでしょう？　必要なものはすべて持っておられるように見受けします。女性として稀有《けう》なものまでも――すなわち、自立していらっしゃる。どうして見知らぬ他人のためにすべてを捨てようとするのです？　以前、結婚したいとおっしゃった。でも、相手は誰でもいいのですか？　それから、どうかベールをはずしてくれませんか？」

彼女は躊躇したが、やがて言われたとおりにした。アレグザンダーはいままで幻影と話をしているような気分だったことに気がついた。少なくとも、いまの彼女は生身の人間に見える。「わたしは一人の人間としての自分を強く意識しながら大きくなりました。主として、おじとおばのおかげです。二人はきびしい家庭教師を雇って、レディが身につけるべき教養と社交術を残らず学ばせてくれましたし、おじは事業を順調に経営していくのに必要な経験をみっちり積ませてくれました。そして、おじとわたしの両方をおばが応援してくれました。わたしの世界は一年と少し前に崩れてしまいましたが、事業経営をこの手でひきついだおかげで、絶望のどん底に沈みこまずにすみました。こうして田舎に来ているときも、この手で経営を続けておりますが、幸い、有能な工場長がいてくれます。

そのいっぽう、ほとんどの女性は成長するにつれて、自分が女性であることを意識するようになります。娘、妻、母親、女主人に期待される役割に応えるために、身近な男性や守らなくてはならない子供たちの世話に没頭します。自分自身を人間として見ていない女性というのは、大部分とまでは言いませんが、かなり多いように思います。でも、そうでない女性もいるはずです。おばもその一人でした。ただし、妻と母親の役目をひきうけ、それを完璧にこなし、亡くなる前の一八年か一九年のあいだ、とても幸せな人生を送っていました。わたしが一人の人間として生きるか、この時代の典型的な女性として生きるかの選択を迫られれば、躊躇なく、人間であるほうを選ぶでしょう。いったん経験してしまった以上、簡単に捨て去ることはできません。ただ、両方を望んでもいいのではないか？　最近、自分にそう問いかけるようになりました。一人の人間であると同時に、女性であってもいいのではないか？　結婚してもいいのではないか？」

彼女は話をやめ、眉を上げて彼の返事を待ったが、アレグザンダーは同じ姿勢のまま長いあいだ彼女を見つめていた。彼女は一メートルほど離れて日差しのなかに立っていた。長身で、ほっそりしていて、自分に誇りを持ち、顎をつんと上げ、今日はもう顔を隠そうとしていない。そうだ——アレグザンダーは思った——彼女のことがよく理解できなかったのは、そのせいだったんだ。女らしい女の典型ではない。女というより一人の人間だ——なじみのないこの考え方については、時間のあるときにゆっくり検討するとしよう。しかし……彼女なら両方を望むこともできるのではないか？　一人の人間として強い自意識を持つ女性だって、結婚と育児のために——そして、男性に頼って生きるために——育てられた女性たちに負けないぐらい魅力的になれるのではないだろうか？

「ぼくが——もしくは、ほかの男が——期待はずれの人間だとわかったらどうされます？」アレグザンダーはミス・ヘイデンに尋ねた。「しらふのときは、いまご覧になっているとおりの人間なのに、酒が入ると人が変わったようになり、妻と子供に暴力をふるうとしたら？」それは彼の姉の身に起きたことだった。ただし、子供はいなかったが。

ミス・ヘイデンはそう訊かれて考えこんだ。「人生に危険はつきものです。危険から身を守るには、よく考えたうえで進む道を選ぶしかありません。もしくは、何ひとつ選ばずに、じっとしたまま生きていくか。もっとも、それだって現実には無理でしょうし、危険と無縁でもありません。自分が望もうと望むまいと、周囲の人生も、自分自身の人生も変わっていきますもの。おじとおばを失うことをわたしは望んでいませんでした。あなただって、このすべてを相続することなど望んでいらっしゃらなかった」彼女は両手であたりを示した。「しかし、夫選びを間違えた場合、あなたはすべてを失うことになるのですよ——自立した暮らしも、財産も、幸福も」

「それは違います、リヴァーデイル卿。結婚のさいに、あなたに全財産を差しだすようなことはいたしません。そんな愚か者ではありませんもの。というか、わたしは愚かさとは無縁の人間です。挙式の前に、慎重に作成された契約書に双方が署名することになるでしょう」

彼女と一緒にいると、アレグザンダーはたまに背筋が寒くなる。いや、ひんぱんにそうなる。しかし、これが男性の発言だったら、ここまでぞっとするだろうか？ 彼女の父親か、おじか、後見人だったら？ 答えがノーだとしたら、自分も旧弊な人間だということになる。最終的には、義理の父となる人を相手に、夫婦財産契約について交渉し、契約書に署名するのが世間一般のやり方だ。向こうは当然、娘の将来の利益を守ろうとするだろう。

「すると、財布の紐《ひも》はあなたが握るおつもりですね。そして、必要に応じて金を渡してくれるわけですか？」

「とんでもありません」ミス・ヘイデンは向きを変えると、独特の男っぽい——だが、なぜか優美でなくもない——大きな歩幅で屋敷へ戻る道を歩きはじめた。「夫が妻から施しを受けたり、妻の奴隷となったりするような結婚生活に、どうしてわたしが耐えられるでしょう？ とうてい無理です。わたしが夫の奴隷にされるような結婚生活に耐えられないのと同じように。お金がなかったら、それも莫大なお金でなければ、わたしと結婚してくれる男性はいないでしょう、リヴァーデイル卿。でも、お金の力で夫を手に入れたあと、相手を生涯支配しようなどとは考えてもおりません」

二人はしばらくのあいだ無言で歩いた。「さっき説明してくださいましたね。結婚を望んでいるのは、一人の人間であると同時に女でありたいからだと。あなたにとって、女であることは何を意味しているのでしょう、ミス・ヘイデン？」不躾な質問と言ってもいいだろう。相手がほかの女性なら、彼だってこんな質問をしようとは夢にも思わないはずだ。しかし、彼女はこれまでに出会ったどの女性とも違っていて、アレグザンダーはなんと、彼女との結婚を考えはじめていた。

ミス・ヘイデンは息を吸い、吐きだし、ふたたび吸った。「キスされたいんです」威厳を崩さないよう、つんとすまして言った。「キスのあとに何が続くのか、ほとんど何も知りません。でも、キスされたいんです。本物のキスを。そして、子供を持ちたい。何人も。おじとおばから温もりと愛情を充分すぎるほど与えてもらったのに、わたしったらへそ曲がりなのか、子供どうしで遊びたくてたまりませんでした。兄弟姉妹とか、友達とか。おじとおばの死で、温もりも愛情もすべて消えてしまいました。もう一度人間の温もりがほしい。でも、いまは温もり以上のものを求めています。それは……いえ、どんな言葉にすればいいのかわかりません。わたしは世間知らずですし、なんと哀れなことを言う女かと思われているかもしれませんね。でも、そちらからお尋ねになった以上、返事を求める権利がおありです」

「そうですね」アレグザンダーは言った。「ありがとう」

露骨な言い方をすれば、彼女が求めているのはセックスだ。望みのものを金の力で手に入れようと決めた。呪われた顔のあざのせいで、それ以外の方法では無理だと思いこんでいるからだ。これが男なら、結婚という責任を背負いこまなくても、好きなときに金の力でそれを手に入れることができる。しかし、いくら誇り高き裕福な実業家であっても、彼女は男ではない。しかも、彼女が求めているのは単なるセックスではない。性的関係という形をとった人間の温もりだ。当人は気づいていないようだが、もっと深いものを求めている。愛がほしいのだ。そして、嘆かわしいことに、金の力で愛を買えると思っている。

背筋が寒くなった——またしても。彼女が与えてくれるものに対して、どうすればふさわしいお返しができる？　たとえあざがあろうと、彼女の美貌と優雅さを称賛することはできるし、自立した生き方と知性を崇拝することもできる。しかし……ぼくを魅了する要素はどこにある？　どこにもない。彼女はキスされたいと思っている。ぼくには自分が彼女にキスする姿すら想像できない。

「これからどうすればいいでしょう、リヴァーデイル卿？」屋敷の近くまで来たときにミス・ヘイデンは尋ねた。「あなたはわたしにお会いになりました。わたしはこのお屋敷と庭園の一部を拝見し、領地に関してある程度のことを知りました。二人で言葉を交わし、多少はおたがいを知ることができました。次はあなたが訪ねてらして、そのあと、わたしがまたこちらをお訪ねすることになるのでしょうか？　時間は貴重です。おつきあいしてもピンと来ない場合は、二人とも、ほかの結婚相手を見つける仕事にとりかかる必要があります。先へ進む価値はあるのでしょうか？　それとも、ないのでしょうか？」

なるほど、強引に返事を聞きだそうというわけか。しかし、時間に関する彼女の意見はたしかに正しい。新たな管理人が仕事に慣れたかどうかを見て、何をする必要があるか、わずかな財力で何ができるか、何を最優先せねばならないかを管理人と相談するつもりでこちらにやってきたが、その時点では、週末までの短い滞在のつもりだった。そのあとロンドンへ行き、復活祭には母親と姉もそちらに来ることになっていた。しかし、アレグザンダーは出発を翌週まで延期して復活祭のあとにしようと決め、母親に手紙を出しておいた。理由は省略した。わざわざ知らせる価値があるのかどうかわからなかったからだ。急ぎの仕事があるという曖昧な書き方をしておいた。ある意味では、嘘をついたわけではない。跡継ぎと資産を与えてくれる女性と結婚するのが彼の仕事だ。自分の将来と、結婚相手となる若いレディの将来をそんなふうに考えるのはおぞましいことで、一瞬、自己嫌悪に包まれた。

「ミス・ヘイデン」玄関ドアへ続く石段の下でアレグザンダーは不意に足を止め、石段のひび割れから雑草が顔を出しているなどと脈絡もないことを考えながら言った。「慈愛の心が芽生えるはずですし、慈愛に満ちた気遣いも期待できると思います。それを愛と呼ぶつもりはありません。愛は詩人と夢想家のためのものです。しかし、慈愛の心なら……あるはずです。そういう気持ちのない結婚生活には、ぼくは耐えられません。ぼくたちのあいだに慈愛の心が生まれる可能性は、わずかでもあるでしょうか？」自分がそういう気持ちになることは想像できないが、彼女のほうはどうだろう？　彼女の返事がイエスなら、こちらもその期待に沿うべく努力できるだろうか？

「わたしが人間の温もりと申し上げたのが、まさにそれです。わたしたちのあいだにそれが期待できるかどうかはわかりません。おたがいの視点がずいぶん違うことは、わたしもよく承知しています。わたしがあなたを見たときに目にするのは、圧倒的な美貌です。あなたがわたしを見たときに目になさるのは……これです」彼女は片手で顔の左側を示した。「あなたのなかに慈愛の心が芽生えるのはむずかしいのでは――」

「顔なんかどうでもいい！」アレグザンダーは思わず叫び、彼女が頬から二センチほどのところで手を凍りつかせ、目を大きく開いて呆然《ぼうぜん》としている姿を凝視した。「ああ、なんてことを。まことに申しわけない。そんなひどいことを言うつもりじゃなかったのに。ぼくが言いたかったのは――」

しかし、思いもよらぬ光景と声を前にして、アレグザンダーは言葉が続かなくなった。彼女が笑っていた。「何から何まで完璧な紳士だと思っていました。ただの人間だとわかって、どんなにホッとしたことか。で、何をおっしゃりたかったの？」

アレグザンダーはこのとき、ウィジントン館を不意に訪ねたときに彼女が一瞬だけ見せた姿を思いだしていた――頬を紅潮させ、目を輝かせ、服装をやや乱し、息を切らし――そして、愛らしかった。いまも、彼の叫びに驚いて笑いだした姿を見て、彼女に魅力を感じるのは不可能ではなさそうだと思った。ただ、驚いた彼女がふだんは巧みに隠している本当の自分をうっかり見せてしまうときだけかもしれないが。

「あなたの顔はあくまでも顔にすぎません。あなた自身ではない。しかも、その顔はご自分で思いこんでおられるほど目ざわりではありません。あなたは顔に人生を左右されていて、はっきり申し上げると、それがあなたのためになっていない。失礼をお許しください。ひどい言い方で申しわけありません。しかし、顔のせいで人の温もりと慈愛の心には生涯めぐり会えないと思っておられるなら、ご自身でそれを排除していることになります」

「あなたはわたしに慈愛の心をお持ちになれそう？」

アレグザンダーは躊躇した。「さあ、どうでしょう。正直なところ、無理かもしれません。また、そのお顔に嫌悪を感じてはいないことを納得してもらいたいがために、慈愛の心を装うつもりもありません」

「まっとうなご意見です」

「あなたのほうはぼくに慈愛の心をお持ちになれそうですか？」

彼女はしばらくのあいだ、アレグザンダーに視線を据えた。「そのすばらしく端整なお顔に慣れることができればね。でも、いまだに少々圧倒されています」

今度は彼のほうが笑いだした。柔らかではあるが心から楽しそうな声だった。女性はたいてい――男性もそうだが――見た目だけで恋に落ち、そのあとで愛情を、もしくはその逆の思いを抱くようになるのではないだろうか？

「では」彼女が言った。「二人で先へ進みます？　それとも、やめることにします？」

先へ進むべき理由はたくさんある――そして、やめるべき理由もそれに劣らずたくさんある。アレグザンダーは答える前にためらった。現実に求婚を始めれば、大きく一歩踏みだすことになる。たぶん、後戻りできない一歩だろう。しかし、それが彼女を今日ここに招いた理由なのだ――その一歩を踏みだせるかどうか、踏みだすべきかどうかを判断するために。

まだ心が決まらない。しかし、いつまでたってもそうだろう。金目当てで結婚するという思いが、今後もずっとぼくの心を苛むことだろう。また、うわべは性格がきつそうで、頭の回転も速そうな彼女だが、その奥に潜んだ暗黒にぼくは果たして対処できるだろうか？　彼女の自立した生き方と成功に対処できるだろうか？　彼女には複雑な面がいくつもあるが、自分はおそらくその半分も知らないままだ――そう思うと、頭がくらくらしそうだった。しかし、決心がつかないまま、ぐずぐずと人生を送るわけにはいかない。少なくとも、そういう生き方はしたくない。それに、すべてを知ることなど誰にもできはしない。

家に出した手紙の返事がけさ届いた。

「母と姉がケント州からこちらに向かっています。今週、ロンドンで合流する予定でしたが、ぼくだけ遅くなりそうだと手紙で知らせたところ、ロンドンでぼくと復活祭を祝うかわりに、こちらに来ることにしたのです。日曜日のお茶の時間にあなたもお呼びしたいのですが」

彼女は長いあいだアレグザンダーを見つめた。「お二人がずっとなさるでしょうね」

「結婚を考えたときに、あなたは夫と二人きりの暮らしを生涯続けるおつもりだったのですか？」

そう訊かれて、彼女は考えこんだ。「ええ、たぶん」正直に答えた。

「それは無理というものです。おいでいただけますか？」

「では、先へ進むわけですね？」

「ただし、おたがいに義務感に縛られることなく」

「そして、たぶん、ベールをつけずにお宅の客間に伺うよう、お望みなのでしょうね」

「そうです」

彼女はそれ以上何も言わずに向きを変え、彼の先に立って玄関への石段をのぼった。

「お嬢さまの提案をきっと真剣に考えておいでなんですよ」モードが言った。「あちらのお母さまとお姉さまに紹介するおつもりなら」

レンは馬車の座席にメイドと並んですわり、ずっと目を閉じていた。わたしったら、なんて愚かで、なんて世間知らずだったの。世の中のことなど何も知らなかった。おじが事業経営の手ほどきをしてくれて、いまではわたしが経営者の立場だけど、おじの――いまではわたしの――従業員たちとのつきあいは、これまでまったくなかった。工場長のフィリップ・クロフトとすら。同世代の人々とつきあうよう、おじが説得に努めたけど、無理強いはしなかった。メガンおばはもっと過保護で、いつだって、人に姿を見られそうになるとドアの奥に閉じこもり、姿を見せるしかないときはベールの陰に顔を隠してしまうわたしの肩を持ってくれた。家庭教師のブリッグズ先生は、自分の意見はけっして口にしないものの、レディに必要なたしなみのすべてを生徒にきびしく教えこもうとする人だった。ダンスのレッスンまであった。

しかし、レンが一八歳のときにブリッグズ先生が去り、その一〇年後におじとおばが亡くなった。レンだけが世間とは没交渉のまま残されて、金の力で夫を手に入れるという名案を思いついた。すこぶる実用的な案に思われた。そんな思いつきを実行に移した自分はなんと世間知らずだったかと痛感し、恥ずかしくてたまらなくなった。候補者選びを慎重におこない——情報を提供してくれる者はつねにいる——一人一人を面接し、やがて望ましい相手を見つけだす。こちらから求婚し、相手の承諾が得られたら、挙式へと進む。そして、そう、レンの想像のなかでは、式に参列するのは必要な人数の立会人を別にすれば新郎新婦の二人だけで、あとは生涯、その二人しかいない結婚生活が続いていくはずだった。

〝恥ずかしくてたまらない〟どころではない。知性と良識を誇るわたしが、よくもまあ、ここまで愚かな無知をさらけだしたものね。

最初は近隣の人々とのお茶会に招かれた。

今度は彼の母親と姉とのお茶に招かれた。

次はなんなの？　ウェスコット一族全員？　母方の身内の人たち？　どういう人たちがいるのか一度も尋ねたことがないのに。

「顔を合わせる自信がないわ」レンは言った。モードはきっと、レンの返事はないだろうと思っていたに違いない。「その気があるのかどうかもわからない」

「じゃ、変わり者の老嬢になるおつもりですか？」モードが訊いた。

レンは目を閉じたままで微笑した。「すでにもう変わり者の老嬢よ。もうじき三〇歳ですもの、モード」

「では、あの人に勝利を譲るおつもりですか？」

レンは身を硬くした。モードが誰のことを言っているのか、レンにはよくわかっていた。モードはメガンおばから一部始終を聞いている。レン自身も幼いころに一度、二人のやりとりを耳にしたことがあった。〝あの子をあの女からひき離したのは正解です、ミセス・ヘイデン〟モードが言っていた。〝でも、女のことをあの子の心から追いだせなかったら、せっかくひき離したのが無駄になります。あの子の心が永遠にこわれてしまいます。いずれそうなるでしょう。それを忘れないでください。無理にでもあの子を世間にひきずりださなくては。世間が敵ではないことを理解させるために〟やがて、二人は涙に暮れ、いっぽうレンは忍び足でその場を去ると、何かのゲームか遊びに没頭し――それがなんだったのか、もう覚えていないが――耳にしたばかりの話を忘れようとした。

「わたしは自立した人間なのよ」いま、レンは言った。「自分の生き方は自分で決める。あなたの助言を求めた覚えはないわ」

モードは舌打ちした。

「ごめんなさい」ようやく目をあけ、首をまわして、レンは言った。「わたしのことを心配してくれてるのに。ねえ、どっちにすればいい？　あの人の母親と姉に会いに行く？　それとも、今後もずっと変わり者として生きていく？」

モードはわざと頑固そうな表情を作り、腕組みをして、向かいの座席の背を見つめた。

レンは笑いだした。「はいはい、わかりました。あなたの勝ちよ。行くことにするわ」

「わたしは何も言ってません」モードは逆らった。

「言わなくてもわかるわよ」レンはふたたび笑った。「その表情と腕組みだけで充分に雄弁ですもの。自分でもよくわかってるでしょ。お茶の招待に応じて、あなたを誇らしい気持ちにさせてあげる。もっとも、拷問されてもあなたは認めないでしょうけど。でもね、モード、あの人があんなにハンサムでなければどんなにいいかしら。わたしと何度か会ううちに、あざには気づきもしなくなるって、あの人は言ってる。わたしも彼と何度か会ううちに、あの端整な容貌に気づかなくなると思う？」

「気づかずにいることを誰が望むでしょう？」モードはムッとして言った。「わたしだったら、一日じゅうあの方を見ていても、ぜったい飽きたりしません」

レンはため息をつき、ふたたび目を閉じた。すると、オークの木の幹にもたれた彼の姿が浮かんできた。腕組みをして、優美なうえにくつろいだ姿だった。その華麗さにレンは胸を締めつけられ、吐き気に襲われたほどだった。〝キスされたいんです〟と彼に言う自分の声が聞こえ、キスしてくれる彼の姿が浮かんできた。

キスしてほしかった。苦しいほどに。

でも、わたしにキスしたいなんて、あの人が思うわけがない。こんな顔なのに……。

〝顔なんかどうでもいい〟

その瞬間を思いだして、レンはふたたび微笑した。彼の言葉も、感情の爆発も、思いもよらぬものだった。そして、不思議なことに、ほのぼのとしたものを感じた。

ああ、あの人に恋をしてはいけない。ぜったいに。

5

アレグザンダーの母親のアルシーア・ウェスコット夫人と、姉のエリザベス（レディ・オーヴァーフィールド）がブランブルディーン・コートに到着したのは、二日後の昼下がりだった。馬車の音を聞きつけたアレグザンダーは急いで外に出て、二人に手を貸して馬車から降ろし、あわただしい挨拶のなかで温かく抱擁した。

「ねえ、どう思う？」片方の腕で屋敷と庭園のほうを示しながら、尋ねずにはいられなかった。「訊かないほうがよかったかな」

「手遅れよ。訊いてしまったじゃない」エリザベスが笑った。「昔はきっと、息をのむほど豪華な屋敷だったのでしょうね。いまだって、色褪せてはいるけど立派だわ」

「そうかな。邸内を見てまわるまで待ったほうがいいよ」アレグザンダーは姉に警告した。

「アレックスも大変ね。でも、少なくとも屋根は崩れてないみたい」母親はそう言うと、彼の腕をとって石段をのぼり、玄関ホールに入った。

一歩入ったところで足を止めてあたりを見まわし、色褪せてひび割れた黒と白のタイルの床に目を留めた。「わたし、先代伯爵だったカズン・ハンフリーをいい人だと思ったことが一度もなくて幸いだったわ。ひどく裏切られたような気がしたでしょうから。イングランドでいちばん裕福な男の一人だったけど、いちばん利己的な男の一人でもあったわね。こちらに対する責任をすっかり放棄してしまうなんて。やがてその責任が爵位と一緒にあなたの肩にのしかかり、いっぽう、財産はすべてアナスタシアのものになってしまった。いえ、文句を言うつもりはないのよ。アナスタシアは優しい子ですもの。せめてハンフリーが銃殺刑にでもなればよかったのに。ベッドで安らかに死ぬなんてあんまりだわ。この世に正義はないのかしら」

「とりあえず、どうにか住める状態です」アレグザンダーは言った。「かろうじて。眠っているあいだに天井から雨漏りがしたことも、それ以外のひどい災難にあったこともありません。もちろん、二人のために用意させたふたつの客室でぼくが寝たことは、まだ一度もないけど」

エリザベスがふたたび笑った。「でも、復活祭を一緒に過ごせるわね。わたしたちがロンドンで復活祭をお祝いするあいだ、義務感に縛られたあなたがもうしばらくこちらに残るなんて、考えただけで憂鬱だったのよ」

アレグザンダーが執事と家政婦に二人を紹介すると、家政婦のディアリング夫人が「お茶の前にさっぱりしていただけるよう、お部屋へご案内いたします」と言った。二人は物珍しそうにあたりを見まわしながら、家政婦に案内されて階段をのぼっていった。

「村のみなさんにはもう会ったの、アレックス?」しばらくしてから客間に腰を落ち着け、お茶とスコーンとケーキを前にして、母親が尋ねた。「でも、きっと会ったでしょうね。あなたがこちらに来てしばらくたつし、村のみなさんは新しい伯爵に会いたくてうずうずしていたはずですもの。きっと、あなたがこちらに住んで村のお嬢さんの一人と結婚するつもりなのかどうか、知りたくてたまらないことでしょう」

「何人も会いましたよ。誰もがにこやかで親切でした。晩餐会やお茶会、カードゲームの会、音楽会に招かれたこともあるし、日曜の礼拝がすむたびに教会の外で一時間ほど立ち話をしたり、通りでお辞儀をされたり挨拶されたりすることもあります。ここに客を招いたことだってあるんですよ。屋敷の体裁が整うまで待っていたら、この先二〇年は人を呼べそうもないから。ある日の午後、お茶会を開いて大人数を招待したところ、一人残らず来てくれたので大感激でした。たぶん、屋敷のなかがどれほど荒廃しているかを自分の目で見たかったんでしょうね。そして、ええ、もちろん、ほぼ全員がぼくの今後の予定について尋ねました。ぼくは、議員の務めがあるので毎年春には二、三カ月ロンドンへ行くことになるが、あとはこちらで暮らすつもりだと人々に約束しました」

一瞬、沈黙があった。「ブランブルディーンを自宅にするというのね」唇から数センチのところでティーカップを止めて、母親が言った。

「ここで暮らすためにリディングズ・パークを捨てるつもり？」困惑もあらわに、エリザベスが訊いた。「でも、リディングズを愛してるんでしょ、アレックス。あなたの家はあそこなのよ。長いあいだ懸命に努力して、昔の繁栄をとりもどしたじゃない。こちらの屋敷は……控えめに言っても陰鬱だわ。新しい管理人を雇ったんでしょ。あなたの話だと、よく働くまじめな人だそうね。どうしてあなたまでここに住まなきゃいけないの？　いえ、答える必要はないわ。いまいましい義務感のせいでしょ」エリザベスは上品とは言えない手つきでティーカップを受け皿に置いた。「ごめんなさい。あなたがどんな人生を送ろうと、わたしが口出しすることじゃないわね。それに、ここに来たのはあなたを元気づけるためで、お説教するためじゃないもの。そうよね、お母さま。でも、どうしてもひとつだけ言わせて。わたしはあなたのことが大切だし、心配だし、幸せな姿を見たくてたまらないの」

「いまのぼくは不幸じゃないよ、リジー」アレグザンダーは姉を安心させようとした。「ただ、この手で成し遂げなきゃいけないことがいくつもあって、とくに、ぼくを頼りにしてくれてる人たちに、ぼくがみんなを大切に思い、みんなと同じ思いを抱き、一緒に苦労してることを伝えたいと思っている。管理人のバフォードと相談しながら、新たな資金を盛大に注ぎこまなくても今年の農場の収益が増える方向へ進めるよう願っている。緊急に修理が必要な作男たちのコテージに手を入れたり、賃金を上げたりしたいと思っている――上げ幅はたぶんわずかだろうけど、何もしないよりましだ。バフォードは新しい作物と農機具に資金を投入し、家畜の数を増やしたがっている。ぼくたちはおたがいに弱点を補いあえるコンビなんだ。でも、もうやめておこう。姉さんたちに居眠りされたら困るから。ここまでの旅のことを話してよ」

そこで二人が話しはじめ、みんなで笑いころげた。なにしろ、エリザベスがすばらしくウイットに富んだ女性で、滑稽なことを見つけるのが得意ときている。馬車の旅はたいてい退屈なものだが、エリザベスが語れば、ハラハラドキドキの冒険のように思えてくる。ただ、アレグザンダーの母親はほかにも考えていることがあり、お茶の席を立つ前にその話を出してきた。

「社交シーズン中に本格的に花嫁探しをするつもりなの、アレックス？ もう三〇歳になるのに、人生を楽しむチャンスを一度も与えられていないあなたが、わたしは不憫《ふびん》でならないのよ。去年、ようやく自分の身辺に目を向けることにするって言ったでしょ。ところが、一族のあいだに大騒動が持ち上がったせいで、あなたはまたしても自分の幸せを二の次にしてしまった」

「社交シーズンが始まったら、さまざまな社交行事の場へ母さんとリジーをエスコートするのが、もちろん楽しみですよ」

「答えになってないわ」母親は言った。

「アレックス」エリザベスが寒くてたまらないかのように両手で自分の肘を抱き、彼のほうへ軽く身を傾けた。「まさか、お金持ちの妻を見つけるつもりじゃないでしょうね？」

「金持ちの妻に何かご不満でも？」ニッと笑って、アレグザンダーは姉に尋ねた。「金持ちというだけで、裕福な若いレディたちを候補からはずさなきゃいけないのかい？ いささか不公平な気がするけど」

エリザベスは舌打ちをした。「わたしが何を言いたいのか、ちゃんとわかってるくせに。

返事をはぐらかしたその様子からすると、明々白々ね。いかにもあなたらしいわ。自分の幸せはいつだってあとまわし。そんなことはもうやめて。お願い。あなたはわたしの周囲の誰よりも幸せにならなきゃいけないのよ」エリザベスの目に、なんと、涙があふれていた。

「金は邪悪なものじゃないよ、リジー」

「あら。でも、幸せよりお金を優先させたら、邪悪なものになるわ。お願い、アレックス。そんなことしないでね」

「言うだけ無駄じゃないかしら、リジー」姉と弟に交互に鋭い視線を向けながら、母親が言った。「あなたの弟がいったんこうと決めたら梃子《てこ》でも動かないことは、よく知ってるでしょ。それがこの子のいちばん困ったところであり、微笑《ほほえ》ましいところでもあるわ。でも、お金のためだけに結婚するのはぜったいやめて、アレックス。胸が張り裂けてしまう。いえ、いまの言葉は忘れて。またしてもあなたに重荷を背負わせるようなことはしたくないの。あなたが誰を選ぶにしても——早く誰かを選んでくれるといいんだけど。だって、わたしがおばあちゃんになってあなたの子供を思いきり甘やかし、あなたを逆上させる準備はすっかり整ってるんですもの。あなたが誰を選ぶにしても、腕を広げて歓迎するわ。そして、わたしも相手の人を心から愛していくつもりよ」

「アレックスもそうよ、お母さま」エリザベスが言った。「そういう子ですもの。でも、相手の人もアレックスを愛してくれると思う？　それが心配なの。リヴァーデイル伯爵の求婚に応じる相手はいくらでもいるでしょうけど、その人たちは爵位の陰にいる本当のアレックスの姿を見てくれるかしら」

「約束するよ。好きになれない相手とは結婚しないし、ぼくを好きになってくれない相手とも結婚しないって」母親と姉に交互に笑顔を向けて、アレグザンダーは言った。いまはここでやめておいたほうがよさそうだと思った。しかし、日曜の午後の予定だけは早く伝えて説明しておかなくてはならない。ほかにも近隣の人々を少し招くべきだったかもしれない。しかし、それでは彼女が気の毒だ。「日曜の午後、少し離れたところに住む隣人の一人をお茶に招いたのですが」

「復活祭の日曜日に？　まあ、すてきじゃない、アレックス」彼の母親が顔を輝かせた。

「でも、一人だけ？　どちらの殿方なの？」

「じつは女性なんです。ミス・ヘイデンといって、ここから一〇キロほど離れたウィジントン館に住んでいる人です」

「それで、一人でいらっしゃるの？」母親が訊いた。「でも、どういう方？」

「ガラス製品で財を築いたレジナルド・ヘイデンという紳士の姪です。氏の工場と会社はスタッフォードシャーにありますが、一〇年ぐらい前に、田舎の屋敷として氏がウィジントン館を購入しました。ミス・ヘイデンのおばさんにあたる人がその妻です。一年と少し前に夫妻があいついで亡くなるまで、ミス・ヘイデンは二人のもとで暮らしていました」

「で、おじさまの屋敷を相続したわけ？」エリザベスが訊いた。

「それ以外のものもすべて。夫妻はミス・ヘイデンを養女にしていました。実子はなく、親しい親戚もいなかったようです。現在はミス・ヘイデンが経営者となり、事業を切りまわしています」

「並はずれた女性のようね」母親が言った。

「ええ。ぼくもそう思います」

ふたたび沈黙が広がった。きわめて意味深長な沈黙だった。「まだお独りなの？」母親が尋ねた。「おいくつ？」

「ぼくとだいたい同じです。これまでずっと独りでした」

「で、その方が日曜日にお茶にいらっしゃるのね。お客さまはほかに一人もいないわけね」

母親は彼をじっと見ていた。

「いません」アレグザンダーは言った。

「まあ、アレックス、腹の立つ子ね」エリザベスが叫んだ。「続きを話してちょうだい。わたしがあなたを揺すぶって無理やり聞きだす前に」

「いや、話すことなんてほとんどない」アレグザンダーは抵抗した。「二週間前、あちらの屋敷を訪問した——儀礼的な訪問だ。わかるだろ。ブランブルディーンから半径一五キロ以内に住むすべての家族と顔つなぎをしておきたいからね。ぼくのほうも、さっき話したお茶会にミス・ヘイデンを招待した。その後、おたがいに一回ずつ相手を訪問した」

「その方に求婚しようというのね」母親が言った。

「知りあいになろうとしてるんです」アレグザンダーはしかめっ面になった。「向こうもぼく知りあいになろうとしている。ご近所であればふつうのことです」

エリザベスが立ち上がった。「哀れなアレックスをこれ以上質問攻めにするのはやめておきましょう、お母さま。同じ年ごろの未婚の女性を自宅に招き、自分の母親と姉と一緒にお茶を飲んでもらうことに重大な意味があるのを、アレックスは認めようとしないでしょうから。まったく腹の立つ子だわ。わたしたちは日曜日まで待って、自分の目でたしかめるしかなさそうよ。さてと、屋敷の残りの部分を見てまわりたいんだけど、アレックス。少なくとも、わたしは見学希望よ。案内してくれる？」

「喜んで」アレグザンダーは勢いよく立ち上がった。大いに救われた思いだった。「一階からスタートして上の階へ移ろうか？　母さん、一緒に来ます？　それとも、晩餐までこの客間かご自分の部屋で休んでいるほうがいいですか？」

「あら、一緒に行きますよ。三〇を過ぎた子供が二人いようと、まだまだ老いぼれてはいないのよ。それにしても、わが子がそんな年だなんて考えられる？」

母親はアレグザンダーが差しだした腕に手をかけた。


レンは教会の礼拝に出るのが好きで、いつも出かけていた。ほかの人々と一緒にいながら一人になれる場所だった。誰にも煩わされず、ベールに非難の目を向けられることもない。そのいっぽうで、ほとんどの人が会釈をしてくれるし、なかには笑顔でおはようと言ってくれる人もいる。レンがすわるのはいつも、うしろに近い席だった。おじとおばがそうしていたからだ。おじ夫妻の名声と財力からすれば最前列にすわってもよさそうなものだが、そういうことはけっしてしない人たちだった。

　礼拝中の言葉にレンがとくに注意を向けることはなく、説教のあいだ、彼女の心はしばしばどこかへさまよっていった。牧師が火のような弁論術を駆使したり、会衆の心に熱く訴えたりせずに、穏やかな口調で淡々と語りかける様子には好感が持てた。キリスト教の教義を自分がすべて信じているのかどうか、レン自身にもよくわからない。しかし、教会そのものには――また、これまで訪れたことがある教会にもたいてい――彼女の心と、感情と、彼女の存在自体を穏やかにしてくれるものがあり、自分の信仰する宗教ではそれが聖霊と呼ばれるものかもしれないとレンは思っている。しかし、実体がなんであれ、それに名前をつけたいとは思わなかった。名前には対象物を閉じこめて拘束する力がある。ただ、同時に、自由にする力もある。レンという名前には翼と青い大空のイメージがあり、一〇歳のときにロウイーナという名前から彼女を自由にしてくれた。本来の名字がヘイデンに変わったことで、レンの変身は完璧なものになった。

　復活祭を迎えた日曜日の教会は、ユリやその他の春の花々に飾られてことのほか華やぎ、聖金曜日のときの厳粛な雰囲気はどこにもなかった。しかし、レンを幸せにしてくれたのは、花々でも復活祭の喜びでもなかった。教会の静けさであり、レンの心の中心に存在する安らぎであり、波乱に満ちた人生を送ってきたがいまはすべてが順調で、今後も順調だろうという確信であった。今日のレンに必要なのはそれだった。生まれて初めてのことに午後から挑戦しなくてはならない。社交の場に顔を出すことになっている――ブランブルディーンでのお茶――リヴァーデイル伯爵の母親と姉という初対面の二人と一緒に。しかも、ベールなしで来るように言われている。

もちろん、行くつもりだが、心のなかに臆病な部分があって、それがときどき声高に意見を言う。いまも大声で主張していた――ううん、行く必要なんかない。あの人に少しでも人間らしい感情があるなら、こんな要求はしなかったはずよ。あなたはリストの四番目として選んだ紳士に目を向けて、やたらとハンサムでやたらと要求の多いリヴァーデイル伯爵のことなんかきれいさっぱり忘れるべきだわ。

しかし、レンは出かけていった。馬車に乗ってモードのとなりで背筋をこわばらせ、顎をつんと上げ、両手を握りあわせていた。処刑場へ向かうような顔だとモードに言われて、「メイドの意見がほしければ、こちらからそう言うわ」と、あまり独創的とは言えない罵り言葉をレンが返したあと、二人は無言で馬車に揺られていった。半喪のあいだ着ていたグレイや薄紫のドレスから得られるひそかな安らぎすら捨てて、かわりにスカイブルーのドレスを選んだ。裾と袖口と詰まった襟元に同じ色の絹糸で刺繍がしてある。喪服を着るためにしまいこむ前は、これがレンの大好きなドレスだった。それに合わせてかぶった麦わらのボンネットは、自分の手でベールをはずしておいた。つばから垂れたベールについ頼りたくなるのを避けたかったのだ。午前中の教会でせっかく安らぎを見つけたというのに、残念ながら教会に置いてきてしまったという失望を抱えて、レンは出かけていった。たとえじっさいに服を脱いだとしても、裸身をさらしているような感覚にここまで強くつきまとわれることはなかっただろう。いえ、それは少々おおげさかもしれない。自分のそんな思いを笑おうとした。でも、できなかった。

生々しい恐怖が手で触れられるものだとしたら、いまのレンがまさにそんな状態だった。

馬車の旅は永遠に続くかに思われたが、あっというまに終わってしまった。ブランブルディーンへの馬車道に入ったとき、モードのひんやりした指先に手の甲を軽く叩かれるのを感じた。「可憐《かれん》なお姿ですよ、レンお嬢さま」と言われた。「この言葉をすなおに信じてくだされば、お嬢さまの人生は大きく変わるでしょう」

レンはふたたび罵ろうとして口を開きかけた。かわりに、モードに身を寄せて頬にキスをし、自分自身とモードを驚かせることになった。「わたしはいまの人生を愛してるのよ、モード」と言った。本心ではなかった。「それに、あなたのことも愛してる」

それに対して、モードは口をぽかんとあけただけだった。

彼女の到着をリヴァーデイル伯爵は待ちかまえていたに違いない。馬車が止まると同時に屋敷の玄関ドアが開き、伯爵が石段を下りてきて、御者が御者台から飛び下りる暇もないうちに、馬車の扉に手を伸ばしていた。扉をあけ、ステップを下ろし、レンを馬車から降ろそうとして、にこやかな顔で片手を差しだした。しかし、胸中は外見よりはるかに緊張しているにことに賭けてもいい、とレンは思った。そもそも、わたしのような女を母親に紹介したがる男がどこにいるというの？　わたしが勇気をなくして訪問をとりやめるよう願ってたんじやないかしら。

「ちょうどいい時間に着かれましたね。楽しい復活祭を、ミス・ヘイデン」

「で、今日はお気づきになりました？」馬車を降り、テラスで彼の横に立ったとき、レンは挑みかかるように尋ねた。

伯爵の笑みがさらに広がり、目がさらに青さを増したようで、自分はなぜこの人との結婚を考えたりしたのかと、レンは不思議に思った。どんな女性でも手に入れられる人だ。わたしと同じぐらい、あるいは、わたしより裕福な少数の女性までも。そんな人がわたしと結婚しようなんて思うわけがない。

「ぼくが気づいたのは、あなたのドレスが優美で鮮やかな色をしていることです。とてもお似合いですよ。あなたの麦わらのボンネットが、天候そのものと同じく夏を告げていることに気づきました。ベールがどこにもないことに気づきました。そして——ええ、よく見てみたら、お顔の左側にかすかなしみがあるようですね。次にお会いしたときは、もしくはそれ以降は、おそらく、まったく気づかないでしょう」

〝かすかなしみ〟ですって？　〝次にお会いしたときは、もしくはそれ以降は〟ですって？

「楽しい復活祭を、リヴァーデイル卿」レンはややつっけんどんな口調で言った。伯爵のユーモアで心がほのぼのしていたというのに。

「ぼくの母と姉に会ってください」伯爵が腕を差しだした。「客間にいますから」

二人は知ってるの？　この人からあらかじめ聞いてるの？　レンは伯爵と一緒に階段をの

ぼりながら、黙ったままだと怖気づいてしまうという、ただそれだけの理由から、朝の教会にユリの花があふれていてどんなにすてきだったかという話をした。すると、彼のほうは、こちらの教会にはユリだけでなく水仙もふんだんに飾られていたと言った。

「希望を運んでくれる金色のトランペット」彼の言葉にレンは顔をしかめた。

「水仙の土手を歩いたとき、その言葉を口にしたあとで、ひどく恥ずかしくなりました」

「えっ、なぜです？　ぼくは先々ずっと、水仙を見るたびにそういうイメージを抱くと思いますよ」

執事が二人の先まわりをして、大仰な身ぶりで客間の両開きドアを左右にあけているところだった。レンは膝から力が抜けるのを感じ、頭のなかに響く声を聞いた——おじの声だった。一〇歳のレンがおばに連れられてロンドンの屋敷へ行ったとき、おじはレンの顔にかかった分厚いベールを持ち上げ、初めて彼女をじっと見て、〝背筋をしゃんと伸ばしなさい〟と言った。冷淡な言い方ではなかった。〝そして、顎を上げ、世間と向きあいなさい。身がすくんでいても、死にそうに怖くても、それは自分だけの秘密にしておくんだよ〟と。レンは生まれてからずっと、肩を丸め、縮こまり、うつむいて顎を首に埋《うず》め、自分の姿を消そうとしてきた。いまのレンは、すでにしゃんと伸びた背筋をさらに伸ばし、すでにつんと上がった顎をさらに上げて、少し間隔を空けて部屋のなかほどに立つ二人の貴婦人をまっすぐに見ていた。

あらゆるものが不自然なほど明るく感じられた。でも、当然だ。彼女と苛酷な現実世界を隔てるベールはどこにもないのだから。

「母さん、リジー」リヴァーデイル伯爵が言った。「ミス・ヘイデンを紹介させてもらっていいかな。ぼくの母のウェスコット夫人と姉のレディ・オーヴァーフィールドです、ミス・ヘイデン」

「あら、大変」年上の貴婦人が胸の前で両手を握りあわせ、心配そうに眉をひそめて、あわてて何歩かレンに近づいた。「火傷なさったのね」

「いいえ」レンは言った。「生まれつきなんです」では、伯爵はこの人たちに何も話していなかったのね。右手を差しだした。「初めまして、ウェスコット夫人」

夫人がレンの手をとった。「火傷の痛みを経験なさらずにすんでほんとによかった。お目にかかれてうれしいわ、ミス・ヘイデン。ここは、わたしが結婚したときからずっと夫のいとこが所有していた屋敷で、去年からはアレックスのものになったのに、わたしは一度もこのブランブルディーンに来たことがなかったんですよ。今日の午前中は近くに住む方々に教会でお会いできて楽しかったし、午後からはあなたとゆっくりお目にかかれることになって喜んでいます。田舎で暮らす者にとっては、親しいおつきあいがとても大切ですもの。そう思われません？」

夫人は華奢なレディで、髪の色は濃く、優しそうな顔をしていて、立ち居ふるまいは優雅だった。背丈は中ぐらい、若いころはきれいな人だったに違いない。息子の背丈は別として、顔立ちが誰の遺伝かはひと目でわかる。伯爵の姉は母親より長身だが、それでもレンと比べると頭半分以上低かった。髪と目の色は母親より淡く、息をのむほどの美貌ではないが、それなりに美しい。弟とはたぶん二、三歳違いだろう。その姉がレンに握手の手を差しだした。

「わたしもお知りあいになれて喜んでいます、ミス・ヘイデン。一年と少し前に身内のお二人を亡くされたそうで、お悔やみを言わせていただいてもいいでしょうか？　さぞお辛かったことと思います」

「ええ、たしかに」レンは握手をした。「ありがとうございます」

伯爵がレンを椅子へ案内し、全員が腰を下ろした。ほぼ同時にお茶のトレイとお菓子の大皿が運ばれてきたので、ウェスコット夫人がお茶を注ぎ、レディ・オーヴァーフィールドがお茶とケーキを配った。レンはケーキを二個とり、今日はベールがないおかげで食べるのに苦労せずにすむ、好きなだけ食べていいのだ、と気づいて呆然とした。

「田舎のお屋敷で過ごされることが多いのかしら、ミス・ヘイデン？」ウェスコット夫人が尋ねた。「たしか、アレックスがウィジントン館と呼んでいたように思いますが。ウィルトシャー州は風光明媚《ふうこうめいび》なところですね」

「はい」レンは同意した。「ずっと昔、田舎に家を買おうと決めたとき、おじはしばらく考え、おばとじっくり相談したうえで、あの屋敷を選びました。スタッフォードシャーにも家があります。わたしが相続したガラス工場の近くですけど、けっこう町なかなので、ウィジントン館のような魅力はありません。でも、わたしはちょくちょくそちらへ出かけ、ときには何週間か滞在することもあります。事業を経営する身ですので。じつを申しますと、信頼できる右腕として何年もおじを支えてきた工場長がいてくれるおかげで、わたしがいなくても工場は順調に動いていくと思います。でも、女は家庭を守り、外のことはすべて夫にまかせるべきだという考え方には賛成できないのです」

なんてことを……。いまの言葉はレン自身の耳にすら喧嘩腰《けんかごし》のように響いた。挑戦状を叩きつけるのに似ていた。男に生涯すがりつくために、この二人の息子であり弟である男性を罠《わな》にかける気などないことを、二人にはっきり示しておく必要があるかのように。そんなことは考えてもいない。結婚を望んでいるのは事実だし、自分と同じ階級のほとんどの女性にとっては結婚が人生のすべてだろうと想像しているが、レンはそうではない。もっとも、レンが彼を罠にかける気だとは、母親も姉も思っていないかもしれない。なにしろ、彼は伯爵だし、抜群にハンサムな男性だ。それにひきかえ、この自分は……いいえ、仕方がない。おじは立派な紳士だったが、一部の人はいささか軽蔑的な口調でおじのことを〝平民〟と呼んでいた。上流階級の人々は平民との縁組にしばしば眉をひそめるものだ。

「すてき、拍手をお送りするわ、ミス・ヘイデン」笑い声を心地よく響かせて、レディ・オーヴァーフィールドが言った。「でも、そんなことをおっしゃると、貴族社会の人々は憤慨するでしょうね」

「わたし、貴族社会のことは何も存じません」レンは言った。「おじは紳士でしたし、おばは上流の生まれでした。わたしもそうです。でも、おじはおばと結婚する以前、ロンドンに家を持っていましたが、結婚後にそれを売却し、ロンドンの暮らしは少しも恋しくないと、いつも申しておりました。わたしもロンドンに憧れたことは一度もありません。わたしたち家族はスタッフォードシャーとこちらを行き来して暮らしていました」

「すると、社交界デビューもなさってないの？」ウェスコット夫人が尋ねた。

「はい」レンは答えた。「上流社会に入りたいと思ったこともありませんし。いまもそうです。現在の暮らしを続けていければ、とても幸せです」あなたの息子さんに結婚を提案したことを別にすればね。だって、結婚相手がほしいから。

自分がいささか喧嘩腰になり、かなり堅苦しい態度をとっていることは、自分でもわかっていた。ブリッグズ先生だったら、舌打ちをして首を横にふり、優雅な社交マナーを叩きこむために、レンに何度も何度も練習させたことだろう。いまのレンは理由もなく敵愾心《てきがいしん》を持っていた。二人の貴婦人がレンに向ける目には、非難の色も、慇懃《いんぎん》無礼さもないというのに。

二人ともきわめて礼儀正しい——レディたる者、誰もがそうしたマナーを教えこまれている。

しかし、息子が、弟が、彼女一人をお茶に招いたのはなぜなのかと、二人が自らの心に問いかけたとき、きっと心のなかですくみ上がったに違いない。避けようのない結論にたどり着き、恐怖におののいたに違いない。わたしが帰ったあとで、彼に激怒の言葉を浴びせるに違いない。

「ブランブルディーンの印象はいかがですか？」話題を自分以外のことに向けようとして、レンは尋ねた。しかし、ブランブルディーンを持ちだしたのも、たぶん賢明なことではなかっただろう。なにしろ、屋敷と庭園に魅了されたふりなど、この二人にはできそうもないし、荒廃ぶりを考えたとき、貧しすぎる伯爵にはどうにもできないのに対して、彼女には莫大な財産があることを否応《いやおう》なしに思い知らされるだろうから。

「かつては豪華絢爛《けんらん》たるみごとな屋敷だったでしょうね」ウェスコット夫人が言った。「アレックスがこちらに来て手入れを始めたおかげで、いつか昔の姿に戻るかもしれません。でも、わたしたちが木曜日にこちらに来てから心がけていたのは、家族で過ごす時間を楽しいものにし、こちらでアレックスを待ち受けている数々の難題を忘れさせることでした」

会話がぎこちなく進むあいだ、レンは叱責されているような気分だった。二人は申し分なく育ちのいい人たちだが、礼儀正しさの陰に非難が、さらには嫌悪すら潜んでいるに違いないという思いが、レンの心のなかで大きくなっていた。少なくとも、レン自身にも責任の一端がある。緊張を解くことも、弱みを見せまいとする姿勢を崩すこともできず、訪問した瞬間から敵意の滲《にじ》む態度をとっていたのだから。スタート地点に戻ってやり直せればいいのにと思った。でも、果たして違う展開になるだろうか？　違う展開にできるだろうか？　笑顔を作るなんて無理だし、椅子にもたれてくつろいだふりだけでもしたいけど、それも無理。それにひきかえ、リヴァーデイル伯爵は温和で、魅力的で、にこやかだ。どう考えても不公平だ。

三〇分たったと思われるころ——上流社会の訪問時間はこれが必須条件で、家庭教師が教えてくれた社交界の多くのマナーのひとつだった——レンは立ち上がって暇を告げ、お近づきになれて楽しかったと二人のレディに挨拶した。お茶に招いてくれた伯爵に感謝を述べ、訪問がようやく終わったことに、自分の力で客の役割をこなしたことに、心の底からホッとした。ひどくぶざまだったし、ほんの二週間前まで――いえ、今日の朝ですら――自分にそんなことができるとは思ってもいなかった。でも、本当に終わったのだ。すべて。それを疑うことは誰にもできない。レン自身はとくに。しかし、ホッとしたにもかかわらず、失望の鈍い痛みも感じていた。

最初に考えたときは、とても単純な計画だと思われたのに。

二人のレディが丁重な口調でレンに何やら言葉を返した。具体的に何を言ったのか、レンの耳には届かなかった。リヴァーデイル伯爵が無言で階下まで付き添い、三〇分後にミス・ヘイデンの馬車を玄関にまわすよう執事に命じた。

「三〇分後？」先に立ってテラスへ出る伯爵に、レンは眉をひそめて尋ねた。

「馬車ではるばる出かけてらして、そのあとは客間ですわりっぱなしだったでしょう？これからご自宅までずいぶん長くかかることと思います。その前にとりあえず少し時間をとって、新鮮な空気を吸い、身体を動かしてはどうでしょう。いかがです？」伯爵が腕を差しだした。

するとわたしにきちんと告げなくてはと思ったのね？客間にいたときから一目瞭然だった事実を言葉にしなくてはと思ったのね？ええ、たぶん、この人の判断が正しいのだろう。少なくともはっきり言ってもらえば、これから二週間、この人の馬車や手紙がやってくるのを毎日待ちつづけなくてすむ。そんなことはしないと自分に言い聞かせていても。世の中には、はっきり言ってもらったほうがいいこともある。

差しだされた彼の肘に手をかけたレンは痛みを感じた。不思議なことに、それは深い悲しみに似ているように思われた。

6

二人は彼女が前回ここに来たときにたどった道とは逆の方向へ歩いていった。広い芝生があって、次は伸び放題の木々が鬱蒼《うっそう》たる雑木林を作り、その向こうに、かつてはさぞ立派だったに違いないニレの並木に縁どられた散歩道があった。二列の並木が遠くまでまっすぐ続き、草の生えた広い散歩道がそのあいだに延びている光景は、なかなかみごとなものだとアレグザンダーは思った。最近になって手入れされてはいるのだが、木々はまだまだ剪定《せんてい》の必要があるし、草は刈る必要がある。散歩道には一定の間隔をおいて木製のベンチが置かれ、突き当たりにサマーハウスがある。この距離からだと、じっさいよりもきちんと手入れされているように見える。ベンチのほうはもはや腰を下ろせる状態ではないので、撤去させなくてはと思った。ただ、ベンチのある光景は気に入っているし、散歩道の先までずっとベンチが並んでいれば、さやさやとそよぐ豊かな緑と、人里離れた安らぎの地に来たような雰囲気に包まれて、ゆったりと散歩を楽しめそうなのも気に入っている。芝生のあいだに、庭師の鎌に抵抗したデイジーが少し咲いていた。アレグザンダーはこの花がけっこう好きで、雑草扱いされるのを残念に思っている。

「すてきな場所ですし、予想外でした」ミス・ヘイデンが言った。「さっきの木々が東側の境界線になるのだと思っていました」

「広大な庭ですからね。その広さもまた悩みの種です。本来の美しさを維持しようと思ったら、庭師の大群に朝から晩まで働いてもらわなくてはなりません。しかし最終的には、働き口を提供し、人々に喜びを与えるという二重の目的を果たせるでしょう」

「この散歩道にいると広い教会が連想されます。安らぎと畏敬の念を感じるところが似ているのでしょうね。でも、教会と違うのは、こちらには生命が宿っていることです」

「すると、芸術より自然のほうがお好きですか？」アレグザンダーは尋ねた。「ぼくは大聖堂を見て言葉を失ったことが何度かあります。飛び梁《はり》に始まって垂木のあいだからのぞくガーゴイルの頭部に至るまで、芸術的な技巧が凝らされていますからね」

「でも、芸術と自然の両方を受け入れることだってできます。正反対と思われるものを前にして、どちらかを選ばなくてはならないと思ったら、人生は貧しくなってしまうでしょう。なぜ選ぶ必要があるのです？　わたしは教会で何も考えずに周囲を見つめ、本来の自分に戻って、何時間も過ごすことができます。また、外に出て自然の生命を吸収し、自分もその一部であることを実感しながら、何時間も過ごすこともできます」

しばらく前まで客間の椅子に浅く腰かけ、ぼくの母と姉との会話に苦労していた女性とはまるで別人のようだ、とアレグザンダーは思った。あの女性はよそよそしく、堅苦しくて、人好きのするタイプではなかった。ミス・ヘイデンが彼の母親に向かって、自分でガラス工場を経営しているとか、女は家庭を守り、外のことはすべて夫にまかせるべきだという考え方には賛成できない、などと言ったことを思いだした。また、彼に向かって、自分は結婚を望んでいると言い――別のときには――キスされたいと言ったことを思いだした。彼が一瞬カッとなって〝顔なんかどうでもいい〟と言ったときに、彼女が不意に笑いだしたことを思いだした。そして、ウィジントン館で彼女が水仙の咲き乱れる土手を見つめ、〝希望を運んでくれる金色のトランペット〟と呼んだことも思いだした。

正反対のもののどちらかを選ばねばならないとしたら、人生は貧しくなってしまう――さっき彼女がそう言った。あれもこれも。あのときもいまも。芸術も自然も。水仙もバラも。今日の午後、彼の屋敷の客間にすわっていた女性も、いま彼と一緒に歩いている女性も。

魅力と嫌悪。これもまた正反対の組みあわせだ。

二人はしばらく黙って歩きつづけた。

「ありがとう」アレグザンダーはついに言った。

「何が？」彼女が顔の向きを変え、眉を上げた。

「今日の午後の訪問は、あなたにとって信じられないぐらい困難なことだったと思います。ベールを置いてくるのはとくに困難だったでしょう」

「お二人はわたしのことがお気に召さなかったようね」

アレグザンダーは眉を曇らせた。ふだんの母と姉なら、会ったばかりの相手の人柄を判断するさいに、性急に意見を述べることも、きびしい目を向けることもないが、二人がこの訪問を歓迎していないことは彼にもわかっていた。ミス・ヘイデンはベールをつけないかわりに自分のまわりに壁を築いてしまったようで、人がその壁を乗り越えるのは容易なことではなく、不可能にも思われた。アレグザンダーはまず自分がくつろいでいるように見せて、彼女の緊張を解こうとした。母親も姉も彼女の緊張を解こうとし、ふだんなら、それぐらいのことは楽にできるはずだった。なにしろ、二人とも生まれつき温和で気立てのいいレディだから。ところが、会話はいっこうにはずまず、しらけるばかりで、陳腐な話題に終始し、意識的に努力しなくても話が自然にはずむという段階にはどうしてもたどり着けなかった。正直なところ、針のむしろにすわらされた思いだった。三〇分が永遠のように感じられた。

「どうして二人があなたのことを気に入らないなどと？」アレグザンダーは尋ねた。

「だって、お二人ともあなたを愛してらっしゃるから」

「母と姉にはまだ何も話していません。隣人だというだけで、それ以外の関係については何ひとつ」

「あら。でも、お母さまもお姉さまも知性に欠ける方々だとは思えません」

たしかに彼女の言うとおりだ。「二人ともぼくが幸せになる姿を見たがっているのです。母にとってはたった一人の息子、姉にとってはたった一人の弟ですし、昔から仲のいい家族でしたから。しかし、肉親の愛情でぼくを縛るような人たちではありません。妻になるかもしれない相手に反感を持つようなことはないはずです。それどころか、二人ともぼくの結婚を望んでいます。もう三〇歳ですからね」

「でも、わたしはそういう相手じゃありません。今日の訪問がけっして悲劇ではなかったと信じているふりをなさっても無駄です。そして、わたしにはお母さまとお姉さまを非難するつもりはありません。とても親切にしていただきました。また、あなたを非難するつもりもありません。もしくは、わたし自身を。あなたを自由にして差し上げなくてはと思います、リヴァーデイル卿。正式にそちらから求婚なさったわけではありませんが、二度ほどおたがいを訪問し、わたしをウェスコット夫人とレディ・オーヴァーフィールドに紹介なさった以上、義務のようなものを感じてらっしゃるかもしれませんね。はっきり申し上げておきますけど、そのような義務はありません。二週間前に初めてお越しいただいたときにこちらから提案した件については、二人とももう忘れるべきだと思います。あなたは善良な方で、完璧な紳士です。わたしのほうは、親しくなろうと努力してくださったことに感謝しておりました。でも、これで終わりにしなくてはなりません」

二人は散歩道のなかほどで立ち止まり、彼女はアレグザンダーの腕から手を離した。二人は顔を向けあって立っていて、アレグザンダーは自分が渋い顔をしていることに気がついた。彼女は冷静な女性実業家にふさわしい口調で話をし、彼の目をまっすぐに見ていた。彼に関する計画も希望もすべてなかったことにすると言っているのに、そこには感情のかけらもなかった。しかし……心のなかで辛い思いをしているのでは？　そう懸念するのはこちらの思い上がりだろうか？　今日の午後、ここまで出かけてくるには桁外れの勇気が必要だったはずだが、彼女はそれをやってのけた。なぜ？　ぼくとのことを終わらせるために？　それなら手紙をよこすだけでよかったのに――あるいは、来るのをやめるだけでよかったのに。こんな試練をくぐり抜ける必要はなかったのに。すると、ぼくとじかに会って話をするために来てくれたのだろう。彼女がどれほど孤独で心細い思いをしたことかとアレグザンダーは考えこんだ。三対一だった――仲のいい家族三人に対して、身寄りのない女性一人。しかも、前回お茶に招かれてここに来たときは、気丈にふるまうためのベールがあったのに、今日はそれすらなかった。

くそっ。だが、彼女の言うとおりだ。たったいま、彼女がぼくを自由にしてくれたが、それでもぼくは義務感に縛られている。彼女をここに招待し、ひどく不愉快な思いをさせてしまった。彼女の言葉をそのまま受け入れるべきだ。彼女は間違いなく、慣れ親しんだ世捨て人の暮らしに戻りたがっている。ぼくもそれで安心できる。二人で幸せな結婚生活を送る光景は想像できない――いや、そもそも結婚する光景からして想像できない。しかし――。

「では、勇気をなくすわけですか?」アレグザンダーは尋ねた。

「勇気がどうのという問題ではありません」彼女は反論した。

「失礼ながら、同意できません。ぼくをご自宅に招くのも、結婚の提案をするのも、ぼくに顔を見せるのも、ぼくの隣人たちとお茶を飲むのも、一人でここに来るのも、今日ふたたび訪ねてくるのも、大きな勇気が必要とされることでした。しかし、計画を立てたあとで、きっと気がつかれたのでしょう。結婚すれば、おじさまご夫妻のもとで送ってきたような世間とほぼ没交渉の暮らしを続けるのは、現実として無理になるということに。前回お会いしたとき、あなたもそれを認めていらした」

「これ以上申し上げることはありません、リヴァーデイル卿」

「今日、ぼくの母と姉に会って、あなたは怖気づいてしまった。そこで、本能のままに行動しようとしている。つまり、身を隠せる場所に逃げこみ、そこに閉じこもるつもりでいる」

　ひどい言い方なのは彼自身にもわかっていた。しかし、この言葉にはたしかに真実が含まれていた。海に爪先をつけたら水が冷たかったので、泳ぐつもりだったがやめにした、というようなものだ。

「わたしは自分が選んだ生き方をする権利を行使しているのです、リヴァーデイル卿」背筋をしゃんと伸ばした威厳たっぷりの冷ややかな態度で、彼女は言った。「あなたを選ぶつもりはありません。提案は撤回します。わたしからあなたにお渡しできるものは、莫大なお金以外に何もありません。何ひとつ」

　彼女が〃あなたから渡していただけるものは何もありません〃と言わなかったのは、注目すべきことだった。もっとも、そのほうが当を得ていただろうが。アレグザンダーは背中で手を組み、しばらく彼女を見つめて、その冷たく落ち着いた態度の裏で何が起きているのかを探ろうとした。何も起きていないと結論しそうになったが、彼女の視線が一瞬揺らぎ、それからふたたび彼をじっと見つめた。さきほど口にした言葉の陰に潜んだ苦悩を、アレグザンダーは感じとれるような気がした――〃わたしからあなたにお渡しできるものは、莫大なお金以外に何もありません〃

「もしぼくたちが結婚したら、一〇歳までの生い立ちを話してもらうことになるでしょう、ミス・ヘイデン。ぼくは本来暴力的な人間ではありませんが、ぶちのめしてやればさぞスカッとするやつが世の中にはいるものだと、あなたのお話を伺って気がつくでしょうね」

彼女が目をみはり、片手を口に押しあてるあいだに、その目に涙があふれた。不意に向きを変えると、つかつかと散歩道の脇へ寄り、ニレの木にもたれて、背けた顔を両手で覆った。

ああ、どうしよう。なんてことをしてしまったんだ?

アレグザンダーは彼女のあとを追い、真ん前にしばらく立っていたが、やがて木の幹に手を置いた。彼女の顔をはさむようにして。彼女が手を下ろしてアレグザンダーを見つめた。苦悩の表情だった。アレグザンダーは彼女のなかに存在する闇を以前から感じとっていたが、少なくともいまこの瞬間、自分がその闇を見つめていることを知った。向こうは何も言おうとせず、彼のほうも彼女の心を軽くするための言葉は何ひとつ思いつけなかった。謝ろうか? しかし、何を謝ればいい? しかも、こちらからはっきり口にしてしまった。子供時代の隠された歳月に結びつく一種の地獄へ彼女を追いやってしまった。

「キスされたいと前におっしゃいましたね」そう言っている自分の声が聞こえた。「キスさせてください」

「どうして? わたしを慰めるため? その胸に芽生えていたかもしれない責任感から解放されてホッとしてらっしゃることは、あなたにも否定できないでしょ? さっきの悲惨な三〇分のあいだに、わたしとの結婚は無理だとお気づきになったはずよ。ロンドンへいらっしやれば、お相手は簡単に見つかるでしょう。もっと……ふつうの人が。そして、あなたの悩みを解決できるぐらい裕福な人が」

「キスさせてください」アレグザンダーはふたたび言いながら、肘を曲げ、顔と身体を彼女に近づけた。そして、本気でキスを望んでいる自分に気がついて驚いた。たとえその思いが単に好奇心ゆえだとしても。

「どうして？」彼女がふたたび訊いた。彼の返事がなかったので、続けて言った。「ええ、じゃ、キスしてください。そのあとで、わたしの馬車まで連れていってください」

アレグザンダーはそのまましばらく彼女の目を見つめ、それから唇に視線を落とした。キスをした。唇を重ねられて彼女の唇がこわばり、次に柔らかくなり、やがておずおずと押し戻してきた。彼女の両手が上がって、アレグザンダーの上着の上から彼のウェストの左右に置かれた。アレグザンダーは木の幹に置いていた手を離して、彼女の顔を包んだ。閉じたまぶたを、頬を、親指でなでた――あざがあるほうの肌も反対側と同じくすべすべしていることを知った。片手を彼女のうなじにすべらせてボンネットの下に差し入れ、反対の腕を彼女のウェストにまわして抱き寄せた。背が高く、しなやかでほっそりした女性だ。長い脚が彼女の脚に密着している感触が伝わってきた。ぎこちなさも伝わってきた。不慣れなようだ――これが初めてのキスであることに賭けてもいいとアレグザンダーは思った。そうに決まっている。

しかし、正直に言うと、この抱擁のひとときを冷静に分析していたわけではなかった。キスをしながら、予想もしなかった官能性に、同じく予想もしなかった彼女の女らしさに、そして、自分の唇で彼女の口を開かせたい、舌で探り、両手で彼女に触れて愛撫《あいぶ》したいという欲望に圧倒されていた。

しかし、彼女にとっては間違いなく初めてのキスだ。アレグザンダーは自分の欲望に流されまいとした。それでも、彼女が不意にパニックを起こした。荒々しいと言ってもいい勢いで彼の胸を両手で押しのけ、腕の下をかいくぐり、草に覆われた散歩道へあわてて戻り、道の真ん中で足を止めた。

「申しわけない」あとを追いながら、アレグザンダーは言った。

彼女が勢いよくふりむいた。「わたしがキスしてって言ったんです。でも、キスされても何も変わらないわ、リヴァーデイル卿。そろそろテラスに戻ることにします」

しかし、彼はいま、本気で責任を感じていた。「ミス・ヘイデン」ふたたび背中で手を組んで、うっすら紅潮した彼女の頬、目の輝き、冷静さを失った様子を見守った。「来週、ロンドンへ行く予定です。いろいろと用があるので。あなたも一緒にいらして、母の客としてウェスコット邸に滞在なさいませんか？　ぼくはよそで部屋を見つけることにします。向こうで少し社交生活を経験されてはどうでしょう？　たっぷりでも、ほんのわずかでも、お好みに合わせて。同年代の人々にご紹介しましょう――いや、気が進まなければいいんですよ。向こうであらためて求婚させてもらえませんか？　おたがいに義務感に縛られることなく」

「いえ！」彼女の目が衝撃で大きくなった。「なぜまたわたしが承知しなくてはならないのです？　あなたが義務感に縛られてらっしゃるから？　わたしにも義務というものがあることをわかっていただきたいわ。スタッフォードシャーのガラス工場に顔を出さなくてはなりません。会社を経営する身ですから。なんでしたら、あなたもそちらへいらして、わたしの仕事仲間や従業員たちに会ってください」

「あなたへの求婚から何かが得られるとしたら、それは好もしいことだと思います、ミス・ヘイデン。しかし、春のあいだは無理でしょうね」

「わたしのほうは、どの季節であろうとロンドンへ行くつもりはありません。もちろん、春のあいだになんてとんでもない。これがわたしの最後の言葉です」ミス・ヘイデンはまわれ右をして、いま来たほうへ大股で戻っていった。

アレグザンダーはその横を無言で歩いた。努力はした。〝これで終わりにしなくてはなりません〟と彼女に言われたとき、露骨に安堵《あんど》の表情を見せないように努めた。あらためて求婚させてほしいと提案した――以前のときのことを求婚と呼んでいいのかどうかはわからないが。これでぼくも気の咎《とが》めを感じなくてすむ。彼女が選んだこと、望んだことだ。言うべきことはもう何もない。

テラスで彼女の馬車が待っていた。馬の頭のそばに御者が立ち、いっぽう、彼女のメイドは開いた馬車の扉の外をうろうろしていた。アレグザンダーは少し手前で足を止め、ミス・ヘイデンの手をとってお辞儀をした。「お近づきになる喜びを与えてくださったことに感謝しています」

「ではこれで、リヴァーデイル卿」

「お気をつけて、ミス・ヘイデン」

アレグザンダーは彼女に手を貸して馬車に乗せ、メイドがとなりにすわったあとで扉を閉めた。御者が御者台にのぼり、手綱を持った。馬車が動きだしても、彼女が窓からこちらを見ることはなかった。視界から消えていく馬車を見送りながら、アレグザンダーは安堵に浸ろうとしたが、なぜかできなかった。

何もかも腹立たしいあざのせいだ、と思った。

人生最初の一〇年間にいったい何があったのだ？　何か悲劇的なことが起きたのは間違いない。

向きを変え、のろのろとした足どりで屋敷に入って客間への階段をのぼった。

「悲劇が蒸しかえされたとでもいうようなお顔ですね」モードが言った。

「そう見える？」レンは座席のクッションに頭を預け、モードからわずかに顔を背けて目を閉じた。形ばかりの問いかけだったので、モードもしいて返事をしようとはしなかった。

別れの挨拶をしたあともなお、レンは彼にすがりつきたかった。ほかの誰かとそうなることは二度とないと思ったからだ。結婚しようと思い、実行に移すべく努力したが、いまようやく、自分に結婚は無理だったと悟った。ただ、ほかの誰かとそうなることはけっしてないと思った本当の理由は、もちろんそれではないし、自分に嘘をついたところでなんにもならない。ほかの誰かではだめ。だって、あの人ではないから。でも、あの人を手に入れることはもうできない。

二人の会話を、彼のキスを思いだした――想像もしなかった。キスがああいうものだなんて……。彼の母親と姉との顔合わせについて考えた。ロンドンに来てわが家の客になってほしいという彼の誘いについて、彼女の世界に入りこもうとする彼の積極的な態度について考えた。理不尽だ、横柄な男だ、奪うばかりで与えようとしない、などという非難を彼にぶつけることはできない。いかなる非難もできない。それどころか、まったく逆だ。気立てのいい男性だなんて予想外だった。並はずれてハンサムな男性のことは、誰も気立てがいいとは思わないものだ――変な考え方だが。ええ、悪いのはすべてわたし。あの人の世界に足を踏み入れることはできない。ただそれだけのこと。

でも、ああ、痛み、虚《むな》しさ、惨めな自己憐憫。家に着くまでに心を静めよう。でも、いましばらくはこうしたものに浸っていたい。そうせずにはいられないという単純な理由から。

〝もしぼくたちが結婚したら、一〇歳までの生い立ちを話してもらうことになるでしょう、ミス・ヘイデン。ぼくは本来暴力的な人間ではありませんが、ぶちのめしてやればさぞスカッとするやつが世の中にはいるものだと、あなたのお話を伺って気がつくでしょうね〟

レンは目を閉じたまま唇を嚙《か》み、心のなかでは泣いていたものの、冷静な態度は崩さなかった。

アレグザンダーが戻ったとき、客間の二人は手仕事の真っ最中だった。彼の母親はタティングレースを編み、エリザベスは刺繍枠の上に身をかがめていた。二人とも顔を上げて彼に笑いかけたが、やがて、母親が眉をひそめた。

「アレックス、あの方に何があったの？」

「生まれつきのあざなんです」

「いえ、あざのことは、火傷じゃないと気づいたらすぐにわかったわ。顔のほぼ半分があざに覆われているなんて不運なことだし、初めての相手に会うたびに、さっきのような反応を示されてそれに耐えなきゃいけないとしたら、ずいぶん苛酷な試練でしょうね。でも、わたしが訊いたのはあざのことじゃないのよ。あの方の身に何があったの？」

エリザベスも同じく顔を上げ、深紅の絹糸を刺繍枠の上で静止させたまま、彼をじっと見ていた。「お母さまとわたしは同じ結論にたどり着いたのよ。あの方、ご自分のなかに深く閉じこもっているせいで、透明人間も同然になってしまったのね」

アレグザンダーは部屋のなかほどに立ち、背中で両手を組んだ。こんなときは、この屋敷に自分しかいなくて、一人でこっそり傷をなめることができればいいのにと思ってしまう。ただ、なぜ傷ついた気がするのか、自分でもよくわからない。失敗したせいなのか。それとも、単なる罪悪感のせいなのか。疚《やま》しいことは何もしていないと断言できるにもかかわらず、ここ一年以上のあいだ、罪悪感に打ちひしがれていたような気がする。歩兵連隊に入ってスペインかポルトガルで戦っているハリーのことや、肖像画家と結婚したカミールのことや

（本人はとても幸せな結婚生活を送っているようだが）、この春、社交界にデビューするはずだったのに母親と二人で田舎にひきこもってしまったアビゲイルのことや、二五年近くリヴァーデイル伯爵夫人として暮らしてきたあとでミス・ヴァイオラ・キングズリーに戻り、三人の婚外子の母親として生きている女性のことを考えるたびに、とにかく罪悪感に苛まれる。どうしてそうならずにいられるだろう？　そして今度は、心の準備ができていないミス・ヘイデンをここに招くという失敗をしてしまった。そして、彼女を傷つけるという失敗をしてしまった。彼女が傷ついたことはアレグザンダーにもわかっていた。

「何があったのかは知りません。しかし、自分の容貌に関して痛々しいほど神経過敏なんです。ベールをつけずに人前に出たのは今日が初めてでした」

「あなたもこれまで、ベールなしの姿を見たことがなかったの？」エリザベスが見るからに驚いた様子で尋ね、刺繍針を布に刺して両手を膝に置いた。

「いや。初対面のときに、ベールをはずした姿は見ている。ウィジントン館に招待され、ほかにも客がいるものと勝手に思いこんで出かけたんだ。彼女がぼくを招待したのは……結婚話を持ちかけるためだった。彼女はおじさんの莫大な遺産を相続していたし、ぼくがブランブルディーンを維持していくために必要な資金を持っていないのは、秘密でもなんでもないからね」

「まあ、アレックス」母親がタティングレースを中断し、片手を喉にあてた。

「去年、おじさんとおばさんを亡くして以来、彼女はずっと一人ぼっちでした。以前から世捨て人のような暮らしを送っていたようですが、この一年、とても孤独だったに違いありません。結婚したがっています」

「でも、あなたにその気はないんでしょ」母親が言った。

「承諾したの？」エリザベスが訊いた。

「してない。だけど、拒絶もしなかった。おたがいのことをもっと知って、結婚する理由が……金のほかに何かあるかどうか見てみようと提案した。ぼくが近隣の人々を招いて開いたお茶会に、彼女はベールをつけてやってきた。その後、おたがいの屋敷を一回ずつ訪問した。今日は姉さんたちに会うため、彼女はベールをつけずにやってきた。大きな勇気が必要だったと思う」

「まあ、アレックス」母親が言った。「あの方には心の底から同情するわ。本当よ。でも、あなたがあの方と結婚することを考えただけで、わたしは心臓まで凍ってしまいそう」

「彼女は怯えてたんです。こんなふうに人に会うのは初めてだったから」

「わたしはあなたのことが心配なの。よくわかってるのよ——あなたが財産目当ての結婚を考えても、それは自分のためじゃなくて、食べていくにはブランブルディーンの繁栄をあてにするしかない人々のためであることが。それから、あなたが心の優しい子であることも。でもね、アレックス、あの人はあなたの花嫁にふさわしい人じゃないわ。いえ、あなたの人生に干渉するつもりはないし、息子の首枷《くびかせ》になるような母親になるつもりもないのよ。でも——ああ、カズン・ハンフリー・ウェスコットはほんとに邪悪な男だった。死者を悪く言うものではないと誰かにたしなめられても、わたしは平気よ」

アレグザンダーはドアにいちばん近い椅子に腰を下ろした。片方の肘を椅子の腕にのせて、人差し指と親指で鼻梁《びりょう》をつまみ、目を閉じた。「結婚してもうまくやっていけないだろうと、彼女のほうが結論を出しました。ついさきほど、帰る前にそう言っていきました。ぼくの妻になれば、慣れ親しんだ世捨て人の暮らしからひきずりだされることになると気づいたのです。自分には無理だと思いこんでいます」

母親が大きく息を吐くのを、アレグザンダーは耳にした。

「春になったらロンドンに来て、母さんの客としてウェスコット邸に滞在してほしいと彼女に頼みました。ぼくはどこかよそに部屋を見つけるから、と。彼女を説得すれば、知りあいを作り、社交界の催しに少し顔を出し、同年代の人々と気軽につきあってくれるのではないかと思ったのです。でも、その気はなさそうで、いや、できないのでしょう。結婚の提案をひっこめて、ぼくに別れを告げました」

母親も姉もしばらく無言だった。

「そして」エリザベスが言った。「あなたはいま、罪悪感に苛まれてるわけね、アレックス」

アレグザンダーは目をあけて笑った。ただ、楽しそうな笑いではなかった。

「姉さんや母さんと同じように、彼女の身に何があったのかと、ぼくも気になっている。向こうはその話をしようとしない。感情をあらわにしたのは、さっきぼくのほうからそれを話題にしたときだけだった。だけど、そのせいで少し傷ついたんだと思う。もしかしたら、少しどころじゃないかもしれない」

「でも、あなたの責任じゃないし、あなたの問題でもないわ、アレックス」母親が言った。

アレグザンダーは憂鬱な思いで母親を見た。もちろん、母親の言うとおりだ。

「わかってます。だけど、ぼくのせいで彼女が辛い思いをしたかもしれないと思うとたまらないんです」

「あなたも少し傷ついてるんじゃない、アレックス？」エリザベスが訊いた。

アレグザンダーは考えこんだ。「あのあざは象徴的なものに過ぎなくて、とても深い痛みを示しているような気がする。正直なところ、彼女を見送ったときはホッとした。心地よく深まっていく関係じゃなかったからね。だけど、彼女も一人の人間で、ぼくにも彼女のことが少しわかってきた。水仙の好きな人なんだ」しかめっ面になって、膝に置いた手を見下ろした。「〝希望を運んでくれる金色のトランペット〟と呼んでたけど、それを口にしたときは照れくさそうな顔だった。できれば友達でいたかったな。でも、もう手遅れだ。それに、独身男性と独身女性の友情なんて世間が眉をひそめそうだし。姉さんたちの一日を暗くしてしまってごめん。暗い影を吹き飛ばすために、ぼくは何をすればいい？　二人を誘って散歩に出ようか？」二人のほうへ交互に笑みを向けた。

「せっかくだけど」母親が言った。「わたしはベッドで三〇分ほど静かに休みたいわ。あわただしい一日だったから。でも、あなたとリジーはよかったら散歩してらっしゃい」

「あなたの言うとおりかもしれない、アレックス」エリザベスはそう言いながら、椅子の横に置いた袋に刺繍道具をしまい、それから立ち上がった。「あなたがミス・ヘイデンに友情の手を差し伸べるのは無理かもしれないけど、わたしだったらできなくはないわ。ウィジントン館へ会いに行ってもいいかしら。あなたが許可してくれるなら」

母親はため息をついたが、何も言わなかった。

「一〇キロ以上も離れてるんだよ」アレグザンダーは言った。「いや、もっと遠いかもしれない。本気なのか、リジー？」

「こちらからもお返しに訪問するのが礼儀じゃない？　ううん、単なる礼儀の問題ではないわ。あの人に冷たく追い返されても、わたしはたいして傷つくこともなくここに帰ってくると思う。でも、あの人にはたぶん、友達が必要よ。あの人との友情を育てようと思ったら、文通するしかないかもしれないけど。でも、ご存じのように、わたしたちレディは手紙を書くのが生き甲斐だしね」

彼女はリジーを冷たく追い返すだろうか？　エリザベスの目が彼に向かってきらめいた。

予測がつかなかった。しかし、遠距離の友情を育てるチャンスが生まれそうだと知って、アレグザンダーはなんとなく安心した――それに、彼女は自分がひどく嫌われたと思いこんでいるようだが、思い過ごしだったと気づいてくれるだろう。

「ありがとう」アレグザンダーは言った。

「じゃ、お母さまをお部屋へエスコートしてあげて。わたしもボンネットをとりに一緒に上へ行くから。ぜひとも散歩が必要だわ」

7

　レンはスタッフォードシャーへ出かける支度をしているところだった。こんなに早く出発する予定ではなかった。春のあいだは田舎で過ごすのが大好きだし、今年はさらに重大なことに、夫を見つけるという目標があった。その計画は結局、実を結ぶことなく潰《つい》えてしまった。しかし、手がけた事業がことごとく成功するわけではない。それはおじから学んだ教訓のひとつだった。失敗も成功と同じく落ち着いて処理しなくてはならない。冷静さと分別を失わず、失敗から学んでいけば、最終的には成功の数が失敗をうわまわる。いつだって新たなことが、挑戦すべきことが待っている。いまのところ、そう信じるのがいささか困難なのは事実だった。なにしろ、心が傷つき、この一日か二日ほど鬱々とするばかりで、泣きたくなることもあるのだから。しかし、今回の経験を通じて学んだことがある――成功は一人で追うべきもので、感情を交えてはならず、第一にめざすべきは事業の成功なのだ。少なくとも事業に対しては感謝の気持ちを持つことができる。

　環境が変われば気分も変わり、すべてうまくいくだろう。自分が大好きな、そして得意なことに没頭しよう。スタッフォードシャーへ行けば、長年工場長をしているフィリップ・クロフトや従業員たちとじかに話ができる。工場を訪ねると、ガラスのように儚《はかな》く繊細な物質から、花瓶、水差し、タンブラー、人形などが生みだされる魔法の工程にあらためて目をみはることができる。ガラス吹き職人、ガラス切り職人、彫刻職人、絵付け職人の作業を見守っていると、本物の芸術の才を持つ者たちの姿に気分が高揚するのを感じる。そのたびに謙虚な気持ちになる。ガラス工場に顔を出すたびに、なぜこんなに長く離れていられたのかと不思議な気がする。

レンは目下、自分の部屋で、化粧室から運ばせたトランクと旅行カバンに荷物を詰めているところだった。モードにはブツブツ言われるが、自分で荷造りをするのが昔から好きだった。でも、たぶん、詰め終わるのは無理だろう。窓の下のテラスに馬車の止まる音が聞こえたからだ。誰……？　訪ねてくる人などいないのに。まさか、あの人が……いえ、ありえない。窓から外をのぞくのはやめておいた。上を見た彼に気づかれたりしたら大変だ。招き入れるつもりはなかった。雨のなかをはるばるやってきた相手を追い返すのは最高の礼儀作法とは言えないけど……。もし、本当にあの人だとしたら。でも、それ以外に考えられない。訪ねてくるのを明日まで延ばしてくれれば、わたしはすでに出発したあとで、自分の礼儀知らずなふるまいに頭を悩ませる必要もなかっただろうに。

軽いノックを響かせ、どうぞというレンの返事を聞いてからドアをあけたのはモードだった。「ご在宅かどうか、レディ・オーヴァーフィールドが知りたがっておいでです、ミス・レン」蓋をあけたトランクと旅行カバンに非難がましい目を向け、ムッとして首をふりながら、モードは言った。

「レディ・オーヴァーフィールドが？　お一人で？」レンは尋ねた。

「はい、そうです。伯爵さまはご一緒ではございません。身をかがめて馬車のなかに隠れておいでではないかぎり」

失望で胸がズキンとするなんて、わたしったらどれだけ馬鹿なの？　でも……あちらのお姉さまが？　なんのご用かしら。あの人、お姉さまに何も言わなかったの？「わたしが在宅かどうか見てくるってあなたが言ったのなら――おそらく言ったでしょうけど――向こうはもう、わたしが間違いなくここにいることをご存じよね。客間にお通しして、わたしがすぐに行くって伝えてちょうだい、モード」

「すでにお通ししました」モードは言った。「お会いになるしかありませんもの。そうでしょう？」

相手が伯爵であっても、モードは同じようにしただろう、とレンは思った。「客間へお茶をお持ちしてくれる？」

「すでに支度させています」そう言って、モードは姿を消した。

レンは自分の姿を見下ろした。いま着ているのは古いドレス。色褪せたグレイで、何年も前のものだが、半喪の期間に着ようと思って先日出してきたのだ。両手で軽くなでつけた。このまま出ていくしかない。髪もこのままで。ねじってまとめ、うなじでシンプルなシニョンにしてあるだけだが、少なくとも乱れてはいない。椅子の背にかけてあるベールにちらっと目をやったが、つけないことにした。紫色のあざに覆われた顔を先日すでに見せたのだから。重い足どりで階段を下りた。

レディ・オーヴァーフィールドは窓辺に立って外を眺めていたが、レンが部屋に入ったとたん、ふりむいた。弟とはまったく違うタイプだ。似たところを探してみたが、どこにも見あたらなかった。弟の浅黒い肌と息をのむほど端整な顔立ちも、いささか堅苦しい貴族的な物腰も、彼女にはない。いちばんの魅力は気立てのよさそうな顔で、静止しているときでさえ、笑みを湛《たた》えているように見える。

部屋のドアを閉めたあと、レンは客に挨拶の言葉をかけようとはせず、そばへ行こうともしなかった。微笑も浮かべなかった。こちらから招待したわけではないし、この訪問の目的は薄々わかっていた。

レディ・オーヴァーフィールドが言った。「ご都合の悪いときにお邪魔したのでなければいいのですが。もしご都合が悪ければ、そうおっしゃってね。すぐに失礼しますから」

「いいえ、ご心配なく」レンは言った。「荷造りをしていただけです。どうぞおかけになって」自然と礼儀正しくふるまっていた。

「荷造り？」レディ・オーヴァーフィールドはレンが勧めた椅子にすわった。

「スタッフォードシャーに自宅があるものですから。ガラス工場の近くです」客と向かいあって腰を下ろしながら、レンは説明した。「長年うちで働いてくれている有能な工場長がいるおかげで、遠くにいても事業経営はできますが、ときどきあちらへ帰りたくなるのです。

工場の様子をこの目で見たり、今後の発展のための計画や決定に積極的に関わったり、工場に入ったりするのが好きなんです。わたしがみんなの技術を高く評価していることを職人たちに知ってほしいという気持ちもあるので。それに、完璧な製品を生みだす才能と努力には感心します。あの工場でわたしは最高に幸せな日々を過ごしました。ガラス製品というのはとても華麗ですし、わたしたちがつねに重視してきたのは、短時間で生産できて簡単に売れる実用的な品よりも、本当に美しい品を作りだすことでした」レンはまたしても防御の姿勢をとっていた。自分の声にかすかな敵意が滲んでいることに気づいた。

「なんてすてきなお話でしょう」レディ・オーヴァーフィールドは言った。「お気づきかしら。あなたが女性としてたぐいまれな存在でいらっしゃることに」

からかわれてるの？　レンにはよくわからなかった。しかし、レディ・オーヴァーフィールドの態度は温かく、誠意がこもっているように見える。たぶん、感情を隠すのがレンより上手なのだろう。「気づいております。このうえなく恵まれた女の一人だと思っています」

ここでメイドがお茶のトレイを運んできて、レンがお茶を注ぐあいだ沈黙が続き、二人はやがて、お茶とジンジャー・ビスケットを前にして椅子にもたれた。

「遠くからわざわざお訪ねくださる必要はなかったのに、レディ・オーヴァーフィールド」ビスケットをお茶に浸しながら――あまり上品なことではないだろうが――レンは言った。「弟さんに近づかないよう、警告しにいらしたんでしょ。リヴァーデイル卿からお聞きになっていないのかもしれませんが、わたしたちは二日前にお別れしました。わたしのほうから切りだしたのです。お別れするというのは、次に会うときまでさようならという意味ではありません。偶然の出会いがないかぎり、顔を合わせることは二度とないという意味です。わたしはブランブルディーンから少なくとも一〇キロ以上離れたこの田舎でひっそり暮らし、年に何週間かはほかの土地で過ごしていますから、偶然に出会うことはほとんどないでしょう。わたしが――そして、わたしの財産という誘惑が――リヴァーデイル卿に害を及ぼすようなことはけっしてありません」ああ。礼儀なんてもう捨てよう。レンは黙りこみ、息を殺した。

レディ・オーヴァーフィールドはティーカップを受け皿に戻してから返事をした。「アレックスから聞いています。あの子が少し悲しそうな顔だったので、母とわたしまで悲しくなりました。でも、こうしてお邪魔したのは、それとはなんの関係もありません、ミス・ヘイデン。あなたとアレックスのことは完全にあなたがた二人の問題です」

悲しそう？　あの人が悲しそうだったというの？「では、どのようなご用件でこちらに？」レンは尋ねた。

「返礼の訪問をさせていただくのが礼儀に適ったことだと思ったものですから」レディ・オーヴァーフィールドは言った。レンが返事をする前に、止めようとするかのように片手をかざした。「いえ、社交上の月並みなご挨拶では納得していただけそうもありませんわね。そんなことはやめましょう。本当のことを申し上げてもよろしくて？　一昨日お目にかかったとき、あなたにはお友達が必要だという気がしたんです。去年、おばさまとおじさまを立て続けに亡くされて以来、孤独でいらしたことは存じています。そして、孤独でいるのがどういう気持ちかも、わたしは知っています」

「ご主人を亡くされたあとで?」レンは尋ねた。

レディ・オーヴァーフィールドは返事をためらった。「わたしが孤独を感じたのは夫を亡くしたあとではなく、生前のことでした。夫は――そのう、暴力をふるう人で、わたしはそれを秘密にしておかなくてはと思いこんでいました。家族にさえも――理由はいろいろありますが、ここで詳しく申し上げるのはやめておきますね。わたしには実家の家族がいました。知りあいもたくさんいました。社交的なおつきあいも盛んでした。でも、心の奥には、友達のいない孤独な人間だという思いがありました。あなたが味わってらした孤独とわたしの孤独のあいだに、なんらかの共通点があると申し上げているのではありません。共通しているのは孤独という事実だけです。それから、わたしの推測に気を悪くなさったのなら、お許しくださいね。親しいお友達が数えきれないほどいらっしゃるかもしれないのに。もしくは、友達を求めるお気持ちはないかもしれないのに。わたしと友達になりたいなんて、もちろん思ってらっしゃらないでしょうし」

言葉もなくレディ・オーヴァーフィールドを見つめるうちに、レンはいきなり子供時代にひきもどされ、幼い日々を耐えがたいものにした絶えざる切望を思いだしていた。自分の部屋でベッドの陰の一隅に身を潜めて丸くなり、とめどなく泣きじゃくり、前後に身体を揺らしながら、一度も持ったことのない同年代の友達に憧れたことが何度もあったのを思いだした。一人でもいいから友達がほしかった。たった一人でいい。それでも欲ばりすぎなの？それは形だけの問いかけに過ぎなかった。なぜなら、答えはいつもイエスだったから。外で、あるいは、別の部屋でほかの子たちの叫びや笑い声が上がっても、レンはいつも一人ぼっちで、ときにはドアに鍵がかかっていることもあった――外側から。部屋のなかには子供が一人。まだ幼い子供が……。

友達を求める気持ちをレンは遠い昔に捨て去った。かわりに、安全な家庭を与えられ、おじとおばから無条件の愛を与えられた。きっと、人間の姿をした天使たちね――ときどきそんな空想をしたものだ。しかし、いま、友達がいないことを言葉にされて、友達がほしいという思いに胸を締めつけられた。とっさに考えたのは防御の姿勢をとることだった。友達が一人もいないのは恥ずべきことに思われたからだ。ところが、優雅で、冷静で、笑みを絶やさないこの貴婦人、夫の暴力に苦しんだにもかかわらず、苦労の跡がどこにも刻まれていないかに見えるこの人が、かつて恥じていたはずの出来事を、赤の他人と言ってもいいわたしに自ら進んで打ち明けてくれた。

「もちろん」レンが沈黙したままだったので、レディ・オーヴァーフィールドは話を続けた。「わたしはブランブルディーンに住んではいませんし、今後も住むつもりはありません。でも、アレックスがあそこを自分の家にするのなら――本人はもうその気でいます――わたしもたぶん、ときどき滞在することになるでしょう。昔から仲のいい家族でしたし、アレックスはとくにわたしを大切にしてくれています。あなたと親密なお友達になるところまではいけないかもしれませんが、精一杯の友情を差しだすつもりです。友情を育てるなら、文通という手段もあります。わたしは手紙を書くのが大の得意なのよ」

「わたしのほうは、仕事関係の手紙を書くのにいつも追われています」レンはこわばった声で言った。

レディ・オーヴァーフィールドはふたたび笑顔になった。「アレックスがどんなふうにわたしを大切にしてくれたのか、お話ししましょうか？　それとも、アレックスの名前など二度と聞きたくありません？」

「どんなふうでしたの？」レンはしぶしぶ尋ね、二枚目のビスケットがまだ手もつけずに受け皿にのっているのに気づいて、ひと口かじった――お茶に浸そうにも、お茶はもう残っていなかった。

「デズモンドに――夫のことですけど――初めてひどい暴力をふるわれたとき」レディ・オーヴァーフィールドは話を始めた。「わたしはリディングズ・パークの実家に逃げ帰りました。でも、夫が追ってきました。実家の父は、わたしが自らの意志で彼と結婚した以上は夫の所有物であり、夫に従うべきだという事実を重視していたため、二人で家に帰るよう強く言いました。父のために弁護しておくと、デズモンドは平謝りに謝って、二度としないと約束したのです。のちに、わたしがさらにひどい暴力を受けて――片方の腕が折れてしまったほどです――ふたたび実家に逃げ帰ったときは、父はすでに亡くなっていました。デズモンドがわたしを連れ戻しに来ると、アレックスが彼の顔を殴りつけて追い返しました。デズモンドは治安判事を連れてふたたびやってきましたが、アレックスは一歩もひかず、わたしを渡すことを拒みました。わたしはそれ以来、アレックスと母のもとで暮らしています。デズモンドはその翌年に亡くなりました。弟は穏やかな気性の優しい男性ですが、誰であれ、弱い男性だと思いこむような過ちを犯してはなりません。さて、今度はおばさまのことを聞かせてください。おじさまが実業家として成功なさり、あなたが事業に寄せる関心をお喜びになり、さらには、おそらく自分の後継者として育てようとなさったことは、わたしも存じています。でも、おばさまはどんな方でしたの？　あなたが心から慕ってらした方なんでしょう？」

さんざん苦労してきたレディ・オーヴァーフィールドなのに、いまはその片鱗《へんりん》も顔に出ていないのはなぜなの？　どうやって立ち直ったの？　でも、果たして立ち直ったのかしら。とても落ち着いていて、とてもにこやかだけど、知りあって間もない人の心の奥深くに何が潜んでいるかなど、わかるわけがない。でも、どうして、きわめて個人的なことをわたしに打ち明けたりしたの？　わたしと友達になろうとして？　そんなことができるの？　涙を流すのはとても簡単ね――レンはそう思いながら、こみ上げてきそうな涙をまばたきで抑えこんだ。レディ・オーヴァーフィールドがわざわざ打ち明けてくれたのだ。

「おばはふっくらした温和な人で、妻と養母という役割に満足していて、おばの意見を訊くために差しだされる美しいガラス製品を褒め讃《たた》えること以外、事業への興味はまったくなかったようです。声を荒らげることも、癇癪を起こすことも、わたしに聞こえるところで誰かの悪口を言うことも、けっしてありませんでした。でも、怒ったときは、古いなめし革みたいに頑強になる人でした。じつは――」不意に口をつぐんだ。「あるとき……」

レディ・オーヴァーフィールドが沈黙を埋めてくれたので、レンは救われた思いだった。

「そのおばさまとお近づきになりたかったわ。勉強はおばさまが教えてくださったの？　それとも、家庭教師がついていたの？」

そして、訪問時のマナーとされる三〇分はなぜか知らぬ間に過ぎてしまい、双方が意識的に努力したわけでもないのに、さまざまなことを話題にするうちに次の三〇分も過ぎ去った。自分がおしゃべりに興じ、笑みまで浮かべていることにレンは気がついた。生まれて初めて友情を差しだされて、心が温かくなっていた。レディ・オーヴァーフィールドが炉棚の時計にちらっと目をやって驚きの表情になり、「そろそろお暇しなくては。ミス・ヘイデンはどうぞ荷造りをなさってね」と言ったとき、レンは初めて、自分がどれほど楽しい時間を過ごしていたかを知った。

「あっというまに時間がたってしまいました」レンはそう言いながら、トレイを脇へどけて立ち上がった。「お越しいただき、本当にありがとうございました。雨のせいで道路が危険な状態になっていなければいいのですが」

「どしゃ降りではありませんから、道路がたちまち泥沼に変わることはないでしょう」レディ・オーヴァーフィールドはそう言いながら彼女自身も立ち上がり、窓の外へちらっと目をやった。すぐにドアのほうへ行こうとはしなかった。眉を寄せ、ためらい、次にふりむいて、レンを正面から見つめた。何か言おうとして息を吸ったが、気が変わったらしく、首を横にふり、それから笑顔になった。「ミス・ヘイデン、お話ししたいことがあって伺ったのですが、おしゃべりが楽しくて、つい忘れておりました。でも、丹念に準備して馬車のなかで何度も練習してきたことを申し上げなくてはなりません。でないと、家に帰り着くまでずっと、自分の向う脛《ずね》を蹴飛ばししつづけることになりそうですから。アレックスから聞きましたが、あの子、あなたをお誘いしたそうですね。春のあいだにロンドンに来て、わたしの母のお客さまとしてウェスコット邸に泊まっていただきたい、と。辞退なさったことは承知していますし、そのお気持ちは心から尊重します。でも、ふたつだけ言わせてくださいね。まず、ひとつめから。辞退なさった理由のひとつが、わたしたちに歓迎してもらえないだろうと思われたことにあるのなら、とんでもない誤解です。母もわたしもきわめて社交的なタイプで、あなたをお迎えできるのを心待ちにしております。次にふたつめを申し上げましょう。理由はどうあれ、ロンドンへ出ようと決心なさったときには、わたしたちが大喜びでご案内させていただきます。訪ねる価値のある街ですよ。ただし、ガラス工場見学には敵《かな》わないでしょうけど。ついでですが、近いうちに見学させていただけるのを楽しみにしております。社交シーズン中は無数の催しがありますので、あなたの興味を惹《ひ》くものがあれば、喜んでお連れいたしましょう。でも、今日は出かけるのをやめようとお思いになったときは、同じように喜んであなたを家に残していくことにします。したくないことをさせたり、会いたくない人に会わせたりするために圧力をかけるようなことは、いっさいいたしません。これを申し上げたくて伺ったのよ。ついでにもうひとつ——母も午後から一緒に来たがったのですが、二人そろってお宅の玄関先に姿を見せたりしたら、あなたが当惑なさるかもしれないって母に申しましたの。そうそう、あとひとつだけ」レディ・オーヴァーフィールドは手提げを開き、カードをとりだしてレンに渡した。「ロンドンの住所が書いてあります。いずれにしても、お手紙をいただけるとうれしいわ。かならずお返事を出しますから」

「ありがとうございます」レンはカードに視線を落とした。「手紙を……書きます」本当に書くのかどうか、自分でもわからなかった。しかし、ぜったい書かないとも言いきれなかった。友情を差しだされたのは生まれて初めてだった——たとえ遠距離の友情であろうと。もちろん、ロンドンへ行くことはありえないが……友達を持つことはできる。こちらでときたま彼女に会うこともあるだろう。いつの日かスタッフォードシャーへ招待してもいい。そうね、手紙を書こう。少なくとも、それが礼儀に適ったことだもの。「下までお送りします」

レンが自分の部屋に戻ったときには、モードがすでに、トランクと旅行カバンの両方の荷造りを終えていた。レンは手にしたカードに目をやり、旅行カバンの内ポケットにすべりこませた。「荷物が全部収まるかどうか自信がなかったのよ。荷造りはあなたのほうがずっと上手だわ、モード。ありがとう」

「お嬢さまのおかげで、いつも仕事を二倍させられますからね」モードはぼやいた。「まず、お嬢さまが詰めこんだ荷物をすべてとりだす。次にきちんと詰め直さなきゃならない」

レンは笑いだし、窓辺へ行ってそこに立った。窓の外を眺め、明日の旅立ちが雨で延期になりはしないかと考えた。しかし、しばらくすると、レンの目に映っているのはもはや雨ではなくなっていた。レディ・オーヴァーフィールドの夫の顔を殴りつけ、姉を渡すのを拒むリヴァーデイル伯爵になっていた。法律は彼の味方ではなく、治安判事という姿をとって屋敷の玄関先に現われ、レディ・オーヴァーフィールドを渡すよう命じたというのに。

〝弟は穏やかな気性の優しい男性ですが、誰であれ、弱い男性だと思いこむような過ちを犯してはなりません〟

そして、わたしの友達の弟。

わたしの友達。レンは窓ガラスに向かってこの言葉をつぶやいた。

レンがスタッフォードシャーへ旅立った日の翌日、アレグザンダーは母親と姉を連れてロンドンへ向かった。ブランブルディーン滞在中に、領地の管理人と相談しながら、自分の裁量で使うことのできるわずかな資金で何ができるか、何をすべきかを考えた。たいしたことはできそうにないが、精一杯努力して、農場でまずまずの収穫があるように、来年にまわせる資金が少しでも増えるようにと願うしかない。屋敷と庭園の手入れは先へ延ばすことになりそうだが、夏になったらこちらに戻って暮らすつもりでいる。

それまではロンドンに滞在する。貴族院に出席するのが彼の義務だからだ。それに、母親とエリザベスが街にいるあいだは、どうしても彼の庇護《ひご》とエスコートが必要だ。今年は家を借りる必要がなかった。サウス・オードリー通りにあるウェスコット邸は、代々の伯爵が使ってきたロンドンの屋敷で、限嗣相続不動産には含まれておらず、去年、アナがこの屋敷の所有者になった。しかし、財産を独り占めする気はアナにはまったくなかった。財産を四等分し、伯爵家の人間ではなくなった母親違いの弟妹たちに四分の一ずつ渡そうとした。そして、ウェスコット邸はアレグザンダーに譲ろうとした。最終的に、アレグザンダーがロンドンに出てきたときはウェスコット邸を使うということで話がまとまった。ただし、アナが彼に語ったところによると、すでに遺言書が作成してあり、彼女の死後、ウェスコット邸はアレグザンダーとその子孫の所有になるそうだ。アレグザンダーはそれが自分の死後のことであるよう願った——アナのほうが四歳も年下なのだから。

彼がロンドンへ行くのは——もちろん——裕福な花嫁を見つけるためでもあったが、その考え自体がおぞましいものに思えてきた。ミス・ヘイデンと知りあったときも、自分が結婚を考えた理由はただひとつ、彼女が持ってくる財産にあったことを自覚していたため、一緒にいても気分は晴れなかった。自分が……汚れたように感じていた。といっても、彼が卑怯《ひきよう》な手を使ったわけではない。彼女のほうから近づいてきたのだ。彼が金を必要とし、彼女が結婚相手を求めていたから。やれやれ、もし結婚したら、二週間もしないうちに憎みあっていただろう。

たぶんそうなる。いや、そうならない可能性もある。彼女を思いだすたびに、心に軽い痛みが……。

しかし、彼女のことが心に浮かびそうになるたびに、アレグザンダーはそれを払いのけ、将来に思いを向けた――いや、むしろ、ロンドンで過ごすこれから二、三カ月のことに。しかし、自分に課した使命に対しては、ほとんど熱意を持つことができなかった。

その使命を果たすのは、アレグザンダーの予想よりはるかにたやすいことが、ほどなく明らかになった。ロンドンに着いてから三週間のあいだに、無数の若い令嬢を紹介された。なんといっても、いまは社交シーズンだし、彼は比較的若くて独身のリヴァーデイル伯爵だ。裕福ではなく、しかも先祖代々の荒廃した屋敷を相続したという事実は、もちろん、秘密でもなんでもない。しかし、それで彼への関心が薄れるどころか、一部の人々はその事実に勇気づけられている様子だった。金はあるが身分の低い一族というのは、娘を貴族に嫁がせてその見返りに一族の社会的地位を高めるチャンスがつかめるなら、大喜びで莫大な金を差しだすものだ。一部の者に言わせれば、娘はそのために存在するものだという。

そんな下劣な皮肉っぽい連中につかまるのは、アレグザンダーはまっぴらだった。しかし、社交シーズンが大々的な結婚市場と呼ばれているのはゆえなきことではない。多くの者がアレグザンダーを見るとき、彼らの目に映るのは結婚相手として申し分のない貴族であり、彼のほうもまた、結婚相手として申し分のない――金持ちの――令嬢を探しているに違いないと思われている。それを承知のうえで舞踏会や夜会や音楽会やその他の社交的な催しに顔を出すのは気が重く、いささか屈辱的なことだった。しかも、悔しいかな、連中の言い分はまことに正しい。

ミス・ヘッティ・リトルウッドも多くの令嬢の一人だった。アレグザンダーはある夜、彼女と踊った――おまけに二回も。なぜ二回踊ることになったのか、彼にはさっぱりわからなかった。野心的な母親たちが固い決意を胸にして近づいてくれば、不意打ちを食らうことはけっこうあるものだ。ミス・リトルウッドは勉学を終えたばかりの一八歳、金髪で、左右の頰にえくぼができる愛らしい顔立ちで、性格もいい。天候や、人々のことや、社交シーズンに予定されている催しや、ファッションを話題にして楽しそうにしゃべる。ところが、読んだと本人が言っている本のことや、二晩続けて見に行ったと本人が言っているロンドンの劇場のひとつで上演中の芝居のことや、最近の音楽会で演奏されて〝何よりも楽しめた〟と本人が言っている曲のことや、見に行って〝うっとりした〟と本人が言っている複数の画廊のことをアレグザンダーが話題にしても、向こうは青い目を大きく開き、ぽかんと彼を見つめるだけだ。

その夜に続いて、次の朝、招待状が届いた。三日後の夕方、ヴォクソール・ガーデンズでリトルウッド一家とえり抜きの友人たちと共に過ごしてほしいというのだった。しかも、同じ日に、赤ら顔ででっぷりした紳士のオズワルド・リトルウッド氏がクラブの〈ホワイツ〉で共通の知人に伯爵への紹介を頼み、読書室でアレグザンダーのとなりにすわりこみ、三〇分も延々と自慢話を続けて、新聞を読もうとする人々や、静かに読書しようとする人々から露骨に迷惑そうな顔をされた。もともとは男爵家の次男だが、インドで国王の身代金――〝インド太守の身代金と言うべきでしょうな、リヴァーデイル〟――にも匹敵する財を築いたおじが亡くなり、全財産の半分を遺贈してくれたおかげで、最終的には長兄の一〇倍ぐらい裕福になった。

「少なくとも半分はわしのものになったわけです」リトルウッド氏は言わずもがなのことをつけくわえた。「そして、あと半分は——厳密に言うと半分以下だが——兄のふところには入らずじまいですよ」この事実がうれしくてたまらないらしく、ククッと笑って両手をこすりあわせた。

慈悲深き主は、リトルウッド氏と夫人——夫人自身も莫大な遺産を相続——に娘を一人だけ与えてくださった。親にとっては掌中の玉、人生の喜び、娘たるものの鑑《かがみ》だが、じつはわがままな娘で、溺愛してくれる両親を捨てて、自分で選んだハンサムな紳士とさっさと結婚するつもりでいる。

「というわけで、母親もわしも娘の言いなりでしてな」当人は気の利いたジョークを言ったつもりらしく、自分の言葉に大笑いしてからつけくわえた。「だから、娘の好きにさせようと思っとります。もちろん、相手の男が尊敬できる紳士であれば、という条件つきですが。そして、娘を大事にしてくれるなら。幸い、わしら夫婦は恵まれた境遇にあり、妻を養えるだけの財力のある相手を選ぶよう娘に強要する必要はありません。それどころか、娘が貧しい紳士を選んで支えていく気でいるなら、妻もわしも反対しようとは思いません。相手の紳士が自分の幸運を自覚してくれさえすれば。うちの妻と娘のヘッティにはもう会われましたかな、リヴァーデイル？」

不幸なことに、ヴォクソールへの招待状を受けとったアレグザンダーは、すでに承諾の返事をしていた。もっと不幸なことに、縁談を持ちかけられれば黙って受け入れるしかない立場にあった。断わるような贅沢は許されない。

しかも、彼を狙っているのはミス・リトルウッドと甘い両親だけではない——この一家がいちばん執拗《しつよう》というだけのことだ。

スタッフォードシャーへ出かけたレンは、二週間半にわたって多忙で充実した日々を送った。もちろん、社交生活には無縁だったが、スタッフォードシャーでは必要のないことだ。毎日、ガラス工場と会社に顔を出した。周囲にとってはおなじみの姿なので、レンも人目を気にすることはまったくなかったが、ベールだけはつねにつけていた。工場長やデザイン担当者たちを呼んで新製品のスケッチに丹念に目を通し、しばしば熱のこもった意見交換をした。そういうときの議論はけっしてとげとげしいものではなく、媚《こ》びへつらうものでもなかった。全員が敬意を寄せあっていた。レンは製品販売とコスト予測の計画についてそれぞれの担当者と検討をおこない、財政に関する議論にまともに参加できるよう、損益が記載された長い一覧表に目を通すことにしていた。充分な利益が出ていることを確信したうえで、再度の賃上げを提案すると、提案は承認された。

しかし、ある日、レンは自分の執務室に一人ですわっていた。ベールをはずしたかったので、ドアは閉めておいた——ノックもせずに部屋に入ってくる者はいない。万が一誰かが入ってきたら、いつものように忙しそうにしていればいい。デスクの向こうにすわり、書類を前に広げ、羽根ペンを手にして。

じつをいうと、二種類のリストを作っているところだった。ひとつは〝賛成〟のリスト、もうひとつは〝反対〟のリスト。賛成より反対のリストのほうが長く、作成するのは簡単だった。

反対

1 一〇歳のときMおばさんに連れられて出かけたのを別にすれば、これまで一度もロンドンへ行ったことがない。
2 正直なところ、行きたいとは思わない。
3 二度とあの人に会いたくない。
4 向こうもきっと同じ思いのはず。
5 どこへ行けばいいのか、何をすればいいのか、わからない。
6 レディ・Oはたぶん、本気で言ったのではないだろう。
7 W夫人は十中八九、本気で言ったのではない。
8 ここにいればわたしはとても幸せ。
9 ウィジントン館でも同じぐらい幸せでいられる。
10 ロンドンは人が多い。多すぎる。
11 レディ・OとW夫人とあの人を別にすれば、ロンドンには知人がいない。

12 知人は別にほしくない。
13 その三人の誰かにばったり出会うかもしれない。惨事!
14 とくに、彼にばったり出会うかもしれない。考えたくもない!
15 眠れる犬は寝かせておくのがいちばん。
16 少し焦っているように、もしくは、哀れに見えるかもしれない。
17 賛成のリストに入れるものがあまりない。本当の賛成意見はひとつもないという意味。

賛成

1 悪魔祓《ばら》いができそうだ。
2 自分を誇りに思えるだろう。
3 招待された。
4 セントポール大聖堂、ナショナル・ギャラリー、その他いくつかの名所を自分の目で見てみたい。
5 うちのガラス製品が陳列されている店をいくつか訪ねることができる。
6 自分が臆病者でないことを証明する(2番と同じ?)
7 とにかく行ってみよう(理由はなし)
8 あの人にまた会える(反対意見と矛盾)
9 とにかく行きたいから(またしても矛盾。それに、7番と同じじゃない?)

やはりロンドンへ行くべきだという思いが、こちらに来てからずっとレンを苦しめていた――いや、正確には、ウィルトシャーを発《た》つ前日から。ロンドン滞在は数日でいい。長くて一週間。ウェスコット邸に泊まる必要はない。それどころか、ロンドンへ出かけることを――あるいは、ロンドンに来たことすら――レディ・オーヴァーフィールドにも、ほかの誰にも知らせる必要はない。ホテルに泊まればいい。自立した女性だから、そうした行動への恐怖はない。世間体を考えて、モードか召使いの誰かを連れていこう。でも、わたしはこちらで忙しく幸せな日々を送っている。どうしてそれを捨てなくてはいけないの？　好きなだけこちらに滞在し、それからウィルトシャーの自宅に戻って、夏が終わるまで忙しく幸せな日々を送ることができるのに。

でも、あの人から、ロンドンに来て母親の屋敷に泊まってほしいと言われたし、レディ・オーヴァーフィールドからもくりかえし招待された。どちらもわたしには恐怖だった。リヴァーデイル伯爵に別れを告げたのは、主として、彼と結婚すれば貴族社会の社交生活にひきずりこまれることになるが、それだけは避けたかったからだ。では、どうしてロンドンへ行こうなんて考えてるの？　反対のリストは賛成のほぼ二倍の長さなのに。

しかし、とにかく、ロンドンへ行くべきか否かという思いがレンを迷わせ、悩ませ、苦しめ、やがて――なんとも困ったことに――行きたくてたまらなくなっている自分に気がついた。たとえ、〝わたしだって行ける〟という姿を見せることだけが目的だとしても。でも、誰に見せるの？　わたし自身に？　あの人に？　あの人のお姉さんとお母さんに？　世間の人たちに？

煎じ詰めれば勇気の問題だ――最後にそう結論した。別に行きたいとは思わないし、リヴァーデイル伯爵に再会したいとも思っていないが、そのいっぽうで、臆病な自分は見たくなかった。そもそも、自分がしたくないことを避けて通るのは臆病者のすることじゃない？　でも、それって正直な気持ち？　本当はひそかにロンドン行きを望んでいるのでは？　そして、あの人との再会に焦がれる気持ちも少しぐらいあるのでは？

焦がれる？

レンは新たな紙を一枚つかむと、仕返しでもするような勢いで、ひとつの言葉を書いた。

なぜ？

しかし、この言葉をにらみつけても明確な答えは出なかった。なぜ行く気になったの？　自分自身を目にして、ずいぶん情けない姿だと思ったから？　いえ、わたしのひどい顔とは関係ない。レディ・オーヴァーフィールドが友情を差しだしてくれて、わたしに友達ができたのは初めてのことだったから？　本当に文通が始まったおかげで、手紙を書くのも向こうの返事を読むのも予想外の大きな喜びであることを知った。あの人が招待してくれたから？　――わたしから別れを切りだす前に。それとも、あとだった？　思いだせない。

あの人にキスされたから？

どうしてもあの人を忘れられないから？

三枚の紙をきちんと重ね、机の上でトントンと端をそろえてから、横に破り、縦に破って、暖炉の奥へ突っこみ、火のついていない石炭の陰に置き、行くのはやめようと決めた。

これでいい。

決めた。わたしは行かない。

ぜったいに。決心は変わらない。最終決定、再考の余地はない。

気分がはるかに軽くなった。

8

アレグザンダーはロンドンに来て三週間と少したったある日の午後、ハイドパークのサーペンタイン池のほとりを歩いていた。ミス・ヘッティ・リトルウッドが彼の腕に手をかけ、横にリトルウッド夫人が付き添っていた。

前日の夜、母親とエリザベスと三人で音楽会へ出かけたときにうまく言いくるめられ、こうして散策することになってしまったのだ。音楽会の席はラドリー一家と一緒だった——リチャードおじ（母親の弟）とリリアンおば、それから、娘のスーザンと夫のアルヴィン・コール。幕間《まくあい》の休憩時間になったので、アルヴィンと二人でレディたちのためにレモネードをとりに行き、左右の手にグラスを一個ずつ持ってテーブルの手前で向きを変えたところ、リトルウッド夫人と令嬢が目の前にいた。

「なんてご親切なことでしょう、伯爵さま」母親が言って、扇子で顔をあおぎながら片方のグラスをとり、もういっぽうのグラスをとるよう娘を促した。

そして、どういうわけか、アレグザンダーは残りの休憩時間のあいだに、ハイドパークは午後の散策を楽しめる場所で、サーペンタイン池のほとりがとくにすばらしいという意見に同意していた。ミス・リトルウッドはまだ一度も行ったことがないという。父親は歩くのが好きではないし、母親は買物でひんぱんに出かける界隈《かいわい》を別にすれば、男性のエスコートなしで外出するのを躊躇するからだ。アレグザンダーは糸に操られる人形のごとく反応してしまった。

だから、こうしてここに来ることになった。

ミス・リトルウッドはピーチピンクの外出着に、おそろいの色のパラソル、麦わらのボンネットという装いで、とても可憐だった。小柄で、優美で、にこやかだった。そして、今日はどうにか会話をしていた。なにしろ、日差しあふれる暖かな日に絵のように美しい公園を散策し、あたりには多くの人がいて、話題にすべきことや熱く語りあえることがたくさんあるのだから。リトルウッド夫人はそのあいだ、ボンネットについた長い羽根を揺らしながら、周囲の人々に優雅に会釈をしていた。まるで――アレグザンダーはいささか不快に思った――早くもリヴァーデイル伯爵の義理の母親になったかのように。

さらに不快なのは、夏が終わる前に、この夫人が――あるいは似たような誰かが――本当に義理の母親になるだろうということだった。アレグザンダーにもようやくわかってきたのだが、娘に莫大な持参金を持たせようと必死になる親というのは、見返りとして、娘の幸せな結婚生活よりはるかに多くのことを望むものだ。自分がそんな結婚に耐えられるのかどうか、アレグザンダーには疑問だった。しかし、ミス・リトルウッドに笑顔を見せ、「ええ、水に浮かべた舟を紐でひっぱって池のほとりをやってくる幼い少年は、たしかに小さな天使みたいに愛らしいですね」と同意した。

「あら、大変」彼女が急に心配そうな声になり、彼の腕を軽くひっぱって足を止めさせた。「止めなきゃ」

愛らしい天使よりわずかに年上の少女が池のほとりを反対方向からスキップしながらやってきて、紐に気づかないまま、池寄りのところを通って少年とすれ違おうとした。紐につまずいて大の字に倒れ、もがきながら起き上がると、目をぎらつかせ、侮辱の言葉を甲高くわめき立てた――馬鹿なんだから、鈍くさい子、ぼやぼやしないでよ。少年は口を大きくあけて泣き叫び、哀れな顔で舟を指さした。舟は水に落ちた紐にひきずられて、池の縁を楽しげに流れていくところだった。

「ああ、助けが現われた」救助に駆けつけるようせがまれるのを覚悟したそのとき、アレグザンダーは言った。緑色のドレス姿の女性が紐を拾い上げたのだ。子供たちのあいだに割って入り、身をかがめて何か言うと、少女のわめき声は不機嫌なつぶやきに変わり、少年のほうは舟をとりもどしたとたん、それまで泣き叫んでいたのが、しゃくりあげるだけになった。彼女が身を起こしたとき、外見からすると乳母と思われる女性が二人、それぞれ逆方向から駆け寄ってきて、自分が預かっている子供をその手にとりもどした。「すべて解決したようですよ」

「かわいそうな天使」ミス・リトルウッドは言った。たぶん、少年のことを言っているのだろう。

「あの少女がうちの子なら」リトルウッド夫人が言った。「四の五の言わせず家にひっぱって帰り、石鹸《せっけん》で口を洗ってから、部屋に閉じこめて、夜までパンと水しか与えないことにしたいわね。乳母は推薦状なしで解雇だわ」

どちらの言葉もアレグザンダーの耳にはほとんど入っていなかった。緑色のドレスのレディは長身で、ほっそりしていて、エレガントで、彼と反対の方向へ顔を向けていたが、やがて、ふたたび歩きだそうとして軽く向きを変えた。おそろいのベールがついた淡い緑色のボンネットをかぶっていた。まさか。本当にそんなことが？　ちょうどその瞬間、女性がアレグザンダーたちのいるほうに顔を向け、急に足を止め、右のほうを向くなりそそくさと歩き去った――おなじみの歩き方で。

「ちょっと失礼」アレグザンダーはミス・リトルウッドと母親のほうを見もせずに、腕にかかっていた彼女の手をはずした――じつをいうと、この瞬間、二人のことは頭になかった。「顔見知りの人がいるので挨拶してこなくては」と言って女性のあとを追い、わずか数歩で追い越して、相手の腕に手をかけた。「ミス・ヘイデン？」

彼女はふたたび足を止め、ふりむいて彼と向きあった。ベールは軽やかで魅力的に見えるよう、巧みに仕立ててあったが、目鼻立ちを完全に隠していた。「リヴァーデイル卿、なんてうれしい驚きでしょう」その声には驚きの響きも、うれしそうな響きもなかった。

「やはりロンドンに来られたのですね」アレグザンダーは言った。

「仕事の用があったものですから。うちのガラス製品を扱ってくれる店がロンドンに何軒かありますので、自分の目で見てみたいと思いまして」

しかし、ロンドンへ行くつもりはない、とぼくに言ったのではなかったか？　それがあの気まずい別れの根底にあったのではないか？

「ぼくもその店を見てみたい。ガラス製品がどこのウィンドーに飾ってあるのか、ぜひ教えてください。だが、もっと重要なことをお尋ねしなくては。どこに泊まっておられるのです？」それに、メイドか従僕はどこにいる？　一人きりのようだが。

「上流婦人向けの静かなホテルです。ほんの一時間か二時間ほど前にこの街に着いて、長旅のあとで新鮮な空気と散歩が必要になり、この公園を見つけたのです。ウェスコット夫人とレディ・オーヴァーフィールドはお元気でいらっしゃいます？」

「ええ、おかげさまで。お手紙をいただいて、リジーが喜んでいました」少し離れたところからわざとらしい咳払《せきばら》いが聞こえたので、アレグザンダーは自分が一人ではなかったことを思いだした。

「エスコート中のレディの方々を待たせてらしたのね、リヴァーデイル卿」

二人のところに戻らなくては。「またお目にかかれますね？　お店の名前を教えてください。母と姉に会いに来てくださいますね？　お会いできれば、二人ともきっと大喜びです。うちの住所はご存じですか？」

二度と会えないかもしれないと思っただけで、ぼくはなぜパニックを起こしそうなんだ？

二回目の咳払いはさらにわざとらしかった。

「伺います。明日の午前中に。ご住所は存じています」

「二人に伝えておきます。きっと大喜びです」それはもう言っただろう?

「ご迷惑でなければいいのですが」

「迷惑だなんてとんでもない」アレグザンダーは躊躇したが、それ以上言うべきことはなかったし、エスコート中だった二人のレディにとても失礼なことをしてしまった。向きを変え、急いで二人のところに戻った。

店の名前はひとつも教えてもらえなかった。滞在するホテルの名前も教えてもらえなかった。明日、彼女が訪ねてこなかったらどうしよう?

しかし、それが何か問題なのか?

「並はずれて背の高い方ですのね」彼女のうしろ姿を見つめて、ミス・リトルウッドが言った。

「不運な方」リトルウッド夫人がうなずいた。「しかも、ガリガリに痩せこけて。ベールから判断できるとしたら、たぶん、美貌とは無縁でしょう。あんな歩き方はしないよう、家庭教師がちゃんと教えるべきでしたわ。あれではまるで男じゃありませんか。結婚なさってるとしたら、それこそ驚きね」夫人は問いかけるようにアレグザンダーを見た。

アレグザンダーは微笑して、二人のそれぞれに腕を差しだした。「お待たせしたことを心からお詫びします」

「お気の毒よね。あたしがあんなにのっぽだったら、死にたくなってしまう」ミス・リトルウッドは彼の腕に手をかけながら言った。「背の高いレディは紳士の好みじゃないって、前に聞いたことがありますもの」

「ほんとに運の悪い方だこと」リトルウッド夫人が言った。「同情するしかありませんわ。でも、リヴァーデイル卿、付き添いの人はどこなんでしょう？」

「まだお尋ねしていませんでしたが」アレグザンダーは言った。「ゆうべの音楽会の後半をどう思われましたか？　ぼくは最後の曲がいちばんよかったように思います。あのチェロ奏者が大人気なのも不思議ではありませんね」

アレグザンダーはこの数分のあいだに、少なくともひとつだけ固い決心をしていた。この春か夏に金持ちの女性と結婚しなくてはならないとしても、ミス・ヘッティ・リトルウッドだけはやめておこう。母親の執拗な策略をもっと警戒しなくてはならない。もっとも、たやすいことではなさそうだが。

彼女がこちらに来たのはなんのためだろう？　もちろん、ロンドンの何軒かの店に飾られているガラス製品を見たいからではない。姉さんの招待をきっかけに、考え直したのか？　それとも、このぼくの招待をきっかけに？　明日の午前中、サウス・オードリー通りに来てくれなかったらどうしよう？　ロンドンにある上流婦人向けのホテルを片っ端から訪ねてまわろうか？　いったい何軒ぐらいあるだろう？

だが、ぼくはなぜそんなことをする気でいるんだ？

レンはリスト作りが好きなので有名だった。リストを作ると、頭のなかが整理され、時間を有効に使うことができる。仕事の能率が上がり、抱えている案件のすべてをタイミングよく処理できるようになる。しかし、スタッフォードシャーの執務室で作ったリストは時間の浪費以外の何物でもなかった。リスト作りにとりかかる前からすでに心を決めていたのだから。もちろん、賛成意見より反対意見のほうが多かった。理性的な心が感情面に分別を押しつけようとしたわけだ。しかも、自分の感情面にあまりなじみのないレンは、賛成意見を理性で苦もなくなぎ倒した。ただ、ふたつを比べてみると、感情のほうがしぶとさを備えている。感情は自力で起き上がり、汚れを払い落とし、何事もなかったように進みつづける。

ロンドンに来てしまった。

しかし、世界を征服するつもりで張りきって出かけてきたのではない。むしろ、こっそり入りこんで上流婦人向けのホテルに部屋をとった。もっとも、そのこと自体を臆病な行動とは言いきれないが。サウス・オードリー通りの屋敷に泊まるよう、エリザベスとアレグザンダーのそれぞれから勧められたのに、背を向けてしまった以上、いきなり屋敷の玄関先に押しかけることなどできるわけがない。訪問することを考えただけで身がすくんでしまう。

ホテルの部屋に落ち着いたレンは、新鮮な空気と散歩のために外へ出ようと決め、モードの付き添いはきっぱりと拒否した。モードがひどく疲れた様子だったので、しばらく横にならせたほうがいいと思ったのだ。勇気をなくす前にレディ・オーヴァーフィールドを訪ねることにしようと自分に言い聞かせた。しかし、勇気はすでになくしていた。留守だったら？

来客中だったら？　わたしに会ったとたん、向こうが見るからに困惑した顔になったら？　もちろん、そんなことはありえない。なぜなら、わたしの来訪を召使いがレディ・オーヴァーフィールドたちに事前に告げ、そののちにようやく客間に通されるのだから。それに、向こうは礼儀をわきまえた貴婦人たちだ。でも、あの人も家にいたらどうしよう？　こちらからきっぱり別れを告げたというのに。

だったら、わたしはなぜロンドンまでやってきたの？

かわりに、道順を尋ねてからハイドパークへ向かうことにした。ロンドン滞在中に見ておきたい場所のひとつだった——すでにリストができている。項目をひとつ消すことができる。明日は、セントポール大聖堂、ウェストミンスター寺院、ロンドン塔、セントジェームズ宮殿、カールトン・ハウスへ行ってみよう。すべて歩ける範囲内にあるだろうか？　それに、画廊や美術館もたくさんある。明後日はそれをまわるだけで一日が過ぎてしまう。もちろん、うちのガラス製品を置いている店がいくつかある——それを忘れてはならない。

要するに——大股で公園に入っていきながら、レンは思った——わたしは下劣で、卑屈で、呆《あき》れるほど臆病な人間なんだわ。サウス・オードリー通りの屋敷はリストのトップに来ていた——目立つように下線をひいて。リストに残ったままになるのだろうか？　完了を示す×印がつかない唯一の項目として。

ハイドパークでもっとも有名な場所のひとつがまったくの偶然で見つかり、そのサーペンタイン池のほとりをゆっくり歩くことにした。少なくとも、いまの自分が誇らしかった。このあたりは園内でも混雑した一帯だが、レンは頭を高く上げ、堂々と歩いていった。ベールをつけているのは事実としても、とにかくここに、戸外にいて、人混みのなかを歩いている。足を止めて誰かに声をかけることはなく、誰かが彼女に気づいて足を止めることもないけれど。それでも、こうして人前に出ている。

そのとき、足を止めて声をかけることになった——相手は二人の幼い子供で、池のほとりで衝突し、案の定、感情むきだしの反応を見せていた。一人は甲高くわめき散らし、もう一人は泣きながら不満と怒りをぶつけている。泣き叫ぶ男の子のおもちゃの舟が漂い去ろうとしていた。レンは紐が完全に水中に沈んでしまう前につかんで、子供たちに声をかけた。少女は少年にわめき散らすのを中断し、「魔女なの?」とレンに訊いた——怖がるというより、期待にわくわくしている感じだった——すると、少年もどうにか泣きやんで、魔女が大きな黒い帽子をかぶってることぐらい誰だって知ってるさ、と言い張った。レンは「ごめんね。黒い帽子があってもなくても、わたしは魔女みたいにわくわくしてもらえる人ではないのよ」と言い、それから向きを変えた。自分に満足し、世界に満足していた。

そのとき——

そう、そのとき、数メートルも離れていないところにリヴァーデイル伯爵がいて、レンはその目を真正面から見つめていることに気がついた。大地が裂けてレンを丸ごと呑みこんだとしても、彼女はぜったい文句を言わなかっただろう。

愚かにも向きを変え、いま来たほうへあわてて戻ろうとしたが、それと同時に思考力が視覚に追いつき、伯爵の腕に若い女性が手をかけていることと、年配の女性が付き添っていることに気づいた。胸に不快な疼きが生まれたが、それを分析する気にはなれなかった。ところが、彼が追ってきてレンの腕をつかみ、話しかけてきた。もっとも、あとで考えても短いやりとりの内容をひとことも思いだせず、覚えているのはただ、母と姉に会いに来てほしいと彼に頼まれ、明日の午前中に伺いますと答えたことだけだった。それ以上にはっきりと記憶に残っているのは、彼の腕に手をかけた令嬢がとても若くて可憐だったことと、年配の女性が二回も咳払いをしたのは邪魔されて腹立たしかったからだということだった。

その夜、レンは何度も目をさまし、ウィジントン館に帰りたくてたまらなくなった。夜明けごろ、ふたたび浅い眠りに落ちる前に、帰ろうとはっきり決めた。緊張がほぐれ、はるかに気分が軽くなった。

というわけで、翌日の午前中はもちろんサウス・オードリー通りを歩いて目的の番地を捜していた。今日はモードがお供をしていて、そのため、できれば番地が目に入らなかったふりをして通り過ぎてしまいたかったレンだが、目当ての屋敷の外で足を止めた。わたしって、ほんとに臆病ね。覚悟を決めて石段をのぼり、ノッカーを玄関ドアに打ちつけた。

それから一分もしないうちに、執事に案内されて大階段をのぼっていた。レンが玄関で名前を告げるなり、執事はお辞儀をして迎えた。まず二階へ行ってウェスコット夫人が在宅かどうかを確認してくる、といったことはなかった。執事がレンの来訪を告げ、それから客間と思われる部屋に通してくれたので、レンはベールを持ち上げてボンネットのつばにかけた。

レディが二人、立ち上がった――室内にはほかに誰もいない――二人とも笑顔だった。ウェスコット夫人が右手を差しだしてレンのほうにやってきた。

「よくおいでくださいました、ミス・ヘイデン」夫人はレンの手をとってしっかり握ってから、その手を離した。「アレックスから聞きましたけど、お仕事でこの街にいらしたそうね。お時間を割いてくださるとは、なんてご親切なんでしょう。さあ、こちらの椅子にどうぞ。コーヒーがお好きだといいんですけど。もうじき運ばれてきますからね。でも、お茶のほうがよろしければ、お茶のポットも一緒に運ばせるぐらい、たいした手間ではありませんよ」

「コーヒーは大好きです」レンは言った。「ありがとうございます。大事なご用のお邪魔をしたのでなければいいのですが」

「けさはこれより大事な用なんてありません」勧められた椅子のほうへ行くレンに、レディ・オーヴァーフィールドは言った。次に、頰に――紫色のほうの頰に――キスをして、レンを仰天させた。「ボンネットをお預かりしてもいいかしら。ロンドンにお着きになってから、ずっと忙しくしてらしたの？」

レンはボンネットを脱いで椅子にすわった。ウェスコット夫人とレディ・オーヴァーフィールドはソファに並んで腰かけた。「昨日着いたばかりです」レンは言った。「長旅のあとで新鮮な空気を吸って身体を動かしたかったので、ハイドパークへ散歩に出かけたところ、リヴァーデイル卿にばったりお会いしたのです」

「じゃ、今日はきっと予定がぎっしりおありでしょうね」ウェスコット夫人が言った。

「はい」レンは膝にのせた両手を握りあわせ、次に手をほどいてスカートの上で指を広げた。「うちのガラス製品を置いている店がロンドンに何軒かあります。どんなふうに陳列されているか見てみるのも興味深いと思いました。売れ行きは好調ですが、こちらからいくつか提案できるかもしれないと——」レンは不意に言葉を切った。「じつは商用で来たわけじゃないんです」

「楽しむためにいらしたのね」レディ・オーヴァーフィールドは温かな笑みを浮かべた。

「ロンドンには楽しいことがいっぱいあるわ。でも、個人的にひとつだけ言わせてね——お送りした手紙にも書きましたが、ガラス製品のことをお手紙で読ませていただいて、すっかり魅了されてしまいました。いかに多くのデザイン計画と技巧と芸術性が関わってくるのか、販売戦略がいかに重要かなど、わたしは考えたこともありませんでした。完成品を見てみたくてうずうずしています。お店へご一緒させていただいてもかまいません？」

そのとき、コーヒーが運ばれてきた。シュガービスケットの皿も添えてあった。

「どこにお泊まりですの？」メイドが部屋を出たあとで、ウェスコット夫人が尋ねた。「快適なところだといいけど」

「上流婦人向けの小さなホテルです。とても上品なところです」この客間が広々として豪華なことにレンは気づきはじめていた。ブランブルディーン・コートの客間とはずいぶん違う。住み心地の良さだけでなく優雅な美観を保つために、この屋敷には莫大な金が注ぎこまれてきたのだろう。レンがリヴァーデイル伯爵と会う前に集めた情報によると、彼が爵位と領地を相続したときに屋敷も手に入れたのではなく、資産の大半と共に先代伯爵の嫡出子——孤児院で育ち、のちに公爵と結婚した女性——のものになったという。

「上流婦人向けのホテルで、とても上品なのね」ウェスコット夫人が眉をひそめてくりかえした。「そのお言葉どおりのひどいところかしら」

レンは噴きだしそうになるのをこらえるために下唇を噛んだ。「わたしの部屋は修道女の居室に似ていて、経営者の女性はかぶりものをつけていない修道院長のようなものです。玄関ドアのすぐ内側にも、わたしの部屋の壁にも、規則を書き並べたリストが貼ってあり、規則その一には、男性がホテルの敷居をまたぐことはいかなる状況下でも許されないと書いてあります。ゆうべ、女性たちが重い家具をひきずって階段を上り下りしたり、煙突掃除をしたりする姿を想像したら、なんだか笑えてきました。でも、ひとつだけ否定できないことがあります。とても上品なところです」

三人で笑いだし、レンは理屈に合わないことだが、逆に泣きたくなった。おじと彼女は滑稽なことが大好きだったし、おばには本物のユーモアのセンスがあった。みんなでしょっちゅう笑っていた。二人が亡くなってから、笑ったことが何回あっただろう？

「あなたがいなくなっても、ホテルはきっと上品なままですよ、ミス・ヘイデン」ウェスコット夫人がきびきびと言ってビスケットの皿を差しだした。これで二回目だ。「ベッドのマットトレスに詰めてあるのは藁じゃないなんて言ってもだめですよ。信じませんからね。けさはメイドを連れてらしたのね。でも、馬車でいらしたわけではないでしょう？　馬車なら、わたしたちも到着を耳にしたはずですもの」

「歩いてきました」レンはそう言いながら、ビスケットをもう一枚とってかじった。熱々ではないが、まだ温もりが残っている。焼き立てでおいしい。ホテルの朝食は質素だった――ほんの少しバターを塗ったトースト。ジャムもママレードもなし。薄いお茶。

「だったら、あなたのメイドを馬車に乗せてホテルに帰らせ、あなたの荷物とメイド自身の荷物をまとめてこちらに運んでもらいましょう」ウェスコット夫人は言った。「この街にいらっしゃるあいだ、うちにお泊まりになってね、ミス・ヘイデン」

「いえ、とんでもない」レンは仰天して叫んだ。「ご迷惑をおかけするわけにはいきません」

「ちっとも迷惑じゃないわ」レディ・オーヴァーフィールドが言った。「覚えてらっしゃる？　アレックスとわたしの両方が熱心にお招きしたでしょ？　それは母の思いを代弁したものでもあったのよ。アレックスがゆうべまた、うちに泊まってくださるよう、あなたにお願いしなくてはと言いだして、ホテルで一人寂しく過ごすのを放っておけないというあの子の意見にわたしたちも賛成しました」

「でも――」レンは眉をひそめた。「わたしをここに迎えることを心から望んでらっしゃるとは思えません。あ、失礼をお許しください。お返事なさるとしたら、〝望んでいる〟とおっしゃるしかありませんよね。だって、お二人ともレディだし、優しい方ですもの。ただ、ご存じとは思いますが、お二人がウィルトシャーにいらっしゃる前に、わたしったら図々しくも、わたしの財産とひきかえに結婚してほしいなどとリヴァーデイル伯爵に申し上げてしまいました。そのような……提案を伯爵さまが忌まわしく思われたことはご存じですね。そして、わたしがブランブルディーンをお訪ねしたとき、伯爵さまがわたしと結婚するかもしれないと思ってお二人がぞっとなさったことは――本当に正直な方々であれば――否定できないはずです。わたしはあの日、結婚は無理だと悟り、二週間以上もわたしと関わりあったことに伯爵さまが責任を感じてらっしゃるかもしれないと思って、自由になっていただこうと決めました。別れを告げたのです。伯爵さまからそれを聞いてお二人が大いに安堵されたことは、礼儀を重んじるあまり口には出せないとしても、否定はなさらないと思います」

二人のレディは椅子の上で姿勢を正した。まるでレンとのあいだに距離を置こうとしているかのようだった。短い沈黙があった。

「たしかにそうね」ウェスコット夫人が認めた。

「お母さま」レディ・オーヴァーフィールドは眉をひそめた。

「いいえ、リジー。ミス・ヘイデンのおっしゃるとおりよ。おたがいにもっと正直にならなくては。誰もが礼儀に縛られて正直な思いを口にできなかったら、どうやって気持ちを伝えあえばいいの？」

レディ・オーヴァーフィールドは大きく息を吸ったが、何も言わなかった。

「わたしは自分の子供たちをとても大切に思っています、ミス・ヘイデン」ウェスコット夫人は言った。「人生において何よりも強く願うのは、わが子に幸せになってもらうことです。結婚して、いいお相手と落ち着いた暮らしを送り、かつてのわたしと同じように子育てを楽しんでほしいのです。リジーの結婚が悪夢に変わったときは、胸が張り裂けそうでした。いまはふたたび一緒に暮らせるようになって、リジーにもう一度チャンスが訪れることを願い、夢見ています。父親の死後、アレックスが若さを奪われたときも、わたしは胸を痛めました。リディングズ・パークの思いもよらぬ惨状が明らかになったからです。アレックスは気楽な若者の暮らしを捨て、立て直しを図るために戻ってきました」

「それがあの子の生き甲斐になったのよ、お母さま」

「ええ、それはそうね」母親も同意した。「でも、あの子ももう三〇歳です、ミス・ヘイデン。去年、結婚と愛と幸福を夢見るようになりました。ところが、すべてが一変してしまったのです——ウェスコット一族全体にとって。いまではブランブルディーンという重荷が息子を苦しめています。あの領地を放っておくなんて問題外。なにしろアレックスはああいう子ですからね。融資や担保に頼るのも、あとで返済しなくてはならないなら無意味です。お金目当ての結婚なんて、わたしは大反対ですが、息子はそうするしかないと覚悟しています。ええ、あの日はたしかにぞっとしました、ミス・ヘイデン。でも、その理由は……お顔のあざのせいではありません。あなたはたぶん、そう思いこんでらっしゃるでしょうけど。また、あの日お目にかかったときに、あなたが緊張のあまり、堅苦しくて、冷たくて、よそよそしく見えたせいでもありません。あなたがお金持ちで、アレックスが貧乏なせいなのです——少なくとも、あの子が新たな責任を果たそうとすれば、やはり財力不足ですもの——だから、あなたたちのあいだに、愛や幸福は言うに及ばず、然《しか》るべき敬意や慈愛の心も生まれないのではないかと、わたしはとても心配でした。息子が財産目当ての男だと思われるなんて、わたしには耐えられません」

「お母さま」夫人の腕に手をかけて、レディ・オーヴァーフィールドが言った。

「いいえ、リジー。最後まで言わせてちょうだい。ミス・ヘイデン、あなたがお帰りになったあとでわたしが安堵したのは事実ですし、リジーがお宅へお邪魔すると言いだしたときには困惑しました。でも、ロンドンに出てきて以来、自分の娘のために玉の輿を狙う野心満々の裕福な人々がアレックスの周囲に群がるようになりました。どのお嬢さんを見ても、わたしは不安でなりません。ご本人たちの責任ではありませんけど――たぶん、どの方も気立てのいいお嬢さんで、それぞれに夢がおありでしょうね。でも、アレックスにはさらに大きな夢を持ってもらいたいし、もっと幸せになってもらいたいのです」

「申しわけありません」ほかに言うべき言葉をレンは思いつけなかった。

「ねえ、ミス・ヘイデン」ウェスコット夫人は話を続けた。「あなたはたぶん、若いお嬢さんたちすべてを合わせた以上の中身をお持ちだと思います。それに、野心満々の親御さんはいらっしゃらない」

「はい」今度はレンが椅子の上で姿勢を正す番だった。

「おじさまご夫妻はあなたに玉の輿を望んでらっしゃいました？」

「いまのお話にあったようなことは何も。わたしの幸せだけを願っていました。とくに、おばはその思いが強かったと思います。でも、二人ともつねに、わたしの気持ちを尊重してくれました」

「お二人を失った悲しみはまだ癒えていないでしょうね」ウェスコット夫人は言った。

「はい」そこで思いもよらぬことが起きた。レンは自分の頬が震えるのを感じた。片手で顔の下半分を覆ったが、それでは足りなかった。両手に顔を埋めた。ボンネットはすでに脱いでいた。ベールもなかった。

「ああ、申しわけありません」しかし、声がうわずり、震えていた。鼻をグスンといわせた。

そのとき、ウェスコット夫人がレンの椅子の肘掛けに腰をのせ、片方の腕をレンの肩にまわした。反対の手でレンの頭を抱いて自分の肩にひき寄せた。レンは胸が痛くなるほど号泣し、涙が涸《か》れてしまったかと思うほど泣きつづけた。レンの手にハンカチが、次に麻のナプキンが押しつけられた。ふと気づくと、レディ・オーヴァーフィールドが椅子の前の床に膝を突いていた。

「ほんとに、も、申しわけありません」レンはふたたび言った。

「これまでに思いきり泣いたことは？」ウェスコット夫人が訊いた。

「い、いえ」泣いてはならないと、いままで自分をきびしく戒めてきた。泣いてもなんにもならないし、悲しみが深すぎて涙では癒せないときもあった。

「一緒に悲しんでくれる人がいなかったのね」レディ・オーヴァーフィールドが言った。質問したのではなかった。「でも、ここにいるのは親しい友人たちなのよ。謝る必要なんてないわ」

ええ、たぶん。しかし、レディ・オーヴァーフィールドの言葉で、またしても涙が出てきた。

「いいえ」ウェスコット夫人は一瞬、レンの肩をさらに強く抱いた。「わたしは友人じゃないわ、ミス・ヘイデン。母親よ。だから、母親らしくふるまうことにするわね。あなたが牢《ろう》獄《ごく》のようなホテルに――いえ、どんなホテルだろうと――一人で滞在するなんてとんでもない。あなたのおばさまなら眉をひそめるでしょう。おじさまは許してくださらないでしょう。せっかくあなたに事業のいろはを教え、共同経営者だと思ってらしたんですからね。あなたの荷物をただちにこちらへ運ばせましょう。抗議の言葉は聞きたくありません。さて、リジーとわたしがお部屋へご案内するわ――すでに用意させてあるのよ――お水をお持ちしましょうね。そうすれば顔を洗って、ふたたび人前に出られる姿になれるから。いまはひどいお顔よ」

レンは笑った――そして、もう少しだけ涙を流した。

「警告しておくわ――母がいったんお母さん役をしようと決めたら、逆らっても無駄よ」レディ・オーヴァーフィールドが言った。

椅子から立ったレンはひどくきまりが悪かった。「でも、リヴァーデイル伯爵は――」と言いかけた。

「アレックスはお昼まで貴族院のほうなの」ウェスコット夫人が言った。「だけど、何もかも手配済みよ。いとこのところに――わたしの弟の息子なんだけど――泊めてもらうの。仲間と一緒に気楽な若い独身者の暮らしを送る口実ができて、喜んでいるでしょう。ゆうべ、アレックスがいとこのシドニーに話をしたから、向こうも待ってるはずよ。小さいときから仲良しだったの。まったくもう、あの子たちがしてきた数々のいたずらときたら！　弟の奥さんも、わたしも、何も気づいていないって、二人は思ってたでしょうけど」

「あら、お母さまたちはたぶん、その半分も気づいてなかったと思うわ」レディ・オーヴァーフィールドが笑った。

そして、二人は軽い口調で楽しげに話しながら、レンを連れて階段をのぼり、広い廊下の先の客室へ案内した。「泊まっていただけるなんてすてきだわ、ミス・ヘイデン。もしよかったら、ロンドンにいらっしゃるあいだに、ご覧になりたい場所へ案内させてくださいね。みなさんにご紹介したり、何かの催しにお連れしたりできるし――お断わりになるのも自由だし。ここに泊まってらっしゃるからって、こちらから何かを押しつけるつもりはまったくないのよ」

まわりでどんどんことが運んでいくので、自分で決断する必要はなさそうだ、とレンは思った。屋敷の奥にある愛らしい部屋に通された。手入れの行き届いた色彩豊かな庭を見渡せる部屋で、辞退しようにももう手遅れだった。それに、疲れがひどくて、いずれにしても議論する元気はなかった。わたしはここにいる。そして、レディ・オーヴァーフィールドはわたしの友達で、ウェスコット夫人はわたしの……お母さん？　そして、リヴァーデイル伯爵はすでによそに泊まる手筈《てはず》を整えている。もしかしたら、二度と会わずにすむかもしれない。

それなら気分がずっと軽くなる。

嘘ばっかり。疲れているにもかかわらず、内なる声が叫んだ。

「感謝しています」レンは言った。「お二人とも本当にご親切ですね」

この世に誕生した親切な女性はメガンおばだけではなかったのだ。わたしったら、これまでそう思いこんでたの？

9

　復活祭の日曜日にミス・ヘイデンから別れを告げられて以来、アレグザンダーは自分に言い聞かせてきた――暗くとげとげしいものになっていたに違いない結婚生活から逃れられて、自分はなんと幸運だったことか、と。しかし、毎日そう考えているという事実自体、たぶん自分で思っているほど幸福ではない証拠と言っていいだろう。

　今日は貴族院で重要な討議がおこなわれる予定で、彼自身も参加したかったので議会に顔を出したが、午前中はずっと、彼女が母とエリザベスに会いに来たかどうかが気になり、来ていなかったらどうしようと心配しつづけた。正午ごろ、ようやく機会を見つけて短いメモを自宅に届けさせ、じりじりしながら返事を待った。ようやく返事が届き、彼女がちゃんと訪ねてきたことと、説得されて屋敷に泊まる決心をしたことを知った。

　議会のあとでシドニーの住まいへ向かいながら、これはいったいどういう意味になるのだろうと考えた。求婚再開という意味になるのか？　そもそも、あれは求婚だったのか？　自分としては求婚のつもりだったのか？　いまさら自分に問いかけても、もう手遅れだろうか？　いますぐ彼女のところへ挨拶に行くべきか、それとも、しばらく待ったほうがいいのか？　もしかしたら、三人とも留守かもしれない。

彼女の訪問を知って心が乱れた。波立つ感情を抱えつつも、その中心にあったのは、感情に立ち向かって心の整理をしようとする必要がなくなったという安堵だった。理性で花嫁を選べるようになりたかった。感情はあまりにも気まぐれで、苦痛や疑惑やその他さまざまなものに簡単に左右されてしまう。ハイドパークで彼女を追いかけたのは感情のなせる業だった。あのまま黙って行かせたほうが賢明だったのに。

くそっ。

次にどうするかは、もはや彼が決めることではなくなっていた。シドニーはまだ帰っていなかった。外交関係の仕事をしているので、長時間の残業になることが多い。しかし、アレグザンダーの母親からのメモが彼を待っていた。カズン・ルイーズ（先代ネザービー公爵夫人）がウェスコット一族を集めて家族会議を開くとのこと。場所はハノーヴァー広場のアーチャー邸。彼女の継息子にあたる当代公爵のタウンハウスで、彼女の自宅でもある。このような集まりが持たれることは去年までほとんどなかった。一族の者が口をそろえて〝大惨事〟と呼んだあの騒ぎのあと、みんなで何度も集まり、やがて小康状態が訪れた。今日ふたたび招集がかかって、午後から一族が集まることになっている。アレグザンダーは時計にちらっと目をやった。あと一時間もない。それに、好むと好まざるとにかかわらず、彼が一族の長だ。

カズン・ルイーズはやたらとおおげさにふるまう癖がある。アレグザンダーはシドニーの住まいをふたたびあとにしながら、いったいどんな緊急事態が持ち上がって一族の集まりが必要になったのかと首をひねった。ハリーに関わることでなければいいのだが。ハリー・ウエスコットは出生をめぐる真実が表沙汰になる前に、ほんのいっとき伯爵の地位にあったが、現在はイベリア半島の戦場にいて、一族みんなの絶えざる心配の種となっている。もっとも、この一族にかぎったことではない。英国全土で無数の家族が——富める家族も貧しき家族も——同じ心配を抱えて暮らしているはずだ。生涯最悪の出来事を知らせる手紙がいつなんどき届くかわからない。そういう手紙が届いたのではないようアレグザンダーは願った。ああ、そうでなければいいが。

だが、何か悪いことが起きたに違いない。カズン・ルイーズが娘のジェシカの婚約を発表しようというのなら、話は別だが。ジェシカは今年一八歳になり、社交界にデビューした。これまでも社交シーズンの無数の催しに顔を出すたびに注目を集めてきた。アレグザンダー自身もそういう場面を目にしている。なんといっても公爵家の令嬢だし、莫大な持参金を持たせてもらえる。しかも、愛らしくて活発だ。具体的な求婚者をアレグザンダーが目にしたことはないし、噂に聞いたこともないが、いつ何があるかわからない。

アーチャー邸に着いたのは彼が最後だった。カズン・ルイーズには存命中の母親（先々代リヴァーデイル伯爵未亡人）と、姉が一人と、妹が一人いる。姉のカズン・マティルダは一度も結婚したことがなく、母親と暮らしている。妹のカズン・ミルドレッドはトマス（モレナー卿）と結婚し、寄宿学校在学中の息子が三人いる。息子たちを除いて全員がここに集まっていた。ネザービー公爵も妻を連れて来ていた。妻のアナは、いまは亡き先代伯爵がアリス・スノーという女性と極秘結婚して生まれた娘で、のちに、伯爵家のただ一人の嫡出子であることが判明した。ジェシカも来ていた。アレグザンダーの母親も、姉のエリザベスも。来ていないのは、カズン・ヴァイオラ（かつてのリヴァーデイル伯爵夫人で、現在は結婚前のキングズリー姓を名乗っている）と二人の娘だけだ。一人はジョエル・カニンガムと結婚してバースで暮らすカミール。もう一人はアビゲイル。そして、当然ながらハリーも来ていない。

アレグザンダーは一人一人に挨拶してから暖炉の前に立った。単に彼の癖なのだが、一族の長という立場を強調するための姿勢だととられかねない、と前に気づいたことがあった。カズン・ルイーズのお茶の勧めを断わると、周囲でふたたび会話が始まった。ネザービーが部屋の向こう端で窓辺の椅子にすわっているのが見えた。どこの部屋にいても、いつもそうだ。アレグザンダーがつい暖炉のほうへひき寄せられるのと同じように。もしかしたら、首を大きくまわす必要も、参加しなくてはという義務感に駆られることもなしに、目の前の出来事を見物するのが好きなのかもしれない。もしかしたら、ウェスコット一族とは血のつながりがないという事実を示すためかもしれない。彼の父親は先代ネザービー公爵で、カズン・ルイーズを後妻にもらい、二人のあいだにジェシカが生まれた。

ネザービーは今日もまことに豪奢な装いだ――それを目にして、アレグザンダーはかすかな苛立ちを覚えた。金色の髪は非の打ちどころのないカットをして長めに整えてあり、服の好みは気障《きざ》と紙一重だがけっして行き過ぎではなく、爪の手入れが行き届いた指には指輪がきらめいている。しかしながら、つねに彼のウェストを飾っている懐中時計の鎖も、宝石つきの時計や片眼鏡も今日は見あたらない。頬が丸々していて髪がまだ生えていない赤ちゃんを抱き、顎の下に頭をもたれさせていた。赤ちゃんは女の子で、自分の指を吸い――アレグザンダーの見間違いでなければ――父親のネッククロスのひだまで吸っていた。これが不釣りあいな光景でないとしたら、何をもって不釣りあいな光景と言えるのか、アレグザンダーにはわからなかった。しみひとつない麻の生地に……よだれがつくのを、ネザービーは恐れていないのか？　いや、それは意地悪な見方というものだ。アレグザンダーがこの一年のあいだに気づいたように、ネザービー公爵エイヴリー・アーチャーには、外見の印象とは違って、弱々しいところも女々しいところもない。まさに逆だ。

すぐそばにすわっているエリザベスに声をかけた。「じゃ、訪ねてきてくれたんだね？」必要もないのに尋ねた。

「ええ、そう。うちに泊まるよう説得するのに、お母さまとわたしが二人がかりでがんばったのよ。ようやく腰を落ち着けてくれたわ。わたしたちがここに来るために家を出たあと、きっと、一人で静かに過ごせると思ってホッとしてるでしょうね」

二人はなぜそんなにがんばったんだ？　ぼくはなぜ、ゆうべそんな提案をしたのだろう？　今日、それ以外のことがほとんど考えられなかったのはなぜだろう？　いまのいままで、ミス・リトルウッドのことは頭から消えていた。というか、強引に彼を追いかける母親を持つ、ほかの令嬢たちのこともすべて消えていた。今後そのなかの誰かに会っても、ぼくはたぶん気づきもしないだろう。でも、ミス・ヘイデンのことは……。

「午餐のあとでミス・ヘイデンをセントポール大聖堂へお連れしたのよ」エリザベスが言った。「あの方、うしろのほうの信者席に腰かけて、三〇分ほど動こうとしなかった。観光客が初めて大聖堂を訪れると、ふつうはうろうろ歩きまわって、何を見ても目を丸くするものだけど、そういうことはなかったわ。腰を下ろしたまま、あたりを見まわして、うっとりしている感じだった。もっとも、顔がよく見えなかったのは事実だけど。ベールをつけてらしたから」

「うん、そうだろうな」

「明日の午前中は、あの方の工場で作られたガラス製品を見に行く予定なの。いまからすごく楽しみだわ」

しかし、ここでカズン・ルイーズが咳払いをして、そろそろ午後の用件にとりかかろうという合図をよこした。全員が静かになり、カズン・ルイーズに期待の目を向けた。

「ヴァイオラとアビゲイルのことをどうするか、みんなで決める必要があるの」カズン・ルイーズは言った。

「ヒンズフォード屋敷に落ち着いたんじゃなかった？」カズン・ミルドレッドが訊いた。

「ひと月かふた月前にヴァイオラから手紙が来たときは、あちらに戻ってとても喜んでる様子だったわよ。近隣の人たちも二人が戻ってきたのを歓迎してるし」

亡くなった先代伯爵と妻子はブランブルディーンよりハンプシャー州のヒンズフォードで過ごすほうが多かったが、去年、アナがヒンズフォード屋敷を相続することになったため、ヴァイオラは娘のカミールとアビゲイルを連れてバースへ去った。娘たちはバースに住む母方の祖母にひきとられ、ヴァイオラだけがドーセットシャーで牧師をしている弟のところに身を寄せた。数カ月後、アナに説得されて、ヴァイオラとアビゲイルは故郷のヒンズフォードに戻ることになった。アナはロンドンのウェスコット邸をアレグザンダーに譲ろうとしたのと同じく、ヒンズフォード屋敷もヴァイオラ母子に譲るつもりだったが、拒絶されたため、遺言書を作成して、ヒンズフォード屋敷はハリーとその子孫に、ウェスコット邸はアレグザンダーとその子孫に遺すことにした。カミールはカニンガムと結婚したので、もちろんバースに残っている。

「ええ、たしかに、あちらに腰を落ち着けていますよ、ミルドレッド」先々代伯爵未亡人が言った。「先週、手紙が届いたわ。ヴァイオラは別に不満もないみたい」

「わたしがいちばん心配なのは、ヴァイオラのことじゃないわ」カズン・ルイーズは言った。「アビゲイルのことなの。もう一九歳でしょ。田舎で結婚相手にふさわしい紳士にどれだけ出会えるか疑問だわ」

「でも、あの子には生まれという問題があるのよ、ルイーズ」カズン・マティルダが指摘した。「かわいそうだけど、婚外子ですからね、その現実を無視することはできないわ。どこで暮らしても、結婚相手にふさわしい紳士にめぐり会うのは無理かもしれない。母親のそばに実家に残ったわたしと同じように、満ち足りた日々を送れるんじゃないかしら」

「わたし、アビゲイルを説得してこちらに呼ぼうとしたんですよ」アナが悲しそうな声で言った。「だって、母親は違っていても、わたしの妹ですもの。本当に大切な人たちにアビゲイルが温かく受け入れてもらえるよう、わたしも力を尽くすつもりです。優しい人たちにという意味です。そして、分別のある人たちに。社会から排斥されても仕方のないようなことを、アビゲイルは何もしていません。エイヴリーも力になってくれるでしょうし、それが大きくものを言うと思います。去年の夏、バースでおばあさまのお誕生日を祝ったときのように、わたしたちみんなで力を合わせましょう。こちらに来るよう、みんなでアビゲイルを説得すべきだと思います」

「うちに泊まるよう、アビゲイルに言いましょうか？」アレグザンダーの母親が言った。「ウェスコット邸は昔から、あの子がロンドンに来たときに暮らす家だったから。安心できると思うわ。たぶん、ヴァイオラも一緒に泊まってくれるでしょう。昔からわたしととても仲がよかったから」

「でも、二人が社交界で冷淡な扱いを受けたりしないか心配だわ、アルシーア」カズン・ミルドレッドが言った。「貴族社会にどれほど多くのうるさ型がいるか、その人々がいかに影響力を持っているかは、誰だって知ってることよ。もちろん、みんなで二人のまわりに結集しなくては。大切な身内ですもの。でも――」

「貴族社会なんか大嫌い」いきなり、ネザービーのすぐそばで窓辺のベンチにすわっていたジェシカが言った。膝をひき寄せて両腕で抱えている。「貴族社会の人も大嫌い。ここも大嫌い。ロンドンも、馬鹿みたいな社交シーズンも大嫌い。家に帰りたい。でも、誰も連れて帰ってくれない」

「ジェシカ」カズン・ルイーズの声にはきびしさと苦悩の両方が滲んでいた。「そんなヒステリーを起こしてもなんにもならないのよ」

「なるわよ。何もかも大嫌い、大嫌い、大嫌い」膝に額を押しあてて、ジェシカは言った。

「大嫌いだと言うだけでこの世の傷と理不尽な事柄が解決できるなら」物憂げにため息をついて、ネザービーが言った。「とっくに解決しているだろう。だが、残念ながら、事態を悪化させる効果しかないようだ。おまえの母上が一族を呼び集めたのは、役に立つ解決法が何かないか、みんなで考えるためなんだぞ」

「あら、そう?」ジェシカは顔を上げ、母親違いの兄を肩越しににらみつけた。「解決法があるっていうの、エイヴリー? お母さま、世間はご立派な分別を働かせて、アビーを婚外子と呼ぶことにしたのよ——ううん、お母さま、下品だというだけの理由でその言葉を避けるつもりは、あたしにはないわ。いまのアビーはそう呼ばれてるわけでしょ。ハンフリーおじさまが卑劣で自分勝手な人だったせいよ。おじさまを好きになったことは一度もなくて、ヴァイオラおばさまにいつも同情してたことを、あたしはよかったと思ってる。ヴァイオラおばさまの結婚が正式なものじゃなかったことも、よかったと思ってる。もちろん、アビーとハリーとカミールが婚外子になってしまったけどね。大嫌いだと言うだけじゃ問題は解決しない、なんて言わないでよ。あたしがそれを知らないとでも思ってるの？」

ネザービーがアナを見たので、アナは身をかがめて赤ちゃんを抱きとった。彼の上着の襟によだれの跡がくっきりと残っていた。ネザービーは立ち上がると、窓辺のベンチからジェシカの脚をどけて横にすわり、片方の腕で彼女の肩を抱いた。

「問題はここなのよ。わかるでしょ」カズン・ルイーズが言って、愛娘《まなむすめ》のほうを示した。「アビゲイルは去年社交界デビューのはずだったけど、ハンフリーが亡くなったために延期するしかなかった。今年、二人一緒にデビューできそうだと思って、ジェシカは大喜びだったわ。でも、もう無理よね。おまけに、いまのジェシカは自分のデビューを喜ぶ気にもなれない。ここ二、三週間、沈みこむばかりで、一昨日から昨日にかけて、いまみたいな有様なの。モーランド・アベイに帰りたいってうるさいのよ」

「ジェシカはまだ若いのよ、ルイーズ」先々代伯爵未亡人が言った。「若い子というのは、自分がそう願うだけで、もしくは、正義がつねにおこなわれるよう期待するだけで、この世界を完璧なものにできると信じているものよ。大人になるにつれて、それは夢物語だとわかってくるのが、ちょっと残念ね。あの子の願いを聞き入れてモーランド・アベイに連れて帰ったほうがいいんじゃないかしら。ヴァイオラとアビゲイルにも声をかけて、あちらへ来てもらいなさい。あの子たちに再会の喜びを味わわせてやりましょう。貴族社会の脅威に四六時中さらされたりせずにすむ場所で。二人ともまだとても若いんだから」

「わたしもお母さまの意見に賛成」カズン・ミルドレッドが言った。「ジェシカが夫を見つける時間は充分すぎるほどあるのよ、ルイーズ。まだ一八ですもの。それに、とっても美人だし。たとえ美人でなくても、先代ネザービー公爵の娘であり、当代公爵の妹なのよ。結婚する気になれば、求婚者には事欠かないわ」

「あたし、そんな気にはぜったいならない」ジェシカがネザービーの首に顔を埋めたままで言った。「アビーがいなきゃいや」

「やはりアビゲイルのために何か解決法を考える必要がありそうですね」アレグザンダーは言った。「母親と一緒に昔の家に戻ったんだから、アビーは幸せにしているに違いない、など勝手に推測するのは安易すぎるかもしれません。一族みんなで力を合わせて解決しなくてはならない問題に立ち向かう正直さを備えているのは、このなかではジェシカ一人だけです。ウェスコット邸に来るのを母子が承知してくれるかもしれない。そうしたら、みんなで社交的な催しを計画して、二人を歓迎し、くつろいでもらいましょう。婚外子の立場というのは天然痘やペストと同じ範疇《はんちゅう》には入らないのですよ。みんなで力を合わせれば、大きな影響力をふるうことができます。母さん、手紙を書いてくれませんか？　エリザベスもいいね？　ぼくも書きます」

ジェシカは無言でアレグザンダーを見つめていた。

「たぶん来ないでしょうね」カズン・マティルダが言った。「無駄な努力はやめたほうがいいわ、アルシーア」

「わたしはとても強引なタイプなのよ、マティルダ」目をきらめかせて、アレグザンダーの母親が言った。

「ねえ、ジェシカ」エリザベスが言った。「いまからウェスコット邸に来ない？　新鮮な空気と運動のために。ちょうど、お客さまも泊まっているし。アレックスがブランブルディーンで知りあったご近所の方。一年と少し前、唯一の身内だったおじさまとおばさまを数日のうちに続けて亡くしたという、とても孤独な方なのよ。アレックスも一緒に来ると思うわ。その方に挨拶するために。ただし、その方の滞在中はシドニー・ラドリーのところに泊まるそうよ。あなたがあとで家に帰るときは、アレックスに送らせるわね」

カズン・ルイーズが感謝の色もあらわにエリザベスを見ていた。ジェシカは顔をしかめていた。「若い人？」と訊いた。「それとも、年寄り？　どっちでもいいけどね。とりあえず、行ってみようかな」

「アレックスと同じぐらいの年よ」エリザベスは言った。「それって、ものすごい年寄りなの？　〝そうよ〟なんて言わないでね。だって、わたしはアレックスよりさらに年上ですもの」

「ものすごい年寄りでもないけど……」ジェシカは譲歩した。

「ふつうの年寄り」アレグザンダーはつぶやいた。

五分後、一行はサウス・オードリー通りへ向かっていた。アレグザンダーの母親が彼の腕に手を通し、エリザベスとジェシカがその前を歩いていた。

「ジェシカが不憫だわ」アレグザンダーの母親が低い声で言った。「それに、アビゲイルも不慣ね。わたし、あの子のことは考えないようにしてたの。あの子を連れてくるよう、わたしの力でヴァイオラを説得できるといいんだけど」

アレグザンダーはミス・ヘイデンがどんな顔で自分を迎えるだろうと心配だった。一族の新たなメンバーにまたしてもひきあわされて、どう反応するだろう？

レンは一人の時間を心ゆくまで楽しんでいた。自分の部屋で腰を下ろし、開いた本を膝にのせていた。日差しあふれる広い部屋で、くつろぐには最高の場所だった。厳密に言うと、読書をしているのではなかった。セントポール大聖堂のすばらしさと、自分が友達の案内でそこを訪ねたという事実のすばらしさについて考えていた。また、けさ、きまりが悪くなるほど長々と泣きじゃくってしまったことを思いだしていた。メガンおばとレジーおじの死を悲しんで泣いたのはこれが初めてで、これ一度きりだった。しかし、レンの頭にあったのは、自分が泣いたことではなく、ウェスコット夫人がメガンおばに負けないぐらい愛情豊かな、母親のような存在になったことだった。

ここに泊めてもらおうと決めたことにも、リヴァーデイル伯爵を追いだす結果になったことにも、疚しさを感じないようにした。伯爵が招いてくれて、レディ・オーヴァーフィールドも招いてくれた。昨日ハイドパークで伯爵とばったり出会って、ふたたび招かれた。それだけの単純なことだ。一週間ほど泊めてもらって、リストに挙げた場所をすべて訪ね、それから家に帰ることにしよう。あとで二人のレディにお礼状を書こう。友達はとても貴重だ。

失うわけにはいかない。

ドアに軽く響くノックでレンの物思いは破られた。どうぞという声に応えてレディ・オーヴァーフィールドが入ってきた。

「あら。お昼寝かもしれないと思ってた。言い忘れてたけど、客間でも、図書室でも、ほかのどの部屋でも、好きなときに自由に使ってね。わたしたちが出かけたあと、この部屋でじっとしてなきゃなんて思わなくていいのよ。でも、部屋から出る気がなければ、無理に出る必要はないのよ」

レディ・オーヴァーフィールドが微笑すると、目にきらめきが宿った。「時間的にはもう遅いけど、とりあえずお茶にしましょう。アレックスもアーチャー邸から一緒に帰ってきたし、ジェシカという若い子も連れてきたから——またいとこの一人よ。いま一八歳、ひどく落ちこんでて、もう大変なの。今年社交界にデビューして——ついでに言っておくと、大成功だったわ。本人がその気になって、親の許しが出れば、夏までにたぶん三〇回以上結婚できるでしょうね。でも、いまは不幸のどん底なの。そういう恵まれた環境にいる若い子にありがちなことね。いちばん仲良しのいとこがこちらにいないせいなのよ。アビゲイルといって、去年、伯爵家の婚外子だったことがわかった子なの。ジェシカが田舎の屋敷に帰りたい、ずっとそちらで暮らしたいって言いだしたものだから、ウェスコット一族の全員が大あわてなのよ。だって、ジェシカのその言葉を聞いて、誰もが痛感したんですもの——身内の何人かがめでたしめでたしとは言えない状況にあって、みんなの手でなんとかする必要があるってことを。ほんとに何かできるとしたらね。あら、わたしったらよけいなおしゃべりばかり。ジェシカをここに連れてきたのは、一時間ほどゆっくりさせたかったからなの。お客さまが滞在中だって言ってあるから、あなたも下りてきてくださらない？　ただし、無理にこちらに合わせる必要はないのよ」

人はともすれば、苦労しているのは自分一人だと思いがちだ、とレンは思った。完全な孤独のなかで生きている者はとくに。しかし、じっさいには、誰にも――世界がその足元にひれ伏しているかに思われる、名家に生まれた美しい一八歳の少女にすら――苦労があることを、このことがはっきり証明していた。

「レディ・オーヴァーフィールド」レンは言った。「悪知恵の働く方ね」

相手は一瞬、呆気《あっけ》にとられた様子だったが、やがて笑顔に戻った。「一度に一人ずつ会っていけば、いずれ、全員に会ったことになるでしょ。でも、無理してこちらに合わせる必要はないって申し上げたのは、本心からの言葉なのよ。下りてらっしゃらなくても、あなたのことを悪く思う人は誰もいないわ」

レンは立ち上がった。そうね、やはり行かなくては。泊めてもらっているのだから。「わたし、おおぜいの人のなかに入った経験がないんです」レンは言った。ドレスのしわを伸ばし、髪に手を触れてひと筋の乱れもないことをたしかめながら、レンは言った。「おじとおばが自宅に人を招待したときは、わたしはいつも自分の部屋に閉じこもっていました。二人とも、あきらめずにわたしをひっぱりだそうとしましたし、ときには柔らかに説得しようとしたこともありました」屋敷の女主人のほうを向いて微笑した。「お先にどうぞ」

しかし、レディ・オーヴァーフィールドはすぐさまドアをあけようとはしなかった。「エリザベスって呼んでもらえるとうれしいんだけど。いえ、リジーのほうがいいわ」

「リジー」レンは言った。「わたしのことはレンと呼んでください」

「レン?」

「ミソサザイのことです。おじが初めてわたしと会ったときにレンと呼び、それが定着したんです。それまではロウィーナだったけど、以後はずっとレンで通してきました」

「レン」エリザベスはふたたび言った。「愛らしい名ね」そして、レンの先に立って客間へ向かった。

最初にレンの目に入ったのはリヴァーデイル伯爵だった。ドアからそう遠くないところに立っていた。長身で、ハンサムで、身体にぴったり合った極上の深緑色の上着に、濃い色のズボン、光沢のあるヘシアンブーツ、真っ白な麻のシャツという装いだ。微笑を湛えた目がレンの視線をとらえた――姉とそっくりの微笑。彼に片手を差しだしたレンは、その手を温かく包みこまれて、心臓をわしづかみにされたような気がした。忘れていた。この人がどんなに……男らしいかを。

「リヴァーデイル卿」レンは言った。「こちらにお招きくださったことに、そして、わたしが遠慮なく滞在できるよう、よそへお移りになったことに、お礼を申し上げなくてはなりません。行き届いたお心遣いに感謝いたします」

「上流婦人向けのホテルのことを伺ったとたん、あなたを救出するのがわが人生の使命だと悟ったのです。レンガのようなマットレスと、窓にはまった鉄格子と、腰に下げた大きな鍵束をジャラジャラいわせる巨大な体格の女主人の姿が、反射的に浮かんだものですから」

「あら、そこまでひどくはなかったわ」レンは断言した。「ジャラジャラいう鍵束も記憶にありませんし」

伯爵が笑いだし、レンは彼に握られていた手が治癒不能の火傷を負う前にひっこめた。彼の笑い声を忘れていなかった。

彼のキスは忘れていなかった。

「ぼくのいとこを紹介させてください。いや、正確には〝またいとこ〟かな。レディ・ジェシカ・アーチャー。いまは亡きネザービー公爵の令嬢で、当代公爵の母親違いの妹になります。こちらはミス・ヘイデンだよ、ジェシカ」

若き令嬢は愛らしくて、髪は金色、若さにあふれた華奢で優美な身体つきだった。ただ、やや不機嫌そうな顔と尖《とが》った唇のせいで、愛らしさがいくらか損なわれている。

レンは微笑した。「お会いできてうれしいわ、レディ・ジェシカ」

「なんて背の高い方なの」令嬢は言った。「すごく羨ましい。ほとんどの男性より高いんでしょ。でも、それはすてきなことだって、ときどき思うの。見下ろしてやりたくてたまらない男が何人かいるから」挨拶したときの顔が渋面に近かったことを考えると、なんとも驚いたことに、令嬢は不意にまぶしいほどの笑顔になり、女の子らしい陽気な笑い声を上げた。

「ねえ、羨ましいと思わない、エリザベス？　もちろん、アレグザンダーは女の人から見下ろされる心配なんてないでしょうけど」

「背の高い人はたしかに、立派でエレガントに見えるわ」エリザベスは言った。「ただ、人混みで身を隠すのはむずかしいわね。身を隠せれば、すごく便利なときもあるのよ」

　これでまたひとつ進んだ――暖炉の片端に置かれた椅子に腰を下ろしながら、レンは思った。一度に一人ずつ、世界を征服しつつある。わたしの姿を見たとたん、少女が悲鳴を上げて屋敷から飛びでていくようなことはなかった。

　レディ・ジェシカがレンのそばの椅子にすわるあいだに、エリザベスと母親は少し離れた二人用のソファに腰を下ろした。伯爵は二人の横に立ち、母親が注ぐお茶を配ろうとして待っていた。レンたちのところにお茶を運ぶと、もとの場所に戻り、ふたたび二人用のソファの横に立って、母親と姉を相手に静かに会話を始めた。レンにはこの配置が意図的なもののように思われた。若い身内を新たな客のそばに、一族以外の人間のそばに置いて、憂鬱を吹き払うチャンスを与えようとしているのだ。そして、レンに対してはたぶん、ベールなしで初対面の相手に会うチャンスを与えようとしているのだろう。上の階でレンが言ったように、レディ・オーヴァーフィールド――リジー――はずいぶん悪知恵の働く人だ。ううん、三人ともそうね。三人に対して、予想もしなかった親愛の情が湧き上がるのを感じた。

「去年、おじさまとおばさまを亡くされたそうですね。さっき聞きました」レディ・ジェシカが言った。「一緒に住んでらしたの？」

「ええ」レンは答えた。「二人のことが大好きだったわ」

「身内の方はほかにいらっしゃらないの？」

「ええ」レンは躊躇なく答えた。「わたしだけよ」

「ときどき思うの。身内が一人もいなくて、天涯孤独の身になれたら、すてきだろうなって。身内が愛してくれないからじゃないのよ、ミス・ヘイデン。それから、あたしがみんなを愛してないからでもないの。でも、はっきり言うと、愛ってほんとに厄介。あたしは母親違いの兄のことを崇拝してるのよ。ところが、兄はあたしの大嫌いな相手と結婚してしまった。いままでは、あたし、その相手のことも愛してるけどね。その人、ハンフリーおじさまが遺した唯一の嫡出子だったけど、そんなこと、去年まで誰も知らなかったの。その人自身もね。何があったかご存じ？」

「ある程度は聞いてるわ」レンは言ったが、若き話し相手はかまわず続けた。

「おじさまが遺したほかの三人の子供――あたしのいとこたち――は追いだされることになって、生まれたときの身分まで失ってしまった。それ以上に恐ろしいことって想像できます？　アナスタシアがブランブルディーン以外のものをすべて相続し――どっちみち、あそこはボロ屋敷だけど――エイヴリーが彼女と結婚したの。あの二人は深く愛しあってて、最高に可愛い赤ちゃんも生まれて、あたし、大好きだけど大嫌いでもあるの――アナスタシアのことが。心から大好きって言えればいいのに。努力はしてるのよ。あら、あたしったらわけのわからないことばかり言ってる。でしょう？」

「とってもよくわかるわ」レンはジェシカに言った。本心からの言葉だった。「ほかのいとこの方たちとは仲良しなの?」

「だーい好き」レディ・ジェシカは断言した。「ええと、カミールは昔からちょっと堅苦しくて冗談の通じない人だけど、それでもやっぱり好きだった。ハリーは――おじさまの死後、ほんのしばらくリヴァーデイル伯爵だった人で――うっとりするほどすてきなのよ。ただ、あたしにとっては単なるいとこで、恋人とかそういう感じじゃなかったけど。それから、アビーはいつだって世界でいちばんの仲良しなの。ひとつ年上で、去年おじさまが亡くなったために社交界デビューが延期になってがっかりしてたわ。あたしは心のなかでちょっと喜んじゃった。だって、今年、二人一緒にデビューできるわけだから。ほんとだったら、そんなすてきなことはなかったでしょうね。でも、アビーはもう永遠にデビューできなくなり、まともな相手と結婚することもできなくなって、あたしのハートは張り裂けてしまったの。ときどき思うのよ。アビーのかわりにあたしがそうなればよかったのにって。そのほうが楽に耐えられたと思うの。家族がいなくても、あたしは寂しくない。家族のことを心配しなくていいわけでしょ。あたしの話、変かしら?」

レンは彼女の手の片方に自分の手をのせ、軽く叩いた。同時にリヴァーデイル伯爵と目が合い、その顔に心配そうな表情が、いや……懸念が浮かんでいるような気がした。でも、この人が案じているのはわたしのこと? それとも、レディ・ジェシカのこと? 彼はまっすぐレンを見ていたが、やがてエリザベスに何か言われて、返事をするためにそちらを向いた。

「生垣の向こうの芝生はいつも青く見えるという古い諺を、あなたもたぶん聞いたことがあるでしょう?」レンは言った。

「身内のいない人生もたぶん、それほど幸せじゃないわけね。ごめんなさい。恩知らずで、無神経で、ほかにもいろいろ欠点だらけのあたしを見て、きっと、この鼻を殴りつけてやりたいと思ってらっしゃるでしょうね。ところで、どうして結婚なさらなかったの?」

「一年と少し前まで、自分の人生にとても満足していたからよ」少女が電光石火のスピードで話題を変えても、レンはたじろぐことなく答えた。「そして、いまも満足してるわ。いつだって忙しいの。事業をやってるから。スタッフォードシャーで評判のいい大きなガラス工場を経営してて、うちの製品をとても誇りに思っているのよ。単なる実用的な品ではなく、芸術の香りのするデザインをめざしているの。おじが亡くなる以前から経営に携わってきたけど、このところ、以前にも増して仕事に没頭してる感じね。男性従業員に頼らなくては何も決定できず、仕事を進めることもできない無力な女だなんて、誰にも思われたくないから」

レディ・ジェシカの目が輝いた。不機嫌な表情はすっかり消えていた。「なんてすてきなのかしら!」と叫んだ。「ますます羨ましくなってきたわ。すごく背が高くて、おまけに事業をやってるなんて。そんなこと聞いたの初めてよ」レディ・ジェシカはふたたび笑った。さっきと同じ、若さにあふれた楽しそうな響き。彼女が身内の三人に背を向けていたため、三人はちらっとこちらを見て微笑した。「それ、傷跡なの? それとも、前からずっとそうだったの?」

レディ・ジェシカがあざのことに触れたのはいまが初めてで、しかも、ついでにふと口にしたという感じだった。

「生まれたときからよ」レンは答えた。

「運が悪かったのね」レディ・ジェシカはそう言って、レンの顔の左側をしげしげと見つめた。「生まれてから毎日ずっと悩んでたんでしょうね。あたしならきっとそうだわ。でも、いいなあ――反対側はすごくきれいだし、こっち側だって色のことさえなければ、とってもきれい。あ、いけない。お母さまがここにいたら、すごい目でにらまれちゃう。当然よね。何も気づいてないふりをしなきゃいけなかったのに。そうでしょ。ほんとにごめんなさい」

しかし、レンは自分でも意外なことに、笑顔になっていた。「知らない人に顔を見られそうなときは、どこへ行くにもたいていベールをつけるのよ。家にいるときでさえ」

「きっと、人々の注目の的でしょうね。謎の貴婦人だと思われるに違いない。すてきだわ！しかも、そんなに背が高いんですもの」レディ・ジェシカの笑い声が少女っぽい楽しげな響きを帯びた。

「うちのガラス製品を扱っているお店がロンドンに何軒かあるのよ」レンは言った。声をやや大きくし、顔を上げて、部屋にいるほかの人々にも聞こえるようにした。「明日の午前中、リジー――レディ・オーヴァーフィールド――と二人でお店をいくつかまわって、製品が飾ってある様子を見てみようと思ってるの。よかったら一緒にいかが？もちろん、お母さまのお許しが出たらね」

「わあ、ぜったい行きたい」レディ・ジェシカは胸の前で手を握りあわせ、首をまわして、部屋の向こうの人々を見た。「ついてってもいいかしら、エリザベス？　ねえ、アルシーアおばさま、お願いだから、今夜ここに泊めてもらえません？　そしたら、明日の朝すぐに出かけられるでしょ。エリザベスとミス・ヘイデンがアーチャー邸まで迎えに来て、あたしの支度ができるのを延々と待つ必要がなくなるわ。今夜、憂鬱な夜会が予定されてて、あたしは出る気なんてぜんぜんないから、お母さまにそう言ってあるの。お願い、泊めてもらえません？」

「お母さまに訊いてみなきゃね」ウェスコット夫人は言った。「わたしから短い手紙を書いて、アレックスがシドニーのところへ戻る途中で、アーチャー邸に届けてもらうことにするわ。お返事がノーだったら、アレックスがそれを伝えに戻ってくるでしょうから、アレックスに送ってもらって家にお帰りなさい」

夫人は立ち上がって部屋の向こうの書き物机まで行くと、腰を下ろし、手紙を書きはじめた。レディ・ジェシカが文面を考えるのに協力しようとして、飛ぶように部屋を横切った。

リヴァーデイル伯爵がレンのところにやってきて空いた椅子にすわった。

「ここに泊まることにしてくださり、母も姉も喜んでいます。また、ジェシカの愚痴に耳を傾け、あの子の気を紛らしていただけて、みんなで感謝しています。大成功だったようですね」

「レディ・ジェシカはとても若くて、いとこのことを思ってひどく傷ついてらっしゃるようね。ときには、自分が苦しむよりも、愛する者の苦しみを傍で見ているほうが辛いこともあるものです。きっと、自分の無力さをよけいに痛感するからでしょう」

「明日の午前中は、リジーと、そしてたぶんジェシカの相手でお忙しいと思いますよ。ぼくは貴族院に顔を出す予定です。天候が許すなら、午後からハイドパークで散歩におつきあい願えませんか？　あまり知られていない散歩道がいくつかあって、サーペンタイン池のほとりの道よりもいい眺めなんです」

また求婚でもするつもり？　それとも……なんなの？　彼の目を探ったが、そこに答えは見つからなかった。丁重に断わらなくては。二人のあいだに存在していたかもしれないものは、復活祭の日曜日に消えてしまった。いまさらよみがえらせたいとは思わない――辛すぎたから。それに、この人だってそんなことは望んでいないはず。出会ってからの何週間か、心を寄せてもらえなかったことはわかっている。お金の力だけでこの人を惹きつけるのが無理なこともよくわかっている。

だったら、わたしはなぜここに来てしまったの？

この人はなぜ、ここを訪ねてほしいと昨日わたしに言い、おまけに、わたしを説得してここに泊めるよう、ご自分のお母さまに頼んだりしたの？

「行ってみたいわ」レンは言った。「ありがとうございます」

10

アレグザンダーはいとこのシドニーと一緒に、独身男の夕べを存分に楽しんだ。〈ホワイツ〉で夕食をとってから別のクラブへまわり、そこで友人たちと軽く飲み、カードゲームで三〇〇ポンド勝ち、それから個人宅のパーティに出かけて、今度は二五〇ポンド負けた。午前零時をかなり過ぎてからシドニーの部屋に二人で帰り着いたときには、酒に加えて思い出話と笑いのおかげで満ち足りた気分だった。しかし、もう昔と同じではないということで、二人の意見は一致した。こういう夜は楽しいが、一〇年前と違って、毎晩のように追い求めるべきものではない。

翌日午後の早い時間にアレグザンダーがウェスコット邸に顔を出すと、母親と姉がカズン・ルイーズとジェシカの到着を待っていた。みんなでガーデン・パーティに出かけることになっている。母親の話だと、カズン・ヴァイオラに宛てて手紙を書き、アビゲイルを連れて一週間か二週間ほどロンドンに来るよう勧めたそうだ。

「来てくれるかどうかわからないけど」母親は言った。「誘いだす口実にできそうな催しが何もないんですもの。去年みんなでバースに集まったときは、カズン・ユージーニアの七〇歳のお誕生日を祝うという大義名分があったのにね。でも、七一歳では、特別なお祝いって感じじゃないでしょ？」

「そうですね」アレグザンダーは同意した。「カズン・ヴァイオラたちが来ることになったら、ミス・ヘイデンはどう思うでしょう？」

「ミス・ヘイデンがこちらに滞在なさるのはせいぜい一週間だそうよ」母親は言った。「それに、ヴァイオラたちがすぐやってくるとも思えないし。ただ、正直に言うとね、アレックス、考えれば考えるほど、来てもらえそうもないって気がするの。だって、この屋敷はもともとヴァイオラたちの家だったし、ほんのいっときハリーのものだった爵位を、いまはあなたが受け継いでるわけでしょ」

「レンのガラス製品ってうっとりするほど繊細なのよ、アレックス」窓辺の椅子にすわったエリザベスが言った。「けさ、最初に立ち寄ったお店で展示品を見たとき、ジェシカもわたしも思わず息をのんだわ。ひとつひとつが芸術作品なの。レンが次にスタッフォードシャーへ行くときは、一緒に連れてってほしいって頼むつもりよ。ガラス製造の過程を残らず見学したいの」

「じゃ、友達になってくれるんだね？」

「とっくに友達よ」エリザベスは言った。「カズン・ルイーズの馬車が着いたわ、お母さま」

アレグザンダーは母親と姉について下まで行き、先代ネザービー公爵未亡人のルイーズと娘のジェシカに挨拶した。

屋敷のなかに戻ったとき、ミス・ヘイデンが階段を下りてきた。水色の生地で仕立てたハイウェストの細身の散歩服をまとい、とてもエレガントに見える。麦わらのボンネットのつばに同じ色のベールがついている。まだ顔に垂らしてはいなかった。

「公園はすぐ近くです」お辞儀をし、午後の挨拶をしたあとで、アレグザンダーは彼女に言った。「馬車のかわりに歩いて行くのがおいやでなければいいのですが。馬車ですと公共のエリアにしか入れないので」

「あら、散歩に誘ってくださったんでしょ」彼女は執事が玄関ドアをあけるあいだにそう言って、ベールに手を伸ばした。

「上げたままにしておきませんか？　人と顔を合わせることはあまりないでしょうし、いずれにしろ、ベールをつける必要などありません」

ミス・ヘイデンは一瞬、宙で手を止めたが、やがて、ため息をついてその手を下ろした。

「わかりました」と言い、彼女と一緒に外の通りへ出た。彼女がアレグザンダーの腕に手をかけ、二人で通りを歩きはじめたとき、アレグザンダーは背丈がほぼ同じで歩幅もひけをとらない女性と歩くのがいかに心地よいかを実感した。「こんな麗らかな日にガーデン・パーティのご予定を邪魔してしまい、申しわけありません」

「もともと顔を出すつもりはなかったんです」アレグザンダーは彼女に言った。「散歩のほうがずっといい」

「騎士道精神にあふれた方ね」急ぎ足でやってきた紳士がアレグザンダーに会釈をし、帽子のつばに手をかけてミス・ヘイデンに挨拶すると、彼女は眉をひそめた。

「リジーから聞きましたが、お宅のガラス製品が店に展示されているのをご覧になったそうですね」

「ええ、そうなんです」彼女の声が熱を帯びた。「二軒の店で。ボンド通りとオックスフォード通り。わくわくしました。もちろん、見慣れたデザインばかりですし、工場や併設されたギフトショップでしじゅう製品を目にしています。でも、よそのガラス製品と一緒に飾られていると、なぜか印象が違って、もっと立派に見えるんです。うちの製品が見劣りすることはけっしてありません。うれしいことに、一人の紳士が奥さまのために花瓶をお求めになるのを目にしたんですよ」

「その紳士に自己紹介なさったでしょうね?」

「しておりません」彼女はかすかにたじろいだ。「ところが、レディ・ジェシカがわたしを紹介したんです。もう、きまりが悪くって」しかし、不意に笑いだした。「でも、正直に白状すると、けっこういい気分でした。紳士はわたしと握手をし、お店の主人も同じく握手をして、うちの製品が長いあいだ売れ残ることはけっしてないと請けあってくれました」

「では、ジェシカのお節介はご迷惑じゃなかったんですね?」道路を渡って公園に入りながら、アレグザンダーは尋ねた。

「いえ、ぜんぜん。きまりが悪かったのは事実ですけど。わたしを紹介できて、レディ・ジェシカは得意満面でした。わたしの保護者気どりで、わたしがちやほやされれば自分もうれしいと言わんばかりに」

昨日、ジェシカがあっというまにミス・ヘイデンになつき、彼女も気さくに応じたことに、アレグザンダーは驚いていた。彼女が人生の大半を孤独のなかで送ってきたのは、悲劇以外の何物でもないとずっと思っていたし、成長期の彼女を強引に巣の外へ出してやるべきところをむしろ過保護にしていたとすれば、おじ夫妻にも責任の一端があるように思われてならなかった。しかし、勝手に憶測すべきではない。どんな事情があったのか、ほとんどわからないのだから。ジェシカの声が思いだされた――ひどくはしゃいだ声だった――〝きっと、人々の注目の的でしょうね。謎の貴婦人だと思われるに違いない〟しかし、ベールがなくてもミス・ヘイデンは謎の女だ。なぜなら、心のなかに何枚もベールを重ねているのだから。ベールの奥をちらっと見せるのはごく稀《まれ》で、しかも短いあいだだけだが、いまがそうした瞬間のひとつだった。目がきらめき、右の頬が紅潮していた。熱意と若さにあふれ、近づきやすい印象だった。

もちろん、その印象は長続きしなかった。公園の門をくぐったあとで何人かとすれ違い、彼女はそのたびに、強い風に帽子をさらわれそうなふりをして、左手をボンネットのつばへ持っていった。ただ、ベールを下ろすのは思いとどまり、あたりに誰もいなくなると手を離した。アレグザンダーは向きを変えて二人で広い芝生に出てから、自分が先に立って、前方に見える並木のほうへ向かった。公園のへりに近い木立のなかを、散歩道がくねくねと曲がりながら延び、散策にもってこいの涼しい日陰になっていた。ふだんから人影はあまりない。

ほとんどの者がもっと見晴らしのいい場所を好むからだ。そちらへ行けば友人や知人に会えるし、人々のしていることをあれこれ観察することもできる。

二人はスタッフォードシャーからの彼女の長旅や、サーペンタイン池とセントポール大聖堂とボンド通りや、フッカム図書館のことを話題にした。ミス・ヘイデンは午前中にこの図書館へ出かけ、エリザベスの会員証を使って本を何冊か借りてきたのだ。二人はまた、貴族院とそこで討議中の問題や、戦争と天候などを話題にした。途中ですれ違ったのはひと組の男女だけだったが、口喧嘩らしきものの最中だった様子で、どちらもうつむいて目を伏せたまま、こわばった沈黙のなかでせかせかと通り過ぎ、声の届かないところへ遠ざかる前からすでに口論を再開していた。

「なぜこちらにいらしたのです？」アレグザンダーはようやく尋ねた。フェアな質問ではなかったかもしれないが、つい口にしてしまった。

かなり長い沈黙が続き、アレグザンダーはその沈黙のなかで、遠くで遊びに夢中の子供たちの金切り声や、木々のあいだから聞こえる小鳥たちのさえずりに気がついた。

「あなたからも、レディ・オーヴァーフィールド――リジー――からも、ロンドンに来るよう勧められましたが、そのときはお誘いに応じる気などありませんでした。でも、スタッフォードシャーへ行ったあとで、せっかくの挑戦を逃したような気がしたのです。勇気がなかったせいではないかと自分に問いかけました。ロンドンに来て有名な場所を見てまわるのが昔からの夢でした。わたしは自分のことを自立した強い女だと思いたいし、多くの点で事実そのとおりです。それを誇りに思っています。でも、ときどき、臆病な自分が隠れていることに気づくのです。ベールも臆病さのひとつの表われであることを、わたしは喜んで認めます。世捨て人同然の暮らしを送りがちなのも、やはり臆病さの表われです。ただ、一人でいるのは本当に好きですし、社交的な人間にはなれそうもありません。ロンドンに来たのは、わたしだって来られることを証明したかったからです、リヴァーデイル卿。あなたやお姉さまのお誘いに応じたわけではないのです。お誘いを理由にするのは卑怯と言うべきでしょう。お二人にはきっぱりお断わりしましたもの。ただ、サウス・オードリー通りへ伺うつもりではおりました。ご挨拶のために——それから、伺うこともできない臆病者ではないことを証明するために」

「友達を訪ねるのに勇気が必要でしょうか?」アレグザンダーは彼女に訊いた。

「さあ、わかりません。必要なんですか? わたし、友達を持ったことがないんです。あなたは友達なのかしら、リヴァーデイル卿? わたしにとっては、あなたは以前も現在も、お金をあげるから結婚してほしいとこちらからお願いした相手なのです。そうした計画はおたがいのためにならないと気づいて、わたしは提案をひっこめました。そんな二人を友達と呼ぶのはとうてい無理です。ただ、敵どうしではないよう願っています。友達と敵の中間のような間柄、つまり、友好的な知人といったところでしょうか。あなたのお姉さまは親切な方で、わたしをお訪ねくださったあの日から、友達だと言ってくださいましたが、その友情は主として遠距離で手紙のやりとりをするものでした。ええ、ウェスコット邸をお訪ねするには勇気が必要だったと思います。それに、お訪ねする資格などないような気がしていました。あなたは花嫁を見つけるためにロンドンにいらした。それを邪魔するつもりはなかったし、その気持ちはいまも変わっていません。でも、こちらであなたに出会って――申し上げておきますけど、ほんとに偶然だったんです――ウェスコット夫人をお訪ねする約束を守らなくてはならないと思いました。その結果、やはり、お屋敷に泊めていただくことになってしまったのです。わたしがそう画策したなどと思わないでくださるといいのですが」

「そんな人でないことはわかっています。ぼくが母に提案したのです。それに、母の説得力のすごさはぼくもよく知っていますからね」

「サーペンタイン池のほとりでエスコートしてらした若いお嬢さんが不愉快な思いをなさらなかったよう、願っています。とても愛らしい方ね。もっとも、わたしが競争相手に間違えられるはずはありませんけど」

「あの愛らしい令嬢の母親がぼくをつかまえようと必死なのです。父親のほうもそうです。だが、あの令嬢に求婚する気がぼくにないことを知れば、両親はすぐさま、娘婿をつかまえる努力を誰かほかの男に向けることでしょう」

「まあ」ミス・ヘイデンは立ち止まり、彼の腕にかけていた手を離すと、散歩道からそれて、木立の向こうに広がる傾斜した芝生とその下の馬車道を木々の隙間から眺めた。「では、どなたか意中の方がいらっしゃるのかしら」

「ええ」

ミス・ヘイデンは遠くをじっと見ていた。背が高く、エレガントで、冷静沈着で、よそよそしい女性に戻っていた。「あなたのお母さまのために、いえ、あなたのためにも、お宅の財政難を救う以上のことができる方であるよう願っています、リヴァーデイル卿。あなたがその方に何かを感じ、向こうもあなたに何かを感じてらっしゃるよう願っています」

「敬意？　好意？　慈愛の心？　この三つはぼくにとって、財産より重きをなすものです。ブランブルディーンのほうはたぶん、手持ちの財産と、勤勉な労働と、うちの管理人の創意工夫でどうにかやっていけるでしょう。農場は今後何年ものあいだ、さびれたままでしょうし、屋敷のほうは、どうしても必要な箇所を除いて修理されずに放置されることになるでしょう。しかし、うちの農場で働く者たちとその家族が心身共にすこやかに暮らせるよう、ぼくなりに努力するつもりです。みんなと一緒に不自由に耐えて暮らし、働くぼくの姿を見れば、領地に本当の繁栄が欠けていても、人々はたぶん許してくれるでしょう。金目当ての結婚だけはしないつもりです」

「ええ」ミス・ヘイデンは遠くを見つめたままで言った。顎をつんと上げ、両手をウェストのところで握りあわせていた。「いつもそうおっしゃってましたね。あなたのそういうところを尊敬します」

アレグザンダーは景色よりも彼女を見つめていた。右から見たときの、誇り高く、謎めいていて、美しい横顔を。しかし、艶やかと言えるだろうか？　魅力的だろうか？　謎の貴婦人。この人を描写するのにぴったりの言葉をジェシカは見つけたのだ、と思った。この人のことは誰も何も知らない。知ろうとしても、たぶん無理だろう。ブランブルディーンにいたとき、そのことに戸惑いを覚えたものだった。いまも落ち着かない気分にさせられている。しかし……ベールの陰で何かが儚く消えていくのを目にしたことがあった。何か……いや、言葉が見つからない。だが、その何かに誘われるようにして見つめつづけた。

ようやく、彼女がアレグザンダーのほうに顔を向けた。「求婚がうまくいくよう祈っています。もう少し歩きましょうか？　ここにお連れいただいて感謝しています。人の多い水辺よりこちらのほうがわたしは好きです。緑のなかの散歩道には、とても心を癒してくれるものがありますから」

そう言う彼女の目に何かが浮かんでいた。悲しみ？　切なさ？「ミス・ヘイデン」アレグザンダーは言った。「結婚してくれませんか？」

彼女が彼の目をじっと見た。「あの……」と言った。しかし、続けて何か言うつもりだったとしても、折あしく近づいてきた人々に邪魔されてしまった――男性一人と女性二人、二人分の幅すらない道を三人並んで歩こうとしている。ミス・ヘイデンはあわてて向きを変え、公園のほうを見つめた。

「リヴァーデイル」男性が愛想よく言った。

「マシューズ」アレグザンダーはにこやかに会釈をした。「散歩にはもってこいの日だね」レディたちに笑顔を向けた。幸い、三人ともそれほど親しい相手ではないので、無理に立ち話をする必要はなかった。三人はアレグザンダーに同意して「ええ、本当に。気持ちのいい日ですね」と言ってから、そのまま歩き去った。

アレグザンダーはミス・ヘイデンにふたたび腕を差しだすと、彼女を連れて散歩道からそれ、木立に入っていった。「あなたの財産がぼくの深刻な苦境を救う手立てになることを否定するつもりはありません。ブランブルディーンをその目でご覧になりましたね。しかし、ぼくを求婚する気にさせたのはあなたの財産だけではありません。それだけはどうか信じてください」

「では、なぜその気に？」彼のほうへ顔を向けずに、ミス・ヘイデンは尋ねた。「敬意？好意？慈愛の心？愛しているふりをなさってもだめですよ」

「どんなふりもしようとは思いません。何をするにしても、正直であるよう努めていますが、結婚相手にと望む女性に正直であるのがもっとも重要なことです。ええ、愛しているふりをするつもりはありません、ミス・ヘイデン。あなたの言う愛が、もっとも印象的な詩や演劇を生みだす原動力となってきた華やかな情熱を意味しているのなら。しかし、ぼくはあなたに大きな好意を持ち、人生を共にしてほしいと願っています。好意が慈愛に変わっていくよう願っています。しかし、今日の求婚を後押ししたもっとも強い要素は敬意です。実業家としても、人間としても、ぼくはあなたを尊敬しています。ただし、あなたのことをほとんど知らないのは事実ですが。でも、知る価値のある人だと思っていますし、ぼくもそう思ってもらえるよう願っています。ぼくのことを、人より物を重視する欲得ずくの男だとは思わないでほしいのです。あ、すみません。結婚を申しこんだ男からこんな演説を聞きたいなんて、女性が思うわけはありませんよね。まだ片膝を突いてもいなかった。赤いバラの蕾《つぼみ》一本すら持ってきていない」

「そうね」彼女は言った。

「あなたが聞きたかったのはこんな演説ではないという意味ですね？」

「いいえ。バラも、地面に突いた片膝も、ロマンスを彩る飾りも、わたしは求めておりません。虚飾としか思えないし、そんなものを差しだされたら、あなたが口にされたその他すべての言葉に不信感を抱いたことでしょう。お金目当てでわたしと結婚なさるはずのないことは、よくわかっております。好意と敬意が結婚生活を築いていくための強固な土台になるでしょうし、わたしもあなたに好意と敬意を抱いています。お礼を申し上げます。あなたとの結婚にいちおう同意いたします」

ミス・ヘイデンは日差しに目を細めて、いまも遠くを見つめていた。アレグザンダーは不意に寒気を覚えた。ロマンティックな理由よりも現実的な理由から結婚するのは、別に悪いことではない。いつの世も人々はそうしてきたし、そういう結婚が充実したものに、さらには幸福なものになることもけっこうある。彼もその事実を受け入れ、そうすべきだと自分に言い聞かせてきた。しかし、できれば、もっと……温かな感情がほしかった。たったいま、こちらが世界最悪と思われるプロポーズをして、彼女がそれを受け入れた。こちらを見もせずに、熱意もなしに。そんな彼女を自分は責められるだろうか？

「いちおう？」

「お母さまとお姉さまに無条件で賛成していただかなくては」

「あなたが結婚するのはこのぼくなんですよ、ミス・ヘイデン。ぼくたちが住むのはウィルトシャー州のブランブルディーン・コートになります。母と姉の家はケント州のリディングズ・パークです。ふたつの家のあいだにはずいぶん距離があります」

「とても仲のいいご家族でしょ、リヴァーデイル卿。あのお二人はあなたを深く愛し、何よりもあなたの幸せを願っておいでです。そして、あなたはお二人を愛し、悲しい思いはさせたくないと思っていらっしゃる。そういう気持ちを軽視してはなりません」

「では、二人が反対するとお思いなのですか？」アレグザンダーは彼女に尋ねた。母と姉なら、たとえ本心から喜べなくても賛成してくれるはずだ。「おじさまとおばさまがご存命だったら反対なさるでしょうか？　そして、反対されたら、あなたはぼくとの結婚をやめにするのですか？」

彼女はどう答えようかと考えこんだ。「おじたちが反対するなんてありえません」

「ぼくがあなたを愛しておらず、あなたもぼくを愛していないことを、おじさまたちがご存じだったとしても？」

「二人があなたに会えば、善良で尊敬できる人だと思ったはずです。そういう人をわたしのために望んでいたのです。また、たとえ懸念を抱いたとしても、わたしの判断を信頼してくれたことでしょう」

「ぼくの母とリジーはぼくの判断を信頼していないとお思いですか？」

「おじとおばはわたしの動機を理解してくれたでしょうし、同じく、あなたのご家族もあなたの動機を理解してくださるでしょう。二人の動機は大きく違っていますけど。そうじゃありません？　わたしが望むのは結婚、夫と子供。あなたは理想の相手です。だって、名誉を重んじる方ですもの。わたしは自信を持って断言できます――あなたなら、つねにわたしを大切にし、敬意を払い、わたしを見捨てることも、軽んじることもぜったいにないでしょう。子供たちのいい父親になってくれるに違いありません。いっぽう、あなたはリヴァーデイル伯爵として、ブランブルディーンの主人としての義務を果たしたいと思ってらっしゃる。それを可能にするのに充分な持参金つきの妻を求めてらっしゃる。そして、もちろん、跡継ぎを生むことのできる妻を。わたしたちの結婚を、双方の家族はまったく異なる視点から見ることになるでしょう」

「リジーも母もあなたのことが気に入っています」

「意外なことですが、たしかにそのとおりだと思います」ミス・ヘイデンも同意した。「でも、わたしがあなたの妻になることには懸念をお持ちかもしれません。ほかの女性たちのようにはいきませんもの、リヴァーデイル卿――このあざのことだけを申し上げているのではありません。ガラス工場の経営がなければ、わたしはまったくの世捨て人です。大切に育てられ、高い教育も受けましたが、わたしという人間は理屈ばかりで、現実から遊離しています。この二日ほどにしても、あなたのお母さまとお姉さまといとこの方にお会いしただけなのに、自分が人と違っていることをこの目で見て、心で感じました。あなたがここで一緒に歩いてらしたお嬢さんのことが心に浮かんできます。ちらっと目にしただけですが、愛らしい外見に加えて、温かくて、魅力的で、女らしくて……快活な方なのがわかりました」

「この三週間のあいだに、ミス・リトルウッドに求婚する機会は何度もありました。承諾してもらえたでしょう――うぬぼれでそう思いこんでいるのではありません。しかし、求婚しなかったし、その気にもなれなかった。あなたと再会する前から、心が重く沈んでいました。もうじき結婚相手を決めなくてはならないが、結局はこの令嬢とたいして違わない相手を選ぶしかないのだと思って――娘の夫には貴族をと望む、裕福な父親を持つ令嬢。ところが、そこであなたに再会し、ほぼ同時に気づいたのです。あなたとの結婚を想像すると心が安らぐことに。ほかの女性と大きく違っているにもかかわらず、というより、違っているからこそです。これまでに会ったほかのどのレディよりも、ミス・ヘイデン、ぼくはあなたと結婚したい。母もきっと同じ思いです。それから、リジーも」

「でしたら、試してごらんになることね」彼女はようやく向きを変えて彼を見た。「お母さまたちは認めるしかないでしょう。でも、仲のいいご家族に重圧をかけるようなことはしたくありません。いい家族というのは世界でもっとも価値があり、何があっても守り抜かなくてはならないものです」

「そうはいっても、あなたは一〇歳のときに自分の家族から離れ、それ以来、けっして家族の話をせずに生きてきた」少なくとも、これが彼女の過去をめぐるひとつの推測だった。なんらかの惨事が起きておば以外の身内がすべて亡くなった、という可能性もなくはない。

一瞬、彼女の目が彼をとらえた。やがて、彼の腕にかけていた手をさっと離すと、まわれ右をし、急いで散歩道に戻った。さっき来た方向へ速足で歩きはじめた。アレグザンダーはあとを追った。まったくもう……気の利かない馬鹿男だ。

「ミス・ヘイデン」急いで追いつき、彼女の腕に手をかけた。彼女は立ち止まったが、彼のほうを向こうとはしなかった。

「たまにあるものです」彼女は言った。「原則の正しさを証明してくれるのは例外であるということが、リヴァーデイル卿。陳腐な常套句《じょうとうく》ですが、常套句のなかにはしばしば真実が含まれています」

「お詫びします」彼女の横をまわって向かいあい、手袋に包まれた彼女の右手を両手で握って、アレグザンダーは言った。「お心を乱してしまい、本当に申しわけなく思っています」彼女の手を持ち上げて唇に持っていった。彼女は眉をひそめ、自分たちの手をじっと見ていた。

「あなたを幸せにして差し上げられるとは思えません、リヴァーデイル卿」彼女にそう言われて、アレグザンダーは自分も眉をひそめていたことに気がついた。

「それのどこがいけないのです?」と尋ねた。「幸せは向こうからやってくるものではないのですよ。日没や、バラの花や、ソナタや、本や、饗宴《きょうえん》だって、それすなわち幸せというわけではありません。ひとつひとつが幸せを運んでくれますが、ぼくたちはその瞬間を自分の感覚でとらえなくてはなりません。好意と敬意を抱きあい、共に人生を送ったり働いたりするために努力して、温かな家庭を築き、子供を授かり、家族として暮らしていく——そうすれば、かならず幸せになれるはずです。生き生きした強烈な喜びの瞬間だって経験できるでしょう。でも、そのためには自分でそう望んで努力する必要があり、けっして、自己満足に浸ってはならないし、飽きてしまったとか、自分には能力がないなどと思ったりしてはなりません。また、お伽話みたいな幸せな結末は存在しないことを心得ておく必要があります。誰にとってもそうです。たとえ熱烈な恋に落ちて結婚した二人であっても」

彼女はすでに彼のほうへ視線を上げていた。もっとも、ひそめた眉はそのままだったが。

「お母さまが反対なさるとしても、お気持ちはよく理解できます。お母さまに同調したいぐらいです。自分の息子がわたしと結婚するなんていやですもの」

「それは大変だ」アレグザンダーは不意にニッと笑った。「ぼくもぜったいいやだな」

彼女も自分が言ったことの意味に気づいたに違いない。彼に握られていた手をあわててひっこめ、自分の口に押しあてて、一瞬呆然と彼を見つめたが、次の瞬間——いきなり笑いだした。そして、アレグザンダーは不意に、すべてが正されたのを感じた。すべてが。幾重もの鎧にもかかわらず、彼女は生身の人間だし、感情と良心と意見を持っている。さらにはユーモアのセンスもある。しっかりした性格で、不屈の誠実さも備えている。彼女と暮らしてあれこれ問題が起きるなら、ほかの誰と暮らしても問題は起きるだろう。アレグザンダーは急いで前後に目をやった。どちらを見ても、散歩道に人影はなかった。

「いちおう婚約したと考えていいのですね、ミス・ヘイデン？」

彼女はたちまち真顔になり、手を下ろした。「ええ、いちおう」

「だったら、婚約祝いをしなくては」アレグザンダーはそう言って両手で彼女の顔をはさみ、親指の膨らみで頬骨をなぞった。すると、彼女が両手を上げて彼の手首をつかんだ。

「人が来るかもしれないわ」

「ほんの一瞬のお祝いです」彼女にキスをした——次の瞬間、ブランブルディーンでキスをしたときに感じた衝撃がよみがえった。あのときは予想もしなかった欲望を感じ、いままたそれを感じていた。ロンドンでいちばん人目につきやすい公園の公共の散歩道にいるというのに、じつに不適切なことだ。彼女の唇は柔らかく、彼の唇と触れあってかすかに震えていた。彼の頬にかかる息は温かく、彼女の両手が彼の手首を強くつかんでいた。このキスに淫らなところはまったくなかったが……彼女に欲望を感じていることが意識された。

彼女がかなり勢いよく顔をひいた。「二人ともどうかしてません？」もとのように眉をひそめていた。「いちばん大事なことを忘れていました」

「えっ、それは……？」アレグザンダーは半歩あとずさった。

「復活祭の日曜日にすべてに終止符を打った理由です。わたしが伯爵夫人になるのは無理です、リヴァーデイル卿。そのための教育を受けていないし、社交界での経験もありません。わたしは実業家で、そういう人間を貴族の方々は蔑みをこめて平民とお呼びになります。そして、わたしが平民でなかったとしても、世捨て人であることはたしかです。しかも、こんなふうに——」ミス・ヘイデンは頬のほうへ左手をぎこちなく持っていった。

「目ざわり？」

「醜い？」アレグザンダーは言葉を補った。「あざで汚れています」

「ぼくがあなたを見てすくみ上がったことは一度もなかったのに？」両手を背中で組んで、アレグザンダーは言った。彼女が自分自身に抱いているこのイメージに、いささかうんざりしてきた。「母とリジーだって、そんなことはなかった。ジェシカだってそうだった。どうしてもというなら、自分を怪物みたいに思いこんで、そのイメージにすがりつづければいいが、ミス・ヘイデン、ほかの者も同意してくれるとは思わないでください」

「伯爵夫人になる資格は、わたしにはやはりありません。能力もないし。それに、学ぼうという意欲もありません」

「それは不幸なことだ」アレグザンダーは彼女に言った。「学ぶことを拒んだら、成長が阻害され、立派な人間になれる可能性があっても、なれなくなってしまうことがしばしばあります。しかし、どう生きるかは誰もが自分で決めなくてはなりません。あなたがぼくと結婚したら、ミス・ヘイデン、奇矯な伯爵夫人になることでしょう。奇矯な人というのは称賛に値することが多いのですよ。だって、ほとんどの人間は程度の差こそあれ、多くの者と群れたがるものですが、奇矯な人は孤立することを恐れません。奇矯さを全開にしたとき、その人は心で音楽を聴き、頭のなかを音楽で満たし、旋律に合わせて踊るのです。それを聴くことができない者たちはぽかんと見とれ、非難のあまり顔をしかめ、拘束衣や精神科の病院のことをつぶやくでしょう」

彼女は無言でアレグザンダーを見つめていたが、そのうち、楽しげに顔を輝かせて、ふたたび不意に笑いだした。「今日お持ちになるべきだったのはバラの花ではありません、リヴァーデイル卿」と言った。「わたしを立たせるための台座です。でも、たぶん、わたしが奇矯さを全開にしたときでないとだめでしょうね」

「少し歩きましょうか？」彼の提案で、二人は門へ戻る道を歩いていった。

「とくにわたしに学ばせたいことがひとつあるとしたらなんでしょう、リヴァーデイル卿？」

「すでにもう学んでいるじゃありませんか。ベールをつけずにぼくと母と姉に会った。昨日ジェシカと会ったときもベールはなかった。今日はボンネットのつばにのせたベールを下ろさずに外出した。それがいかに困難きわまりないことだったか、ぼくには想像もつきませんが、少なくともあなたの勇気を讃えることだけはできます。それを何度もくりかえしてもらいたい——会うのは一度に一人ずつでもいいし、全員まとめてでもいい。ハイドパークを馬車で走るとか、ボンド通りへ買物に出かけるとか。あるいは、夜の観劇でもいい。いや、途方もなく大規模なものにしましょうか。舞踏会のような。婚約披露の舞踏会がいいかもしれない。もしくは、ぼくの身内の残りの人々に会ってもらうだけでいいかな。一度に一人か二人ずつ。母のいとこのヴァイオラが娘のアビゲイルを連れて二週間以内に泊まりに来るかもしれません。母があちらへ手紙を書き、ロンドンに来るよう勧めたのです。ただ、誘いだす口実にできそうな催しが何もないため、来てくれるかどうかわからないと言って心配していますが……。それはさておき、あなたにはとにかく、ベールをつけずに多くの人に会っていただきたい」

「それがわたしにとくに学ばせたいことですか？　でも、あなたご自身はどうなんです、リヴァーデイル卿？　成長を阻害されたくないなら、あなただって学びつづける必要があるはずです。とくに学びたいことがひとつあるとしたらなんですか？」

「一本とられましたね」アレグザンダーは彼女に笑顔を向けた。「まわりの人々の生き方に干渉しないことを心がけなくては」

彼女がふたたび笑った。笑うと表情が柔らかくなる。まだ子供だったころに何かが起きて自然な成長が凍りついてしまったのかもしれないが、もしそれを乗り越えていればこんな大人になっただろうと思われる姿が垣間《かいま》見えるようだった。

「いまのお言葉について考えてみます。心に留めておきましょう――わたしの生き方に干渉しないことを、あなたがこれからせっせと学習なさるということを。でも、婚約披露の舞踏会も、その他のこともやめておきましょう。自分の頭のなかの旋律に合わせて踊るのに、わたしは大忙しですから。覚えておいてくださいね」

ミス・ヘイデンと出会ってから今日までよりも、この数分間のほうが、彼のなかで希望が大きく膨らんでいた。大きな変化は無理としても、彼女は少しずつ心を開こうとしているようだし、彼のほうも、融通の利かない人間になるまいとする自分の気持ちに気づいていた。さらにすばらしいのは、彼女が笑うこともできて、ウィットに富んだことも言える人だったということだ。

「でも、何よりもまず、あなたのお母さまとお姉さまに賛成していただかなくては」

彼女の側には賛成してもらう必要のある相手が一人もいないことに、アレグザンダーは胸を痛めた。婚約を一緒に祝ってくれる人も、結婚式の計画を一緒に立ててくれる人もいない。

「去年、アナがウェスコット一族の身内だったことが新たに判明して、アナを貴族の令嬢にふさわしい人間にしようとみんなが躍起になっていたとき、ネザービーが彼女に結婚を申しこんだため、一族の者たちは、貴族社会の人々がいまだかつて見たこともないほど豪華な結婚式を挙げるために動きはじめました。みんなが——ぼくも含めて——それに追われているあいだに、ネザービーは特別許可証を手に入れて、ある日の朝、アナを連れだし、誰にも何も言わずに結婚してしまいました。一族の者たちは唖然《あぜん》としましたが、式を挙げるならあれが最高のやり方だと、ぼくはずっと思っていました。アナは貴族社会に足を踏み入れたばかりだった。おおぜいの前で挙げる式の華やぎと騒がしさには耐えられなかったでしょう。また、ネザービー自身は盛大な式を頭から拒否していました。ぼくたちも二人のまねをすることにしますか、ミス・ヘイデン？　特別許可証を手に入れて——明日にでも入手できますよ——こっそり結婚しましょうか？　あなたは世間を騒がせることなくぼくの伯爵夫人になり、ぼくの全面的な了承のもとで、心ゆくまで奇矯な生涯を送ることができます」

つい衝動的に提案してしまったが、後悔はなかった。彼女の返事を待つあいだに、二人のレディが通りかかった。その瞬間、彼女は左手を顔のほうへ上げようとしたが、やがて脇に戻した。二人のレディはアレグザンダーと挨拶を交わすと——軽い顔見知りだった——ミス・ヘイデンをしげしげと見てから黙って歩きだし、やがて声の届かないところへ遠ざかった。いくつかの屋敷の客間がじきに騒がしくなりそうだとアレグザンダーは推測した。

「お母さまとお姉さまに断わりもせずに？　わたしの財産がどれだけあるのか検討もせずに？　夫婦間の婚姻契約書のたぐいに署名もしないままで？」

「あなたが信頼してくださるなら、ぼくもあなたを信頼します」アレグザンダーは言った。軽いめまいに襲われていた。明後日、妻を持つ身になるかもしれない。彼女の返事しだいだが。

ミス・ヘイデンはアレグザンダーにも聞きとれるほど大きく息を吸い、門の近くの混みあった馬車道へ向かうあいだ、そのまま息を止めていた。

「心をそそられる提案ね。でも、お母さまの全面的なご承諾をいただかないかぎり、あなたと結婚するつもりはありません、リヴァーデイル卿」

11

レンは屋敷に着くなり自分の部屋へ直行して、ボンネットと手袋をはずし、窓辺の椅子にすわった。幸い、ウェスコット夫人とエリザベスはガーデン・パーティからまだ戻っていなかったし、伯爵は長居をせずに帰っていった。しかし、晩餐のときに戻ってくるつもりでいた。レンは図書館で借りた本を手にとって開いたが、一分もしないうちにページを閉じ、脇へ追いやった。いましばらくは読めそうもなかった。巣箱のミツバチがすべて解き放たれたかのように、頭のなかがざわざわしていた。

婚約した。いちおう。

夢が現実になろうとしている。

でも、ほんとにそうなの？　リヴァーデイル伯爵夫人にはやはりなれそうもない。彼はわたしの不安をこともなげに払いのけ、〝心ゆくまで奇矯な生涯を送ることができます〟と言ってくれたが、そんなことが許されるとは、ぜったいに思えない。すでに彼の母親と姉とまたいとこに会った。そして、別のまたいとこ――身分を奪われたかつての伯爵夫人――が娘と一緒にやってきて、この屋敷に泊まることになっている。わたしが彼と結婚すれば、その人たちが来たとき——もし来るとすれば——わたしもこの屋敷にいるわけだ。議会の会期が終わるまでずっとここにいることになる。来る日も来る日も朝から晩まで自分の部屋に隠れていることはできない。ウェスコット一族の全員に——ついでに、彼の母方の身内であるラドリー一族の人たちにも——会うように言われるまで、どれぐらいかかるだろう？　そのあとは誰に会うことになるのだろう？

でも、会うしかない。そうよね？

わたしの顔はたぶん、それほどおぞましくないのだろう。これまで何人かに会ったけれど、悲鳴を上げた人や、こわごわこちらを凝視した人や、わたしを怪物と呼んだ人や、わたしを部屋に閉じこめて外から鍵をかけ、誰かが下から見上げたときに窓からのぞくわたしの姿を目にすることのないよう、窓を網でふさぐべきだと言った人は一人もいなかった。地獄の使いだと言った人もいなかった。精神科病院に入れるべきだと言った人も、そこへ送りこもうとした人もいなかった。

レンは震える手に顔を埋め、意識が遠のかないよう呼吸を整えることに集中した。ええ、もちろん、そんなことはありえない。二〇年のあいだ、そんな提案をした人も、実行に移そうとした人もいなかった。しかし、ある記憶が残っていて、それが骨と身体の組織と腱《けん》にしみこみ、レンの心と存在の奥深いところまでしみこんでいた。ほかの人々がわたしを見るのと同じ目で自分自身を見られる日が、いつか来るのだろうか？　人々が見たものをわたしも信じられる日が、いつか来るのだろうか？

顔を埋めていた手をどけて膝に置きながら、外の庭に目をやり、花壇や、茂みや、片側に並んだ野菜の列や、その向こうに見えるハーブを巧みに配した一種の装飾庭園を眺め、開いた窓からそよ風に乗って流れてくる甘い空気とさまざまな香りを吸いこんだ。

わたしは婚約した。結婚しようとしている。夢に見ていたことがいまからすべて現実になる。しかも、どこにでもあるような結婚ではない。彼との、リヴァーデイル伯爵との結婚だ。彼に恋をしているのではないかと思うと怖くてたまらない。でも、どうして〝怖い〟なんて言葉を選んだの？　恋心を返してもらえないことがよくわかってるから？　でも、かまわない。彼が好意と敬意と慈愛の心を約束してくれたから。それで充分。それだけ返ってくれば充分だ。だって、出会ってからのわずかな日々のあいだに、彼について学んだことがひとつあるとすれば、名誉を重んじ、何よりも家族を大切にする男性だということだから。

目を閉じて、スイートピーやミントやセージの心癒される香りを吸いこんだ。わたしは恐れている――ええ、いまはたしかに恐れている――彼の胸に本物の慈愛の心を掻き立てられるほど変身するのは、わたしには無理ではないか、と。世間から隠してきたのはわたしの顔だけではない。わたしという人間のすべてを隠してきた。何枚も重ねたベールの陰に本能的に身を隠し、それが長年の生き方になっていたから、どうやってベールを投げ捨てればいいのかわからない。

顔を覆うベールをつけずに四人の人と会った。この午後はベールなしで外出した。でも、この身を包むもっと分厚いベールのほうははずせるだろうか？　それができたのはおじとおばの前だけだった。自分がふつうでないことは充分に承知している。温かな人間ではないし、おおらかでもないし、そんなふうにはけっしてなれない。感情をすなおに出すことがどうしてもできない。わたしには……ああ、ほかの人なら苦もなくできる無数のことが、わたしにはできない。

では、わたしはなんなの？　自分自身を否定しながら一生を送るようなことはしたくない。わたしは女性実業家、しかも、すばらしい成功を収めた実業家だ。肩の上に優秀な頭がのっていて、不思議なことに、ほかの人々と協調していい仕事をしている。人を愛することだってできる。おじとおばを心から愛していた。エリザベスとウェスコット夫人に会ったとたん好きになった。リヴァーデイル伯爵を愛しているのも事実だ。子供ができたら――神さま、どうか子供を授けて――わたしはきっと、目に入れても痛くないほど可愛がるだろう。

ああ、神さま、ああ、優しい神さま、あの人を愛しています。レンはふたたび両手に顔を埋めた。でも、それになんの不思議があるだろう？　初めての花婿候補だったのだから。ほかにスウィーニー氏とリッチマン氏もいたが、あの二人には三〇分もしないうちに帰ってもらった。いまのわたしが感じているのは、たぶん愛ではなく、感謝に過ぎないのだろう。

いえ、やっぱり愛かもしれない。いずれにしろ、その言葉からどんな違いが生じるというの？　わたしはリヴァーデイル伯爵夫人という身分になるのを不安に思いつつ、あの人と結婚しようとしている。求婚に応じたいまも〝いちおう〟という状態ではあるけど、あちらのお母さまとリジーの承諾が得られないはずはない。ここに泊まるよう、二人とも熱心に言ってくれた。ほかにもいろいろと言ってくれた……ああ、わたしはあの人と結婚する。こんなに幸せなことは生まれて初めて。

それを証明するかのように少し涙ぐみ、急いで化粧室へ行って顔を洗った。

この夜は晩餐の身支度をとりわけ念入りに整えた。趣味のいい衣装をたくさん持ってきた。ただ、流行の先端をいっているかどうかは疑わしい。ロンドンに専属の仕立屋がいるわけではない。しかし、スタッフォードシャーの仕立屋が昔から彼女の衣装を仕立てていて、彼女のことならなんでもよく知っている――身長、サイズ、好み、性格。今夜レンが選んだ淡いターコイズブルーのドレスはハイウエストに半袖、広い襟ぐりという流行のデザインだった。ただし、襟ぐりはそんなに広くない。彼女のドレスの大半がそうであるように、これもスカート部分がほっそりしているが、流れるようなラインのおかげで、旗のない旗竿《はたざお》みたいな姿にはならずにすんでいる。ドレスの裾はやや濃い色合いの刺繍に飾られている。髪をふだんより高めに結うよう、モードに命じた。よけい背が高く見えることはわかっているが。二一歳の誕生日におじとおばから贈られた真珠のネックレスをつけ、鏡に全身を映して満足し、そのあとでやや残念そうに自分の顔を見た。

でも、今夜は――肩を張り、背筋を伸ばして長身をさらに際立たせながら、レンは決心した――顔のことは忘れよう。せめて、意識しないようにしよう。そんなに簡単にできたら苦労しないのに！　今日の午後、ほとんど人のいない木立のなかの散歩道を離れて公園の門のそばを通る馬車道に出たときは、死んでしまいそうな気がした。至るところに馬車と人間がいた。ボンネットのつばにのせたベールが重く感じられ、ベールを下げて顔を隠したいのを我慢するには意志の力を総動員する必要があった。それに、二人の姿が人目を惹かないわけはなかった。たとえ彼がリヴァーデイル伯爵ではなく、貴族社会の全員によく知られた顔ではないとしても、注目を集める点が三つもそろっている——身長、完璧な体格、そして、抜きんでて端整な顔立ち。

でも、わたしはなんとか生き延びた。

いま、レンが客間の椅子にすわっていると、ほかのレディたちが晩餐のために着替えて下りてきた。レンはそちらに笑顔を向けた。「ガーデン・パーティを楽しんでらっしゃいました？　パーティにはうってつけのお天気だったでしょうね」

「とっても楽しかったわ」エリザベスが言った。「リッチモンドの川沿いにある大きなお屋敷だったの。母もわたしもボート遊びに誘われたのよ。わたしはおしゃれな姿でボートの座席に腰かけてくつろいでたけど、ドヒニーさんのほうはお気の毒に、オールを動かすたびに真っ赤な顔になっていくの。川に出ているあいだずっと、わたしは一人でしゃべりつづけるしかなかったわ。だって、ドヒニーさんたら、ボートを漕《こ》ぐのに必死で、しゃべる余裕がないんですもの。母はガランド卿のボートで一時間以上川に出てたけど、戻ってきたとき、ガランド卿は息も切らしていなかったわ。それはつまり、わたしの体重が一トンもあるということなの？」

「それはきっと」ウェスコット夫人が言った。「ドヒニーさんがボートの漕ぎ方をご存じなかったということね。ガランド卿がおっしゃってたわ。ドヒニーさんは水を掻くときのオールの位置が深すぎるし、漕ぐたびにテムズ川の水をすべて掻きだそうとしてるみたいに見えるって」

　全員が笑いだした。

「それで、レディ・ジェシカは？」レンは尋ねた。

「パーティのあいだほとんど、母親のルイーズと一緒に東屋にこもっていたわ」ウェスコット夫人が答えた。「若い男性が何人もあたりをうろついて、ジェシカが出てくるのを待ってましたよ。お料理や飲み物を運んできたり、あの子を誘って温室を見に行ったり、ボートに乗ったりしたかったのね。ジェシカは知らん顔だったけど、とても幸せそうな表情だったわ。昨日ここに遊びに来たのが、いい気分転換になったのね。もちろん、アビゲイルがヴァイオラと一緒にやってくるのを楽しみにしてもいるでしょうし。あの子の相手をしてくださったことにお礼を申し上げなくては、ミス・ヘイデン。けさ、お宅のガラス製品を見に出かけるとき、一緒に連れてってくださったことにもね。あの子、魅了されてましたよ」

「つきあってもらえて、わたしこそ楽しかったです」レンは言った。もしかしたら、わたしは自分で思っているほど冷たい人間ではないのかもしれない。レディ・ジェシカがなついてくれたようだし。

「ところで、ハイドパークの散歩はどうだったの？」エリザベスが訊いた。

「すてきでした。木立のなかを歩いて、まるで田舎に帰ったような気がしました。リヴァーデイル卿が晩餐のために戻ってらっしゃることはご存じでしょうか？」

「ええ、リフォードから聞いています」ウェスコット夫人は言った。「今夜は何も予定が入ってなくてよかった。あの子がゆっくりしていくつもりなら、何時まででも相手ができるわ。それに……あら、来たようよ」

ドアが開き、リヴァーデイル伯爵が入ってきた。黒の夜会服に銀色のチョッキ、真っ白な麻のシャツという装いで、息を呑むほど洗練された姿だった。くつろいだ上機嫌な様子で部屋を横切ると、母親の頬に、それからリジーの頬にキスをした。ためらいを見せ、それからレンに笑みを向けた。

「まだ何も話していないと思っていいのかな？」

レンは一瞬、目を閉じた。

「なんの話？」エリザベスが訊いた。

「ぼくとミス・ヘイデンの婚約。ぼくたち、婚約したんだ。いちおうね」たぶん、それほどくつろいだ気分ではないのだろう。

「ええっ？」エリザベスがあわてて立ち上がった。片手を胸にあてていた。

「いちおう？」ウェスコット夫人が言った。

「そうか」レンにちらっと目を向け、笑顔になってアレグザンダーは言った。「まだ何も話してなかったんだね。今日の午後、ミス・ヘイデンに求婚したんだ、母さん——そう、今回はぼくのほうから提案した。ミス・ヘイデンは承諾してくれた。いちおうね」

「いちおう？」貴婦人二人が同時に言った。「わたしはリヴァーデイル卿と結婚したいと思っています。ただし、お二人が心から賛成してくだされればという条件つきで」レンは説明した。

「でも、わたしたちが賛成しないかもしれないなんて、どうして思ったの？」エリザベスが訊いた。

「お二人がこの方の幸せを願ってらっしゃるからです」レンは自分の声がかすかに震えているのに気づき、唾を呑みこんだ。

「わが家に泊まりにいらした時点で、はっきりおわかりだろうと思っていたのよ」ウェスコット夫人が言った。「アレックスがあなたに求婚し、いずれ結婚するかもしれない、とわたしたちが予想していたことはね、ミス・ヘイデン。それから、もうミス・ヘイデンじゃないわ。あなたはレンよ。わたしが母親になるって、前に申し上げたでしょ。どう言えばもっとはっきりわかってもらえたの？」

「まあ」レンはふたたび唾を呑みこんだ。今度は喉の奥からはっきりと嗚咽《おえつ》が漏れるのを耳にし、ぼやけた視界を鮮明にするために何度かまばたきしなくてはならなかった。

「ミス・ヘイデン、どうやら」伯爵が言った。「婚約成立のようだね」

「ええ」レンは膝に置いた手を開いたり閉じたりした。

「いらっしゃい」ウェスコット夫人が立ち上がって両手を差しだしたので、レンも立ち上がり、気がついたときには夫人の温かな抱擁を受けていた。エリザベスのほうは弟を抱きしめていた。しばらくすると、夫人とエリザベスが場所を入れ替わった。

「二人が婚約してくれてすごくうれしい」レンを抱きしめながらエリザベスが言った。「夢じゃないのね？　こうなることを予想してらしたの？　賛成してくださったの？

「では、食事の席で具体的な相談をしましょう」見るからに満足そうな顔でレンとアレグザンダーを交互に見て、ウェスコット夫人が言った。「お式の計画を立てなくては」

リヴァーデイル伯爵がレンと視線を交わした。「結婚式の相談は必要ないんだ、母さん。明日、特別許可証を購入し、どこか静かな教会の牧師さんに頼んで、その翌日に式を挙げようと思っている」

「去年のアナとエイヴリーみたいに？」エリザベスが言った。「わたし、証人として式に立ち会ったのよ、レン。それまでに参列したなかで最高にすてきな式のひとつだったわ。ええ、あなたたち二人にはそういう式がぴったりね。大騒ぎして盛大な式を挙げるなんて、アレックスは大嫌いだろうし、あなたもきっと耐えられないと思うわ。でも、お願い、お願いだから、わたしを証人として参列させてくれない？　証人を務めた経験があるんだから」エリザベスはクスッと笑った。

「ひとことといいかしら」ウェスコット夫人が言った。「わたしったら、ほんとに愚かだったわ――ハノーヴァー広場の聖ジョージ教会での貴族にふさわしい盛大なお式を、すぐさま夢に見るなんて。ごめんなさいね、レン。あなたをライオンの巣に放りこんで、あとは知らん顔をするようなものだわ。それに、リジーの言うとおりね。アレックスも大騒ぎは嫌いでしようし」

「そうなんだ」アレグザンダーは言った。「ごめんね、母さん。盛大な式の計画を立てるのが楽しみだったことはわかってる」

「まだリジーがいるわ」ウェスコット夫人は言った。顔をしかめていた。あれこれ考えているようだ。「あなたがわたしたちの身内とおいおい顔を合わせることになるのは避けられないと思うのよ、レン、復活祭の日曜日にわたしたちと会い、昨日ジェシカと会ったように。父方のウェスコット一族がいて、母方のラドリー一族もいる。この春はほぼ全員がロンドンに来ている。一度に全員と会う覚悟をしてはどうかしら――結婚式の日に。小規模でもお式は挙げなきゃね。あなたが望むほど小規模なものにはならないでしょうけど。もしくは、別の方法もあるわ。ひそかに式を挙げて、そのあとで披露宴を開き、一族のみんなと顔を合わせるの。どうかしら？」

手がジンジンするのを感じて指を屈伸させながらレンが思ったのは、よほど気をつけていないと、自分の人生を人の好きなようにされてしまうということだった。

「母さん」伯爵が言った。「ぼく、ミス・ヘイデンに約束したんだ。会いたくない相手に無理に会わせたり、したくないことを無理にさせたりするようなことは、ぜったいしないって。ぼくと結婚したら、リヴァーデイル伯爵夫人として社交界で意に染まぬ役割を果たさなきゃいけないんじゃないかと思い、この人は不安がっている。そんなことは求めていない、とぼくからこの人にははっきり言ってある」

でも、ウェスコット夫人のほうが正しい。リヴァーデイル伯爵と結婚しておきながら、その母親と姉とまたいとこ一人以外の誰にも会うつもりがないなんて非常識すぎる。レンはほんのしばらく目を閉じた。

「ゆうべお書きになった手紙は、すでにヒンズフォード屋敷のほうへお出しになりました？」がらっと話題を変えてウェスコット夫人に尋ねたため、全員がぽかんとした表情でレンを見た。

「ええ」ウェスコット夫人が言った。「正午に出しましたよ」

「もう一度書いてくださいません？　リヴァーデイル卿から伺いましたが、向こうの方たちを誘いだす口実にできそうな催しが何もないため、来てもらえるだろうかと心配してらっしゃるそうですね。婚礼なら口実として充分ではないでしょうか？　わたしたちの結婚式にその方たちを招待なさってはいかがでしょう？　明後日ではなく来週。身内だけの式。それなら、向こうも身構えることなくおいでになれるでしょうし、一族のみなさんが大歓迎なさると思います。そして、花嫁も大歓迎いたします。ええ、婚礼の日に父方と母方の両方のみなさんにお目にかかることにします。それがすんだら、あとはブランブルディーンにひきこもり、生涯どなたにもお会いすることはないでしょう」

レンがふと気づくと、エリザベスが涙ぐみ、唇を噛んでいるように見えた。ウェスコット夫人は顔をしかめたままだった。伯爵はレンに視線を奪われていた。

「うまくいくかもしれないわね」ウェスコット夫人が言った。「とにかくやってみましょう。

レン、今後はあなたを溺愛することになりそうよ。覚悟しておいてね」

「レン」エリザベスが言った。「あなたもカズン・ヴァイオラとアビゲイルに手紙を書いて、母の手紙と一緒に出してくれない？」

「そうします」レンは言った。でも、わたしったら、何を始めてしまったの？　撤回したくても、もう遅すぎるけど。とにかく、来週、身内だけの式を挙げると宣言してしまった。こんなにどぎまぎしたことは生まれて初めてだ。

そのとき、執事がドアのところに姿を見せ、晩餐の用意ができたことを告げた。

リヴァーデイル伯爵がレンをじっと見つめたまま、手を差しだした。「ありがとう」低くささやいた。「あなたが同意してくれたことや提案してくれたことにどれほどの重みがあるか、ぼくが気づいていないとは思わないでほしい。あなたを尊敬している。自分があなたにふさわしい人間であるよう願うことしか、ぼくにはできない」

ここでまた、レンの手を預けた。レンの目に涙が盛り上がった。涙もろくなってしまって困ったものだ。彼の手に自分の手を預けた。「でも、わたし、婚礼の日の前に逃げだすかもしれないわ」同じように低くささやいた。

「それだけはやめてほしい」彼がクスッと笑った。

というわけで、リヴァーデイル伯爵の求婚の二日後にひっそりと結婚する機会は、レンがじっくり考えて決心をひるがえす暇もないうちに消えてしまった。すべてレン自身が招いたことだ。一週間も待たなくてはならない。なお悪いことに、ウェスコット一族とラドリー一族を結婚式とウェスコット邸での披露宴の両方に招待することを承知してしまった。さらには、ハノーヴァー広場の聖ジョージ教会という、春の社交シーズンに貴族社会の人々が通う教会で式を挙げることにも同意してしまった。ただし、参列者は少人数になるだろう。ネザービー公爵夫妻が去年やったように、名もなき裏通りにある名もなき小さな教会を探したところで無意味だ。二人が結婚することは秘密ではなくなったのだから。

ハイドパークの散歩の二日後に、二人の婚約が朝刊で発表された――ミス・レン・ヘイデンとリヴァーデイル伯爵アレグザンダー・ルイス・ウェスコット。社交欄に出たその記事を貴族社会の全員が目にするだろうし、結婚相手にふさわしい独身男性のグループから伯爵が消えてしまったことを、その半数が嘆き悲しむに違いない。

午後になると、ひきも切らずに来客があって、ウェスコット夫人とエリザベスが客間ですべての客の相手をし、レンはそのあいだ自室に閉じこもって工場長のフィリップ・クロフトに手紙を書いていた。ロンドンの高級店で売られているガラス製品を自分の目で見られてどんなに感激したかを伝えようとした。しかし、すべての客がもう帰ったに違いないと思っていたとき、エリザベスがドアをノックした。

「カズン・ルイーズとジェシカとアナがまだ残ってるのよ」と言った。「あなたが人目を避けたがることは、みんな承知しているから、下りてこなくても誰もなんとも思わないでしょうけど、とにかく訊いてきてほしいってジェシカがうるさいの。あなたの好きなようにすればいいのよ、レン」エリザベスの笑顔にはかすかにいたずらっぽいきらめきがあった。「こういう前置きにたいてい〝でも〟が続くことは、わたしも知ってるけど……この場合は続きませんからね」

レンはため息をついてペンを置いた。「みなさん、ご存じかしら？」と訊いた。「レディ・ジェシカがすでに話してます？ あるいは、あなたかお母さまが？」

「そのお顔のこと？」エリザベスはそう言いながら部屋に入ってきた。「いいえ。別に話す必要もないことだし」

たしかにそうね。椅子から立ちながらレンは思った。自分でもうんざりする人間になりつつある。顔の半分が生まれつきの醜いあざに覆われている。でも、それがなんだというの？

それはともかく、あの有名なアナに会ってみたいという思いが湧いてきた――正式な名前はアナスタシア――孤児院育ちだが、莫大な遺産がころがりこみ、やがて公爵と結婚した人。当人は何も知らないまま、ウェスコット一族を大混乱に陥れた人。

「お先にどうぞ」大きなため息をついてレンが言うと、エリザベスの微笑がさらに広がった。

数分もしないうちに、ベールをつけないレンに会った人々のリストに新たな二人が加わることになった。あざの件はやはりジェシカの口からこの二人に伝わっているだろうとレンは想像していたが、ジェシカの母親であるカズン・ルイーズも、義理の姉のアナも、あざにはまったく注意を向けなかった。いえ、レンの顔を見ないように努めていたと言ったほうがよさそうだ。先代ネザービー公爵の未亡人であるカズン・ルイーズはきりっとした感じの貴婦人で、どちらかというとふくよかなタイプだった。年齢はたぶん四〇代の初めから半ばあたりだろう。公爵夫人のアナは華奢で可憐なタイプだ。ここ一年半にわたって激動の日々を送ってきた人なのだと思うと、笑みを絶やさないアナの穏やかな雰囲気に、レンは好奇心をそそられた。二人とも礼儀正しくて、愛想がよくて、親切だった。とくにアナのほうは、レンがかつての伯爵夫人とその娘を婚礼に招待しようと提案し、先方へわざわざ手紙を出してウエスコット夫人の説得に力添えをしたことに感謝していた。

「そういう場であれば、二人は来てくれるでしょう」アナは言った。「望みを持つことにします。わたしにとってアビゲイルは父親違いの妹ですし、あの子との再会を、わたしもジェシカに負けないぐらい強く願っています。また、ヴァイオラおばさまもほかの人々と同じようにウエスコット家の一員ですから、アレックスの結婚式にぜひ出てもらわなくてはなりません」アナはここでしばらく黙りこみ、それからまた続けた。「そちらのご親族が一人もいらっしゃらないのが残念ですね。今週はこれまでにも増して、おじさまとおばさまを恋しくお思いのことでしょう。でも、一族の人々が温かく迎えてくれます。わたし自身の経験からそう言えます。わたしたちみんながあなたの身内なのですよ。もちろん、リジーのほうがわたしたちより有利な立場にありますけど。あなたのお姉さんになるんですもの」

「トマスが――わたしの妹の夫であるモレナー卿のことですけど――あなたのおじさまのレジナルド・ヘイデン氏のことを覚えているそうですよ。ほんの若造だったトマスが街で浮かれていたころ、おじさまは尊敬を集める年長者でいらしたとか」先代ネザービー公爵夫人のカズン・ルイーズが言った。「あなたにお会いしたら、トマスがきっとあれこれお尋ねすることでしょう。あなたのおばさまについても。もっとも、当時のヘイデン氏は最初の奥さまを亡くされて、独り身でいらっしゃいましたけど」

「おじは二〇年前におばと結婚しました」レンは説明した。「そして、ロンドンの家を売り、二度と戻りませんでした」

このあと心地よい会話が続いたが、レディたちはそれからわずか二〇分で帰っていった。しかし、ウェスコット夫人とエリザベスも含めると、これで一族のうち五人と顔を合わせたことになる。残りの人々に会う覚悟もできた。楽なことではないだろうが、たぶんできるだろう。やってみせる。これがわたしに与えられたいちばん新しい課題。事業関係で失敗したことが一度もないのと同じく、これも失敗せずにやりおおせるだろう。

そのあとは——ええ、そのあとは、夢に描いていた結婚生活に入り、もう誰にも会わずに暮らしていける。

レンは自分のその言葉をほぼ信じかけていた。

12

午後から婚約者の馬車でキューガーデンズへ出かけるのを、レンは楽しみにしていた。結婚式まであと三日。何か目に見えない力によって時間の流れが遅くなり、ふだんの何分の一かになっているような気がした。それでも、未来の義理の母親と姉と一緒に買物に出かけたり、家にいて二人とさらに親しくなり、二人の前でくつろげるよう心がけたりするのも、やはり楽しいことだった。

ところが、この日の午後は未来の家族がよそのお宅へ招かれていたため、あとに残ったレンは自分の部屋にこもり、お気に入りの窓辺にすわって、フッカム図書館で借りてきた本を読んでいた。伯爵が来るまで、まだ一時間あった。キューガーデンズがきっと気に入るだろうと彼が言っていた。レンがとくに見たいのが有名な仏塔《パゴダ》だった。

ドアの閉まる音と複数の男性の声が遠くから聞こえてきたので、炉棚の上の時計にちらっと目をやった。きっと彼が時間を間違えたのね――それとも、わたしの思い違いかしら。一時間も早い。でも、別にかまわない。支度はできているし、出かけるのを楽しみにしていたのだから。立ち上がると、ボンネットと手袋とショールと日傘を手にして、足どりも軽く客間へ急いだ。

ドアが開いていた。ドアのそばの椅子にすわった男性のほうへ執事のリフォードが身をかがめているのが見えた。とっさに、婚約者が体調を崩したに違いないと思った。見知らぬ男性だと気づいたときはもう遅かった——すでに部屋に足を踏み入れていて、向こうに気づかれてしまった。二人の男性が彼女のほうへ顔を上げた。執事は困惑の表情で。もう一人はしかめた顔と虚《うつ》ろな目で。

「誰だ？」男性がいきなり立ち上がって尋ねた。

とても若くて、背が高く、やつれていると言ってもいいほど痩せていた。以前はすばらしくハンサムだったに違いないが、いまは頰に病的な赤みがさしているのを別にすると、顔全体が土気色だった。金色の髪が乱れ、ところどころもつれていた。緑色の軍服を着ているが、汚れてくたびれた感じだし、膝丈ズボンと麻のシャツはかつては真っ白だったはずだが、いまは薄汚れているし、ブーツは傷だらけで土埃をかぶっている。少し離れていても、不快な臭いがレンの鼻を突いた。執事から告げられる前に、レンはその若者が誰なのかを悟っていた。

「ウェスコット中尉のご帰還です」リフォードが言った。「こちらはミス・ヘイデン、お客さまとしてご滞在中です、中尉殿」

「ウェスコット大尉だ」若者が顔をしかめたまま、放心状態で言った。その目がぎらついて熱と興奮に浮かされているのが、レンにも見てとれた。「くそ、母さんはいない。そうだね？

カムも。アビーも。出てったんだ。忘れてた。昨日は覚えてたのに。たぶん、昨日だよな。いまは誰がここに？　アナスタシアか？　だけど、エイヴリーと結婚したんだろ。ちくしょう、この家に来ちゃいけなかったんだ。そうだね？　わかってたのに。忘れてた」若者は立ったまま、ひどくふらついていた。

レンは手にした品々をドアのそばのテーブルに置くと、急いで進みでた。「ハリー・ウェスコットね」と言って彼の腕をとった。「イベリア半島から戻ってらしたばかりなの？　とにかく、おすわりになって。社交シーズンのあいだ、アルシーア・ウェスコット夫人がレディ・オーヴァーフィールドと一緒にこちらにお住まいですけど、今日の午後は留守になさってます。リヴァーデイル伯爵がもうじきいらっしゃると思います。リフォードさん、大尉に水を一杯持ってきてくださいます？」彼に触れた瞬間、ひどい熱なのがわかった。

執事があわてて出ていき、若者は椅子にぐったりすわりこんだ。「リヴァーデイルか」片方の肘を椅子の腕にのせ、三本の指先で額を支えた。弱々しい笑い声を上げた。「前はぼくが、そして、ぼくの前はおやじがリヴァーデイルだったのに。でも、いまは違う。船の上でも、馬車のなかでも、ずっと覚えてたのに。ロンドンに着いたとたん、どうして忘れてしまったんだろう？　ここに着いてドアをくぐればわが家だと思いこんでた」ニッと笑い、それから打ちひしがれた表情になった。

「ここはあなたの家よ」レンはそう言いながら、指の背を彼の頬に軽くあて、やはり熱が高いことをたしかめた。「ご家族のもとに帰ってらしたのよ」

「家か」若者は目を閉じた。「くそったれのアレックスが住んでるとこだよな。もっとも、アレックスが悪いんじゃないけど」

「ええ、そうね」

「みんなここにいると思ってた。母さんも、姉さんも、妹も。だけど、いない。そうだよね？　なんで忘れてたんだろう？　海の上にいたときは覚えてたのに、そのあとまた忘れてしまった。カムはしょぼくれた教師と結婚した。それ以上は望めないと思ったからだ。母さんは知りあいにばったり会うかもしれない場所には顔を出したがらない。ここにはいないんだよね？」

執事が戻ってきたので、レンはトレイにのった水のグラスをとり、若者が水を飲むあいだ、グラスを彼の唇にあてがっていた。若者は片手をレンの手にかぶせて、さらにむさぼるように水を飲んだ。半島をあとにしてから、身体を洗う機会やシャツを着替える機会があったのかどうか、レンは疑問に思った。負傷した兵士たちと一緒に故国への船に乗せられたのだろうが、士官である以上、優先的に治療を受けられたはずだ。

「あなたは誰？　忘れてしまった」若者はグラスから手を離した。「その顔、どうしたの？　マスケット銃の弾丸がすぐそばを飛んでったの？　危ないところで助かったって感じだね」

「わたしはレン・ヘイデン。これは生まれつきのあざなの」

「なるほど。マスケット銃の弾丸がヒュッと飛んでくなんて、このへんではありえないもんな。ここ、イングランドだよね？」

「そうよ」レンは椅子にぐったりもたれた若者に言い、彼の目に不意に涙が盛り上がるのを見た。

「向こうにいるほうがめちゃめちゃ楽しいんだ」彼はレンにニッと笑いかけた。「母さんと姉さんと妹はここにはいないんだね？　いまから帰るってドーヴァーから連絡すればよかったんだけど……。でも、また熱が出てたから」

レンは執事と視線を交わした。「リフォードさん、ウェスコット大尉の昔のお部屋は誰も使っていませんね？」

「はい、以前のままです」

「だったら、そちらへ案内してくれません？　この方をお部屋に寝かせたあとで、冷たい水の入った鉢にタオルを何枚か添えて持ってきてもらえないかしら。それから、かかりつけのお医者さまを呼んでくださらない？　さあ、ウェスコット大尉。わたしの腕につかまって。あなたのお部屋まで一緒に行きましょう。そこで横になって休みましょう。濡《ぬ》れタオルでお顔を拭いて、熱が下がらないか見てみますから」

「いや、そんなの母さんがやってくれる。心配してもらうには及ばない」そう言いつつも、彼は立ち上がり、レンに腕をとられて部屋から連れだされ、階段をのぼらされるのにおとなしく従った。家政婦が現われ、若者の反対側にまわって身体を支えた。

「ハリー坊ちゃま」感きわまって家政婦は言った。「お帰りになったんですね。よくまあご無事で。お母さまがお聞きになれば、さぞ喜ばれることでしょう」

「そりゃ喜ぶさ。ぼくが帰る予定のときにはもう家にいなくて、姉さんと妹も一緒に連れて出てったことを」

家政婦は非難がましく舌を鳴らした。「お母さまはヒンズフォード屋敷のほうにいらして、坊ちゃまのことを死ぬほど心配しておいでです。それから、レディ——いえ、ミス・アビゲイルもです。軍の方たちがあの野蛮な地から坊ちゃまを送り返してくれたんですね？」

「いやだって抵抗したのにさ」彼は陽気に言った。「腕にまた切り傷を負ったんだ。ほんのかすり傷だったのに、化膿《かのう》してしまって、すごい熱が出て危うく死にかけた。死なずにすんだあとで、船に乗せられて国に送り返された。回復するまで帰るなという連隊長の命令だ。少なくとも二カ月はおまえの醜い面など見たくないと言われた。そういうわけで、ぼくはここに帰ってきた。元気でピンピンして、部隊の兵士たちから遠く離れて。ぼくのいるべき場所はあっちなのに。あっちはめちゃめちゃ楽しいんだよ」

このとりとめのないおしゃべりが終わるころには、すでに彼の部屋まで来ていた。家政婦とレンの手で彼の上着を脱がせ、ブーツもひっぱって脱がせ、ベッドに寝かせた。執事はすでに部屋から下がり、誰かに医者を呼びに行かせていた。家政婦が窓をあけて新鮮な空気を入れ、メイド二人が急いでやってきた。一人は水の入った鉢を持ち、もう一人は布巾を手にしてタオルを腕にかけていた。

三〇分後、レンは若者と二人きりになった。背後のドアはあけたままにしておいた。執事は階下へ行って医者の到着を待ち、メイドたちは自分の仕事に戻り、家政婦は台所でウェスコット大尉のための滋養豊富なスープとゼリー作りを指図していた。レンはひんやりした濡れタオルで彼の顔を拭きながら、錯乱の度合いがひどくなるいっぽうのうわごとに耳を傾けた。上着を脱がせたとき、シャツの袖からちらっと見えたのだが、右腕の肩から手首までが分厚い包帯に覆われていた。医者が早く来てくれないと、わたしの手で包帯をとりかえなくてはならない。最近交換したばかりだとはどうしても思えない。

ドアに軽いノックの音がしたので、ホッとしてふりむいた。医者か、もしくは——お願い、どうかお願い——婚約者が来たものと思ったのだ。ところが、ドアのところに立った男性はぜったいに婚約者ではなかったし、医者でもなさそうだった。長身ではない。それどころか、レンより一〇センチぐらい低い。しかし、まだ部屋に入ってきてもいないのに、なぜかその存在感で部屋を満たすことのできる男性だった。金髪で、ハンサムで、みごとな仕立ての服をまとい、何本かの指には指輪が、凝った結び方をしたネッククロスには宝石が、ウエストには懐中時計の鎖がきらめいていた。魅惑的で、権力がありそうで、どことなく危険な匂いがする。銀製の片眼鏡を目に持っていく途中で止め、目の前の光景を、まぶたを軽く伏せた物憂げな目で見つめていた。レンはハリー・ウェスコットに気づいたときと同じく、この男性が誰なのかを即座に悟り、何日かぶりに、何週間かぶりに、人目にさらされていることを意識した。いまここにベールがあれば顔を隠せるのに、一〇〇キロも離れたところにあるように思われた。彼女の手——濡れタオルを持っていないほうの手——が持ち上がり、顔の左側を覆った。

「ネザービーという者です。お見知りおきください、ミス・ヘイデン」男性は物憂げな声で言いながら、ゆったりした足どりで部屋に入ってきて、ベッドに近づいた。「ミス・ヘイデンとお見受けします。リフォードがぼくのところに使い走りの子をよこし、その子はどうやら本当に走ってきたようです。ハリーが数カ月前に成人年齢に達したため、ぼくはもうハリーの後見人ではないのですが、リフォードはたぶんそのことを忘れていたのでしょう。ぼくがちょうど出かけようとしたところに使いの子がやってきたので、こちらに伺ったというわけです」男性は次に、ベッドの若者に注意を向けた。「少し熱があるんじゃないか、ハリー?」爪の手入れも完璧な指の背を若者の額にあてた。レンはすでに脇へどいていた。

「あれっ、エイヴリーだったの?」若者は苛立たしげに言った。「ぼくの入隊を止めるために来たのなら、あきらめたほうがいい。ぼくは軍人になりたい。軍隊生活が好きなんだ。それに、もうぼくの後見人じゃないだろ」

「その幸運に感謝して、今夜、特別な祈りを上げるつもりだ」ネザービー公爵は言った。「熱を出したきみの額を冷やしてやるために来たんだぞ、ハリー。だが、ぼくがわざわざ来なくても、ミス・ヘイデンが行き届いた看病をしてくれたようだ。きみがミス・ヘイデンに向かって、いまみたいな無礼な口を利いていないといいのだが」

「そんなことしてないよ」ウェスコット大尉は不機嫌な声で言った。「レディへの口の利き方ぐらい知ってるさ。エイヴリー、何か役に立つことをしたいのなら、衣装だんすと化粧台が部屋を歩きまわるのを止めてくれないかな。苛立たしいったらありゃしない」

「言い聞かせておくよ」公爵はそう言うと、レンを見た。「カズン・アルシーアとエリザベスは留守のようですね。リヴァーデイルも？　婚約者の身内がさらに二人現われてあなたのプライバシーを侵害したことを、どうかお許しいただきたい、ミス・ヘイデン。世捨て人のように暮らしておられるそうですね」

「挙式当日にみなさんとお会いすることだけは承知いたしました」レンは言った。「式まであとわずか三日です」いまも顔の左顔を片手で覆ったままだった。

公爵はレンの反対の手からタオルをとると、水に浸《つ》けて固く絞り、若者の額に広げた。「誰だって、人に見せるより隠しておきたいことがあるものです」柔らかな口調で言った。レンにというより、かつて彼の被後見人だった若者に語りかけているかに見えた。「ぼくは幼いころから小柄で、発育が悪くて、臆病で、可愛い顔をした子でした。そして、一一歳のとき、男子校に放りこまれました」

そこで待っていたのがどんな日々だったか、レンは想像するしかなかった。私立の男子校は――パブリック・スクールという矛盾した呼び方をされているが――苛《いじ》めのひどさで有名だ。そんな子がどうしてこういう男性になれたのかと、不思議に思った。いまも小柄で、華奢な体格で、見目麗しい男性なのに、発育の悪さや、臆病さや、女々しさを感じさせるところはこれっぽっちもない。まったく逆だ。

「人は屈服するか」公爵は話を続けた。「もしくは……屈服を拒むかのどちらかです。あなたはたぶん、屈服を拒んでおられるのでしょう。でなければ、夫になる人の身内に過ぎない見知らぬ人々と披露宴のご馳走を共にするのを、承知なさるわけがないではありませんか」公爵はふたたびタオルを水に浸け、絞って余分な水分をとりのぞいた。「ようやく、医者がのんびりやってきたようですよ」

だが、医者ではなかった。ドアのところに姿を見せたのはリヴァーデイル伯爵で、目の前の光景を見てとった。

「どんな具合でしょう?」レンのほうを見て、伯爵は尋ねた。

「アレックス?」ウェスコット大尉が枕にのせた頭をそちらへ向けた。「何しに来たんだ? 男の自室というのは、いまはもう、プライベートな領域じゃなくなってしまったのかい? あなたに腹を立てるのが本当だよね? でも、理由が思いだせない。あなたを恨んだことなんて一度もないよ。母さんと姉さんと妹はどこ? みんなどうして、ぼくの部屋に集まってるの?」

「きみが半島から無事に帰国したからだ、ハリー」ベッドにさらに近づいて、伯爵は言った。「そして、きみに再会できてみんなが喜んでるから。きみの母上とアビゲイルももうじき到着する。三日後に予定されてるぼくとミス・ヘイデンの結婚式に出てくれるんだ。少なくとも、ぼくは二人が来てくれると信じている。カミールは夫と子供たちと一緒にバースで暮らしている。医者を呼んだという報告がリフォードからあった。熱はかなりありますか?」最後の質問はレンに向けたものだった。

「ええ」レンはようやく片手を下ろした。「右腕を負傷してらっしゃるから、消毒と包帯の交換が必要です」

「赤面せずにすむよう、この場をはずされてはどうでしょう、ミス・ヘイデン」ネザービー公爵が言った。「リヴァーデイルとぼくでハリーの服を脱がせて、もう少しくつろげるようにしてやりますから。ついでに、ぼくたちもくつろぎたいものだ。はっきり言って、いまのきみはバラのごとき香りではないぞ、坊や」

レンは自分の部屋に戻った。数分後、医者の到着に違いないと思われる物音が聞こえてきた。さらに三〇分が過ぎたころ、リヴァーデイル伯爵が彼女の部屋のドアをノックした。

「具合はいかが?」ドアを大きくあけてレンは尋ねた。「あのお気の毒な若い方。傷が化膿したあと熱が何度もぶり返したものだから、療養のために帰国させられ、熱に浮かされて本当に家に帰ったのだと思いこんだのね——昔の家に。お母さまとお姉さまと妹さんがここにいて、以前の暮らしに戻れると思ってらしたんだわ」

「頭から爪先まで徹底的に洗って、清潔なシーツに寝かせて、消毒と投薬をすませたところです。ネザービーが枕元に付き添って、あちらで戦闘をくり広げるのがどんなに愉快かというハリーの愚にもつかない話を聞いてやっています。もうじき眠るだろうと医者が保証してくれました。傷の消毒がすんだし、医者がまた往診してくれるので、数日中に熱も自然に下がり、平熱に戻るでしょう。ただ、回復までにしばらく時間がかかりそうです。太らせなくてはなりませんが、ここにいる誰もが世話を焼きたがっていますから、そちらはそう長くかからないでしょう。ぼくと外に出て庭を散策しましょう。残念ながら、キューへ出かけるには、今日はもう遅すぎるので」

ボンネットやその他の品をとりに客間に寄ることすら、レンは省略した。彼の腕に手をかけて二人で外に出て、頰をなでる暖かなそよ風を楽しんだ。

「こんなことになってしまい、まことに申しわけなく思っています」花壇のあいだをゆっくり歩きながら、伯爵は言った。「あなたが何よりも願っていたのはささやかなことだった――結婚相手にめぐり会うこと。それに付随する有象無象は必要なかった。ぼくはそういう者たちからあなたを守ることを約束したのに、これまでのところ、惨めに失敗してばかりだ。ぼくのことを、詐欺師だ、嘘つきだと思っているでしょうね」

「いいえ」

「故郷のウィジントン館まで送りましょうか？　あなたがこの屋敷に移ってきたあとで、ご自分の馬車を故郷へ送り返されたことは承知しています。誰にも邪魔されない、静かな、慣れ親しんできた暮らしに戻りたいとお思いですか？　あなたが寛大な人でもう一度チャンスをくれるなら、ぼくが担っているもろもろの責任から解放されたあとで、いや、なんならもっと早く特別許可証を持ってブランブルディーンへ行き、そちらでひそかに式を挙げ、そのまま二人だけの暮らしを送ることもできますよ」

「来年の春はどうなさるの？」レンは尋ねた。二人は小さなハーブ園まで来ていた。古風な装飾庭園の形式をとっていて、ハーブが種類ごとに低い石壁で区切られている。その香りは花に負けないぐらい魅惑的だ。「来年も、そのあとも毎年、ロンドンに出てくる必要があるのではありません？」

「ぼくが議会に出席するあいだ、あなたは田舎に残っていればいい」

「それでは結婚とは呼べません。そうでしょう？　わたしのこれまでの行動は無理強いされたものではないのよ、リヴァーデイル卿。あなたに責任はありません。わたしがウェスコット夫人とリジーに会おうと決めたのです。それから、レディ・ジェシカにも。先代ネザービー公爵夫人と当代の公爵夫人にも。身内だけの結婚式をあなたのお母さまから提案されて、わたしは同意しました。ミス・キングズリーとお嬢さんを式に招待することは、わたしから提案しました」

伯爵はレンに笑顔を向け、装飾庭園のそばに置かれた木製のベンチに彼女をすわらせた。

「そして、ハリーとネザービーに会ったのもあなたが決めたことだというのですね」

「お二人と顔を合わせたのは予測もできない状況のもとでした。あなたに責任はありません。それに、顔合わせを終えることができて喜んでいます。あの方は侮りがたい人。そう思いません？　理由はよくわからないけど、とにかくそういう人だわ」

「ネザービーが？」伯爵は笑った。「以前のぼくはあいつのことを気障な男だと思いこみ、危険なところのあるやつだと思っている連中を蔑んだものでした。ところがやがて、本当に危険な男だとわかりました。もっとも、当人がそれを証明する必要はほとんどないのですが」

レンは彼を見た。「それで？　そこまでおっしゃったのなら、説明していただきたいわ」

「カズン・カミールにはアクスベリー子爵という婚約者がいました。ところが、彼女が婚外子だったとわかったとたん、子爵は強引に婚約破棄を迫ったのです。やはり、婚外子の件がおもしろくなかったのでしょう。アクスベリーはやがて、アナに目をつけました。アナのために開かれた舞踏会に、招待されてもいないのに押しかけてきて彼女につきまとったので、ネザービーとぼくがつまみだしてやりました。翌朝、アクスベリーがネザービーにハイドパークでの決闘を申しこんできました。楽勝だと思ったに違いない。武器を選ぶ権利のあるネザービーが何も選ばなかったのだから、なおさらです。決闘当日の朝、ネザービーは膝丈ズボン一枚になりました。あとは何もなし。ブーツまで脱いでしまったのです。ぼくはネザービーの介添人を頼まれていて、何を血迷ったのかと思いました。あの場にいた全員がそう思っていました。アクスベリーがネザービーを嘲笑しました。ところが、ネザービーがやつを倒したのです——素足で。倒れたアクスベリーが起き上がると、ネザービーは宙に身を躍らせ、両足でアクスベリーの顎の下を蹴りつけてノックアウトしました。アクスベリーはしばらく意識不明でした。ただ、ネザービーのほうでかなり手加減したと思いますよ。その気になれば、苦もなくアクスベリーを殺せただろうと、ぼくはあのとき強く思ったし、いまもそう思っています。あとで本人から聞いたのですが、年老いた中国人の達人のもとで極東のさまざまな武術を習得したそうです」

「まあ。なんてすてきなの」

「血に飢えたお嬢さんだね」伯爵が彼女に笑いかけた。「アナもリジーも同じ感想でした。

二人とも決闘の場にいたのです。一人は木にのぼり、もう一人は木の陰に隠れて。ひとこと言い添えておくと、レディが決闘の場に近づくことなど本来はありえません。でも、あなたもその場にいたら、見物に出かけたでしょうね」

「ええ、もちろん」レンの言葉に伯爵は大笑いした。

「ミス・ヘイデン、あなたはうちの一族にすんなり溶けこめるでしょう」

レンは彼に笑顔を向けた。なんてすてきな言葉なの。まるで、わたしがリジーやネザービー公爵夫人と少しも違わないみたい。そこで気がついた。心臓に鋭利な刃物を突き立てられたように感じた。自分がずっと望んでいたのはこれだったのだ――仲間になること。そこに溶けこむこと。

伯爵が片手を上げてレンの顔の左側を包み、親指を頰に軽く走らせた。「ありがとう。ハリーの世話をしてくれて。悪臭ふんぷんで、言葉遣いもそれに劣らずひどかったというのに。とてもいい子なんです。爵位を失うことがなければ、すばらしい伯爵になったことでしょう。まだまだ若くて無謀なところもあったが、一年か二年すれば落ち着いて、父親よりはるかに偉大な業績を残せたはずです。すこやかな心を持っているから。母親の育て方がよかったのでしょうね」

「ハリーのことも、あなたにはなんの責任もないのよ。あなたの性格の欠点を見つけました、リヴァーデイル卿。あなたはこの世界のすべての問題を自分が解決しようと思っている。それは無理なことだし、挑戦するのも感心できません。人はみな、自分で自分の道を見つけなくては。それが人生というものだと、わたしは信じています」

「自分の道を見つける？　自分で選ばなくてはならないという意味ですか？　去年、ぼくの人生が嵐に翻弄され、以前の暮らしに戻りたいとひたすら願っていたときは、選ぶなどということは考えられなかった。嵐のなかで道を捜しだし、決意と重労働と満足と共にその道を進んできました」

「それでも、あなたには選択肢がいくつかあったはずです。ブランブルディーンという怪物を無視して、歩き慣れた道をそのまま進むこともできたでしょう。愛する人との結婚を選ぶこともできたし、結婚しない道を選ぶこともできたでしょう。今年あなたへの好意を露骨に示した令嬢たちの誰かを選ぶこともできた。わたしからの図々しい結婚の申し出を無視することもできた。あなたにはいまなお選択肢があるし、これから先もあるのですよ。わたしにもあります。その気になれば、明日の朝ウィジントン館へ向けて旅立つこともできます」

「その気があるのですか？」

「いいえ。ここにとどまり、あなたと結婚します。すでに、あなたの一族の半数と顔を合わせました。残り半分と顔を合わせても、きっと生き延びられるでしょう」

伯爵はふたたび笑いだし、二人の唇の距離を詰めた。キスをした。温かくて、ゆっくり時間をかけた、穏やかなキスだった。レンはローズマリーとセージとミントとタイムの香りを、そして、その背景に漂うスイートピーやその他の花々の香りを吸いこみながら思った――熱い情熱をあきらめることもできそうね。こういう感覚に浸れるのなら……どんな感覚？　どう呼べばいいのかわからない。慈愛の心とか？

「上に戻ってウェスコット大尉がどんな様子か見てこなくては」顔を離した彼に、レンは残念そうに言った。「わたしでお役に立てることがあるかもしれないから」

「大尉？」伯爵が立ち上がり、片手を差しだした。

「リフォードさんがウェスコット中尉と呼びかけたら、ご本人が大尉だとおっしゃったの」

「たいしたものだ。ところで、あなたがハリーの世話をする必要はないのですよ。ほかの者がいくらでも――」

「ええ」レンは彼の言葉を遮った。「よくわかっています」

13

アレグザンダーは屋敷のなかに戻った。医者の意見だと、二四時間体制でハリーの看病をする必要はないとのことだったが、それでもやはり、ハリーの寝室に付属する化粧室へ自分用の脚輪つきベッドを運ばせることにした。そうすれば、自分が必要とされたとき、呼べば聞こえる場所にいられる。ネザービーは賛成した。ハリーはブツブツ文句を言った。

アレグザンダーの母親とエリザベスは頼もしい男性の存在に安堵した。なにしろ帰宅してハリーの様子を見に行ったときには、熱がまだ下がっていなかったのだから。ハリーは「ぼくの母さんのところへ行ってたの?」と尋ね、次に顔をしかめて自分の言葉を訂正した。

その夜、ミス・ヘイデンがアレグザンダーと一緒にハリーの部屋にいて、冷たいタオルで彼の顔を拭いていたとき、ハリーの祖母にあたる先々代伯爵未亡人カズン・ユージーニアがやってきた。例によって長女のカズン・マティルダも一緒だった。当然ながら、しばらくのあいだ、二人の目にはハリーしか入っていなかった。しかし、二、三分たったころ、ベッドから離れて窓辺に立っていたミス・ヘイデンの姿にカズン・マティルダが気づき、怖いながらも魅せられたように彼女を凝視した。

「お嬢さん」声をかけた。「そのお顔、どうなさったの？　軟膏《なんこう》をお勧めしていいかしら。あっというまにくすみが消えますよ」

「愚かなことを言うんじゃありません、マティルダ」先々代伯爵未亡人がぴしっと言った。

「見たところ、永久的なあざのようよ」

「そのとおりです」ミス・ヘイデンが言い、アレグザンダーは彼女と目が合ったのでかすかに微笑した。彼女から束《つか》の間《ま》の笑みが返ってきた。

「ミス・ヘイデンはぼくの婚約者です」アレグザンダーは説明し、紹介をおこなった。

「まあ、やっぱり」カズン・マティルダは言った。「きっとそうだと思ってたわ。ベールをおつけになれば、人目を気にせずにすみますよ、ミス・ヘイデン」

アレグザンダーは目を閉じた。

「そうですね」ミス・ヘイデンは言った。「でも、リヴァーデイル卿の身内の方々にありのままのわたしを見ていただくのが大切なことだと思っております」

「それに、ベールをつける必要がどこにあるというの、マティルダ？」先々代伯爵未亡人が言った。この長女がそばにいるとよくあることだが、いらいらした声になっていた。「その紫色のあざを別にすれば、目をみはるほどきれいな方だし、出会ってしばらくたてば、誰もあざなど気にしなくなるわ。そんなつまらないことで花嫁選びを左右されずにすんで、アレックスはほんとに立派ね。早く結婚して子供部屋をいっぱいにしてくれなくては。うちの一族は跡継ぎ不足で大変ですもの」

花嫁になる予定のこの女性は結局、明日の朝田舎へ飛んで帰ることにするのではないかと、アレグザンダーは心配になった。しかし、彼女は老婦人に軽い笑みを向けていた。

みんなの注意がそれたあいだに、ハリーが弱々しい笑い声を上げた。「跡継ぎに関しては、ぼくは役に立てない。ごめんね、おばあさま。あいにく婚外子だもの。どうして母さんはここにいないの？　ほかの人はみんないるのに」

「また頭がぼうっとしてきたのね」祖母がぶっきらぼうに言った。「今日の午後ここに着いたときも、おまえはこういう状態だったそうよ。ミス・ヘイデンが動じることなく、冷たいタオルでおまえの額を冷やしてくれて助かったわ。ゆっくり休んで、骨に少し肉をつけなさい。お母さんはアレックスの結婚式に出るため、アビゲイルを連れてかならずこちらに来ますからね。アルシーアが目下、追加の手紙を書いてるところなの、ハリーが戻ってきたからぜひ来るようにって」

「アレックスの結婚式か」ハリーはそう言いながら、怪我《けが》をしていないほうの腕で目を覆った。「じゃ、早く結婚して跡継ぎを作るようぼくを急《せ》き立てる人は、とりあえずいなくなったわけだ。その点では婚外子というのも悪くないね」

「おばあさまの前でそのような言葉を使ってはいけません、ハリー」カズン・マティルダに言われて、ハリーはまたしても笑った。

「もう謝るつもりはありませんよ」先々代伯爵未亡人とカズン・マティルダが階下へ去り、ハリーがうつらうつらしはじめたところで、アレグザンダーは声を潜めてレンに言った。

「きっと、退屈な男だと思っていることでしょう」

「おっしゃるとおりよ」ミス・ヘイデンはうなずいた。「婚礼当日に新たにお目にかかる方は、もう一人もいらっしゃらないわけね」

「ぼくの母方の一族を忘れないでもらいたい」

「忘れられるわけないでしょ」彼女は渋い顔で彼に言った。

「そんなことまでしなくてもいいんですよ」ハリーを起こさないように気をつけて寝具の乱れを直し、鉢とタオルを下げさせて新しいのを運ばせるために呼鈴を鳴らした彼女に、アレグザンダーは言った。

「どうして?」彼女は尋ねた。「ハリーのお母さまが結婚式に出るのをやめようとお思いになっては大変だから、あなたのお母さまが手紙を書かなくてはならなかった。リジーも内輪だけの誕生祝いの晩餐会に招待されたとき、断わるのはむずかしいと思ったそうよ。どうしてわたしだけ免除なの? あと三日すれば、わたしも一族に正式に加わることになるのよ」

当人がはっきり意識しているか否かはともかく、一族に加わるというより、ひきずりこまれつつある感じだ。

「弁護士同席のうえであの悲惨な集まりが開かれた翌日、ハリーは一兵卒として軍に入ろうとしました」アレグザンダーは彼女に語った。「屋敷から姿を消し、ネザービーがようやく見つけたときにはすでに、入隊のしるしである国王の一シリング貨を受けとっていました。ネザービーがどうやってハリーを連れ戻したかはいまも謎ですが、とにかく、連れて帰ってきました。かわりに、ハリーのために軍職を購入してやりました。しかし、ハリーは〝入るなら歩兵連隊がいい。軍隊での昇進をエイヴリーにこれ以上お金で買ってもらうつもりはない〟と言って聞きませんでした」

「では、あなたのご意見は正しかったわけね。ハリーは不屈の精神を備えた若者だわ。人生と真剣に向きあい、その身に降りかかる運命を乗り越えてさらに強い人間になっていくでしょう。ただ、いまのところ、人生で深い傷を負ったのは明らかです。立ち直るのは簡単ではないでしょう」

「そうですね」

「でも、ご自分をお責めになってはいけないわ」優しい声になって、ミス・ヘイデンは言った。「こうしたすべてからあなたが学ばなくてはならないのは、そのことです」

ハリーが目をあけた。「ねえ」ミス・ヘイデンを見て言った。「あなたはぼくの義理のまたいとこになるんだね。やっと続柄がわかった。もっとも、そういう遠い関係でも、ぼくと親戚だなんてあなたには迷惑かもしれないけど」昔の彼をかすかに思わせる少年っぽい魅力的な笑みを彼女に向けた。「身内に婚外子がいるなんて不愉快だろうから。そうだろ？　それに、自分が婚外子という立場に置かれるのも不愉快なものだよ。母さんに訊くといい。カムに訊くといい。アビーに訊くといい」

「ウェスコット大尉」彼のほうへ軽く身を寄せ、指の背を彼の頬にあてて熱がないかたしかめながら、ミス・ヘイデンは言った。「家族の絆《きずな》はとても大切なのよ。だから、そんなつまらない理由で断ち切ってはいけないわ」

「つまらない？」ハリーは笑った。

「ええ、つまらないわ」ミス・ヘイデンはくりかえした。「お父さまの愚行にもかかわらず、あなたが一族の方々に愛されているのは明らかでしょ。自分を婚外子と呼びつづけたら、あなただけでなく、みなさんも同じぐらい傷つくことになるのよ。たぶん、もっと傷つくでしょう」

ハリーは困惑と畏敬の念の混ざった表情で彼女を見つめ、やがて言った。「うん、そうだね」そのあとすぐ、ふたたび眠りに落ちた。

運ばれてきたばかりの水でタオルを濡らし、それをハリーの額にのせる彼女を、アレグザンダーは見守った。〝家族の絆はとても大切なのよ。だから、そんなつまらない理由で断ち切ってはいけないわ〟彼女の家族にはいったい何があったんだ？　ぼくはこの人の子供時代の名前も知らない。そうだろう？　ヘイデンというのは、このおばさんが結婚した相手の名字だ。では、レンというのは？　洗礼名なのか？　まったくもう……本名もわからないなんて。三日後には夫婦になるというのに、アレグザンダーはいまも、ある基本的な疑問に悩まされていた。

ぼくが結婚しようとしているこの女性はいったい誰なんだ？

翌朝、ヴァイオラ・キングズリー――かつてのリヴァーデイル伯爵夫人――から手紙が届いた。結婚式に参列するため、娘と一緒にやってくるという。息子の帰国を知らせる手紙を出したところで、もう間に合わない。

二人は次の日にウェスコット邸に到着し、温かな抱擁と歓迎の言葉に迎えられた――そして、ハリー・ウェスコット大尉との涙の再会があった。馬車の音を耳にしたハリーが、周囲が止めるのも聞かずに一階に下りていたのだ。ゆうべ熱が下がり、朝になってもぶり返してはいなかったが、衰弱がひどくてぐったりし、料理番から届けられるスープとゼリーに文句たらたらだった。

玄関ホールで固く抱きあう三人を見守りながら、レンは涙をこらえた。母と娘にとってはもちろん予想もしなかったことなので、ハリーを放そうとしなかった。

ハリーの端整な顔立ちが誰の遺伝かはひと目で明らかだった。母親は金髪で、エレガントで、いまなお美しいし、妹も金色の髪をしていて、可憐で、うっとりするほど愛らしい。

三人のなかで最初にふりむいたのはハリーの母親だった。微笑を浮かべ、目を潤ませて、みんなのほうにやってきた。「アルシーア」ウェスコット夫人に声をかけた。「礼儀作法はどこへ消えたのかとお思いでしょうね。また会えてどんなにうれしいか。それに、ウェスコット家の一員に加えていただける立場だとは思えないのに、身内だけの結婚式にアビーとわたしを招いていただき、どんなに感謝していることでしょう。まあ、エリザベスとアレグザンダー！　二人ともお元気そうね。よかったら、あなたの婚約者に紹介してちょうだい、アレグザンダー。そちらの方ね」レンのほうへ注意を向けた。

「はい、そうです」リヴァーデイル伯爵はそう答え、レンの手を自分の腕にかけさせた。「カズン・ヴァイオラ、アビゲイル、婚約者のミス・レン・ヘイデンをご紹介します」

「あのね、母さん」ウェスコット大尉が言った。「ぼくが熱を出してたあいだ、ミス・ヘイデンがずっと付き添っててくれたんだよ。冷たいタオルでぼくの顔を拭いて、うわごとに耳を傾けてくれた。馬鹿呼ばわりなんか一度もせずに。それに、噛めるような肉も野菜もぜんぜん入ってないオートミール粥《がゆ》ばっかり食べさせられて、ぼくがうんざりしてたら、けさ、トーストをひと切れ、こっそり持ってきてくれたんだ」

「お医者さまの命令ですもの、ハリー」エリザベスが笑いながら言った。「しかも、あなたが気の毒なレンを密告したせいで、レンはたぶん一時間以内に逮捕されてひきずっていかれ、さらし台にかけられるでしょうね」

「ミス・ヘイデン」かつての伯爵夫人がレンの顔に視線を走らせながら、片手を差しだした。「お目にかかれてよかった。アルシーアの二回目の手紙にメモを添えてくださり、結婚式にわざわざ招いてくださったことにお礼を申し上げます。おかげで、伺おうという気になりましたの。そうよね、アビー？　そして、いまはさらに深い感謝でいっぱいです。息子を看病してくださり、熱があるのにステーキとビールを暴飲暴食しようとするこの馬鹿な子を止めてくださったんですもの」

かつては自分の息子のものだった爵位をひきついだ男の結婚式にやってくるのは、この女性にとってどれほど辛いことだっただろう、とレンは思った。しかも、かつて自分が住んでいた屋敷に来るのだから。それなのに、二〇年以上も自分のものだった称号を明日から名乗ることになる女性と握手をし、心の痛みなど何も感じていないかのように優雅な笑みを浮かべている。

「ステーキもビールももうじきお許しが出ると思います」レンは言った。「息子さんがガリガリに痩せていて、きっとご心配でしょうね」

「ええ、でも……」さらに目を潤ませて、ハリーの母親は言った。「とにかく生きてくれてますもの」

「お目にかかれてうれしいです、ミス・ヘイデン」アビゲイル・ウェスコットが兄のそばを離れ、レンに握手の手を差しだした。「いとこのジェシカが手紙にあなたのことを書いてきたんですよ。あなたが実業家で、しかも大きな成功を収めてらっしゃるから、ジェシカはすごいと思ってます。あたしも同じ思いです。兄の看病をしてくださってありがとうございます」

「看病ならほかのみなさんもなさいましたよ」レンはアビゲイルに言った。「昼間はウェスコット夫人とリジーとわたしが交替で付き添い、夜はリヴァーデイル卿が寝室のとなりの化粧室で眠りました。ネザービー公爵も毎日いらして、一時間以上ハリーの相手をしてらっしゃいました」

「それでね、ぼくが食事のことでブツブツ言うたびに、片眼鏡でこっちを見るんだ」ハリーが憤然として言った。「そして、きみにはうんざりだって言うんだよ。まるで男子生徒に戻ったような扱いさ」

「お兄さまがここにいるなんて信じられない。あたし、夢を見てるんじゃないわよね」アビゲイルが言った。「あの恐ろしい場所にはもう戻らないんでしょ？　戻らないって約束してくれる？」

「半島のこと？　もちろん、戻るさ。ぼくは士官だ、アビー。大尉。偉いんだぞ。昇進したんだ——じつをいうと、腕を切り落とされそうになったすぐあとで。部下の兵士たちが向こうでぼくを待ってるから、がっかりさせられないだろ。そんなことはしたくない」

「はいはい」アビーは天井へ視線を向けた。「軍隊がすごく楽しいのよね。わかった、口論はやめることにするわ、ハリー。とりあえず、今日のところは」

「二階の客間へ行きましょう」ウェスコット夫人が言った。「軽く何か食べたいでしょうから」

「ハリーはぼくが部屋まで連れていく」リヴァーデイル卿が言った。「一緒に来るかい、アビゲイル？」

「しばらくしたら、わたしも行きますからね、ハリー」彼の母親が言った。

「ぼくを寝かしつけるためだろ」ニッと笑って、ハリーは言った。

「だって、あなたのお母さんですもの」母親が言って聞かせた。レンと並んで階段をのぼっていった。「ほんとにごめんなさいね、ミス・ヘイデン。今日はあなたが注目の的になるべきなのに。明日の花嫁さんですもの」

「注目がウェスコット大尉に集まったことに、わたしは大満足です」レンは言った。「ネザービー公爵から伺いましたが、息子さんが大尉に昇進なさったのは、並はずれた勇敢な活躍の報奨だったそうですね。公爵さまがそれを息子さんからどうやって聞きだされたのか、わたしにはわかりませんけど。誰にも何もおっしゃらないんですもの。控えめな青年で、わたし、大好きになりました」

「あなたって母親の心を強くつかむ方ね」ミス・キングズリーが言った。「さっきもそうだったように」

あっというまに噂が広がった。ネザービー公爵は毎日の訪問を今日は昼前に変更し、継母にあたるカズン・ルイーズとレディ・ジェシカを連れてやってきた。三人の到着からほどなく、ハリーの母親のミス・キングズリーが上階にある彼の部屋へ行き、それと入れ替えにアビゲイルが下りてきた。客間の真ん中でレディ・ジェシカと向かいあい、歓声とうれしそうな金切り声を上げて抱きあった――金切り声はレディ・ジェシカのものだった。二人で窓辺の椅子に腰かけ、顔を寄せあっておしゃべりに夢中になった。二人とも生き生きと輝いた表情だった。

レンが無視されることはなかった。まったく逆だった。ウェスコット夫人とエリザベスと先々代伯爵未亡人の話の輪に誘いこまれ、先々代伯爵未亡人から婚礼衣装のことをあれこれ尋ねられた。衣装は前の週にすでに買いそろえてある。やがて、アビゲイルがレンのとなりに来てすわった。レディ・ジェシカがハリーの様子を見に階段を駆け上がっていったあとのことだった――「エイヴリーの横を無事に通り抜けられればね」客間を出ていくときに、しかめっ面でそう言っていた。アビゲイルはどんな結婚式になるかを知りたがった。アビゲイルの母親はこのあと一日じゅうレンを褒めそやし、どんなに喜んでいるかを伝えた。

「アレグザンダーは昔から、わたしが知っているなかでいちばん感じのいい人の一人だったわ。あの信じられないほど整ったロマンティックな容貌を別にしてもね。幸せな結婚をすることになって、わたしも喜んでいるのよ」

リヴァーデイル卿自身はその夜ずっとレンのそばにいた。

階下では、明日の披露宴の準備でみんな大忙しの様子だった。

忙しくて楽しい結婚式前日ね――レンは朝からずっと自分に言い聞かせ、たしかにこの一日を楽しんでいた。しかし、恐ろしいほど孤独でもあった。ウェスコット一族というのは、去年とんでもない大騒ぎが持ち上がって根底から揺さぶられ、危うくバラバラになりかけたにもかかわらず、固い絆で結ばれている。レンには、自分の孤独が、自身の家族のいないことが物理的な重石《おもし》のように感じられた。たぶん、明日になれば気分も変わる。この一族に加わるのだ。ウェスコット家の人間になる。仲間になれる。

いいえ、本当になれるの？

たとえ、なれたとしても、わたし自身の家族が――花嫁の家族が――いるべき空白の場所を、新しくできた家族が埋めることはできるのだろうか？

14

アレグザンダーは両脇で手を開いたり閉じたりしながら、ハノーヴァー広場の聖ジョージ教会の前で待っていた。今日の式は、社交シーズンの何カ月かのあいだにここでとりおこなわれる典型的な社交界の結婚式ではない。参列者はごくわずかで、余分な装飾もない——オルガンと聖歌隊はなし。お香や盛花もなし。花で飾り立てた馬車もなし。父親の腕に手をかけて身廊を進んでくる花嫁を花婿が祭壇の前で待つこともない。

しかし、アレグザンダーにとってはそれに劣らず重要な儀式だった。特別許可証を購入し、準備を整え、いまこうしてここにいる。三〇〇人の参列者と三人の主教が教会内で待っているかのように緊張して。

かわりに待っているのは母方と父方の両方の身内だ。欠けているのはカズン・ミルドレッドの三人の息子、そして、カミールとジョエル・カニンガムと養女たち。ハリーは来ている。ほっそりした颯爽たる姿で。もっとも、無慈悲にブラシをかけて汚れを落とした軍服のせいで、ややみすぼらしい感じではあるが。

もちろん、両家の釣りあいはまったくとれていない。花嫁側の親族が一人もいないからだ。

やはり最初の計画どおり、本当に内輪だけで式を挙げるべきだったかもしれない。おじとおばがいない寂しさをレンが痛切に感じているのは彼にもわかっていたが、それはどうにもできないことだった。しかし、それ以外の身内については？　一人もいないのか？　誰かいるに違いない。彼女が子供だったころに何か悲劇的なことが起きて全員が亡くなったのなら、話すのがいくら辛くても、彼女が話してくれたはずだ。

そのうち、彼女の過去について二人でじっくり話しあうことになるだろう。また、その他多くのことについても近々話しあわなくてはならない。あわただしいなかで一週間があっというまに過ぎてしまったため、夫婦間の財産契約について協議する時間すらとれなかった。彼女の資産の詳細についてはまったく聞かされていないし、それをどう管理して何に使うかに関して、彼のほうは何も約束していない。彼女が前に一度、きっぱり言っていた。自分の利益を守る手段を講じないうちは結婚しない、と。

花嫁が遅刻するのではないかとアレグザンダーが不安になりかけたとき、伯爵家の馬車が広場に入ってきた。ゆうべはまたシドニーの部屋に泊まったので、そこからシドニーと二人で早めに教会に来ていたのだ。アレグザンダーはもう一度手を閉じてから、石段の下で馬車が止まると同時にそちらへ歩を進めた。

まず、母親が降りるのに手を貸した。母親は彼の両手をとって強く握りしめた。「大切な子」と言った。「とてもいい日になったわね。幸せになると約束してちょうだい」

「約束します、母さん」アレグザンダーは母親の額にキスをしてから、向きを変え、馬車を降りるエリザベスに手を貸した。二人は無言で抱擁を交わし、エリザベスは母親と一緒に石段をのぼって教会のなかに姿を消し、そのあいだに彼が花嫁を馬車から降ろした。

彼女の衣装はみごとな仕立てのハイウェストの優美なドレスで、色合いは鮮やかなピンク。意外にも濃い色の髪によく映えて、その髪の一部がクリーム色のボンネットからのぞいている。ボンネットはつばの裏にピンクのひだ飾りをつけ、クラウンの片側にピンクのバラの蕾と緑の葉をふんだんにあしらっている。幅広のピンクのサテンのリボンでボンネットを固定し、左耳の下で大きな蝶《ちょう》結びにしてある。ベールは見あたらない。レンはアレグザンダーの手に自分の手を預けると、慎重な足どりで馬車を降りた。

「すてきだ」アレグザンダーは彼女に言った。

「あなたも」彼女は笑顔で応えた。

アレグザンダーは彼女の手のほうへ身をかがめ、唇へ持っていき、自分の腕にかけさせた。一緒に石段をのぼって教会に足を踏み入れた。前方に集まったわずかな参列者は、冷たく豪奢な周囲のたたずまいに包みこまれていた。ろうそくと古くからのお香と祈禱《きとう》書の匂いがあたりに漂っていた。オルガン演奏がないため、二人が身廊を進んでいくと、石の床に彼のブーツの音が響いた。彼の肘に手をかけた花嫁を見つめ、今日がとても大切な日であることを感じた。

ぼくが結婚する日。

自分はこれからの生涯をこの女性と共に送ろうとしている。それが正しいことだと思われた。長い求婚期間も、華やかなロマンスも、愛の誓いもない。しかし、双方が好意と敬意を抱いている。それは間違いない。彼のほうには賛美の念もあった。

前方に立つ牧師のほうを見た。ひっそりした式にもかかわらず、聖職者の正装で威儀を正している。花婿の付き添い役を務め、指輪を渡すことになっているシドニーが、二人のほうを向いていた。心配そうな表情だった。あとの者たちは微笑しながら、通り過ぎる二人に顔を向けた。そして、二人は牧師の前で歩みを止めた。

「お集まりのみなさん」一瞬の静寂ののちに牧師が言った。ついに来た――アレグザンダーは思った。ぼくの人生でもっとも厳粛かつ重大な瞬間が。

そして、流れるように時間が過ぎ去った。ほどなく、誓いの言葉と指輪の儀式を経て、なじんできた世界が一変したように思われ、二人は夫と妻になり、聖具室へ移動して結婚証明書に署名をおこない、それからもとの場所に戻って、握手と抱擁とキスで参列者たちに挨拶した。次に、人々の先に立って身廊をひきかえし、教会の石段の上に出ると、シドニーとジェシカとアビゲイルとハリーがバラの花びらを手にして待っていた。興味津々の野次馬も集まっていた。教会の前に止まった何台もの豪華な馬車に惹かれて集まったに違いない。

太陽が輝いていた。

さらに抱擁が交わされ、背中が叩かれ、教会のなかにいたとき以上に大きな声で心のこもった祝福の言葉がかけられたあと、アレグザンダーはサウス・オードリー通りに戻るため、花嫁に手を貸して彼の馬車に乗せた。馬車のなかは二人きりだった。教会をあとにするとき、古いブーツや鍋やフライパンが馬車にひきずられてガラガラ音を立てるようなことはなかった——アレグザンダーが断固拒否したのだ。今日のような晴天には幌《ほろ》をはずしたバルーシュ型の馬車がぴったりだが、この馬車は箱型だった。

ふつうだったら婚礼の馬車を注目の的にするはずのお祭り気分の飾りは何もないが、なくてもかまわなかった。もう夫婦になったのだから。

馬車がガタンと揺れて動きだした瞬間、アレグザンダーは手を伸ばして彼女の手をとった。

「終わったね、わが奥方」と言った。

「盛大な式じゃなかったことを後悔してる？」

「いいや。静かな式にしなかったことを後悔した？」

「いいえ」

アレグザンダーは彼女の手を唇に持っていった。「ぼくはきっと、この結婚式を完璧なものとして生涯記憶すると思う——事実そのとおりだし」

「わたしも」彼女が柔らかな口調で言った。

しかし、最初の計画どおり二人だけの式にすればよかったとレンが思ったことが、この一日のうちに何度かあった。まず、教会へ向かう馬車に乗るのをやめたくなった。足がすくんで乗れそうもなかった。しかし、もちろん、やめはしなかった。馬車で走るあいだ、教会に入るなんてとうてい無理だと思っていたが、彼が外で待っていてくれたので気分を楽にして入ることができ、不意に、自分が今日結婚することを実感し、ほかのことはもう何も気にならなくなった。彼の手に自分の手を預けて馬車を降りた瞬間から、彼だけを、次に教会を、二人を待つ牧師だけを見つめ、婚礼という儀式が運んでくる厳粛な喜びだけを感じとった。いまから式を挙げる。それだけではない。結婚相手は、わたしが深く、思いがけず――そして、ひそかに――恋をしてしまった男性だ。挙式後の馬車のなかで彼がこの結婚式を〝完璧なもの〟と言ったのは、当人が意識している以上に当を得たことだった。聖具室を出たあと、ウェスコット家とラドリー家の全員と顔を合わせるという試練が待っていて、そのうち何人かは初めて会う人々だったが、それですら完璧さを損なうことはなかった。誰もがとても優しかった。

家に帰る馬車のなかでも喜びは消えなかった。そして、ダイニングルームを目にした瞬間、息が止まりそうになり、涙が盛り上がった。糊《のり》のきいた真っ白なテーブルクロスを敷いたテーブルに、最高級の陶磁器、クリスタルガラスの器、銀器が正式にセットされていた。夏の花々に飾られた燭台《しょくだい》のようなデザインの飾り皿がテーブルの中央を華やかに彩り、凝った形にたたんだ麻のナプキンがひとつひとつの席に置かれ、その横に、ピンクのバラの蕾を活《い》けたクリスタルの花瓶が置いてあった。壁の燭台も花で飾ってあり、縁から緑の葉とシダがこぼれている。窓の外に陽光があふれているにもかかわらず、至るところに銀の燭台が置かれ、ろうそくが燃えていた。白い砂糖衣をかけてピンクのバラの蕾で飾った二段重ねのケーキが小さなサイドテーブルに置かれ、ピンクのリボンを柄に結んだ銀のナイフがその横に添えてある。

レンの涙の原因はグラスとひとつひとつの席に置かれた花瓶にあった。ヘイデンのガラス製品だ。そのデザインはレジーおじが最後に承認したものだった。

「いったいどこで――?」レンはハッとふりむいてリヴァーデイル伯爵を見つめた。彼が微笑を返した。得意そうな顔だった。

「きみがリジーとジェシカと一緒にまわった店の一軒を、きみたちがそこを出たあと数時間もしないうちに訪ねたんだ。幸いなことに、ぼくが必要とする製品がすべて完璧にそろってしまいた。もっとも、店の主人にブツブツ言われたけどね。ぼくのせいで在庫が底をついてしまった、そろえるには何週間もかかるって」

「まあ」それに、彼のことだから、正規の小売価格で支払いをしたに違いない。わたしに言ってくれれば、卸値で……いえ、だめ。そんなふうに考えるのはやめよう。たとえ頭のなかだけであっても。

「ありがとう。ああ、言葉ってずいぶんじれったいものね。ほんとにありがとう、リヴァーデイル卿」

「もうアレグザンダーでいいんじゃないかな? それとも、アレックスにする?」

「ええ」しかし、それ以上は言えなかった。招待客が到着しはじめた。

大人数の人々と一緒に披露宴の席につくのは、優しい人ばかりではあったが、レンにしてみれば耐えがたい辛苦だった。似たような経験をしたことは過去に一度もなかった。いや、もっと辛かった。花嫁として人目にさらされ、笑顔で休みなく会話を続けることを期待されていたからだ。それがいかに苛酷な試練であるかを誰も理解していない。スピーチと乾杯がくりかえされ、そのあいだ、不可解なことに、誰もがスピーチをする当人ではなく彼女のほうを見て微笑しているように思われた。やがて披露宴の食事がすむとみんなで客間へ移り、状況はさらに悪化した。誰もが歓談しながら人々のあいだをまわるからだ。ブランブルディーンで開かれたあのぞっとするお茶会のときも近隣の人々がそうしていたのを、レンは思いだした。しかし、今日は顔を隠すためのベールがない。

ただ、すべてを考えあわせてみると、こういう形の披露宴に同意したのをひどく後悔しているわけではなかった。少なくとも、どうにかやってのけた。それに、夫の一族のほぼ全員と顔を合わせた以上、この恐怖からはもう解放される。

わたしの夫。二人が夫婦であることに誰かが触れるたびに――しかも、その機会はずいぶん多く――レンは喜びが湧き上がるのを感じた。この二月にリストを作り、リストに名前を挙げた紳士たちに打診を始めたときは、まさか自分の夢が本当に叶《かな》うとは思ってもいなかった。そうでしょ？

でも、夢は叶った。今日。

今日はわたしの結婚式の日。

午後遅く、すべての者が屋敷を去った。一人残らず。ハリーとアビゲイルはアーチャー邸に泊まることになり、カズン・ルイーズとジェシカと一緒に出ていった。カズン・ヴァイオラは先々代伯爵未亡人とマティルダと一緒に出ていった。アレグザンダーの母親とエリザベスは母方のおじのリチャード・ラドリーとおばのリリアンと一緒に立ち去った。何もかもあらかじめ計画されていたことで、にぎやかなおしゃべりと笑いと抱擁のなかで進められ、そのあと、ウェスコット邸には新郎新婦だけが残された。

「公園を少し歩こうか」最後の馬車が去っていくのに手をふりながら、アレグザンダーは提案した。二人のどちらにも新鮮な空気と散歩が必要だと信じていたし、邸内の突然の静けさに対して、彼自身、まだ心の準備ができていなかった。

「喜んで」彼女が言った。式のときに着ていたピンクのドレスはそのままだったが、ボンネットはもっと地味なものに——前に見たことがある麦わらのボンネットに——替えていて、外へ出る前にベールで顔を隠した。アレグザンダーは眉を上げげた。「お願い、どうかわかって。朝からずっと……人目にさらされて、もう耐えられなかったの。そんな経験は一度もないんですもの。人があんなにたくさん！　あなたが初めてウィジントン館にいらした日まで、わたしは二〇年近く、おじとおば、家庭教師、信頼できるわずかな召使いを除いて、誰にもこの顔を見せたことがなかったのよ。ガラス工場のほうだって、工場長を始めとして誰にも見せていなかったわ。誰一人として」

二〇年近く——少女時代のすべてと、成人してからの年月——を彼女がベールの陰で過ごしてきたのかと思うと、信じられない気がした。「きみを叱ろうとは思ってないよ」サウス・オードリー通りを歩きながら、アレグザンダーは言った。「きみにはつねに自分で選んだ道を進んでほしい。ぼくは暴君になるつもりはない」

「わかってるわ」と彼女が言ったので、アレグザンダーはそちらを向いて笑いかけた。この人が自分の妻、自分の伯爵夫人なのだと思うと、いまだに少し照れくさかった。

「気がついてる？　婚姻契約書を交わしていないことに。以前ぼくに言ったよね——結婚する前に、自分の権利と選択権を守るための手段を講じるつもりだ、と」

「じゃ、あなたは気がついてらっしゃる？　わたしの財産がどれぐらいあるのか、あなたがまだ何も知らないということに。でも、結婚は商取引じゃありませんものね。わたしは取引や契約や自分の権利を慎重に守ることになじんでいるの。ただ、結婚はそれと同列に考えるべきではないわ」

「だから、ぼくを信頼しようと決めたわけ？」

しばらくのあいだ、彼女からの返事はなかった。「ええ」やがて言った。「そして、あなたもたぶん、わたしを信頼してくれたのね、アレグザンダー。もしかしたら、わたしは無一文かもしれないし、多額の借金があるかもしれないのよ」

「そうだね」アレグザンダーはうなずいた。「だけど、求婚したのはきみと結婚したかったからで、きみの財産と結婚するためではない」

「わたしたちって愚かな二人ね」道路を渡って公園へ向かいながら、彼女が言った。「いえ、実業家としての本能がわたしにそう告げてるの。でも、黙りなさいと言ってやらなきゃ。いつも思いだすのよ。かつてメガンおばに言われたことを。脳が人生を支配することは、自分がそれを許さないかぎりありえないって、おばは言ったわ。自分の人生を支配するのは自分自身だって」

「すると、自分すなわち自分の脳ということではないんだね？」

「ええ。こちらが脳を支配してるのに、脳はときどき、自分のほうが支配者だってこちらに思いこませようとする。おばは物静かな女性で、ふだんは口数が少なかったけど、深い叡知《えいち》を備えた人だったわ」

「今日という日がきみにとって大きな試練だったことはわかっている、レン」アレグザンダーはそう言いながら、馬車道と木立にはさまれた広い芝生のほうへ彼女を連れていった。

「それはきみがベールで顔を隠す前からわかっていた。ぐったり疲れていないよう願うばかりだ」

「わたし、あなたの身内の方々が大好きよ。父方の人たちも母方の人たちも。あなたはとても幸運な方ね」

「たしかに」彼も同意した。ほんの一瞬、ためらった。「身内の人はいないの？」

長い時間をおいて、ようやく彼女が答えた。「あなたの言う身内が血のつながりのある人を指すのなら、ええ、いるわ。断言はできないけど。二〇年というのは長い年月ですもの。でも、身内という言葉が、親しみや誠意や慈愛など、ウェスコット家とラドリー家の人々を結びつけているようなすべての絆を指すのなら、答えはノーよ。身内はいません。おじもおばも死んでしまった」

アレグザンダーは彼女に向けた顔をそのままにしていた。大通りには馬車と馬と歩行者が行き交っているが、こちらの芝生はもっと静かだ。「いつか、身内の人たちのことを話してくれる？」彼女に尋ねた。

「そうね。いつか」

「しかし、いまはまだだめなんだね」

「ええ。もしかしたら永遠にだめかもしれない。進んで話したいようなことじゃないのよ、アレグザンダー。聞いて楽しい話でもないし」

「だけど、たぶん、きみには話す必要があり、ぼくには聞く必要があると思う。いや、いまの言葉は忘れてくれ。ごめん。きみの重荷を増やすのはやめておこう」この人がぼくの妻になっても、その心と魂を支配する権利はぼくにはない。心の内を秘密にしておくか、人に見せるかは、この人が決めればいいことだ。ぼくを信頼して結婚してくれた。だったら、ぼくはその信頼に応えられる人間になろう。

アレグザンダーは今日の結婚式と披露宴のことを、ハリーとアビゲイルとカミールのことを、少年時代にシドニーと二人でやったいたずらのことを話題にした。彼女は家庭教師とおばのことを、おじとおばが田舎の住まいとしてウィジントン館を選び、何につけても彼女の希望を尊重してくれたことを話題にした。

その日の夕食は冷肉の薄切りと披露宴の残りものですませた——朝から大忙しだった召使

いたちのために、レンがそう主張したのだ——そして、夜は客間で過ごし、ふたたびあれこれ話をした。今度はレンがブランブルディーン・コートを話題にして、資金ができたいま、最初にすべきことは何かを相談しようとした。

アレグザンダーは自分の立場に気詰まりなものを感じていた。「きみの金を使わせてもらうんだから、ぼくのほうで大々的な計画を立てることはぜったいできない、レン」

「でも、いまはわたしたちのお金よ。わたしのではなく、あなたのでもなく、わたしたちのお金なの。どんなときも二人で決めなくては。何をすべきかを——ブランブルディーンで、ウィジントン館で、リディングズ・パークで、スタッフォードシャーの家で、さらにはガラス工場で。工場に興味を持ってくださるのならね。あなたがお金のことを負担に感じているとしたら、わたしも同じ気持ちよ、アレグザンダー。そんなふうには思わないで。いまのわたしたちはわたしたちなんですもの」

「文法を無視した言い方だね」アレグザンダーはそう言うと同時に、その考えに衝撃を受けた——いまのわたしたちはわたしたち。「だけど、努力してみる。ただ、慣れるまでにしばらく時間がかかると思うが。父が亡くなったあと、ぼくは一人でがんばってきたし、自分の問題は自分でなんとかしてきた。結婚後もそうするつもりだったし、ぼくの力で妻を食べさせていくつもりだった」

「だったら、この結婚はあなたにとってプラスになるわ」彼女は歯切れよく言った。「謙虚さを学ぶことができるでしょうから。意思決定をするときは、わたしにも発言権を与えてもらわなくては。お金を出すのがわたしだからではなく——できれば、逆のほうがいいけど——協力させてほしいし、協力するのが好きだし、必要でもあるからよ。すでにお気づきかもしれないけど、わたしは世間が考えるような典型的なレディではないわ。ほかの人たちと力を合わせて仕事をすることができる。おじともそうしてきた。晩年の二、三年はおじが少し弱ってきたから、とくにそうだった。一緒に仕事《ワーク》をし、大きな成果《ワーク》を上げたものよ——あら、駄洒落《だじゃれ》になってしまった？」

「そのようだね」アレグザンダーは言った。「よくわかった。では、ブランブルディーンのことを相談しよう。農場がすべての要《かなめ》なんだ、レン。農場がなければ、領地の繁栄はありえないし、われわれの繁栄もありえない。領地はよそにもあるし、収入の手段だってあるだろうに、気の毒なことだ、と言う人もいるかもしれない。しかし、ここにはぼくを——ぼくたちを——頼りにしている者がたくさんいる。農場を繁栄させなきゃならないのは、その人々のためなんだ」

「だったら、まず何をする必要があるのか、あなたの考えを聞かせてちょうだい。農業のことも、広大な領地の経営についても、わたしにはほとんど知識がないけど、勉強するわ。わたしの先生になってね」

二人はそのあとまる一時間にわたって話をし、計画を立てた——無味乾燥で退屈な内容だから、たいていの花嫁は式を挙げたばかりの日にヒステリーを起こすか、昏睡《こんすい》状態に陥ってしまうだろう。だが、彼女は椅子に深く腰かけ、胸の下で腕を組み、首を軽くかしげて、じつと聴き入った。そして、ときおり口を開いて、要を得た質問をしたり、聡明な意見や思いつきを述べたりした。男どうしで話をしているような感じだ――椅子にもたれてアレグザンダーは思ったが、やがて自分の間違いに気づき、口に出さなくてよかったと思った。この人を男に喩《たと》えるなんてとんでもない。女らしくないと思われるのを恐れずに頭脳を最大限に働かせようとする点だけは、男と同じ感覚かもしれないが。じつはとても女らしい人だ。一人の人間として真剣に向きあってほしいと要求する女性には、どこか驚くほど魅惑的なものがある――性的にという意味で。本人が意識してやっているのかどうか、アレグザンダーにはわからないが、たぶんそうではないだろう。

執事のリフォードがお茶のトレイを運んできて、ろうそくに火をつけ、カーテンをひいて夜の闇を閉めだしたところで、二人は議論を終わりにした。もっと軽い雑談に移り、やがてお茶を飲み終えるころには会話もはずまなくなってきた。

「ぼくは結婚によって安定を得た」やがて、アレグザンダーは言った。「そして、ぼくが相続した、何十年間も放置されっぱなしだった屋敷を修復する資金を得た。そして、事業の才に恵まれた知性豊かな妻も得た。きみは結婚で何を得たんだい、レン?」言葉が口を突いて出たとたん、表現を変えたくなった。〝事業の才に恵まれた知性豊かな妻〟だなんて。婚礼の日に花嫁にそんな言葉を贈ったところで、喜んでもらえるわけがない。

「わたしが得たのは結婚よ」彼女は首を軽くかしげて、ためらうことなく答えた。「それがわたしの望みだったの。覚えてるでしょ? だからウィジントン館に来ていただいたのよ」

「きみが用意したテストに、ぼくは合格したわけ？」

「ええ」

この簡単な返事の先に何があるのかは知りようがなかった。彼女がもっとも強く望んだのが結婚だったのか？　妻となり、家庭を築き、子供を持つという安定した生き方？　セックス？　それも望みの一部だったことはわかっている。ロンドンに来る前から、当人がはっきり認めていた。彼女がこちらに何を望んでいるかはわからないし、こちらから尋ねることもできない。同じ質問が返ってくるかもしれず、そのときにどう答えればいいのか、彼にはわからないからだ。答えがわからない。好意も、敬意も、さらには賛美の念ですら、満足な答えとは思えない。

「そろそろベッドに入ろうか？」

「ええ」

婚礼の日を締めくくる章はこれからだ。アレグザンダーは椅子から立ち、手を差しだした。彼女がその手をとると、立ち上がるのを待って自分の腕に手をかけさせた。二人は無言で階段をのぼり、彼女の新たな化粧室の外で立ち止まった。彼の化粧室のとなりにあって、そちらと行き来できるようになっており、もういっぽうの側に彼女の新たな寝室がある。

「三〇分後に来ることにする。いいかな？」

「ええ」

アレグザンダーは彼女の手をとって唇に持っていき、それからドアをあけ、次に彼女の背後でそのドアを閉めた。

彼女にどんな気持ちを抱いているのか、自分でもわからない。ぴったりの言葉が見つからないが、たぶんそれでいいのだろう。彼女はぼくの花嫁。今夜、本当に大切なことはそれだけだ。

15

レンがドレスを脱ぐのをモードが手伝い、ヘアピンをはずしながら、「おばさまが生きてらしたら、今日は自分が世界でいちばん幸せな女性だとお思いになったでしょうね」と言った。

「いえ、世界で二番目に幸せな女性ですね。たぶん」モードはつけくわえた。「いちばん幸せなのはお嬢さまですよ。そして、わたしが三番目。でも、おばさまはもうこの世の人ではありませんから——神さま、あの方の魂に平安を——わたしが二番目と言うべきでしょうか」

レンは笑い、涙を少し拭き、驚いているモードを抱きしめてから放した。ナイトドレスは上質の麻で仕立てた真新しいもので、エリザベスに品選びを手伝ってもらったのだが、それを着て、髪がつやつやになるまでブラッシングをした。それから寝室で待った。この日の朝、彼女が教会へ出かけたあとで、身のまわりの品々がこの部屋に運ばれてきていた。広く優美な正方形の部屋で、天井が高く、さまざまな色合いの淡い黄褐色とベージュとクリーム色と金色で趣味よく装飾されている。レンのもうひとつの部屋と違って、屋敷の裏手の庭を見下ろすことはできず、正面の通りに面していた。それでも、心地よい眺めだった。都会の景色にもそれなりの魅力がある――ものを製造する工場と同じように。美というのはさまざまな形をとるものだ。

不安はなかった。不安に思うのが本当かもしれないが。深窓の令嬢なら、たぶんそうだろう。しかし、いまのレンは高揚感と期待にあふれていた。待ちきれない思いだった。そんなことを考えていたとき、化粧室のドアに軽いノックが響いた。あらかじめ細めにあけておいたので、どうぞという返事を待たずにアレグザンダーが寝室に入ってきた。式のときの彼は、黒と白で統一した婚礼用の衣装に刺繍入りの銀色のチョッキを合わせ、襟元と手首にレースをのぞかせて、うっとりするほどすてきだった。ワイン色の錦織のガウンとスリッパ姿になった彼も、それに劣らずすてきだ。肩幅と胸の広さが詰め物のおかげでないことはひと目でわかる。

彼が室内を見まわした。「ここに入ったのは初めてだ。優美な部屋だね」

「そうね」レンも同意した。

「なんとも残念なことだ。先代伯爵のハンフリーがこのウェスコット邸に向けたのと同じぐらいの配慮を、ブランブルディーンに向けてくれなかったのが」

「まあ。でも、それだと、自分たちの手であそこを生まれ変わらせる喜びに出会えなかったかもしれないわ」

彼の視線がレンに戻った。「思いもよらない考え方だ。それなら、いまは亡きリヴァーデイル伯爵を少しは好意的に見られるかもしれないな。ところで、レン、どれぐらいの長さかなと思ってたんだけど」アレグザンダーがそばまで来ていた。

「この髪?」豊かな髪で、ほぼまっすぐで、ウェスト近くまであり、深い栗色をしている。髪がいちばんの自慢だと、レンは昔から思っていた。

「きれいな髪だね」

「三つ編みにしようかと思ったのよ。でも、夜はいつもほどいたままで寝てたの。朝になって、髪のもつれをブラシでほぐしてもらうためにモードを呼ぶと、ときどき、うんざりした顔をされるけど」

「これからも、寝るときはほどいたままでいてほしい。夫の命令だよ。夫に従うと誓ったのを覚えてるだろ。そして、モードが文句を言ったら、推薦状なしで彼女を解雇して、屋敷の主人はこのぼくであることを示してやろう」

レンは小首をかしげて、ゆっくりと笑みを浮かべた。もちろん、彼の目にも笑いが浮かんでいた。「わたし、怖くて震えそう」

「当然だ」アレグザンダーは言った。「レン、上流階級の夫婦がなぜ寝室を別々にするのか、ぼくはどうしても理解できないんだ。単に、やればできるということを示すため? 二人が若くて、喜びが待っていて、子供を作らなきゃいけないとなると、ぼくはますます理解できなくなる。この部屋はきみが日中使用することにして、今夜からはぼくの寝室を二人の寝室だと思ってくれないかな?」

おずおずした花嫁にというより、対等な相手として彼が話しかけてくれるのが、レンはうれしかった。彼の提案も同じぐらいうれしかった。メガンおばとレジーおじはいつも寝室を共にしていて、マットレスの中央がややたわんだ、天蓋つきの古い大きなベッドで寝ていた。レンがまだ悪夢にうなされていた子供のころ、悲鳴を上げてその寝室に駆けこんだことが何度かあった。二人のあいだに寝かせてもらい、半分押しつぶされそうになりつつも安心しきって、温もりと幸せに包まれて眠ったものだった。

「ええ」レンは答えた。

「だったら、一緒においで」アレグザンダーはそう言うと、レンのそばのテーブルからろうそくを一本とり、残りの火を消した。彼が先に立ってふたつの化粧室を通り抜け、彼の寝室に入った。広さと形は彼女の寝室と同じだが、こちらは深みのあるワイン色と金色で装飾され、炉棚に置かれた燭台で何本ものろうそくが光を放ち、天蓋つきベッドの左右の壁にとりつけられた燭台でも二本のろうそくが燃えていた。ベッドの裾についている太い木製の柱に彫刻された流れるような渦巻模様のひとつに、レンは手をすべらせた。

「ここもすばらしいお部屋ね。でも、何か方法を見つけて、ブランブルディーンをここ以上にすばらしいところにしなくては」レンは笑みを湛えた顔を彼に向けた。

「大賛成だ」アレグザンダーはそう言って、彼が持ってきたろうそく立てを炉棚の燭台の横に置いた。「だけど、その件を相談するのは次の機会まで待ってもいいと思うよ。今夜はほかのことで頭がいっぱいなんだ。正直に白状すると」

「わたしも」レンが言うと、彼がキスしてくれた。

レンはほぼ同時に、彼がゆっくり時間をかけるつもりでいることに気づいた。すぐ横にベッドがあるのに、いまの彼はそちらに目を向けようとしない。キスなら前にも何度かされている。しかし、人間どうしの親密な接触に飢え、それを希求している者にとっては、どのキスも短すぎた。レンは男女のことをほとんど知らない。いや、何も知らないと言ってもいい。しかし、いまだかつて与えられたことのない——いや、自分のほうで拒んできた——官能の世界が存在することだけはわかっていた。今夜、その世界を知ることになる。彼が時間をかけようとしていることが、レンにはうれしかった。

彼が自分の唇でレンの唇を開き、舌をすべりこませ、さらに深いキスに移ったので、レンは思わず彼のガウンの両脇のウエスト部分を握りしめて、膝の力が抜けないよう必死にこらえた。感じやすい部分を舌で軽くなでられただけで、彼女の身体に生々しい疼きが走った。しかし、愛撫に使われているのは彼の唇だけではなかった。両手もレンの肌を這い、曲線が存在するとはレン自身思ったこともないような場所に曲線を見いだし、なんの魅力もないとレンが思っていた曲線を称賛しているように思われた。

最後に彼の両手がレンのヒップを包みこんで強く抱き寄せた。たくましい筋肉に覆われた男っぽい身体に触れただけで、レンは気が遠くなりそうだった。でも、そんなことは望んでいない。一瞬たりとも逃すつもりはない。なんの経験もないレンだが、男性の興奮のしるしを感じとることはできた。ゆっくり息を吸いながら首をのけぞらせると、彼の唇がレンの唇から離れて彼女の首を這いはじめた。

お願い、やめないで。ああ、お願い、お願いだからやめないで。

「ここに来て横になって」ふたたび唇を重ねながら彼がささやいた。物憂げにまぶたを伏せた目が彼女の目をじっと見ていた。

「ええ」

「まず、ナイトドレスを脱がせてもいいかな？」彼が尋ねた。

えっ。ほんとに？　いまここで？　ろうそくがたくさん燃えているのに？「わたしがあなたのガウンを脱がせてもいいのなら」レンは言った。

「いいよ」彼が優しく笑った。「だけど、ぼくが先だ」

レンのナイトドレスを少しずつ持ち上げ、彼女が腕を上げると頭から脱がせた。それを床に落とし、一歩下がって、両手を彼女の肩にかけた。レンは不思議なことに、妙な自意識が消えているのを知った。もっとも、彼に謝りたいという衝動を必死に抑えていたのも事実だが。不格好な背高のっぽだから。とてつもなく不格好ではないかもしれないが、スタイルがよくないことだけはたしかだ。でも、この人はわたしを結婚相手に選んでくれた。真剣に。わたしは復活祭の日曜日に、この人が抱いていたかもしれないすべての義務感から解放してあげた。ここロンドンでこの人が求婚してくれたのは、この人自身がそう望んだからだった。別の選択肢もあったのに——例えば、公園を一緒に散歩していた、あの愛らしくてスタイルのいい令嬢とか。

「運動選手のような身体つきだね、レン。女性の運動選手というものがいたら、きっと、きみみたいな体格に憧れるだろう」

仰天したレンが彼の顔を見つめると、彼の目尻にしわが刻まれていた。

「褒め言葉には思えないよね。褒めたつもりだったけど。もっとも、口にしないほうがよかったかもしれない。きみは最高にすばらしい」

本気で言っているとは思えない。でも、この人が嘘をつくはずはない。嘘だとしても、いまみたいな称賛の言葉は出てこないはず。すてきな言葉。ああ、どうしよう、気に入ってしまった。「ところで、今夜は気がついた?」レンは尋ねた。

彼が問いかけるように眉を上げた。

「気がついた?」レンはもう一度尋ねた。彼の視線がこちらの顔の左側に向いたので、理解してくれたのだと思った。

「正直なところ、気がつかなかった。紳士の名誉にかけて誓うが、レン、まったく気がつかなかった。朝からずっと気づいてなかったと思う。いい証拠になりそうだな」

「あなたの観察眼はたいしたことがないという証拠?」レンは言った。しかし、冗談を言いながらも、心は浮き立っていた。誰かがわたしのあざを見て、それでもまったく気づかなかったなんてことがあるの? もちろん、おじとおばはいつもそう言ってくれた。でも、二人とも幼いころからわたしを知っていた。それに、断言はできないけど、事実にこだわるより、思いやりのある言葉をかけるほうを選んだのかもしれない。

レンは彼のウェストに結ばれたサッシュベルトをほどき、肩にかかったガウンの内側へ手をすべらせた。そこで初めて、彼がガウンの下に何も着ていないことを知った。彼女の手で肩からはずしたガウンが彼の腕と胴体をすべり落ち、足元で丸まるのを見守った。それを彼が足で払いのけ、ついでにスリッパも脱いだ。

彼がレンに目を向けると同時に、レンも彼を見た。彼の身体にろうそくの光が揺らめいていた。そして……ああ。言葉がない。彼の胸に軽く手を触れると、筋肉のたくましさが感じられた。手をすべらせて肩まで行くと、温かくがっしりした硬さが感じられた。彼の脚は長くて力強く、レン自身の脚よりやや長い。腰とウェストはほっそりしている。そして――ええ、そう。興奮し、準備ができている。わたしと同じように。レンは欲望で疼いていた――いいえ、単なる欲望以上に強烈で、もっと生々しいものだ。ただ、それを表わす言葉が見つからない。視線を上げて彼の顔を見てからベッドに横たわった。

「ろうそくを消してほしい？」彼が尋ねた。

レンは躊躇した。「いいえ」手で感じるだけでなく、目で見ていたかった。人には五つの感覚が備わっている。なぜそのひとつを故意に排除しなくてはいけないの？

彼が傍らに横になってレンのほうを向いたとき、レンは、結婚の完成に向けて自分はもう充分に興奮していると思った。しかし、それから数分のあいだに気づいたのだが、興奮する余地はまだまだあった。いまもまた、彼は急ぐ様子がなかった。手と唇をレンの肌に這わせ、彼女を愛撫し、彼女を味わい、いっぽう彼女のほうも、最初は何もわからず戸惑っていた手を使って彼のまねをし、男らしさを、異質なものを、そして、美しさを見つけだした。彼女のなかに強烈な感覚が芽生えて肉欲を強く意識することがなかったなら、その美しさにまたしても気が遠くなりかけていたかもしれない。

ついに彼がレンを仰向けに横たえて覆いかぶさり、レンの脚を自分の脚で大きく広げてから、両手を彼女の下に差し入れ、彼女に自身の体重を預けたので、レンは危うく息が止まりそうだったが、欲望が消えることはなかった。そして、もっとも敏感な部分に彼を感じた。彼女を求め、輪を描き、場所を探っている。彼が入ってきた。レンはゆっくり大きく息を吸い、彼の硬いものが女体を開き、押し広げ、痛めつけ、深く深く入ってくるのを感じた。切り裂かれるような痛みは消え、やがて、彼に満たされ、不思議な思いに満たされた。

ついに。ああ、ついに！　ついに。

彼はしばらく動きを止めたが、やがて、体重の一部を自分の前腕に移してレンをじっと見下ろした。その目に、レンがこれまで見たことのなかった表情が宿っていた。

「すまない」彼がつぶやいた。

痛みのこと？「平気よ」レンは言った。こんな経験ができるなら――こうして男性の肉体とひとつになり、自分が完全な女になり、完全な人間になれたのを知ることができるなら、もっと大きな痛みにも耐えられる。

彼は自分の頭をレンと並べて枕に置き、彼女のなかから抜けだそうとした。お願い、そんなことしないで――レンは言いたかったが、何も言えなかった。しばらくすると喜びに包まれた。というのも、縁のところで彼が動きを止め、ふたたび押し入ってきたからだ――何度も何度も押し入って、やがて、激しく速くリズミカルな動きになった。そして、もちろん。ああ、もちろん。レンもまったくの無知ではない。これがその営みを見たことがあるが、人間界とさほど違いはなかった。これがその営みなのだ、結婚の完成、愛の行為、そして、これから幾夜も、幾週間も、幾年も、これがくりかえされるのだ。こうして人は夫と妻になる。こうして息子と娘を持つ。なじみのない新たな感覚をすべて体験したくて、想像したこともない濡れた音と激しい息遣いに耳を傾けたくて、汗と何かほかのひどく官能的なものの匂いを吸いこみたくて、自分の髪と交ざりあった彼の黒髪と、自分の肩にかぶさった筋肉質の彼の肩と、愛の行為と共にリズミカルに動く彼の身体を見てみたくて、レンは神経を集中させた。

興奮が徐々に高まり、欲求と喜びから生まれる痛みが血管を流れるなかで、レンは自分に告げた――これがわたしの婚礼の夜。二人の婚礼の夜。二人にとって初めての夜。彼を信頼しようと決めてよかった。お金の問題だけでなく、あらゆる面で。幸せな結婚生活を送ることができるだろう。

長時間だったのか、わずか数分だったのかはわからないが――時間はすでに意味を失っていた――やがて彼の動きが速くなり、切迫した様子に変わってきたと思ったら、レンを深く貫いた瞬間、不意に静止した。レンは熱いものが迸《ほとばし》るのを感じ、終わってしまったのだと気づいてやや残念な思いに胸が痛んだ。でも、それはいまだけのこと。この先いくらでも機会がある。二人はすでに夫婦だし、寝室もベッドも一緒にしようとこの人のほうから言ってくれたんだもの。

彼が男の満足を示す言葉にならない声を上げ、ふたたびレンに全体重をぐったり預けると——彼女の思い違いでなければ——たちまち寝入ってしまった。そう思ったらおかしくて、レンは口元をほころばせた。体重が一トンぐらいあるに違いない。でも、このまま寝かせておいてあげようと思った。

アレグザンダーは眠っていたのではなかった。彼女を押しつぶしているに違いないとわかっていたが、奮闘のあとの身も心もゆったりできる贅沢に浸っていただけだった。長かった。あまりにも長かった。夢を追いつつ、ほどほどのところで妥協した。いや、そんなふうに考えるのは妻への裏切りだ。彼女の脇へ身を移し、毛布をひっぱりあげて自分たち二人にかけた。ベッドから出てろうそくを消すのは面倒なので省略した。彼女の顔がアレグザンダーのほうを向いていて、ろうそくの揺らめく炎を受けて陰影を帯び、濃い栗色の髪が乱れて顔のまわりに広がり、肩と片方の乳房にかかっていた。ふだんよりはるかに若々しく見え、ひどく女っぽい感じだった。

この寝室とベッドを二人で使おうと彼女を説得したのが果たして正しい判断だったのかと、アレグザンダーは考えこんだ。妙なことに、午前中に式を挙げたときより大きな責任を負ったような気分だった。プライバシーをなくし、自分一人になれる場所をなくしてしまった。しかし、もはやそんなふうには考えられなかったし、考えるつもりもなかった。彼女に求婚したときに決心したのだ。中途半端なやり方はやめよう。叶うはずのない夢を追うのはもうやめよう。だが、考えてみれば、夢はたいていそういうものだ。だからこそ〝夢〟と呼ばれるのだ。

このベッドで彼女が寝ることに、ぼくも慣れなければならない。欲望のせいもあるが――その点は彼女も同じだ――もっと大きな理由がある。財政面の義務より、爵位と身分に対する義務のほうがはるかに重要だからだ。しばらく前に、先々代伯爵未亡人のカズン・ユージーニアがそのことを露骨に口にした。〝うちの一族は跡継ぎ不足で大変ですもの〟と。彼が爵位を継いだものの、跡継ぎはまだいない。当代伯爵という立場だ。息子を少なくとも一人作る前に彼が死んでしまったら、家系図をさかのぼっていちばん古い枝までたどり着き、実り多き別の枝を見つけなくてはならない。さもないと、伯爵家は絶えてしまう。息子を数人と、できれば娘を何人か作るのが彼の義務だ。娘を持つのは彼の夢だ。だが、妻はもうじき三〇歳。ぐずぐずしてはいられない。

「痛かった？」アレグザンダーは尋ねた。

「平気よ」しかし、否定の返事ではなかった。まあ、彼女が否定の返事をするわけはない。レンは結婚を望んでいた。子供も望んでいた。ロマンティックで情熱的な恋愛を夢に見ていたのなら、彼女もまた、ほどほどのところで妥協したことになる。だが、かならずしも悪いことではない。希望が持てないわけではない。

「そんなことは二度とないからね」アレグザンダーは言った。「痛みという意味だよ」

「ええ」

「かなり重かった？」

「アレグザンダー、すてきだったわ。ある年齢以上の男性って、けっこう遊んでて、そういう気遣いはしないものだと思ってた」

うう……！　アレグザンダーは弱々しく揺らめく炎に大いに感謝した。顔が赤くなっているに違いない。今夜まで女を知らなかったわけではない。一〇年前、オックスフォードの学生だったころ、申し分のない愛人がいた。居酒屋の女主人――雇われた女ではなく、店の経営者で、二〇歳年上の未亡人だった。豊満で、温かくて、愛情豊かで、すばらしく床上手だった。もっとも、比較する相手がいたわけでないのは事実だが、どんな若者も望みえないほどの最高の教師だったことを、当時の彼は疑っていなかったし、いまも疑っていない。彼の大学卒業をきっかけに、最高にすてきな関係のままで別れ、以後、彼の人生に女性はほとんどいなかった。ひとつは、リディングズ・パークの修復に追われていたから。もうひとつは、身持ちの悪い女――食べていくために身体を売るしかない女たちを婉曲《えんきょく》的に表現するときの、思いやりのない言い方――を手に入れるのが悪趣味なことに思えたから。

「じつは、昔からずっと、遊びで関係を持つのは薄汚れたことのような気がしていた」

「じゃ、禁欲生活に近い状態から、わたしが救ってあげたわけね？」

奇妙な会話だ。「たしかに救われた。レン、結婚してくれてありがとう……婚姻契約書も交わしていないのに。ぼくを信頼してくれてありがとう」法律に従うなら、彼女が所有していたものはすべて、彼女自身まで含めて、いまはもう彼のものだ。彼ですらその考え方に抵抗を感じるなら、彼女はいったいどんな気持ちだろう？

彼女はしばらく何も言わず、彼をじっと見つめるだけだった。「わたしは一〇歳のときに信頼ということを学んだの。二階の窓から飛び下りるのにちょっと似てるわね。下に誰かが立っている。その人が手にしているのはたった一個の枕。背後では家が火に包まれている。わたしは自分を救ってくれる人を信頼することにした。そして、信頼の心と、誰を信頼すべきかを知ることが、人間にとってもっとも大切な資質で、誰もがその資質を育てていけるということを学んだの。信頼の心がなければ……何も存在しなくなってしまう。人間というのは、契約書を作成すると、相手を少しは疑ったほうがいいという気持ちになるものだわ。だから、わたし、そういう疑念を抱かないほうを選んだのよ」

アレグザンダーは長いあいだ彼女を見つめ、さらに話が続くのだろうか、背後で家が火に包まれているのに似た状況とはなんだったのだろう、と考えた。しかし、彼女の話はそこまでだった。

「それでもやはり、数日中に二人で弁護士を訪ねることにしよう。きみがぼくへの信頼だけをあてにするような状況にはしたくない。それに、いくつかの事柄については、書類を作成して正式に署名しておく必要がある。ぼくが急に死ぬかもしれないし」

「いや、死んじゃだめ」

「死なないようにする」アレグザンダーは彼女に笑いかけ、片手を上げて、彼女の肩にかかった髪をどけた。乳房は小ぶりだが、ひきしまり、きれいな形をしている。自分があらわにしたほうの乳房に手をあて、てのひらで包みこみ、乳首に親指を置いた。軽くなでると、乳首が硬くなった。「すごく痛い？」

彼女はしばらく考え、それから首を横にふった。

「ぼくのこと、すごく欲ばりだと思う？」彼はそう尋ねながら、彼女の額に、こめかみに、頬に、唇に、軽いキスの雨を降らせた。

「いいえ」

なかに入っていくと、いまの彼女は熱く濡れていて、膝を立ててベッドに足を平らにつけ、身体の奥の筋肉で彼を包みこんだ。彼は目を閉じ、今回も身体の重みの大半を自分の前腕で支えて速い動きをくりかえし、彼女は否定してくれたが自分はやはり欲ばりだと思いつつ、あっというまに絶頂を迎えた。彼女の上からどくときには、身体を離すのではなく、腕をまわして抱いたまま位置を変えた。ふたたび自分たち二人に毛布をかけながら、女体の柔らかな温もりを感じ、彼女がこちらの肩に頭を預けたまま安心しきって眠りに落ちたことを知った。

たしかに、自分は夢を追いつつ、ほどほどのところで妥協した。しかし、結婚した男女のほぼすべてが、たぶんそうなのだろう。時間をかけて愛を探す者はそう多くないし、愛を見つけだす者はさらに少ない。アナとネザービーのことを考え、さらにはカミールとジョエル・カニンガムのことまで考えたが、比較はやめようと思った。いずれにしろ、自分は何も知らない。ほかの誰かの結婚が本当はどんなものかなんて、人にわかるはずがない。ぼくの結婚だって、ぼくたち二人以外は誰にもわからない。自分が選んだ道を進んでいくしかない。結婚生活を始めるにあたって、これはとても賢明な考え方だ。

アレグザンダーは眠りこんだ。

16

「きみを新婚旅行に連れていくことを、ぼくがたぶん考えるべきだったんだろうな」翌朝、レンの両手をとって、アレグザンダーが言った。「スコットランドへ。あるいは、湖水地方へ。あるいは、ウェールズへ」

「〝二人が〟でしょ」レンは言った。「二人が考えるべきだったのよ。でも、わたし、新婚旅行なんていらないわ。あなたは?」

「ぼくも。でも、結婚式の翌朝、早くからここにすわって手紙を書き、いまから貴族院へ出かけてきみ一人を置き去りにするなんて、褒められたことじゃないよな」

ブランブルディーンの管理人に送る手紙の文面を二人で考えていたのだ。ただちにとりかかってほしい作業の内容を指示する手紙だった。こんなふうに過ごすのはどうも風変わりだとレンは思ったが、それでもまあ、かまわなかった。こうして一緒に何かをしていると、ゆうべのベッドでのひとときに劣らず、結婚したことが実感できる。そして、レンは結婚したことを実感するのが気に入っていた。

「一人でいるのは平気よ。それに、自分の仕事もあるし。この数日、ガラス工場から報告書と質問書がいくつも届いてるから、なるべく早く返事をしなきゃいけないの。いつものようにね。報告書のひとつに、新しいデザインの詳しいスケッチが描いてあって、わたしの承認がほしいんですって。ざっと見ただけでは、承認していいかどうかわからない。もっと集中的に検討する必要がありそうなの」

ほかにも何通か手紙を書かなくてはならない。ひとつはウィジントン館の家政婦宛、もうひとつはスタッフォードシャーの自宅宛、最後は工場長のフィリップ・クロフト宛。名字と身分が変わったことを知らせるために。

「きみが本当に言いたいのは」彼女の手の片方を唇に持っていきながら、アレグザンダーは言った。「ぼくを貴族院へ送りだすのが待ち切れないってことだね。そうすれば自分の仕事にとりかかれるから」彼の目が笑っていた。

「まあ、紳士が学習を始めたのね」

アレグザンダーは噴きだした。「きみはたぶん、静かな一日を送れると思うよ」

「そうね」しかし、数分後、屋敷を出る彼を見送りながら、レンは後悔の疼きを感じた。夫婦になった実感をもうしばらく味わっていたかった。

静かな一日。一人きりで一日を過ごしたのはずいぶん昔のような気がする。夫が帰ってくるのを待ちながら、一人の時間を楽しむことにしよう。英語という言語でいちばんすてきな言葉のひとつに違いない――〝夫《ハズバンド》〟というのは。

一人きりの一日は幸先《さいさき》のいいスタートを切った。まず手紙を書き、次にガラス工場から届いたスケッチをチェックした。こちらが承認すれば新たに製造されるグラスに刻まれる予定の彩り豊かな渦巻き模様をどうすべきか、まだ心を決めかねていた。まばゆいほど豪華な模様だが、同時にエレガンスも備わっているだろうか？　デザインを判断するさいにレンがかならず最終的な基準にするのは、エレガントかどうかということで、彼女とおじの意見はこの点だけがわずかに違っていた。二人とも華やかな美を好み、二人ともエレガンスを好んでいたが、レジーおじが前者に重きを置きがちだったのに対し、レンは後者に惹かれていた。もちろん、このふたつを分ける線はたいていひどく細いので、決断を下すのは容易ではない。

仕事に没頭するうちに午前中の半分が過ぎ、レンはやがて、単純な発見をした。黄色の渦巻きを省けば――いえ、もっといい案がある。別の色にしよう――そうすれば、全体の印象が変わる。エレガントそのものになる。しかし、その思いつきに笑みを浮かべたとき、執事が銀製のトレイに朝の郵便物を山のようにのせて現われ、コーヒーとオートミール・ビスケットのトレイを持ったメイドがあとに続いた。

「わたしに？」レンは執事に尋ねた。いったい誰からこんな大量の手紙が？

「さようでございます、奥方さま」頭を軽く下げて執事は言った。「それから、勝手ながら、朝刊もトレイにのせておきました」執事とメイドは部屋を出ていった。

レンは手紙の山を手にとり、急いで目を通した。アレグザンダーか母親かエリザベス宛のものだろうと思っていたのに、どの宛名もリヴァーデイル伯爵夫人か伯爵夫妻になっていた。切手を貼ったものがひとつもないことにレンは気がついた。すべて直接届けられたに違いない。新聞を手にした。社交欄のページを表にして丁寧にたたんであった。レンの結婚式の記事が出ていて、ゴシップ欄には誰が参列したかが書いてある。レンのことは、〈ヘイデン・ガラス〉の途方もなく裕福な女相続人と紹介されている。

手紙はすべて招待状だった——これから何日か何週間かのあいだに予定されている貴族社会のさまざまな催しへの招待状。舞踏会に始まって、大夜会、ピクニック、ヴェネツィアふうの朝食会、音楽の夕べに至るまで。ああ、またこんなことに……。レンがもっとも恐れていたことだ。復活祭の日曜日にアレグザンダーへの提案を撤回した理由もそこにあった。でも、あの人は約束してくれた……そうね、とにかく約束は守ってもらおう。社交の場で期待されていただけの役割はすでに果たしたし、それは最初に覚悟した範囲を超えるものだった。彼の一族のほぼ全員と顔を合わせた。ハイドパークへ何度か散歩に出かけた。一度など、ベールなしだった。彼の一族と会うのは楽しいが、無理が重なってひどく疲れてしまった。いまは本能的にプライバシーを渇望していた。自分の身をこれ以上人目にさらすつもりはなかった。

すべての招待状に返事をしなくてはならない。でも、しばらくこのまま置いておき、まずアレグザンダーに見てもらおう。静かだった心をひどく乱されたので、腰を下ろしてコーヒーを飲むことにした。ところが、ビスケットをやっとふた口かじったとき、またしてもドアが開いてカズン・ヴァイオラが入ってきた——昨日、ファーストネームで呼んでほしいと一族のみんなに言われたのだ。静かな一日はあきらめることにして、レンは立ち上がった。でも、できることなら、ほかの人たちに先に戻ってきてほしかった。わずか一年ちょっと前までレンの現在の称号を名乗り、自分の子供たちとこの屋敷で暮らしていたレディに挨拶するのは、けさのレンにとってひどく気詰まりなことだった。

カズン・ヴァイオラも同じぐらい気詰まりな様子だった。「戻ってきたのはわたしが最初かしら」と尋ねた。「ほんとにごめんなさい。アルシーアとエリザベスがもう戻っていて、ハリーとアビーもたぶん来てるだろうと思ったの。あなたはアレグザンダーとどこかへお出かけになっただろうと思ってたわ」

「あの人、けさはどうしても貴族院へ行かなくてはと思ったようです」レンは説明した。

「結婚式の翌日に？」ヴァイオラはひどく驚いた顔で言った。しかし、そのあとで笑いだした。「あらあら。でも、いかにもアレグザンダーらしいわ」

「それに、わたしも自分の仕事がありましたし」レンはつけくわえた。

「あら、お邪魔してしまったのね――」

「いえ、大丈夫です」レンは相手を安心させようとした。「こちらにいらしておすわりください。コーヒーは淹《い》れたてですし、余分のカップもあります。少しお注ぎしましょうね」

一分後、二人は暖炉の両端で椅子にすわっていた。部屋が五分前よりなぜか広くなり、静かになったような気がした。

「結婚式にお招きしようとみなさんに提案したときは、これほど気詰まりな状況に出会うことになろうとは思いもしませんでした」レンは言った。「また、到着なさったときに感じたよりも、いまのほうがさらに気詰まりです。昨日お目にかかって以来、きっと——ええ、きっと、わたしに腹を立ててらっしゃるでしょうね」

「清々《すがすが》しいほど正直な方ね」ヴァイオラは言った。「だって、わたしはもちろん、不愉快な表情を見せないよう気をつけて、ここにすわっているんですもの。でも、あなたにも、アレグザンダーにも腹を立ててはいないわ。たとえアビーとわたしを親切に結婚式に招いてくださっていなくても、ハリーを親身に看病してくださっていなくても、あなたに腹を立てることはありません。わたしが怒りを向けるべき相手は一人だけ。でも、もう亡くなってしまいました。これ以上何も言わないことにするわ。だって、わたしの夫だった人だから、亡くなったあとも忠誠を尽くすべきですもの——その結婚が法的に成立していなかったとしてもね。ただ、わたしも聖人君子ではないわ。何カ月ものあいだ、アナスタシアのことをひどく憎みつづけ、怒りが収まらなかった。自分ではそれを否定していたし、そんな感情を持つのがいかに筋の通らないことかはわかっていたわ。でも、アナスタシアがうちの子たちに、つまり、母親の違う弟妹に、それからわたしにまで、つねに変わらず優しく寛大に接してくれるのを見ていたし、去年、一族がバースに集まったとき、二人だけでゆっくり話をしたの。いまでは、断固として彼女を愛しているわ。この表現って変かもしれないけど、愛イコール感情とは言いきれないのよ、レン。むしろ、愛は決断かもしれない。わたしはアナスタシアを愛していこうと決めたの。それがいつかきっと自然な感情になるでしょう」

「アナスタシアのことはいい方だと思っています」レンは言った。「さらに言うなら、一族のみなさんもいい方ばかりですね。いろいろなことにもかかわらず、わたしを温かく迎えてくださいました」

「いろいろなこと？」ヴァイオラは首を軽くかしげて、しばらく無言でレンを見つめた。「顔のことにもかかわらずという意味かしら？　それとも、莫大な財産にもかかわらずという意味？」

「両方が少しずつといったところでしょうか。朝刊のひとつに、〝途方もなく裕福な女相続人〟と書いてありました。今日は誰もが噂をすることでしょう――アレグザンダーほどハンサムな男なら、財産でもないかぎり、わたしのような容姿の女と結婚するはずはないって」

「で、あなたは人の噂を気になさる方？」

「あなたは？」

「一本とられたわね」ヴァイオラは低く笑った。「わたしがアビーを連れて田舎に身を隠し、ロンドンに出てくるのをこれまでずっと拒んでいたから？　人の噂は誰だって気にすると思うわ、レン。気にしないって、いくら他人や自分自身に言ったところで。ええ、わたしは気にします。四〇歳を過ぎてから自分という存在を失ってしまったらどんな気持ちになるか、あなたにはとうていわからないでしょうね。人はたいてい、意識するかしないかは別にして、さまざまなものや、ほかの人々や、環境や、自分の名前から、自分の存在を作り上げていくのよ。存在を示すものをすべてはぎとられたとき、人は初めて〝わたしは誰なの？〟と自分に問いかけることになる。もちろん、多くの人がそんな経験をするわけじゃないけど。存在を示すものをすべて失っても人は存在できるのかと考えると、言葉にできないぐらい怖くなるわ。わたしがヴァイオラ・キングズリーと名乗っているのは、言葉にできないぐらい怖くなるのかと考えると、娘時代の名前だから。でも、いまのわたしにはどうもしっくりこないの。あら、ごめんなさい。ふだんは自分のことをこんなにあけすけに語るような人間じゃないのに」

「よくわかります」レンは言った。「わたし、生まれたときはレン・ヘイデンという名前じゃなかったんです。一〇歳のときにこの名前に変わり、同時に新しい身元を手にしました。わたしの人生が大きく変わったのは、あなたとはまったく違う時期でしたが、それでも、どんなお気持ちだったかはよくわかります。そして、わたしの場合は、すばらしくいい方向へ変わったのです」

「一〇歳。まあ、大変だったのね。そんなことがあったなんて知らなかった。あなたのことはほとんど知らないのよ。知ってるのは、優しくてきれいな人だということだけ――ええ、そうですとも。そんな疑わしそうな顔をしてもだめ。それに、あなたのことをほとんど知らなくても、アレグザンダーの完璧な奥さんになってくださることだけは勘でわかるわ。アレグザンダーには本人と同じぐらいまじめな性格で頭のいい人が必要なの。そして、彼を笑わせることのできる人が。昨日のように」

「まあ」感激してレンは言った。「人のためにそうできるのはすばらしいことだと思います。そうですよね？　人を笑顔にできるのは」

それを証明するかのように、二人は笑みを交わした。この人となら本物の友情を育てることができる——心がいっきに温かくなるなかで、レンは思った。最初はリジー、今度はヴァイオラ。ああ、自ら進んでひきこもり人生を送ってきたせいで、ずいぶん多くのものを逃してしまった。この人は去年、人生から逃げだした。わたしは二〇年近く逃げつづけてきた。

ヴァイオラがレンの心を読んだかに見えた。「会話から何が生まれるかご存じ？　この午前中、おたがいに抱いていた気詰まりな思いについて遠慮なく話そうとしてくださらなければ、わたしはきっと、辛い困惑のなかでここにすわり、お天気を話題にしながら、アルシーアとエリザベスが、もしくは、うちの子たちが早く戻ってくれるよう祈っていたことでしょう。二人で率直に話をしたおかげで、苦労したのは自分だけじゃないっておたがいに気がついたのね。ほかの人はみんな苦労のない幸福な人生を歩んでいるのに、自分だけが苦労させられているような気のすることが、ときどきあると思わない？」

「ほんとですね」レンはふたたび笑顔になり、もう少し軽い話題に切り替えた。「ロンドンにいらっしゃるあいだに、社交界の催しに顔を出すご予定はおありですか？　アビゲイルはどうでしょう？」

「わたしの義理の母——かつての義理の母——とマティルダから、ぜひにと言われてるの。ゆうべも、この身に降りかかったことに対してわたしにはなんの責任もないし、貴族社会の人の大部分はわたしとの再会を大喜びで歓迎するはずだと言われたわ。アビーのためにわたしが努力すべきだと二人は信じているの。ウェスコット一族とエイヴリーの影響力を合わせれば、アビーが正式に社交界にデビューして、その育ちにふさわしい夫を見つける望みはまだまだある、と思ってるのね。でも、どうするかはアビー自身が決めることだし、わたしには、あの子がどんな決心をするのかわからない。だいたい想像はつきますけどね。ただ、アビーが社交界デビューを決めた場合は、あの子に付き添うのはわたしじゃないわ。もっと力のある後見人を頼まなくては。わたし自身は社交界に返り咲きたいとは思ってないのよ。人前に顔を出すのが怖いからではなくて……いえ」ヴァイオラは微笑した。「やっぱり、少し怖いわ」

「けさ、招待状が山のように届きました」トレイのほうを見てうなずきながら、レンは言った。「そんなものが来るとは思ってもいませんでした。わたしがひどく世間知らずなんでしょうね。けさの新聞でわたしたちの結婚が発表され、それに関する記事が出ましたし、いまのわたしはリヴァーデイル伯爵夫人なのに。もちろん、招待状にはすべてお断わりの返事を出すつもりです」

「そうなの？　あなたは何年間も人前に出ず、どうしても外出する必要のあるときはベールで顔を隠してらしたそうね。でも、昨日はベールをつけてらっしゃらなかったでしょ。少なくともいくつかの催しには出るよう、アレグザンダーが強く言うんじゃないかしら」

「いいえ」レンは答えた。

「自信にあふれた口調ね。では、リヴァーデイル伯爵夫人として社交界に出入りするおつもりはないのね？」

「ええ」レンはうなずいた。

「おどおどしている女が二人。そうじゃなくて？」ヴァイオラはむずかしい顔になり、それから、じっと考えこむ様子でレンを見た。「わたしたち、本当にその恐怖に負けてしまっていいの？　ねえ、二人で挑戦しない？　ロンドンの街に出ましょうよ。貴族社会に出入りする気はないとしても。わたしが故郷に戻る前に、これから数日間、一緒に美術館や教会をまわるの。ロンドン塔を見物してもいいわね。おかしな話だけど、観光ってリヴァーデイル伯爵夫人という身分の者が日常的にすることではないのよ。パーティや社交行事が目白押しで、そちらに時間をとられてしまうから。わたしは人に気づかれるという大きな危険を冒し、あなたは人に見られるという危険を冒すことになる――挑戦を本格的なものにするために、ベールなしで出かけてもらいたいの。いかが？　二人でやってみない？」

レンが躊躇したのはほんの一瞬だった。「ベールってなんのこと？」と言い、二人でまたしても笑いだした。

その瞬間、ふたたびドアが開いて、ハリーとアビゲイルとジェシカが入ってきた。若さと活力と太陽の光を運んできたように見えた――そして、おしゃべりと笑いも。ハリーがお辞儀をし、令嬢たちは二人に抱きついた。

「〝途方もなく裕福な女相続人〟と書かれてたの、気に入った？」ジェシカが笑いながらレンに尋ねた。「エイヴリーがもちろん、〝女相続人〟というのは不正確な書き方だと指摘したわ。だって、あなたはすでにガラス製品が生みだした富の持ち主ですもの」

「あの書き方、あたしはぜんぜん好きになれなかったわ」アビゲイルが言った。「アレックスは財産だけが目当てであなたと結婚したんだって、すごく陰険にほのめかしてるんですもの。あたし、昔からアレックスが大好きだったの。ずっと尊敬してたし、お金目当ての結婚なんかするわけないってわかってる。うちのお父さまに押しつけられたあのボロ屋敷の傷んだ部分を残らず修理するのに、大金が必要だとしてもね。昨日、すごくおきれいだったわ、レン。光り輝いてた」

「けさも光り輝いてるわよ」ジェシカが言って、照れたようにクスッと笑った。「アビーとハリーにくっついて来てしまったけど、気を悪くしないでね。アレックスは貴族院へ出かけちゃったの？」

「きみに警告しただろ。ぼくと逆のほうに賭けるのはやめたほうがいいって」ハリーがそう言いながら椅子にどさっとすわった。はしゃいでいるが、顔色が悪く、疲れた様子だ。

「レン、ジョセフィンにはもう会った？」アビゲイルが訊いた。「アナスタシアとエイヴリーの赤ちゃん。すっごく可愛いの。ねえ、お母さまも会いに行くべきよ。アナスタシアがぜひって言ってるわ。夏になったらあたしがモーランド・アベイに押しかけるだろうって、アナはずっと思ってたみたいだから、行けそうにないって言ったら、もちろんがっかりしてたけど、あたしとお母さまがカミールのお産を手伝うためにバースへ行きたがってることは理解してくれてるの。赤ちゃんが生まれたら、エイヴリーと二人でバースへ出かけるつもりだって言ってるわ」

ハリーがあくびをしていた。

数分後、ウェスコット夫人とエリザベスが帰ってきて、会話のざわめきがさらに大きく、熱っぽくなった。レンは心ひそかに笑った。静かな一日を過ごそうなんて、わたし、本気で思ってたの？ ほんとにそうしたかったの？ 正直に言うと、こうした家族的な雰囲気も、その一部になれたという感覚も、心地のいいものだった。

「あら」エリザベスが言った。「アレックスったら、貴族院へ出かけてしまったのね。わが弟ながら、ときどき揺すぶってやりたくなるわ」

「けさのあなたはいつも以上にすてきよ、レン」義理の母親が満足そうに小さくうなずいた。〝息子の嫁の顔には、新婚の閨《ねや》で幸せに過ごしたことがちゃんと出ている〟という意味なのだと、レンは気がついた。しかし、言葉もうなずきも、ほかのみんながおしゃべりに夢中になっているあいだにレンだけにこっそり向けられたので、たいして困惑せずにすんだ。

そのとき、またしてもドアが開いた。入ってきたのはアレグザンダーで、いささか驚いた顔をしていて、ドキッとするほどハンサムだった。レンは椅子から立った。

「おやおや、屋敷の主が留守のあいだに、家族みんなでパーティですか？ 女主人という存在が登場すると、そういう結果になるわけですね？」

「あのね、アレックス」エリザベスが言った。「あなたの存在は、はっきり言って不要なの」

「おやおや」アレグザンダーは部屋のなかほどまで歩を進めてレンと顔を合わせ、その手を唇に持っていった。「馬車でキューガーデンズへ出かけようと思って、貴族院を早めに抜けてきたんだ。先週の約束がだめになったからね。きみがここに一人で残されて、しょんぼりしてるとばかり思ってた」

「だったら、大きな間違いだわ。わたしは今日からウェスコット家の人間ですのよ、ご主人さま。身内と楽しく過ごしております」

アレグザンダーは彼女に笑いかけた。

「身の程を思い知らされただろ、アレックス」またしてもあくびをしながら、ハリーが言った。

「でも」レンは言った。「夫と馬車で出かけるために、身内との楽しい時間をあきらめることにするわ」

アレグザンダーの笑みが大きくなった。「ついでに、もうひとつ。今夜の招待状を届けに来た。ネザービーがアナを劇場へ連れていく予定なんだが、専用桟敷席が広すぎるため、二人だけで騒ぐのはもったいないと言うんだ――これはネザービーの言葉だからね。ぼくたちにつきあってほしいそうだ。カズン・ヴァイオラとアビゲイルにも、それから、芝居につきあう元気があるならハリーにも来てほしいそうだ。ぼくからは返事をしていない。ただ、誰も招待に応じない可能性がかなり高いと言っておいた。ネザービーは肩をすくめ、例によって退屈そうな顔をしただけだった。みんな、義理でつきあう必要はないんだよ。ここにいる人たちと自宅で夜を過ごせれば、ぼくは大満足だ」

「まあ」レンは向きを変えてヴァイオラに目をやり、二人でひそかな笑みを交わした。

「さっき二人で考えたのより、さらにむずかしい挑戦ね」ヴァイオラが言った。

全員がきょとんとした顔でヴァイオラを見た――レンを除いて。「わたしたちにその勇気があるでしょうか？」レンは尋ねた。ああ、どうしよう、わたしにその勇気はある？　勇気を出すべきなの？

ヴァイオラは顎をつんと上げ、しばらく考え、そしてうなずいた。

レンはアレグザンダーに注意を戻した。「専用の桟敷席？」と訊いた。「暗い劇場のなかの？」

アレグザンダーは返事をためらった。「専用桟敷席というのはあたってる。だけど、芝居が始まる前の劇場は明るく照明されてて、ほかに誰が来ているか、誰を連れているか、ゴシップの種はないかと、誰もが周囲を見まわすものだ。そのあいだ、きみは人々の目にさらされる。今日の朝刊に結婚のことが出たから、みんな好奇心でうずうずしていて、リヴァーデイル伯爵夫人になったばかりの女性――〈ヘイデン・ガラス〉の途方もなく裕福な女相続人――をひと目でも見ようとするだろう。また、去年あんな騒ぎがあったせいで、かつての伯爵夫人と息子と娘がふたたび姿を見せれば、ゴシップに花が咲くことになる。幕が上がる前のネザービーの桟敷席には、そのあとの舞台に劣らぬ注目が集まるだろう」

「じゃ、行かないほうがいいとお思い？」レンは夫に尋ねた。

「ぼくが決めることではない」アレグザンダーはきっぱりと答えた。

「あーあ」ハリーが言った。「ぼくだったら、攻め寄せてくるナポレオン軍を前にしたほうがまだましだ。あの気持ち悪い太鼓のリズムが響きわたるなかで、〝皇帝万歳〟って叫びながら全兵士が突撃してくるんだぞ。とにかく、ぼくは夜が来る前に自分のベッドにもぐりこんで、二四時間眠りつづけることにする」

「あたしは行く」アビゲイルが言った。「ジェシカも来るのなら。一八歳になるまでお芝居に行くのを許されてなかったし、そのあとは行けなくなってしまったのよ。ぜったい行く」

「だったら、一緒に行くわ、アビー」ヴァイオラが言った。

えっ、こんなのフェアじゃないわ——レンは思った。徐々に、徐々に、否応なく人前にひきずりだされていく。行く気などまったくなかった場所に。ただ、フェアでない点はどこにもない。招待を受けたが、応じるか否かはレンが自由に決めればいいと言われた。

「わたしも行きます」レンは言った。

アレグザンダーがレンの両手をとった。彼女の背後でかすかな歓声が上がり、次に笑い声が広がるなかで、その手を強く握った。

「まあ、偉いわ、レン」エリザベスが言った。「それから、ヴァイオラとアビゲイルも」

「ぼくが賭けに勝ちたかったなあ」アレグザンダーが言った。「残念なことに、ネザービーのやつ、逆のほうに賭ける気はないと言ったんだ」

ああ、わたしは何を始めてしまったの？　パニックの疼きに襲われながら、レンは思った。いったい何をしてしまったの？

「でも、その前にまず、キューガーデンズに行ってみたい」

17

芝居の楽しみのほかに新たなゴシップの種を求めて劇場へ出かけた人々は、その夜、ネザービー公爵家の桟敷席以外は何も見なくても、充分すぎる収穫を得ることができた。公爵夫妻が来ていた。リヴァーデイル伯爵と謎の新妻も来ていた。この妻は〝〈ヘイデン・ガラス〉の途方もなく裕福な女相続人〟で、伯爵と一緒にハイドパークを散策していた彼女に出会ったと言う者が何人かいるが、顔をはっきり見た者は一人もいない。彼女が分厚いベールをつけていたと言う者までいる。身分を剝奪《はくだつ》されたかつての伯爵夫人も、一年以上まったく姿を見せていなかったが、今夜は桟敷席にいた。新旧の伯爵夫人がそろったわけで、婚外子となった令嬢も来ていた。ネザービー公爵の妹である若きレディ・ジェシカ・アーチャーも来ていて、今年の社交界デビューと同時にその美貌でたちまち貴族社会を魅了した令嬢ではあるが、ほかの女性たちの登場が衝撃的だったため、彼女には誰もほとんど気がつかなかった。

レンは劇場の外でも、ロビーでも、階段の途中でも、到着したばかりの人々からさんざん注目を浴びたあとで、夫の腕に手をかけて桟敷席に入りながら、自分がいかに入念に計画していたとしても、このように目立つ形で貴族社会の人々の前に登場するのは無理だっただろうと痛感していた。頭がくらっとしそうな最初の瞬間に、ほかの桟敷席も、ギャラリー席も、一階席も、すでに人でぎっしりという印象を受けた。人々の目がひとつ残らず自分に向いているような気がしたのは思い過ごしだったかもしれないが、ひょっとすると、本当にそうだったのかもしれない。芝居見物など愚の骨頂というもので、レンとヴァイオラが〝二人で挑戦しない?〟と相談し、世間に顔を出そうと決めていなければ、実現には至らなかっただろう。二人の言う〝世間〟とはロンドンのこと、場所のことで、そこに住む人々のことではない。とりわけ、貴族社会の人々のことではない。

アレグザンダーがレンに笑いかけながら、桟敷席の手すり近くの席に彼女をすわらせた。そこだと舞台がよく見える。幸い、客席のほうを向いているのは彼女の顔の右側だった。彼の微笑にレンは温かなものを感じ、その温かさを大切にしたいと思った。キューガーデンズ見物は最高に楽しかった。二人でしゃべり、笑い、ひんぱんに手を握りあった。二輪馬車に並んですわっていたときも、園内を散策したときも。レンと二人でここに来たことを彼が喜んでいて、一緒にいるのを楽しみ、ゆうべの親密な時間をレンと同じように思いだし、今夜もそういう喜びに浸るのを期待していることが、彼女にも感じとれた。しみじみと実感した……そう、結婚したことを。今夜の観劇が少しばかり不安だったが、それがなければ、完璧なバラ色の幸せに包まれていただろう。

そして、いま、劇場にやってきた。危惧していたとおり、すべてが恐ろしかった。ちょっとしたことで飛び上がり、逃げだしたくなる。でも、どこへ逃げればいいの？

「すばらしく上手だね」アレグザンダーが耳元でささやいた。

「なんのこと？」レンは尋ねた。

「落ち着き払って顎をつんと上げ、周囲を見下すその態度。二〇年前からずっと伯爵夫人だったみたいに見える」

「でも、じつのところ、わたしが伯爵夫人になったのは……いつ？　三三時間前？」

「それに、すばらしくきれいだ。ひとことつけくわえておくと」

「お口がお上手ね！」

公爵夫人――アナ――は立ったままヴァイオラと話しこみ、その手を自分の両手で包んでいた。「おいでいただけて心から喜んでいます、ヴァイオラおばさま。わたし、カミールとジョエルのことですごく頭に来ていて、先日の手紙で二人にそう言ったんですよ。夏の一カ月ほどを、みなさんにモーランド・アベイで過ごしていただこうと決めていたのに。ゆっくり時間をとってジョセフィンを見せびらかしたり、あの二人が養女にしたサラという赤ちゃんと仲良くなったりしたかったの。それから、養女のウィニフレッドとの再会も楽しみでした。わたし、孤児院にいたころのウィニフレッドをよく覚えてて、カミールとジョエルがサラと一緒にあの子も養女にしてくれたときは、思わずうれし泣きしたほどです。ところが、ほんとに自分勝手な二人で、わざわざこの夏を選んで自分たちの赤ちゃんを持つことにするなんて。おばさまとアビゲイルがバースへ行くことになさったため、エイヴリーとジョセフインもみなさんに会うため、そちらへ行かざるをえなくなったんですよ」

ヴァイオラもアビゲイルも微笑していた。アナが冗談を言っているのだとレンは気がついた。去年大惨事に見舞われて人生が激変したのちに、初めて貴族社会に顔を出すという試練に直面したこの二人のために、最初の数分間の緊張をほぐそうとして、アナが心を砕いているのだ。レンもすでに知っているように、カミールの夫のジョエル・カニンガムはバースの孤児院でアナと一緒に育った仲で、彼女の親友だ。ヴァイオラの言葉が思いだされた――〝わたしはアナスタシアを愛していこうと決めたの。それがいつかきっと自然な感情になるでしょう〟いろいろと考えさせられる言葉だ。

アレグザンダーも含めてほとんどの紳士が流行の黒と白の装いに身を包んでいるときに、ネザービー公爵だけはサテンとレースをまとい、いつも以上に豪奢な雰囲気だった。片眼鏡を使い、傲慢な表情で気怠《けだる》そうに劇場のなかを見まわしていた。片眼鏡の柄と縁にはめこまれた宝石や、彼の指と襟元を飾る宝石にろうそくの光が反射し、きらめいていた。頼もしい姿だ。レンが推測するに、今夜は一族の人々をしっかり支える気でいるのだろう。アレグザンダーも同様で、レンのやや背後にすわって、ベルベットの手すりにかけた彼女の手に自分の手を添え、小指を重ねあわせていた。ときおり、彼女の指をなでた。

「お芝居はいつ始まるの？」レンは尋ねた。

「もうじきだよ」アレグザンダーは答えた。「だけど、ぎりぎりに来た人々が席につくのを待つため、いつも少し遅くなる。ぎりぎりに来る連中も、もちろんそのことを承知していて、ますますひどく遅刻するようになる」

「スタートが遅れるのは、お芝居だけじゃなくてほかの観客を見るために劇場に来る人がほとんどだという事実を裏づけるものだと思うわ、アレグザンダー」ヴァイオラが言った。

「おやおや、なんと皮肉なお言葉」ため息混じりに公爵が言った。「〝それには芝居だ〟と言ったのは誰だったかな？」

「ウィリアム・シェイクスピア」ジェシカが言った。

「〝……王の本心、みごととらえてみせよう〟」アビゲイルが続けた。

レンはこちらと向かいあった無人の桟敷席に人々が入ってくるのを見守っていた。二人の貴婦人と四人の紳士。貴婦人はどちらも金髪で、きらめく純白のドレスをまとっていた。姉妹かもしれない。片方が桟敷席の端の席につくと、紳士の一人がとなりに来てやや背後にすわった。もういっぽうの貴婦人は桟敷席の中央の椅子を選んだ。取り巻きの紳士三人に囲まれたその姿は小柄で、いまにもこわれてしまいそうだ。三人とも貴婦人のまわりをうろうろして、一人は彼女の椅子の位置を直し、もう一人は扇子を受けとって彼女の顔に軽く風を送り、三人目は桟敷席の奥から何かを――たぶん、足のせ台だろう――持ってきて、彼女の足元に置いていた。貴婦人は三人全員に甘く笑いかけてから、ギャラリー席と一階席にいる崇拝者たちのほうへ注意を向けた――というか、レンにはそのように見えて、最初はおもしろいと思っていた。

しかし、奇妙な感覚に襲われた。頭がふらっとする感じ。耳のなかのかすかなざわめき。

まさか、そんなはずはない。二〇年が過ぎている。そして、歳月と共に記憶の鮮明さも消えている。でも、たとえ記憶が鮮明だったとしても、時間——二〇年の歳月——が大きな変化をもたらしたはずだ。貴婦人が白い手袋に包まれた片手を上げて、一階席の紳士の一団からの挨拶に応え、優雅な会釈を送った。どちらのしぐさにもどこか見覚えがある……。

「不思議ね。どうすればあそこまでできるのかしら」ヴァイオラが言っていた。おもしろがっている声だった。

「かつらと、化粧品と、おおぜいの美容専門家のおかげよ」ジェシカが言った。「近くで見るとね、ヴァイオラおばさま、すごくグロテスクなの」

誰の噂なのか、はっきりしなかった。それに、ろうそくの光が弱くなり、芝居が始まったため、少なくともこの桟敷席ではほどなく話し声がやんだ。レンが生の舞台を見るのは生まれて初めてで、道具立て、衣装、俳優たちの声としぐさ、現実離れした豪華な雰囲気に圧倒され、別世界へ運ばれて、現実の世界をほとんど忘れてしまった。心臓の不規則な鼓動を無視できれば、芝居にのめりこんでいただろう。

ありえない。

〝不思議ね。どうすればあそこまでできるのかしら〟

〝かつらと、化粧品と、おおぜいの美容専門家のおかげよ〟

そして、桟敷席に沈黙が広がる直前のアレグザンダーの声——〝彼女の娘だってぼくより年上だ。リジーより上かもしれない〟

誰のことかはわからない。レンも尋ねはしなかった。

「アビゲイル、ぼくの腕に手をかけて」幕間の休憩時間にネザービー公爵が言った。「桟敷席を出てぶらつこう。レモネードでも飲もうか。ジェシカ、反対の腕に手をかけてくれ。ぼくのバランスがとれるように」

「そうしなきゃだめ？」アビゲイルが訊いた。

「答えようのない質問だな。そして、退屈きわまりない質問でもある」

アビゲイルは母親にちらっと目をやってから公爵の腕に手をかけ、三人で桟敷席を出ていった。

「わたしたちも出ましょうか、ヴァイオラおばさま」アナが提案した。

「ええ、ぜひ」ヴァイオラは立ち上がった。

「レン？」アレグザンダーが彼女の前に立って片手を差しだした。「どうする？　ここにいても脚は伸ばせるよ。そのほうがいいのなら」

「ありがとう」レンは彼の手に自分の手を預けて立ち上がった。顔の向きを変えはしなかったが、白いドレスの貴婦人二人が向かいの桟敷席に残っているのと、ほかの紳士たちが入ってくるのを、視野の端でとらえた。たぶん、挨拶に来たのだろう。

「芝居は楽しい？」彼女の手を握りしめて、アレグザンダーが尋ねた。

「ええ、とても」

彼が顔を少し近づけて、かすかに眉をひそめた。「どうかした？　来ることにしたのを後悔してるのかな？　ちょっと負担になってきた？」

「大丈夫よ」レンは言った。しかし、彼に身をすり寄せたい、その胸に顔を埋めたい、頼もしい腕に包まれたいという、慣れない衝動に駆られていた。この人の言うとおりかもしれない。負担が大きすぎるのかもしれない。あまりにも多くのことが矢継ぎ早に起きたから。

アレグザンダーはいまも探るような目でレンを見ていた。しかし、ドアがあいてラドリー家の人々が入ってきたので、二人の話はそれきりになった。アレグザンダーのおじとおばが友人夫妻を連れて挨拶に来たのだ。一行が桟敷席にいたのはわずか数分だったが、リリアンおばは昨日の結婚式がどんなにすてきだったかを二人に告げ、友人夫妻は二人に祝いを述べ、リチャードおじは、自分たちが押しかけてきたためにアレグザンダーが赤面していると言った。

やがて、桟敷席にいるのはレンたち二人だけになり、レンは自分の椅子に戻ろうとして向きを変えた——そして、思わず向かいの桟敷席に目をやった。片方の貴婦人と紳士一人はいまも端のほうにすわっていた。さっき入ってきた紳士たちは、もう一人の貴婦人にお辞儀をして桟敷席を出ていくところだった。取り巻きの一人が何かのグラスを運んできて、優雅にお辞儀をしながら彼女に差しだしていた。ところが、貴婦人はすべて無視していた。宝石に飾られたオペラグラスを持ち上げ、こちらの桟敷席をまっすぐに見ていた。もう一人の貴婦人と、そばにいる紳士も同じようにしていた。向こうからだと自分の顔の両側が見えることにレンは気づいた。あわてて席につき、無人の舞台のほうへ注意を向けた。

「あちらの桟敷の人々がきみに注目している」アレグザンダーが言った。「きみが煩わしく思ってないといいけど。だが、本当は、鼻を高くしていいんだよ、レン。レディ・ホッジズが自分以外のレディに目を留めることなんて、ふつうはないからね。少なくとも過去三〇年にわたって、誰に聞いても、あの人こそが社交界の花だった。もっとも、最近は社交の場に姿を見せることが少なくなり、登場するときは周到に準備しているようだが」

〝ありえない〟ほかの者たちが第二幕に間に合うよう桟敷席に戻ってくるあいだに、レンはふたたび思った。〝ありえない〟

しかし、なぜか、ありえないことではなかったのだ。

レディ・ホッジズ……。

アレグザンダーにとっては申し分のない一夜だった。カズン・ヴァイオラは静かな気品を湛えていて、アレグザンダーの記憶にある昔の姿に戻ったように見えた。劇場を出るとき、何人かに会釈をしたが、言葉や微笑を交わすことはいっさいなかった。アビゲイルには気品と内気そうな微笑の両方が備わっていた。ジェシカは元気にあふれていた。アナは芝居の感想を述べていた。ネザービーはいつものように泰然自若という態度だった。レンは称賛をこめて芝居のことを語り、アナとネザービーに温かな感謝の言葉を述べながらアナを抱きしめ、ネザービーと握手をしてから、カズン・ヴァイオラとアビゲイルに続いて馬車に乗りこんだ。

「どうだった？」馬車が動きだしたところで、アレグザンダーは尋ねた。「ぼくの見たところ、三人ともみごとに挑戦を終えたようだ。満足ですか？」カズン・ヴァイオラと二人で決めた挑戦のことを、レンがあらかじめ彼に話しておいたのだ。ただし、二人が最初に考えていたのは、一度か二度、連れ立って市内観光に出かける程度のことだったのだが。

「やりおおせたわ、ちゃんと」ヴァイオラが言った。その手がアビゲイルの手を包みこんでいることに、アレグザンダーは気がついた。「レンもわたしも自分自身に何かを証明できたのよ。そして、たぶん、ほかの人たちにも。アビー、こういう実験をまたやりたいと思わない？」

「楽しかったわ」アビゲイルは言った。「そして、あたしたちを一族のなかに、さらには社交界にまでひきもどそうとして、アナスタシアが努力してくれてることに感謝してる。今夜のお芝居見物はきっと、エイヴリーじゃなくてアナスタシアが考えたことね」

「ジェシカでもなくて？」アビゲイルの母親が訊いた。

「ええ。ジェシカが望んでるのは逆のことだもの、馬鹿な子。あたしと一緒にいたくて、社交界から逃げだそうとしてる。一人一人がこの世界で自分の居場所を見つけなきゃいけないけど、その場所は当然大きく違うんだってことが、ジェシカにはわかってないの」

まだ若い子なのに、ずいぶん大人びてしまった、とアレグザンダーは思った。周囲の者がそれに気づくとはかぎらない。小柄で、優しくて、物静かで、いささか弱々しい印象の子だから。

アレグザンダーはすわる位置を少しずらしてレンの肩に寄りかかった。レンはさっきから黙りこんだままだ。幕が下りたあとで芝居を褒めてはいたが、第二幕はろくに見ていなかったようだという妙な印象をアレグザンダーは受けていた。レンの手を握った。彼女のほうからひっこめることはなかったものの、力なく握られたままになっていた。

「あのね、お母さま」アビゲイルが言った。「あたし、そういう夜はもう送りたくないの。パーティなんていや。もう出たくない。アレグザンダーとレンの結婚式にやってきて、身内の人たちに再会できたのは、すごく楽しかったわ。しかも、ここでハリーに会えるなんて想像もできないほどすてきなことだった」

「じゃ、数日中に向こうへ帰ることにする？」カズン・ヴァイオラが提案した。「ハリーも一緒に連れていかない？　あの子ったら、一週間か二週間もしないうちに元気になって半島に戻るんだって言い張ってるけど、こちらに送り返されるとき、軍医さんと連隊長の両方から、少なくとも二カ月は戻ってこないようにって厳命されたそうなの。これからあの子を太らせて、できればバースへ連れていきたいわ。そうすればカミールとキングズリーのおばあさまに再会できるし、ジョエルとウィニフレッドとサラにも会えるでしょ」

「それがいいわ、お母さま」アビゲイルが言った。「あたしの世界はぜったい終わってないことを、ジェシカにわかってもらわなきゃ。カムの世界だって終わってない。そうでしょ？去年、新たな世界が始まったのよ」

一同が屋敷に帰り着くと、アレグザンダーの母親とエリザベスがすでに戻っていた。エリザベスの友人の屋敷で開かれた音楽の夕べから帰ってきたところだ。二人はその話をしたり、芝居見物のことを聞いたりしたい様子だった。みんなそろって客間に入った。ところが、レンだけは何も言わずにこっそり階段をのぼっていった。また、ハリーはみんなが劇場へ出かける前に、すでに自分の部屋にひっこんでいた。

「レンはもうベッドに入ったのかしら」五分ほどしてもレンが客間に来ないので、エリザベスが言った。

「さあ、どうなんだろう」アレグザンダーは言った。「もしかして、一人になりたかったのかな。この一週間ほど負担が大きかったし、今夜の芝居で、たぶん、限界を超えてしまったんだろう」

「ずっと世捨て人みたいに暮らしてた人なの？」アビゲイルが訊いた。「いつもベールをつけてたの？」

「そうなんだ」アレグザンダーは言った。

アビゲイルが軽い驚きの表情になるあいだに、母親のヴァイオラが言った。「ごめんなさい、アレグザンダー。わたしがあなたの奥さんを疲れさせてしまったのかもしれない。二人で世間と向きあいましょうって、奥さんを焚《た》きつけたから。わたし、レンのことが大好きなの。わかってね」

「わたしたちもそうよ、ヴァイオラ」アレグザンダーの母親が言った。「でも、ご自分を責めてはいけないわ。すでにわかったように、レンは自分自身の強い意志を持っていて、誰に説得されようと、自分のしたくないことはけっしてしない人ですからね」

さらに五分が過ぎ、アレグザンダーは心配になってきた。そのうちレンが下りてくるものと思っていた。来るつもりがなければ、みんなにおやすみの挨拶をして、疲れたからといったような口実を添えたはずだ。

「上へ行ってレンの様子を見てくる」アレグザンダーは言った。

レンはベッドにいなかった——とにかく、二人のベッドには。彼女の化粧室にも、彼女の寝室にもいなかった。というか、最初、アレグザンダーはそう思った。ろうそくは一本もついていない。だったら、どこにいるんだ？　持ってきたろうそくを寝室の窓辺のテーブルに置き、外をのぞいてみた。通りを行く彼女の姿が見えるのを期待するかのように。彼の背後の部屋は静かだったが、背筋に何かチクチクするものを感じ、ここにいるのが自分一人ではないような気がした。ふりむいた。

ベッドの向こう側の床にレンの姿があった。片隅にうずくまり、膝を立てて胸につけ、その膝に額をのせて片方の腕で膝を抱き、もういっぽうの腕で頭を抱えている。物音ひとつ立てようとしない。アレグザンダーは自分の胃が傾き、膝の力が抜けるのを感じた。

「レン？」そっと名前を呼んだ。

返事はなかった。

「レン？」彼女のそばへ行き、目の前でしゃがんだ。「どうした？　何があったんだ？」

返事のかわりに両腕がかすかにこわばっただけだった。

「そこからきみを助けだしてもいいかな？」アレグザンダーは尋ねた。「ぼくと話をしてくれる?」

　彼女が何か言ったが、膝に邪魔されて言葉がくぐもった。

「なんて言ったの?」アレグザンダーは訊いた。

「あっちへ行って」今度ははっきり聞こえた。

「えっ、どうして?」

　返事なし。

　アレグザンダーは彼女のそばの隙間にもぐりこむと、壁にもたれてすわり、自分の膝を立てて両手で抱えこんだ。窮屈な場所だった。身体の左側が彼女に押しつけられていた。

「きみを落胆させてしまったね」優しく語りかけた。「きみの選んだ人生を歩めばいいと約束したのに、事あるごとに、気の進まないことをさせようとした。ぼくに何かを強制されたことは一度もないときみは言うだろうが、公の場にどんどん出ていくことをきみが求められるたびに、自分で決めるようぼくが勧めたのは、一種の強制だったと思う。きみはたぶん、ぼくに対して、また、自分自身に対して何かを証明しなくてはと思っただろうね。何も証明しなくていいんだよ、レン。ぼくがもう少し強引で、きみに決断を委ねるかわりにきっぱり〝ノー〟と言っていれば、救ってあげられたかもしれない。こんな……虚脱状態から。ネザービーの今夜の招待だって、家でその話を出したりせずに、ぼくの一存できっぱり断わるべきだった。今後はもっとうまくやるからね。約束する。ブランブルディーンの家に帰ることにしようか?　明日にでも。あそこならきみの好きなように暮らせるし、幸せなきみを見れば、ぼくも幸せになれる。きみのことが大切なんだ、レン。とても大切に思っている」

本心からの言葉だとアレグザンダーは気がついた。この瞬間、彼女の財産を最後の一ペニーまで奪いとって大西洋の真ん中に投げ捨てることができれば、躊躇なく実行していただろう。大切なのは彼女だけだ。心の底から大切に思っている。

レンはいまも無言だった。アレグザンダーは二人のあいだに置いていた腕をそろそろと持ち上げ、レンにまわした。彼女の身は彫像のようにこわばっていた。

「レン、愛《いと》しい人。何か言ってくれ」

彼女が何かつぶやいた。

「えっ、なんて？」

今度は明瞭な言葉になった。「あの人、わたしの母なの」

なんだって？　声には出さなかった。いったい誰のことだ？　顔をしかめて考えこんだ。何があったんだ？　人の目に——見知らぬ人々の目に——さらされすぎて、耐えられなくなっただけなのか？　今夜の芝居の途中で限界を超えただけなのか？　芝居の途中で。第一幕と第二幕では彼女の様子が違っていた。最初からやや緊張していたようだが、落ち着いていたし、緊張のせいで芝居の世界に没頭するには至らなかったとしても、舞台に目を奪われていたのは間違いない。本人は否定したが、幕間に何か厄介なことが起きたのだ。そのあと、レンはほぼ無言で……うわの空だった。屋敷に帰り着くなり、ひとことの挨拶もなく上の階へ姿を消してしまった。

〝あの人、わたしの母なの〟

何がどうなってるんだ？　今夜の光景が断片的に浮かんできた。白いドレスをまとった二人の女性が鋭い表情でレンをじっと見ていたことを思いだした。数々の言葉がよみがえった。その一部は彼の口から出たものだ。

〝不思議ね。どうすればあそこまでできるのかしら〟

〝かつらと、化粧品と、おおぜいの美容専門家のおかげよ。近くで見るとね……すごくグロテスクなの〟

〝彼女の娘だってぼくより年上だ。リジーより上かもしれない〟

〝あちらの桟敷の人々がきみに注目している。レン。きみが煩わしく思ってないといいけど。だが、本当は、鼻を高くしていいんだよ、レン。レディ・ホッジズが自分以外のレディに目を留めることなんて、ふつうはないからね。少なくとも過去三〇年にわたって、誰に聞いても、あの人こそが社交界の花だった。もっとも、最近は社交の場に姿を見せることが少なくなり、登場するときは周到に準備しているようだが〟

まさか……。ああ、まさかそんな！

「レディ・ホッジズのこと？」アレグザンダーは訊いた。

低いうめき声が聞こえた。

狭苦しいスペースでできるだけ向きを変え、もういっぽうの腕も彼女にまわした。彼女が頑《かたく》なに身体を丸めたままなので、容易なことではなかった。「まさかそんな……」思わず言ってしまった。「かわいそうに。この腕で包んであげるね、レン。しっかり包んであげる。抱き上げてぼくたちの寝室へ運び、ベッドに寝かせてあげよう。いいね？」

レンは無言だったが、アレグザンダーが立ち上がって身をかがめ、彼女を抱き上げようとすると、頑なに丸めていた身体の力を抜いた。片方の腕を彼女の膝の下に差し入れ、もういっぽうの腕を肩の下から背中のほうへまわす彼に、おとなしく身を委ねた。彼の肩に頭をのせて目を閉じた。アレグザンダーは彼女を抱いたまま化粧室をふたつ通り抜けて、夜のために上掛けが折り返されたベッドに寝かせた。劇場へ履いていった華奢な靴をそっと脱がせ、見つかるかぎりのヘアピンをはずした。そして、彼女の傍らに身を横たえて抱き寄せた。言葉をかけようとはしなかった。ときには、懸念と愛に――そう、愛に――語らせなくてはならない。

アレグザンダーはレディ・ホッジズの知りあいではないが、ある程度のことは知っていた。誰もが知っている。彼女を描写するのにぴったりの言葉を選ぶなら、エキセントリックな人として有名だ。さほど裕福ではない紳士階級の家に生まれ、幼いころから並はずれた美少女だった。父親が遠い親戚に頼みこんでくれたおかげで、そちらの令嬢と一緒に初めて貴族社会の舞踏会に出られることになり、たちまち社交界を魅了した。ほどなく、裕福な男爵と結婚した。以後は美貌に磨きをかけることを生き甲斐とし、何十人もの男をとりこにしてきた。ふつうはそう珍しい話でもないはずだが、少女時代を過ぎ、若い女性の時期を過ぎ、さらには中年を過ぎてもなお、自分の美貌に――そして、男からちやほやされることに――異様に執着していた。若い男たちは彼女の富と奇妙な名声に惹き寄せられ、彼女は実の娘の一人をつねにそばに置いていた。姉妹のようだと言われるのがうれしいからだ——というか、世間ではそう噂している。お世辞のうまい連中は、彼女のほうが妹に見えるとまで言っている。しかし、ジェシカの意見がたしかに正しい。距離を置けば、もしくは、薄暗い照明のもとなら、若く可憐に見えるかもしれないが、近くに寄ると、グロテスクな若作りとしか思えない。この女性の虚栄心と自己陶酔にはかぎりがないと誰もが言っている。

そう、それがレンの母親なのだ。

18

芝居の第二幕のあいだも、ネザービー公爵夫妻とジェシカに別れの挨拶をしたときも、馬車で帰宅するあいだも、レンはどうにか持ちこたえていた。しかし、急いで階段をのぼって——ろうそくを持っていくことも、部屋のろうそくをつけることもせずに——自分の寝室に入った瞬間、二〇年以上昔にひきもどされてどん底に落ちていく自分を意識した。部屋の隅へ行って、ベッドの向こう側に身を隠し、床の上で身体を丸めて硬いボールのようになったときには、二〇年の歳月はもはや存在していなかった。子供時代の小さな部屋に戻り、子供時代の小さな自分自身のなかに閉じこめられていた。美と華やかさと魅惑と笑いと友達と温かさと家族と愛の世界は、子供部屋の分厚いネットに覆われた窓の外に、ドアの外に存在するもので、ドアは外から錠がかけられていることが多かった。

劇場の向かい側の桟敷席であれほど非現実的な光景を目にしなければ、またたくまに過去へひきもどされるようなことはなかっただろう。メガンおばがロクシングリー・パークから永遠にレンを連れだしてくれたあと、二〇年の月日が流れた。それなのに、母親はまったく変わっていなかった。若くて、優美で、この世のものとは思えないほど美しかった。もう一人の女性——見た目はそっくりだが、桟敷席の端の席にすわり、気位の高そうな傲慢な表情であたりを見まわしていた女性——がブランチ本人だとすれば、そちらはずいぶん変わっていた。いちばん上の姉で、レンが最後に見たときは一六歳だった。母親と同じ金髪の美女ということで、母親のお気に入りだった。ただし、母親の持つ魅惑には欠けていた。人に見せびらかすための子供、しかし、母親より目立つことはけっして許されない子供だった。

その二人に姿を見られてしまった。見られたことはわかっていた。最初はたぶん、ほかの人々と同じように、二人も単なる好奇心からこちらに目を向けたのだろう。なにしろ、リヴァーデイル伯爵と結婚したばかりのレンに関して、〈ヘイデン・ガラス〉のオーナーということのほかは誰も何も知らないからだ。こちらの顔に気づいたはずはない。とくに、顔の右側だけではわからないはずだ。また、朝刊で名前を見ても、たぶん何も気づかなかっただろう。養子縁組の書類には、レンの父親が承諾したことが記されているが、レンのことなど知る気もなかった母親に父親がそれを伝えたとは思えない。

幕間の休憩時間に入り、レンが向こうの桟敷席のほうへ目をやって母親のオペラグラスがこちらを向いていることを知ったときには、すでに真正面から顔を見られていた。向こうも気がついたようだ。その顔に何かが浮かんでいた。でも、ずいぶん距離があったし、しかも向こうはオペラグラス越しなのに、どうしてそこまで見てとれただろう？　もちろん無理だ。でも、わたしにはわかった。たぶん、向こうの顔に浮かんだ表情より、しぐさが語るものを読みとったのだろう。向こうに気づかれたことを、わたしは知った。そして、レディ・ホッ

ジズという名前を聞かされて大きな衝撃を受ける前からすでに、わたしにはわかっていた。い

記憶にどっぷり浸かっていたそのとき、部屋にアレグザンダーがいることに気づいた。い

え、"記憶"という言葉はたぶん誤りだ。子供時代に関して鮮明に覚えていることは何ひとつない。いまのレンの心を占めていたのは子供時代の自分の姿だった。あのころの子供に戻っていた——友達のいない孤独な子——いえ、友達は一人だけいた。しかし、愛に満ちたそのかすかな記憶にすら子供時代の姿を変える力はなく、そのため、レンは部屋の隅で丸くなり、身を守ろうとして、もっと小さくなってできるだけ姿を消そうとして、両腕で自分の身体を抱えこんだのだ。完全に姿を消すことさえできれば……。

名前が聞こえた。耳になじんだ響きで、その名前を呼ぶ声にもなじみがあった。ただ、誰の名前か、誰の声か、すぐにはわからなかった。

「レン？」

名前も、声も、未来の遠い遠いところから聞こえてきた。レンの心は自分のなかへさらに深く沈んでいった。しかし、未来はそれを許そうとしなかった。

「レン？　どうした？　何があったんだ？」

何があったのかって？　自分の身体を抱えこんだレンの腕にさらに力が入った。

「そこからきみを助けだしてもいいかな？　ぼくと話をしてくれる？」

不意に気がついた。レンというのが誰なのか、この声が誰のものなのか。でも、すべて幻想だ。この未来は。いまのこの姿がわたし。絶望的な惨めさに苦しんでいても手放すことの

できないこの子供。わたしはほかの誰にもなれない。愚かな夢を見ただけだった。

「あっちへ行って」レンはつぶやき、彼が聞きとれなかったようなので、もっと明瞭な声でくりかえした。しかし、彼は立ち去らなかった。彼女のそばの隙間に、壁とベッドのあいだにもぐりこみ、語りかけてきた。その言葉がすべてレンに聞こえたわけではなく、抱きしめてくれる彼の腕を感じたわけでもなかった――いまなお、昔の自分のなかに閉じこめられていた――しかし、彼の声の苦悩に満ちた響きは聞きとれた。おそらく、それが彼女を救いだし、現在にひきもどしたのだろう。すでに学んでいたからだ――未来の彼女が、レンと呼ばれる女性が学んだばかりだったのだ――苦しんでいるのは自分だけではなく、ほかの者も同じように苦しんでいるということを。そして、その苦しみには、苦悩の主を孤独に追いやる力もあれば、孤独という牢獄から救いだす力もあり、牢獄を逃れた人々は苦悩と勇気を他人と分かちあい、世界の隅々まで広がる共感を抱きあえるようになるということを。ヴァイオラ。アビゲイルとハリー。ジェシカ。そして、今度はアレグザンダー。レンは自分の暗黒のなかに彼をひきずりこんでしまい、彼の声に滲む苦悩を聞きとった。

「レン」彼は言った。「愛しい人。何か言ってくれ」

そこで、レンは彼に言った――最初は聞こえなかったようなので、くりかえした。彼に言った。〝あの人、わたしの母なの〟と。そして、旋回しながら落ちていき、ふたたび自分のなかに閉じこもろうとした。

しかし、彼はレンを放そうとしなかった。いや、レンがどうしても閉じこもりたいのなら、一人で行かせはしないと決めていた。言葉をかけながら立ち上がり、彼女を腕に抱いて運んだ——彼女の寝室を出て彼の寝室へ。そして、ベッドに寝かせて、楽に横になれるよう靴を脱がせたりヘアピンをはずしたりしてから、彼自身も傍らに身を横たえてレンを抱き寄せた。

〝愛しい人〟そう呼びかけた。

〝かわいそうに〟

彼から母親の名前まで聞かされて、レンは思わずうめき声を上げた。

いまの彼は無言だった。この人はアレグザンダー、そして、ここはこの人の部屋ではなく、わたしたち二人の部屋。この人はわたしの夫。ゆうべ、ここで愛を交わした——三回も。喜びのなかで。単に婚姻の義務を果たしただけではなかった。それならわたしにもわかったはず。夫は喜んでくれた。けさは義務感から貴族院へ出かけていったが、早めに抜けて帰宅し、キューガーデンズへ連れていってくれた。そして、わたしとおしゃべりして、うれしそうに手を触れあった。くつろいだ楽しげな姿だった。パゴダを見たときのレンの驚きようを見て笑った。「子供みたいだな。きみにとって、この世界は生まれて初めて訪れた不思議な場所なんだね」と言われて、レンはそのとおりだと答えた。二人で笑いだし、それからしばらくは、彼の曲げた肘にレンが手をかけるかわりに手をつないで歩いた。しかし、レンが二九歳になって初めて子供のような喜びに浸っていることが、彼にはよくわかっていなかった。

あのときの彼にはわかっていなかった。いまならたぶんわかるだろう。

ああ、アレグザンダー、アレグザンダー、わたしはあなたになんてことをしてしまったの？

部屋は闇に包まれていた。ゆうべと違って、火のついたろうそくは一本もなかった。アレグザンダーは靴を脱いだだけで、服はすべて身につけたままだった。レンは彼のネッククロスの柔らかなひだを頬に感じ、彼のズボンのボタンがウェストにあたるのを感じた。みごとな夜会服にしわが寄り、もう元に戻らなくなるだろう。レンの新しいイブニングドレスもきっと同じだ。彼の身体は温かく、ゆったりした感じだが、眠ってはいなかった。彼女がそれを知ったのは、徐々に自分をとりもどしてふたたびレンに――リヴァーデイル伯爵夫人レン・ウェスコットに――なったときだった。いまの彼女はもう、ホッジズ男爵夫妻の末娘で、下から二番目の子であるロウィーナ・ハンドリッチではない。そんな娘がいることは、おそらくほとんどの人が知らないだろう。あの一家にはレディ・ホッジズの完璧な人生を脅かす秘密があるらしい、という噂を耳にしている程度で。

「アレグザンダー」レンはそっと声をかけながら、温もりを、そして、いまでは身近なものとなっている彼のコロンと彼自身の香りを吸いこんだ。

「うん」彼が答えた。

レンは目を閉じたまま、勢いよく戻ってきた未来が自分のなかに流れこんで現在になるのを見守り、身を横たえたベッドの柔らかな心地よさと、頭から爪先までしっかり抱きしめて守ってくれている男性の筋肉のたくましさを感じ、外の通りを行く馬の蹄の響きと、邸内のどこかで時計がボーンと響くかすかな音を耳にし、自分はほぼ安全だと思おうとした。ただ、何を恐れていたのかはよくわからない。暴力をふるわれるとか、誘拐されるとか、殺されるといった肉体的な恐怖ではない。それよりはるかに深く原始的な恐怖で、いまの自分自身を、もしくは、かつての子供といまの自分を隔てる二〇年の歳月のなかで築いてきた自己を失うのを恐れていたのだ。もっとも、その子を過去に捨ててきたのではない。捨てることはできなかった。たとえできたとしても、おそらく捨てはしないだろう。その子はもっと幸せな人生を歩むべきだった。無垢《むく》な子なのだから。

「何もかも話すわ。でも、暗い話だし、あなたをわたしの闇のなかにひきずりこみそうで怖いの。そんな目にはあわせられない。ほんとは結婚なんて――」

「レン」彼女の頭のてっぺんに顔をつけて、彼は言った。柔らかく深みのある声だった。「ぼくからきみに求婚したんだよ。覚えてるね。きみは自分から求婚したあとで、それを撤回した。そして、一週間ほど前にぼくが求婚した。きみと結婚したかったからだ。きみの人生の失われた一〇年間が暗いものだったことは、ぼくにもわかっていた。いずれそれについて知ることになるのもわかっていた。それでも、ぼくはきみと結婚した」

レンは深いため息をついた。「大切？」と訊いた。「少し前に言ってくれたでしょ。大切に思ってるって」

「大切だとも」

「そうでなければよかったのに。わたしの話に冷静に耳を傾けることができ、ひきずりこまれずにすむでしょうから」

「そんなふうにはなりたくないな。ぼく自身は、個人的な関わりのある相手でなくとも、苦悩する人にはつねに寄り添いたいと思っている。だが、きみとは関わりがある。妻だからね。そして、大切に思っている」

まあ。じゃ、本心だったのね。本心からそう言ってくれたのね。そう思って、レンはうっとりした。〝大切に思っている〟

「その前にまず、わたしを愛して」レンは言った。「お願い、愛してほしいの」

そこで、アレグザンダーは妻の願いどおりにした。手を止めて服を脱ぐこともせずに。脱いだのはどうしても必要な部分だけ。優しさのかけらもなしに。レンがいったん冷静になって何かを期待したとすれば、たぶん、優しさを期待しただろう。ベッドカバーをどけようともせずに。彼の時間を――もしくは彼女の時間を――ゆっくりかけることもなく。

ベッドの片方の端にいたと思ったら、次は反対端へ移り、自分たちの服とシーツと毛布にからみつかれて苛立たしげに押しのけ、おたがいをむさぼり食いそうな勢いでキスをし、相手の身体にもどかしい思いで手を這わせ、邪魔な服にいらいらしながら、脚をからめあい、そしてまた離した。彼がレンの上になり、次はレンが彼の上になった。彼がレンの膝の裏に手をかけて両脇にひき寄せ、自分の腰をはさむ形にさせてから、彼女のスカートをたくし上げ、ヒップをつかんで抱え上げ、自分のほうに下ろした。硬くて長いものが彼女の身体に根元まで呑みこまれた。彼が何か言った。彼女も何か言った。しかし、言葉にはなんの意味もなく、彼女の記憶には残らなかった。

二人はたがいの身体をむさぼりあった。そのあとの数分間に起きたことを表わすのに、それ以外の言葉はなかった。激しくむさぼり、そこから生まれた熱いぬめりに浸って喜びと安らぎを求め、言葉を持たない何かをつかもうとした。何も考えていなかった。つかもうとするだけだった。目を固く閉じる。二人のリズムに合わせて筋肉をこわばらせ、それをゆるめる。お願い、ああ、お願い。彼の手がレンのヒップをきつくつかみ、レンの手が彼の肩に伸びて指を這わせ、彼のネックロスが彼女の顎をくすぐる。お願い。ああ、お願い。

そして、こわばった筋肉がゆるもうとしなくなった瞬間、動きが止まって目がさらにきつく閉じられた瞬間、耐えがたいほどの快楽と苦痛が生まれた。動くのは一人だけになり、彼が深く突き入れ、身体をひき、ふたたび突き入れ――そこで静止した。筋肉がゆるみ、苦痛が砕け散り、突然、信じられないことに、苦痛とは逆の感覚が生まれた。喜びという言葉では表現しきれないほどの強烈な感覚だった。誰かが大きく吐息をついた。彼女自身の声だった。やがて、身体の奥に熱い液体が迸るあの陶酔の瞬間が訪れた。ゆうべと同じように。

レンの身体が火照っていた。両手が汗で濡れていた。ドレスの身頃と袖が胸と腕にからみついていた。彼のネッククロスは湿っていた。二人とも息を切らしていた。レンが彼の上に崩れ落ちると、彼が彼女の脚を伸ばして自分の左右に置き、両腕を彼女にまわした。不思議なことに、火照りと汗とくしゃくしゃになった衣類の心地悪さにかかわらず、あらゆることにかかわらず、レンはうとうとした。でも、長い時間ではなかったはず――ハッと我に返ったときにそう思った。彼は眠っていなかった。指でレンの髪を軽く梳《す》いていた。レンはため息をついたが、うめき声のようになってしまった。彼がレンの頬を片手で包んで親指の付け根で持ち上げ、唇を重ねた。

「きれいに片づけなくては」と言った。「さてと、ぼくは従者を呼ぶから、きみはメイドを呼んでくれ。あとできみのためにお茶を運ばせよう。二人ですわって話をしなきゃ」

レンの望みはもう一度目を閉じて眠ることだけだった。でも、彼の言うとおりだ。心にわだかまりを残したまま眠りにつくことはできない。今夜のうちに話をしておかないと、二度とできないかもしれない。ベールをつけた沈黙の世捨て人になってしまうかもしれない。冗談で言っているのではない。そうなるのはたやすいことだ。

二人の身体にからみついたシーツと毛布を彼がはずし、二人でベッドを出て、着ているのを暗がりでとりあえずなでつけてから、彼女の化粧室まで行った。彼がレンのためにろうそくをつけ、それから自分の化粧室に入ってあいだのドアを閉めた。時計を見たレンはまだ真夜中になっていないことを知った。もっと遅い時刻だと思っていた。モードを呼ぶために呼鈴の紐をひっぱった。アレグザンダーに頼んで背中のボタンをはずしてもらえばよかったと思った。そうすれば、ドレスを脱ぐことだけはできたのに。モードにどう思われることやら。この髪のことだって。

しかし、モードにどう思われようと、たいして気にならなかった。

ベッドがきちんと整えられ、上掛けの両側がきれいに折り返されているのを、化粧室から寝室に戻ったアレグザンダーは目にした。ろうそくも燃えていた。暖炉のそばのテーブルにお茶のトレイとブランデーのデカンターが用意され、フルーツケーキの皿ものっていた――ウエディングケーキの残りで、アイシングのついていないところをカットしたのだろう。夫婦生活の好色な発展ぶりを知って、召使いたちのたまり場はたぶんざわついているはずだ。アレグザンダーはナイトシャツの上に絹の軽いガウンをはおっていた。

それにしても、あの女……。近くで見るとグロテスクだとジェシカが言っていた。遠くからだと、しかも、劇場の仄暗《ほのぐら》い照明のもとだと、レンより若く見えるほどだ。だが、あれがレンの母親なのだ。そう思うと、なんだかぞっとさせられた。ブランデーをグラスに注いでいっきに飲んだ。さきほど、レンが部屋の隅で丸くなっているのを見たときは、吐きそうになった。それに、〝あっちへ行って〟〝あの人、わたしの母なの〟と言ったときの彼女の声は弱々しくて甲高く、子供の声のようだった。レンを現実にひきもどせないかもしれないと思い、アレグザンダーは恐怖に駆られた。

ひきもどせただろうか？　三〇分前にあのベッドで起きたことは、ある意味で、これまで最高のセックスだった。奔放に情熱をぶつけあった。しかし、それを愛の行為と勘違いしてはならない。レンの心のなかに絶望があり、それが性に捌《は》け口《ぐち》を求めたのだ。手近にそれがあったから。だから、ぼくは彼女の求めに応じた。愛とは無縁の荒々しいセックスだった。いや、そうではない。求めに応じたのは彼女を大切に思っているからだ。そして大切に思っているのは、単に、彼女が苦悩を抱えた人間であり、ぼくの妻だからというだけではない。

彼女がレンだからだ。ぼくは好意と敬意を、そして、慈愛の心を捧《ささ》げることを彼女に約束した。その約束を生涯守ろうと決めている。しかし、さっきの行為には肉体の営み以上の何かがあった。なぜ、どこで、いつ、そんな思いが浮かんだのかはわからないし、あれこれ分析するつもりもない。ぼくは男なんだ。しかし、その〝何か〟がなんであれ、求婚したときに彼女に捧げた三つの厳粛な約束のほかに何かが存在しているのはたしかだった。

レンが彼の化粧室を通り抜けてそっと入ってきた。丈の長い半袖のナイトドレスをまとい、髪をブラッシングしてうなじでゆるくリボンを結んだ姿は、こざっぱりと愛らしかった。顔色が悪く、それとの対比で、顔の左側の紫のあざがふだんより濃く見える。疲れた目をしていて、彼と視線を合わせようとしない。アレグザンダーはベッドに入って寝ようと提案しそうになったが、何も言わないことにした。レンに決めてもらおう。

「お茶を注ごうか？」

「ありがとう」レンはウィングチェアのひとつにすわった。暖炉の横にいくつか置いてある椅子で、使われることはめったにない。アレグザンダーが読書をするときは下の階の客間か図書室を使うほうが多いし、夜に一人で酒を飲むこともないからだ。

アレグザンダーは受け皿にのせたティーカップをレンの横に置き、ケーキの皿を添えた。彼女はどちらにも口をつけないまま、向かいの椅子にすわる彼を見ていた。もっとも、その視線が彼の顎から上へ向くことはなかった。

「ごめんなさい、アレグザンダー」感情のない声で彼女が言った。「わたしは大きな、大きな傷を負っているの。単なる顔の話じゃないのよ。それよりはるかに深い傷。深すぎて、手を触れることも治療することもできない。ごめんなさい」

彼は心臓まで凍りつくのを感じた。苦悩のなかには救済不能のものもある。それは彼も知っている。しかし、レンの苦悩もそうだとは思いたくなかった。日に日に大切になっていく女性の苦悩もそうだとは……。「話してごらん」

レンは肩をすくめ、しゃんとした姿勢になった。両手で自分の腕を抱いて、むきだしの肌を上下にさすった。暖かな夜なのに、寒くてたまらないかに見える。アレグザンダーは椅子から立つと、ティーカップと受け皿が置かれたテーブルを彼女の椅子から少し離して、ベッドの裾のほうにたたんで置いてある格子柄の毛布をとった。彼女の身体を軽く浮かせてその下に毛布をすべりこませ、彼女を抱きしめた。レンを腕で包みこむのは、もう少し小柄な女性を相手にするときほど簡単ではなかったが、どうにかやってのけ、彼女の頭を自分の肩にもたれさせて毛布で包んでから、頭のてっぺんに自分の頰をつけた。

「話してごらん」ふたたび言った。レンに決めてもらおうというさきほどの決心に逆らうことになる。しかし、レンがいま話してくれなければ、永遠に話そうとしないかもしれない、その結果、永遠に彼女を失うことになるかもしれない――そう思うと、怖くてたまらなかった。ああ、神さま、傷ついた人々への――大きな、大きな傷を負った人々への――接し方について、ぼくは何を知っているというのだ？

レンは長いあいだ無言だったが、やがて、さっきと同じ感情のない声で話しはじめた。

「世の中には自分のことしか眼中にない人がいるものよ。そういう人にとって、ほかの人間というのは、こちらを見つめ、こちらの声に耳を傾け、称賛と憧れと熱愛を向けてくる聴衆としての存在価値しかない。それはきっと一種の病気ね。わたしの母がそういう人だったの。目をみはるほどきれいな人だった。子供ってみんな、自分の母親のことをそう思うものよ。でも、母の場合は、客観的に見ても、比類なき美貌の持ち主だった。崇拝されるのを当然のことと思っていた。自分を崇拝する人々をまわりに集めていた――大部分が男性だったけど、男性だけではなかったわ。美しい人々を集めていたの。美を競いあうのを恐れる人ではなかったけど、美しいとは言えない人間をそばに置けば自分の価値まで低くなると思ってたみたい」

ああ。話の行き着く先が見えてきた。

「自分の子供たちを猫可愛がりして、人前で見せびらかし、さすがに美女のお子さんだという称賛を浴びたがる人だった。最初はブランチとジャスティン。二人とも金髪で母に劣らず愛らしかった。次はルビー。目と髪は父に似て濃い色だったけど、やはり愛らしい子だった。そして、次にわたしが生まれたの。大きな赤い……膨らみが、熟した大きな苺《いちご》のように顔と頭の片側を覆っていた。母はわたしを目にしたとたん、よその部屋へ連れていくよう命じた。わたしを見るのが耐えられなかったのね。妊娠を知ったときに父と大喧嘩をしたせいで、天罰が下ったと思ったみたい。母にとって、わたしは残酷な天罰そのものだった」

アレグザンダーは〝お母さんだって心のなかではきみを大切に思っていたはずだ〟と言お

うとして口を開いたが、言葉が出てこなかった。あの女性がレンの言うとおりのナルシストであることを疑う気にはなれなかった。

「父と母は家を留守にすることが多かった。母は都会でパーティや舞踏会に出るのが好きな人だったの。家にいるときはお客さまを招くのが好きだった。ときには、大人数を呼んでハウスパーティを開き、何週間か続くこともあったわ。母が家にいるあいだ、わたしは母の前に出ることを禁じられていた。お客さまの滞在中は自分の部屋に閉じこめられていた。ふらと外に出て人に姿を見られたりしないように」

「勉強部屋はなかったのかい？　大人が誰も入ってこない子供部屋は？　外へ連れてってもらうことはなかったの？」

「姉たちと兄は母を崇《あが》めてたわ。母のまねばかりしていた。わたしが部屋に入ると、ルビーはいつもそっぽを向いた。ジャスティンは大きな声で〝オエッ〟と言った。ブランチはいやな顔をして、〝自分の部屋に戻ってよ〟と言った。かわいそうな母とみんなの人生をめちゃめちゃにするわたしのことを、みんなが忘れてしまえるように。家庭教師は肩をすくめて、わたしなど目に入らないふりをするだけだった。家に子供しかいないときは、わたしもたまに外へ出たけど、ジャスティンやブランチの友達が遊びに来ると、部屋に閉じこめられてしまった」

「きみのお父さんは？」

「顔を合わせることはめったになかったわ。わたしたち全員がそうだった。きっと、子供にはまったく興味がない人だったのね。知らなかったんじゃないかしら。わたしが……邪魔にされてたことを」

「味方になってくれた人は誰もいなかったの？」

「コリンがいたわ。四歳年下の弟で、金髪で、愛らしくて、気立てのいい子だった。ときどき、わたしの部屋に入ってきた。ドアに錠がおりてるときでも――あの子、外から鍵をまわす方法を覚えて――おもちゃや本を持ってきてくれたの。いつも、顔の具合はどうって訊いて、キスして治してあげると言っていた。そして、自分のおもちゃをわたしのまわりに広げて、わたしに本を読んでくれるふりをするのよ。本当に読めるようになるまでずっとそうだった。わたし自身は字が読めなかった。一度、外で一緒に遊んで、駆けっこをして、木登りをして……笑ったことがあったわ。あのときは最高に楽しかった。いつも、ほかの子たちが外で遊んだり笑ったりするのに耳をすましてただけだから……」

長い沈黙が続き、アレグザンダーはレンを強く抱き寄せて、頭のてっぺんに唇をつけた。彼女の話に背筋が寒くなったが、恐怖を顔に出すまいとした。「一〇歳のときに何があったんだい？」

「いくつかのことが立て続けに起きたの。メガンおばがうちに泊まりに来た。母の妹なんだけど、うちに来たのは初めてだったわ。昼と夜のように違う二人だった。おばがなんの用で来たのか、わたしはいまも知らないままなの。おばから何も聞いてないから。でも、わたしのことを知って、部屋まで様子を見に来てくれた。いまでも覚えてるけど、わたしを抱いて、キスをして、頭と顔の片側に苺色の大きな膨らみがある程度のことで、なぜみんなが大騒ぎするのかわからないって言ってくれた。そのころすでに膨らみは縮小し、赤かったのがほぼ紫色に変わっていた。その翌日か翌々日、子供連れのお客さまがあったんだけど、わたしの部屋のドアには錠がおりていなかった。わたしは人前に出るつもりも、子供たちの遊びに加わるつもりもなかったけど、見物しようと思って外に出た。湖の岸辺でみんながにぎやかに遊んでいたので、姿を見られずにできるだけ近くへ行きたくて木にのぼった。ところが、運悪くバランスを崩して落ちてしまったの。怪我はしなかったけど、子供たちがひどく怯えて、一人が湖に落ちてしまい、あとの子たちはおろおろして悲鳴を上げながら家のほうへ走っていった。姉たちもみんなについて走っていき、兄は〝おまえのせいだぞ〟と言ってからあとに続いた。わたしは湖に落ちた子をひっぱりあげ——浅い湖で、溺れる危険はまったくなかったわ——それから、自分の部屋に戻ったの」

アレグザンダーは目を閉じた。

「暗くなってから、メガンおばがわたしの部屋に来て、わたしをよそへ連れていくと言った。そこへ行けば安心と愛に包まれて一生を送ることができるから、と。わたしは一緒に行きたいと思った記憶も、家に残りたいと思った記憶もないの。きっと泣き疲れてたんでしょうね。わたしを愛してくれた人はそれまで誰もいなかった——コリン以外は——それに、メガンおばのことが好きだったから、黙ってついていくことにした。でも、おばはわたしを内緒で連れだしたわけじゃないのよ。客間の外を通ったとき、母が廊下に出てきて、メガンおばに言ったわ――馬鹿ね。この子を連れだしたことをいまに後悔するわよ。こちらで予定してたとおり、明日この子を精神科病院へ送ったほうがずっといいのに、と」

アレグザンダーは思わず息をのんだ。

「なんの話か、わたしには見当もつかなかった。ロンドンへ向かう途中、おばに訊いてみたけど、おばはわからないと答えたわ」レンは震えながら、長々と息を吸った。「その日から今日まで――何時間か前に劇場で会ったときまで――母や家族の顔を見たことも、噂を聞いたこともなかった。二〇年近くになるわ。でも、母の姿は昔と少しも変わっていなかった」

レンの呼吸がやや乱れていた。アレグザンダーは彼女を抱き寄せた。

「あの人はわたしを見た。わたしだと気づいたのよ」

「いまのきみはぼくのものだ、レン。所有権はぼくにある。きみを虐げるためではなく、きみの安全を守り、そういう不安や恐怖から解放するために。ぼくは自分の所有物に責任を持つ。単なる口約束ではない」

彼自身の耳にも仰々しく響いた。何を言いたいのか、自分でもよくわからなかった。彼女を所有すると同時に解放するなんてことがどうしてできる? しかし、これが心からの言葉であり、自分が彼女の信頼をほんのわずかでも裏切るようなまねをするはずのないことはよくわかっていた。

「大切に思っている」アレグザンダーは彼女に言った。

19

レンは深い眠りから徐々にさめて、温もり、心地よさ、日の光、車輪と馬の蹄の響き、窓の向こうから聞こえる人の叫びに気がついた。また、夫の腕に抱かれ、彼の肩に頭を預けていることにも気がついた。やがて、すべてが洪水のごとくよみがえった——昨日のことが。新婚一日目のことが。

「いま何時？」夫が目ざめているかどうかもたしかめずに、頭をひいて、レンは尋ねた。

夫はすでに目をさましていた。髪を乱し、ナイトシャツの襟元をあけた姿で、レンを見つめ返していた。レンはナイトドレスを着たままだった。ナイトシャツ姿の男性って裸のときと同じぐらい誘惑的ね、と思った。とにかく、この人はそう。そして、わたしが惹かれているのはこの人だけ。

「これだけ寝坊すれば、召使いたちは満足し、身内は喜んでいるだろう」

「まあ……」

「大事なことだよ」

「新婚らしくふるまうのが？」

「いや、それだけじゃないと思う。そうだろ？」

〝大切に思っている〟と、彼がゆうべ言ってくれた。〝いまのきみはぼくのものだ、レン。所有権はぼくにある。きみを虐げるためではなく、きみの安全を守り、そういう不安や恐怖から解放するために。ぼくは自分の所有物に責任を持つ。単なる口約束ではない〟風変わりな言葉の数々。人を不安にしかねない響きだが、レンには不安はなかった。言葉の奥にある誠意を信じていたからだ。それに、二人でベッドに戻ったあと、彼がゆっくり時間をかけて、穏やかに、そしてもちろん、優しさをこめて愛してくれた。

「話を聴いてくれてありがとう」レンは言った。「自己憐憫に浸るのはやめようと努めてるけど、ゆうべは胸の思いがいっきにあふれでて、あなたに心配をかけてしまった。わたしはこれまで驚くほど恵まれた人生を送ってきたし、これからもずっとそうだと思うの。だから、わたしの闇をあなたに押しつけるようなまねは二度としないわ」

「自己憐憫を避けようとすれば、ときとして、口に出して解決する必要のある問題を抑えつけることになりかねない」アレグザンダーは言った。

「貴族院に遅刻するわよ」

「今日は休むことにする。そのせいで国が崩壊してしまうことは、たぶんないだろう。今日はぼくの妻と過ごすつもりだ。妻が承知してくれればね」

「妻はそれについて考えることにします」レンは言った。視線を上げ、一本の指を顎にあてた。「充分に考慮いたしました。承知するそうです」

「レン」アレグザンダーは優しく笑って、妻と額を合わせた。「貴族院を一日ぐらい欠席しても平気だけど、朝食をとりそこねたら平気ではいられない」

しばらくしてから、二人は朝食の間に一緒に入っていった。みんなの食事は終わったようだが、全員が部屋に残っていた。すべての目が自分たちに向けられたので、レンはひどく照れくさくなり、新婚初夜と昨日の朝食のときは二人きりで過ごせてよかったとつくづく思った。陽気な声で挨拶が交わされた。

「ぼくがソーセージとベーコンを充分に残してればいいけど、アレックス」ハリーが言った。「一二時間ぶっ通しで寝たし、オートミールの粥とゼリーだけというぞっとする日が何日も続いてたから、腹ぺこだったんだ」

「ぼくの分はある」料理が盛られた皿をのぞきこんで、アレグザンダーは言った。「ただ、レンの分はどうかなあ」

「わたし用のトーストを二枚残してくれてなかったら」義理の母親とアビゲイルのあいだの席にすわりながら、レンはハリーに言った。「料理番に言って、スープだけの食事に戻してもらいますからね」

「残してあるよ。大丈夫」ハリーは笑った。けさの彼は顔色がよくなり、一週間前に比べると、間違いなくふっくらしてきている。

「ゆうべはかなり疲れてたようね、レン」執事がレンのためにコーヒーを注ぎ、トーストを置くあいだに、義理の母親がレンの手の片方を自分の手で包んで言った。

「ええ」レンは答えた。「でも、おやすみなさいの挨拶もせずに上の階へ行ってしまったことを心からお詫びします。失礼なことをしてしまいました」

「あら、ただの疲れじゃないわ」エリザベスが言った。「疲労困憊《こんぱい》と言うべきよ、レン。劇場へ出かけるのはきっと大きな試練だったでしょうし、ほかにもいろいろあるものね」

「ヴァイオラとアビゲイルにとっても試練だったと思うわ」レンは言った。「でも、わたしたちは試練を乗り越えたの。今日は自己満足に浸ることにしましょう」どうかお願い、誰も母のことを話題にしませんように。

「今日はレンを連れて出かけるつもりなんだ」アレグザンダーが言った。「昨日は馬鹿なことをしてしまった。ときには冷徹な義務よりも大切なことがあるものだ」

「あら」エリザベスが笑った。「あなたにもまだ望みがありそうね、アレックス」

「ねえ、レン」彼女の手を軽く叩きながら、義理の母親が言った。「あなたはうちの息子に早くもいい影響を及ぼしてるのよ」

「まさか、今日お帰りになるご予定ではありませんよね？」レンはヴァイオラに尋ねた。

「大丈夫よ」ヴァイオラはうなずいた。「ミルドレッドとトマスがみんなでリッチモンド・パークへピクニックに出かける計画を立ててくれたの」

「もちろん、あなたとアレックスも招待されてるのよ」レンの義理の母親が言った。「でも、二人だけで一日を過ごすほうがよければ、みんなもきっと理解してくれるでしょう」

「レンには静かな一日が必要だと思う」アレグザンダーが言った。

これだけのことでさえ――六人の人間と一緒にテーブルを囲んで会話に加わるだけのことでさえ――自分にとっては新たな経験で、神経にこたえるということを、このなかの何人かは理解しているだろうと、レンは考えこんだ。この一年余りのあいだ、レンの人生にあったのはほぼ完全な静寂だった。でも、いまはこの人たちがレンの家族だ。家族はほかにもいる。ウェスコット家のほかの人々と、ラドリー家の人々。誰もが親切にしてくれる。

アレグザンダーの言った〝静かな一日〟がかぎりなく望ましいものに思われた。でも――。

「家族のピクニックに参加できないのがわたしたちだけだなんて惨めだわ」

アレグザンダーは最高に優しい目になった。澄んだブルーで、そのうえ、まじめな表情のときでも笑みを湛えることのできる目だ。「それもそうだね」

前へ進み、幸せになり、ついに過去と決別することが、いまからでもできるだろうか？　母の姿をふたたび目にして、二〇年のあいだ封じこめておいた苦痛が怒濤の勢いでよみがえったというのに。でも、自分の口からすべてを語った。だから、もう忘れてしまえるのではないだろうか？　あるいは、忘れるのが無理なら、自分の中心に存在するのは底知れぬ闇だという感覚を捨て去ることだけならできるのでは？

なれるかしら……ふつうの人間に。

リッチモンド・パークはチャールズ一世の御代《みよ》に国王の私的な鹿猟園として誕生したが、いまなお王家の領地であるにもかかわらず、現在は一般市民に開放されている。森林地帯と草地と花畑からなる広大な公園で、小さな池がいくつもあり、ペン・ポンドと呼ばれている。愛らしい田園風景が広がっているが、ロンドンに近いので、ほぼ毎日都会で過ごさなくてはならない人々にいっときの安らぎを与えてくれる。ピクニックにうってつけの場所で、天候までが、この数週間ずっとそうだったように、みんなの味方だった。空は青く澄み、ふんわりした白い雲がときおり太陽を遮って日陰を作りだす。

アレグザンダーは身内と過ごせるのを喜んでいた。ただ、レンと二人でしばらくこの場を離れられればいいのにという思いもあった。知ったばかりの事実にどう対処するかを決めなくてはならないが、まずレンの気持ちを推し測る必要があった。レンはひと晩ぐっすり眠り——なぜ知っているかというと、アレグザンダー自身はよく眠れなかったからだ——けさはさわやかに目ざめた様子だった。元気をとりもどしたように見える。とはいえ、アレグザンダーもこれで彼女が癒されたと思いこむほど愚かではない。

しばらくは全員がひとところに集まり、木立を背に、池のひとつを前にして、草むらに広げた毛布の上にすわっていた。レンはネザービー夫妻の赤ちゃんを抱いていた。まだ髪も生えていない丸々としたほっぺの小さな女の子で、歯のない口をあけて赤ちゃん特有の思いきりうれしそうな笑顔を見せるようになったところだ。横にアナがすわり、反対側にアビーがいて、エリザベスも近くにいた。レンは赤ちゃんにすっかり魅了されていた。赤ちゃんはレンが立てた膝に頭をのせ、小さな手を握られ、乳房の下の脇腹に足を押しつけている。幸せそうなレンを見て、きっといい母親になれるだろうとアレグザンダーは思った——自分が間違いなくいい父親になれるのと同じように。その日が早く来ることを願った。

ジェシカとハリーは池のほうへぶらぶら歩いていった。ジェシカが熱っぽい口調で何かを話題にしていた。年上の人々はひとかたまりになり、先々代伯爵未亡人のカズン・ユージーニアのために運ばれてきた椅子のまわりに集まっていた。ネザービーは例によって少し離れて立ち、頑丈そうな木の幹に肩をもたせかけていた。物憂げでエレガントな姿だ。服装はいつものように豪奢そのもの。宝石に飾られた嗅ぎ煙草《たばこ》入れの蓋をパチッとあけたところだった。

以前のアレグザンダーは彼を嫌っていた。退廃的で、軽薄で、自分の立場と責任に真剣に向きあおうとしない人間だと思っていた。そのかわり自分も彼に嫌われていて、くそまじめな堅物だと思われているのはわかっていた。先代伯爵の死去に伴って一族が大混乱に陥るなかで、この一年ほどのあいだにアレグザンダーの考えも変わってきた。ネザービーと親しい友になれるときが来るかどうかは疑問だ。二人は想像しうるほぼすべての点でひどく違っている。しかし、おたがいに敬意を抱き、たぶん好意すら抱いているのを、アレグザンダーは感じていた。少なくとも、彼はネザービーを信頼している。そばへ行くと、ネザービーは嗅ぎ煙草入れを使わないまま蓋を閉めてポケットに戻した。

「家族で楽しむイングランドの田舎のピクニック」ため息らしきものをついて、ネザービーは言った。「すばらしく感動的だ。そう思わないか?」

アレグザンダーは微笑した。さっきまでのネザービーはわが子を抱っこして、鼻をつかまれても子供の好きなようにさせていた。「ホッジズに関して何か知らないか？」彼に訊いてみた。

「ホッジズ卿？」ネザービーは唇をすぼめた。「何を知りたいんだ、親愛なる友よ。やつがどんな人生を送ってきたか？　残念ながら、ぼくには答えられない。社交界の歴史には昔から疎くてね」

「何歳ぐらいだと思う？」アレグザンダーは尋ねた。ホッジズ卿のことは何ひとつ知らないが、姿を見かけたことは何度かある。

「二〇代の半ばかな」ネザービーは言った。

「三〇代の半ばではなく？」

「違うと思う。母親と同じく、ホッジズが若さの泉を見つけたのでないかぎり」

「名前はなんていうんだ？」

ネザービーは考えこんだ。「アランだったかな？　いや、コナン？」

「ひょっとして、ジャスティンとか？」アレグザンダーは試しに言ってみた。

「コリンだ」ネザービーはきっぱりと言った。「きみの質問には何か魂胆があるようだな、リヴァーデイル。若々しく見えるレディ・ホッジズの姿をゆうべ目にしたことと、ひょっとして関係があるのかね？　はっきり言っておくが、あのレディはホッジズ卿の妻ではなく母親だぞ」

「ホッジズ卿は母親と同居してるのか？」

「たしか……」ネザービーは片眼鏡を持ち上げて唇を軽く叩いた。「〈ホワイツ〉のすぐ近くに部屋を借りてるようだが、に部屋を借りてるようだが、ぼくはなぜそんなことを知ってるんだろう？　あ、そうそう、思いだした。馬でクラブに来るのかと誰かに訊かれて、ホッジズ卿が冗談を言ったんだ。馬に乗っても意味がない、部屋を出て馬の尻にまたがれば、馬が蹄を一度も持ち上げなくても、〈ホワイツ〉の前で首のほうから降りることができる、と。おおげさに言ったんだろうな。桁外れに胴体の長い馬を持っているのでないかぎり」

「その部屋を捜して」アレグザンダーは言った。「ホッジズ卿を訪ねようと思う」

ネザービーが訊いた。「馬の胴体がどれぐらい長いか見てみるために？　たぶん、五人乗っても窮屈ではないだろう。しかし、気の毒にも、馬の背の中央がたわんでしまうかもしれない」

「レンの弟なんだ」

「ほう」物憂げだった目が鋭くなり、探るようにアレグザンダーを見つめた。「つまり、レディ・ホッジズが母親、レディ・エルウッドが姉ということか？」

「レディ・エルウッド？　桟敷席にいたもう一人のレディ？」

「そのとおり。徐々に母親より老けつつある」

「父親と兄は亡くなったに違いない」アレグザンダーは言った。

「兄がいたのか？　残念ながら、ぼくは面識がなかった。きみの奥さん、ゆうべは劇場で何も言わなかったな」

「そうだな」アレグザンダーは言った。二人はしばらく黙りこんだ。ハリーとジェシカがすでにみんなのところに戻っていて、ハリーは毛布に寝そべり、片方の腕で目を覆っていた。母親が傍らにすわって、ハリーの額にかかった髪を掻き上げながら何か話しかけていた。

「ハリーは戻るつもりだろうか？」

「半島へ？」ネザービーが言った。「ああ、戻るに決まっている。怪我と熱で骨の髄まで弱っているが、骨は頑強だし、ハリーもまた然り」

「すると、戦争がハリーを鍛え上げてくれたわけか？」アレグザンダーは疑わしげに尋ねた。

「戦争が？」ネザービーは片眼鏡でふたたび唇を軽く叩きながら、どう答えようかと考えた。「むしろ、人生がわれわれ全員を鍛え上げたり、だめにしたりするんだ、リヴァーデイル。人はみな、さまざまな形で試練を受ける。ハリーにとっては戦争が試練の場だ」

ネザービーが世間に与えているイメージとはまったく違う人間であることを、アレグザンダーがまだ知らずにいたなら、奇妙な返事だと思ったことだろう。ネザービーの試練の場はどこだったのだろうと考えた。自分の試練の場がどこだったかはわかっているし――それはいまも続いている。そして、ネザービーの言葉が正しければ――正しいに決まっているが――誰にとっても試練は一度では終わらない。人生は試練の連続で、人はそれをすべて乗り越えるかもしれないし、一部だけ乗り越えるかもしれないし、ひとつも乗り越えられないかもしれない。試練を糧にする者もいれば、できない者もいる。

レンが赤ちゃんを抱き上げて、立てた膝にのせ、優しく揺らした。横でアビーが膝を突き、赤ちゃんを笑わせようとした。アナは幸せそうに微笑している。

「レンが一〇歳のときに、おばにあたる人が家から連れだしてくれて、それ以来、レンは家族と会うことも、家族の噂を耳にすることも、手紙をもらうこともなかった」アレグザンダーは言った。「母親はレンを精神科病院へ入れようとしていた」

「理由は顔だな」ネザービーが言った。問いかけではなかった。「顔にあざがあったから、そして、母親は自分の美貌と、血のつながる者すべての容姿が完璧であることを生き甲斐にしていたから」

「そう」アレグザンダーは言った。

「一緒に行ってやろうか？」

「いや。だが、その気持ちはありがたい」

楽しそうな笑顔で身体をはずませていた赤ちゃんが急に泣きだした。アナが立ち上がり、笑いながらレンからわが子を受けとった。赤ちゃんはいまも泣きわめいていたが、原因は痛みより癇癪にあるようだった。

「おや」ネザービーは木の幹に預けていた肩を離した。「そろそろ、人のいない場所を探したほうがよさそうだ。娘の名前をジョセフィンじゃなくて、暴君という意味のティラニーにしておけばよかった。本当は〝いつもいつも腹ぺこちゃん〟という名前にしたかったが、長すぎるだろ。ついでに、どこかに駄洒落も入れてみたかったな」家族のほうへゆっくりと歩いていった。

アレグザンダーは彼のあとを追い、それから言った。「レン、ぼくと少し散歩しないか？」

二人は木立のなかを歩いていった。アナとエイヴリーがジョセフィンを連れて去っていったのとは逆方向だった。

「赤ちゃんを抱いたの、生まれて初めてだったわ」レンは言った。「ああ、アレグザンダー――」しかし、そこで照れくさくなった。女性はみんな、赤ちゃんを見るとメロメロになってしまう。たぶん、そのおかげで人類の若き世代が保護されてきたのだろう。レンにも自分の子供を望む気持ちはあったが、これまでは、とにかく結婚したいという思いで頭がいっぱいだった。ついに結婚すると、今度は母親になることへの憧れが芽生えた。わたしって、満足することを知らないの？

「たぶん」アレグザンダーは言った。「これから一年もしないうちに、自分の赤ん坊を抱けると思うよ、レン」妻の手から腕をはずし、彼女の肩を抱いて自分の脇にひき寄せた。レンは驚きつつも、彼のウェストに腕をまわした。「きみはどうしたい？　家に帰りたい？　ここにいたい？」

「わたしの家はここよ」レンは言った。アレグザンダーが彼女のほうを向いたとき、二人の顔は一〇センチぐらいしか離れていなかった。

「ロンドン？」

「ここ」レンの返事に、アレグザンダーは首を軽く傾けた。〝ここ〟がリッチモンド・パークのこの場所を指すのではないことを、この人も理解してくれたのだとレンは思った。「わたしはもう逃げないわ、アレグザンダー。家を出るとき、モードに言ってきたの。わたしが戻る前にベールをすべて処分しておくようにって。売りたければ売ってもいいって言ったのよ。でも、モードったら、大喜びで燃やすんですって」

「レン」アレグザンダーはまずレンの額に、それから唇にキスをした。

「わたしはこのままのわたしでいるわ」

アレグザンダーは頭を少し低くしてレンに近づけた。「これまできみから聞いたなかで最高にすてきな言葉だ」

レンの膝から力が抜けた。〝大切に思っている〟ゆうべ、この人が言ってくれた。そう、本当に大切に思ってくれている。これまでこの人から聞いたなかで最高にすてきな言葉。しかし、口に出すつもりはなかった。口にすれば、心の内をさらけだすことになる。

二人が足を止めたところにオークの木があり、レンはそれを見上げた。「ロクシングリーを離れたあの日に木から落ちて以来、木登りは一度もしてないわ」

「まさか、いまからやるつもりじゃないだろうね?」

枝の多くは太くて、ほぼ水平方向に伸びている。低い枝も何本かある。高い枝はその下の枝から簡単によじのぼることができる。いまのわたしは子供ではない。木登りなんて二〇年もしていないし、子供のころだって、たびたびやっていたわけではない。小枝模様の新しいモスリンのドレスを着ている。運動選手のような体型だと彼に言われたことがある。高いところは苦手だ。しかし、なんの害もなさそうなこの木が急に、自分と自由のあいだに立ちはだかる障壁のように思えてきた。馬鹿げている。子供っぽい。ドレスがズタズタになるし、脚を見られてしまう。この靴は木登りに向いていない。またしても木から落ちて、手も脚も折れてしまう。頭を骨折するのは言うまでもない。賛成と反対のリストを作らなくては。

「やってもいいでしょ?」レンはそう言って、彼のウエストにまわしていた腕を離し、肩から彼の腕をはずすと、木に近づき、するするとのぼりはじめた。

いや、正確に言うと、するするとはいかなかった。いちばん下の枝にこのうえなくぶざまな格好で身体をひきあげてから、次の枝に用心深く移り、三番目の枝に優雅とはほど遠い姿でよじのぼり、それから下を見た。理性的に判断すると、まだまだ哀れなほど地面に近かった。下にいるアレグザンダーが腕を上へ伸ばし、レンが脚を下へ伸ばせば、彼がレンの足首をつかめるのは間違いない。膝だってつかめそうだ。妄想のなかでは、イカロスのごとく天から墜落する前に、空に頭をぶつける危険がありそうな気がしていた。用心に用心を重ねて向きを変え、枝に腰かけた。脚の骨がなくなったように感じた。

アレグザンダーが彼女に笑みを見せた。すでに帽子をとって草むらに投げ捨てていた。

「ぼくが木登りをしたのも二〇年近く前だと思う」

レンは笑みを返したあとで、下を見るのはやめたほうがよさそうだと思った。アレグザンダーは彼女のあとを追ってのぼってくると、枝にすわったレンの横にブーツをかけ、それから上へ姿を消した。レンの枝のそばにあるやや高い枝に腰かけて、曲げた膝を両手で抱えた。

「木登りをしたのは、やっぱり、二〇年近く前のようだ」

「偉そうに言わないでよ」レンはそう言いながら少しずつ横にずれ、幹に背中をつけた。「ひとつ質問させて。どうやって下りるの？」

「きみがどうするかは知らないが、ぼくはのぼったときのコースを逆にたどるつもりだ」

「それはわたしも考えたわ。でも、そこが困った点なの」

「心配しなくていい。お茶の時間になったら、食べるものを持ってきてあげる」

このくだらない会話がなぜかひどく滑稽に思われて、二人は大笑いした。

「それから、夜のあいだ温かくしていられるように、毛布も運んであげよう」アレグザンダーはつけくわえた。

「そして、朝になったら朝食も？」レンは訊いた。

「要求の多い人だね」

「あら、でも――」頭をのけぞらせて彼を見上げた。「大切に思ってるんでしょ？」

二人の笑いが消えた。笑顔のままのアレグザンダーにじっと見下ろされて、レンは言わなければよかったと思った――でも、この人のほうが先に言ったのよ。ゆうべ。

「うん、そうだよ。じゃ、朝食に何を運んでくればいいのか教えてほしいな」

「トーストとコーヒー。ママレード。ミルクとお砂糖」

「レン」アレグザンダーは彼女の視線を受け止めた。「こうなったことを後悔してない？」

レンは目を閉じ、首を横にふった。後悔なんてするわけないでしょ。たしかに、結婚生活は予想と大幅に違うものになっている。思いもよらない挑戦の連続だ――まだ新婚二日目なのに。でも、新婚の日々がどれほど愛しいことか。そして、彼をどれほど愛しく思っていることか。

〝あなたは後悔してない？〟と彼に尋ねるつもりはなかった。無意味な質問だ。わたしが後悔していたら、彼の力でなんとかできる。わたしを故郷に連れていき、慣れ親しんだ世捨て人の暮らしに戻らせればいい。でも、彼が後悔していたら、もっといい人生を送ってもらうためにわたしにできることは何もない。

「じゃ、議会の会期が終わるまで、ロンドンに残ろうか？　そのあとでブランブルディーンに帰ることにする？　それから、スタッフォードシャーへも？」

「一緒に来てくれる？」レンは彼に尋ねた。

「もちろん。一度に二、三時間以上、妻と離れ離れになるつもりはないから。それに、きみが工場長とデザイン担当者と職人たちにベールなしで初めて会うとき、手を握ってあげる必要があるかもしれないだろ」

ああ、そこまでは考えていなかった。「ええ、ここに残りましょう」

「だけど、文字どおりの〝ここ〟ではないからね」アレグザンダーはそう言うと、自分の枝からレンの枝に下りてきて、さらに下の枝へ移った。家の階段を下りていくような調子だった。「手を出してごらん。きみを落としたりしないと約束する」

そして、レンは彼の手に自分の手を預け、その心配はいらないことをなぜか確信した。

20

アレグザンダーが知りたかったことを突き止めたのは、翌日の午後早くクラブの〈ホワイツ〉へ出かけたときだった。ホッジズ卿が借りているという部屋はクラブから歩いて楽に行ける距離だった。もっとも、その部屋からクラブまで届く馬がいるとしたら、胴体がものすごく長くなくてはならない。幸いなことに、ドアにノッカーを打ちつけたところ、ホッジズ卿は在宅だとわかった。召使いが二階へ案内してくれ、上等な設《しつら》えの部屋に彼を残していった。内装も家具も趣味がいい。五分もしないうちにホッジズ卿がやってきた。

うん、なるほど――アレグザンダーは思った――ほぼネザービーが言ったとおりだ。ぼくも以前何回かこの男爵を見かけたとき、ネザービーと同じ印象を受けた。まだ二〇代半ばに違いない。背が高くて、端整な顔立ちに若々しいほっそりした身体つきで、金髪を短くカットしている。挨拶して握手を交わしながら、ホッジズ卿は遠慮がちな好奇の目を訪問客に向けた。

「どのようなご用件でお越しになったのでしょう？」椅子を勧めて、ホッジズ卿は言った。

アレグザンダーは腰を下ろした。「コリン・ハンドリッチというお名前ですね？　ジャスティンではなく」

一瞬、ホッジズ卿の額にしわが刻まれた。「兄は一〇年前に亡くなりました。父が亡くなる三年前のことです」

「お姉さまが三人おられますね」アレグザンダーは言った。

「レディ・エルウッドとマーフィ夫人といいます」若き男爵は言った。「姉がもう一人いましたが、二〇年ほど前、子供のころに亡くなりました。失礼ですが、リヴァーデイル、なんのためにそのようなご質問を？」

「少なくとも、ひとつの点で安堵しました」アレグザンダーは言った。「何もご存じなかったのですね。お伝えしておかなくては。三人目のお姉さまは亡くなってはいません。いまはリヴァーデイル伯爵夫人、ぼくの妻です」

ホッジズ卿はぽかんとした顔でアレグザンダーを見つめ、かすかに笑い、それからふたたび額にしわを刻んだ。「何か誤解があるようですが」

「いいえ。お姉さまに関してどのようなことをご記憶ですか？」

「ロウィーナに関して？」ホッジズ卿は椅子にすわり直した。「病気がちでした。めったに自分の部屋から出てこなかった。子供部屋や勉強部屋に入ってくることも、階下でぼくたちと遊ぶこともなかった。顔と頭の片側が……苺のように赤く膨らんでいたのです。きっとそれが原因で亡くなったのでしょう。ただ、膨らみは小さくなりはじめ、色も薄くなっていたのですが。治療できると言ってくれた医者のところへ、ぼくのおばが姉を連れていきました。

でも、亡くなってしまった。何か誤解があるようで残念です。あなたが結婚されたのはどなたかほかの女性です。一日か二日前の新聞でご結婚の記事を読みました。お祝いを言わせてください」

「ありがとうございます」アレグザンダーは言った。「だが、あなたは嘘を吹きこまれたのです。おばさまはお姉さまを連れてロンドンへ行き、かつての雇い主だったヘイデン氏という人を訪ねました。働き口を見つけるのに力を貸してもらおうと思ったのです。ヘイデン氏はかわりにあなたのおばさまと結婚し、お姉さまを養女にして、名前もレン・ヘイデンに変えました。レンを大切に育て、教育を与えました。悲しいことに、二人は去年、ほんの数日のあいだにあいついで亡くなり、レン一人があとに残されました。莫大な遺産と共に」

「〈ヘイデン・ガラス〉の女相続人ですね」ホッジズ卿は低くつぶやいた。自分に言い聞かせるかのように。「新聞に出ていました」

「わが領地のブランブルディーン・コートからそう遠くないところに妻の自宅があるのです。ぼくは今年の初めにそちらで出会い、三日前に結婚しました」

若い男爵はアレグザンダーを凝視した。「やはり誤解に決まっています」

「いいえ」

ホッジズ卿は椅子の肘掛けをきつくつかんだ。「ぼくの母は知っているのでしょうか？」

「一昨日の夜、劇場で向かいの桟敷席から妻をご覧になったとき、ご自分なりの結論をお出しになったかもしれません」

「おばがロウィーナを誘拐したというのですか？」

「お姉さまはその翌日、精神科病院へ送られることになっていました。ぼくなら〝誘拐〟ではなく〝救出〟と表現するでしょう。それに、お母さまは二人が出ていくのを見ておられたのに、止めようとはなさらなかった」

「そんな……」ホッジズ卿は目に見えて青くなっていた。椅子の肘掛けをつかんだ手の関節が白かった。「でも、よく覚えていますが、読み書きはできなくても、姉には異常なところなどまったくなかった。家の者は姉のことを異常だと思いこんでいたのでしょうか？　姉がほとんど部屋に閉じこめられていたのは、そのせいだったのですか？」

「おそらく、お姉さまの外見のせいでしょう」

ホッジズ卿はよろよろと立ち上がり、部屋を横切ってサイドボードまで行くと、デカンターを手にしたが、気が変わったらしく下に置き、暖炉と向かいあって立ち、うなだれたまま、頭の上の炉棚を片手できつくつかんだ。「姉が連れ去られたとき、ぼくはまだ五歳か六歳でした。そのころ何があったのか、ほとんど覚えていません。姉の死を知らされたときに泣きじゃくり、祈りと癒しの力を信じる心をなくしたことは覚えています。姉と顔を合わせるたびに、よくなりますようにと願って姉の顔にキスをし、奇跡が起きるよう祈ったものでした。あ、すみません。子供時代のつまらない思い出話をしたりして。すると、姉の外見が問題だった？　苺のようなあざが？　そのせいで部屋に閉じこめられ、精神科病院へ送られそうになった？」

答えを求める質問ではなかった。アレグザンダーには何も答えられなかった。しかし、これだけは言っておくことにした。「子供時代の祈りは本当に叶えられたかもしれませんよ。おばさまのことを覚えておられますか？」

「いえ、はっきりとは……。覚えているのは、おばが泊まりに来て、二、三日後にロウィーナを医者のところへ連れていったということだけです。それ以外は何も思いだせません。おばはロウィーナに優しくしてくれたのでしょうか？」

「おばさまご夫妻はレンに愛情をふんだんに注ぎ、可愛がり、きちんと教育を受けさせてくださいました。レンがガラス製造に興味を示すと、おじさまが自分の跡継ぎにすべく修業をさせ、事業を譲ることを遺言書に明記しました。レンはやり手の女性実業家になりました」

ホッジズ卿は無言だった。目を閉じていた。

「お母さまと一緒にお住まいではないのですね」アレグザンダーは言った。

「ええ」ホッジズ卿は目をあけた。

「劇場の夜のことをお母さまから聞いておられますか？」

「いえ、聞いていません」ホッジズ卿は答えた。「母と会うことはあまりないので。いえ、それどころか、何かの社交行事でばったり顔を合わせるとき以外は、まったく会いません。しかし、この話はここまでにしておきましょう。家族の問題ですから」

「そうですね」アレグザンダーは言った。

「家族の問題か……」不意にホッジズ卿が笑った。「あなたも家族だ。そうですよね？　ぼくの義理の兄上になるわけだ」

そうか。アレグザンダーはいまのいままで、そんなふうに考えたこともなかった。

「姉をぼくの母に近づけないでください」ホッジズ卿は声を潜めた。「あざはまだ残っているのですか？」

「紫色のあざが少し。きれいな人ですよ」

ホッジズ卿は微笑を浮かべ、暖炉の前でふりむいた。「母が聞いたらムッとするでしょう。あの人が身近に置こうとするのは完璧な美を備えた者だけで、しかも、機会さえあれば、その美しい相手を自分の足元にひざまずかせようとするのです。ロウィーナを母に近づけないでください」

「お母さまのために？」アレグザンダーは尋ねた。

ホッジズ卿は答えようとして息を吸ったが、その息を吐きだし、しばらく黙りこんだ。

「父は死によって母から逃れました。兄はアルコールに逃れ、その結果、いまのぼくより若い年齢で亡くなりました。いちばん上の姉は魂の抜け殻になっています。下の姉は一七のときにアイルランド人と結婚し、夫についてアイルランドへ逃れ、以後一度も里帰りをしていません。ぼくは父の死後、寄宿学校の休みにはおじ夫婦のところへ行き、大学時代はオクスフォードの寮に入っていました。卒業後、この部屋に越してきました。ロウィーナは救われたんですね。おばの——ええと、名前が思いだせない」

「メガンです」

「おばのメガンに」ホッジズ卿は言った。「ロウィーナを母に近づけないでください。とんでもなく親不孝な言葉ですけどね、リヴァーデイル。自分の頭のなかですら、ぼくはつねに礼儀を守ろうと努めているのですが。父と母を敬うべしとか、そういったことをね。でも、ロウィーナはぼくの姉だし、あなたは義理の兄上だ。母から遠ざけておいてください」ホッジズ卿は自分の椅子にもどり、アレグザンダーが黙って見つめる前でぐったりとすわりこんだ。「では、本当なんですね？　姉は生きてるんですね？」アレグザンダーに目を向けた。「ぼくを恨んでいるでしょうか？」

「いいえ」アレグザンダーは立ち上がった。「家に帰ることにします。一緒にいらっしゃいませんか？　妻が在宅しているかどうかは、もちろん保証できませんが」

「伺います」ホッジズ卿も立ち上がった。「ちょうど出かけるところでしたが、どこへ行くつもりだったのか、思いだせなくなってしまいました。一緒に伺います。ああ、ロウィーナ」

自分のしていることが正しいのかどうか、アレグザンダーにはまったくわからなかった。いずれわかるだろうと思った。

ヴァイオラとアビゲイルは翌日ハリーを連れて故郷に戻ることになっていた。今日、レンはヴァイオラとリジーに連れられてロンドン塔見物に出かけた。レンの義理の母親にあたるウェスコット夫人は実の弟夫妻を訪問し、アビゲイルはジェシカと午前中を一緒に過ごして、赤ちゃん——ジェシカの姪——をもう一度見るために出かけていった。ハリーはネザービー公爵にどこかへ連れていかれた。順調に回復しつつある腕の筋肉を鍛えるために、軽く剣術の稽古をしようと言われたのだ。しかしながら、午後の半ばには全員が帰宅していた。ジェシカもアビゲイルにくっついてきて、あとで、彼女とヴァイオラとハリーについて出かけ、先々代伯爵未亡人とカズン・マティルダと晩餐を共にすることになっていた。

レンは軽い疲労を感じていた。このごろずっとそんな状態だ。ベールなしで出かけるため、どうしても人なかで目立ってしまう。家に帰れば、つねにおおぜいの人に囲まれている気がする——善意の人ばかりで、レンが日ごとにみんなを好きになっているのは事実だが、それでもやはり人は人だ。エリザベスとウェスコット夫人は、今夜は夜会に出る予定だ。もしかしたら——お茶の時間の陽気なおしゃべりにざわめく客間のなかで、レンは期待を抱いた——アレグザンダーと二人きりで静かな夜が過ごせるかもしれない。きっと至福のひとときだ。彼がいやがるとは思えない。前に聞いた話では、この数年ロンドンに来たことはほとんどなく、ずっとリディングズ・パークにいたという。いまもやはり、都会のあわただしい暮らしより静かな田園生活のほうを好んでいる。

椅子にもたれてお茶を飲み、人々とのおしゃべりを楽しみ、夜を待ち焦がれた。客間のドアが開いてアレグザンダーが姿を見せた瞬間、レンの心は舞い上がった。ところが、彼はみんなに挨拶の声をかけるあいだ、背後のドアを閉めもしなければ、部屋に入ってこようともしなかった。

「レン、一緒に下の図書室に来てくれないか？　きみに会わせたい人がいる」

また？　今度は誰なの？　困惑のなかでレンは思った。先週だけでも、知らない人に一生分ぐらい会ったんじゃない？　また誰かに会わせようなんてあんまりだわ。

「ええ、いいわよ」レンはそう言って立ち上がった。みんながいる前で彼に文句を言うわけにはいかない。階段を下りる途中で、いったい誰なのかと尋ねそうになった。でも、じきに自分の目でたしかめられるだろう。

それは若い男性で、背が高く、ほっそりしていて、おしゃれな装いで、髪は金色、そして、すばらしくハンサムだった。二人が図書室に入っていくと、本棚の前でふりむいた。レンと同じぐらい気まずさを感じている様子だった。レンはそれ以外にも何かを感じた——恐れ？　顔を合わせた瞬間から、男性の目はレンに釘付《くぎ》けになっていた。

「ロウ？」ささやきとほとんど変わらない声で男性が言った。

彼女をロウと呼んだ人はこれまでに一人しかいなかった——モップのような金色の髪をした幼い子供。おもちゃと本を持ってきて、癒しのキスをしてくれた。この男性が——。

「コリン？」レンの両脇で指がてのひらに食いこんだ。

彼の目がレンの顔の片側で静止し、それからレン自身の目を見つめた。「ロウ」ふたたび言った。「ロウだ。ほんとにロウなんだね？」

レンは頭から血がひいていくように感じた。長いトンネルの先を見つめている気分だった。温かな手が彼女の肘をしっかりつかんだ。

「きみに会ってもらいたくて、ホッジズ卿をお連れした」アレグザンダーが言った。

ホッジズ卿？　お父さまではない。でも――ええ、もちろん、ジャスティンでもない。

「そう、コリンだよ」大きな歩幅で何歩かレンに近づき、握りつぶさんばかりの勢いでレンの両手をとって、彼は言った。「ロウ。ああ、夢のようだ、ロウ。死んだとばかり思ってた。二〇年前に死んだものと思ってたんだ」

六歳の幼子。おもちゃと本を持ってきて、〝よくなりますように〟とキスをしてくれ、どこへ行くにも楽しげにスキップしていた、幸せそうな幼い少年。子供のころのレンを愛してくれた、ただ一人の子。

「ああ、神さま」コリンは言った。「姉さんは死んだって言われたんだ」

彼がレンの手をこれ以上強く握ったら、指が何本か折れてしまいそうだ。「いつもわたしの顔にキスしてくれたわね。よくなりますようにって」レンは言った。「覚えてる、コリン？　あなたのおかげでよくなったのよ。ほらね？　完全に消えはしないけど、昔に比べると薄くなったでしょ。そして、ほかのいろんなこともいい方向へ進んだわ。あなたと生き別れになったことを除いて。どうしてるかといつも思ってたの……いつも胸を痛めてたの」

「ぼくも生き延びた」コリンが言った。彼が笑顔になったとき、レンは目にした――うれしそうな幼い少年の姿を間違いなく目にした。もっとも、いまでは何センチか視線を上げなくてはならないが。「まだ信じられない、ロウ。生きてたなんて。この何年ものあいだ……」

〝ぼくも生き延びた〟……。妙な言葉を選んだものだ。

「みんなで腰を下ろすとしよう」アレグザンダーが提案した。

彼が一人一人のグラスにワインを注ぐあいだに、レンは暖炉と向かいあったゆったりした革のソファにコリンと並んですわった。腰を下ろしたとたん、コリンがふたたびレンの手を握った。つかまえておかないと消えてしまうのを恐れるかのように。アレグザンダーは暖炉の横に置かれた肘掛け椅子のひとつにすわった。

「うん、完全には消えてないね」首をかしげてレンの顔の片側を見つめながら、コリンは言った。「だけど、そんなの関係ないよ、ロウ。リヴァーデイルの言ったとおりだ。きれいだよ。それに、幸運だった。あざがなければ、母さんがそばから離さなかっただろう。メガンおばさんは可愛がってくれた？　リヴァーデイルからそう聞いたけど」

「おばさんは天使だったわ。嘘偽りのない言葉よ。レジーおじさんも天使だった。おばさんはこの人と結婚したの。でも、コリン――いまはあなたがホッジズ卿なの？」

「じゃ、ぼくたちの噂はまったく聞いてないんだね？　父さんは心臓を悪くして七年前に亡くなった。ジャスティンはその三年前に死んでしまった。死因に関して表向きの説明はついてるけど、本当は深酒のせいだったんだ。うちの一家に関して、姉さんはたぶん、それ以外のこともまったく知らないだろうね？　ブランチはサー・ネルソン・エルウッドと結婚した。母さんと一緒に暮らしている。子供はいない。ルビーは一七のときにショーン・マーフィと結婚し、彼についてアイルランドへ去った。以来、一度も里帰りしてないけど、ぼくのほうから二、三回訪ねている。ぼくには――いや、姉さんとぼくには、甥《おい》が三人と姪が一人いるんだよ。ぼくはこのロンドンで部屋を借り、一年じゅうそっちで暮らしている」

「同居してないのね……お母さまと」

「うん」コリンは姉の手を放し、ワイングラスに手を伸ばした。「子供のころの姉さんは別に病気がちじゃなかったんだね？　自分の部屋からめったに出てこなかった理由は、それじゃなかったわけだ」

「ええ」

「部屋に閉じこめられてたのか。母さんの美しい世界を汚す子だったから。幼い子供はなんでもすぐ真に受けるものだ。言われたことをすべて鵜《う》呑みにする。仕方のないことだと思うよ。少しずつ成長して、洞察力を身につけていくんだ——ついでに冷笑的な言動も。あの鍵をまわせるようになったとき、ぼくは大得意だった。いまでも覚えてるけど、姉さんの部屋に入って遊びたくて、だから鍵をまわしたんだ。病気がちの姉さんをどうして部屋に閉じこめなきゃいけないのか訊いてみようとは、考えたこともなかった。だけど、姉さんは子供のうちに逃げだすことができた。あの苺のようなあざがなかったら、あとの子たちと同じく不幸な目にあってただろう。いや、こんなこと言ってごめん。あのころの姉さんには、幸せだと思えることなんて何ひとつなかったよね」

「いいえ、あなたがいてくれたわ」

コリンとアレグザンダーの両方がレンに笑いかけ、レンは二人を交互に見ながら大きな愛が湧き上がるのを感じた。

「あとの子たちは母さんの美しい子供という存在でしかなかった」コリンが言った。「幼いころのぼくは、ちょっと舌足らずなしゃべり方をする子だった。成長してそれがもう無理になるまで、ふつうのしゃべり方をすることは許されなかった。また、髪を切って少年らしい髪形にすることも許してもらえなかった。金色で、カールしていて、大人たちがぼくの頭をなでて褒めそやしたからだ。そして、姉さんは死んだと聞かされた。それを知った次の夜、姉さんの部屋へ行ったのを覚えている。姉さんが寒くないように、ぼくのお気に入りの虎のぬいぐるみをベッドカバーの下に入れて、姉さんが寂しくないように、ぼくが読んであげた本のなかで姉さんがいちばん好きだったのを枕にのせた。でも、ぼく、そのまま部屋に残って、ふたつの役目を自分でひきうけたみたいだよ。泣きながら寝てしまったんだと思う。翌朝、ぼくが自分のベッドにいなかったんで大騒ぎになった」

「ありがとう」レンは言った。「そんなことがあったなんて知らなかったけど、でも、ありがとう、コリン」

「どうして〝レン〟なの？」コリンが訊いた。

レンは微笑した。「初めてわたしを見たときに、レジーおじさんがそう呼んだから。痩せっぽちで、目ばかり大きくて、まるで小鳥みたいだと言って。そのうち、メガンおばさんまでレンと呼ぶようになって、わたしもそれが気に入ってたの。養子縁組をしたとき、レン・ヘイデンになり、三日前にレン・ウェスコットになるまでその名前で通してきたのよ」レンはアレグザンダーにちらっと目を向けて、ふたたび微笑した。

「レンって呼び方にはどうもなじめそうにないな」コリンが言った。「可愛い名前だけど」

「ううん、いいのよ。ずっとロウって呼んでちょうだい。そう呼んでくれたのはあなただけだし、わたしにとっては、輝きと心地よさと愛につながる名前ですもの」

コリンはため息をつき、レンからアレグザンダーへ視線を移した。「知りたいことがたくさんあります」と言った。「何もかも知りたいんです。そして、何もかも聞いてほしいとも思っています。ずいぶん長い年月が失われてしまった。でも、今日はこれ以上お時間を奪ってはいけませんね。リヴァーデイル、こんなによくしていただいて、どうすればご恩返しできるのかわからないほどです。何も知らないままだったかもしれません。ご結婚の記事を読みましたが、レン・ヘイデンという名前はぼくにとってなんの意味もありませんでした。顔を合わせても、おそらく気がつかなかったでしょう。いまの姉の顔はぼくの記憶とは違っていますから。姉は死んだものと、一生涯思いこんでいたことでしょう」

「もうしばらくいてちょうだい」さっきまでアレグザンダーと二人きりの夜に憧れていたことも忘れて、レンは言った。「晩餐までゆっくりしていって。わたしの義理の母と姉に、そして、身内の人たちに会ってほしいの。あなたもたぶん、その何人かと面識があると思うけど」

「残念ながら、だめなんだ。はずせない予定があるから。ぼくの友達に妹がいて、ヴォクソールへ出かけるのにエスコートの男性が必要なんだ。内気な子で、いままでのところ、貴族社会にうまく溶けこむことができずにいる」

「それじゃ、ぜひ行ってあげなきゃね」レンがそう言うあいだに、コリンは立ち上がり、両手を差しだしてレンを自分の前に立たせた。

「ロウ」握った手に力をこめて言った。「母さんに近づかないで。あの人はぼくの母親――ぼくたちの母親――だから、家族以外の相手に親不孝なことを言うつもりはけっしてない。さきほど、姉さんを母さんに近づけないでほしいってリヴァーデイルにも言ったけど、それはリヴァーデイルが本当に姉さんの夫であることを確認したうえでのことだった。あの人は毒親なんだ、ロウ。あの人の世界に存在する人間はただ一人――自分だけだ。ほかの者はみんな、自分をとりまく舞台装置の一部か、憧れと畏敬の念をこめて見とれる観客に過ぎない。割りあてられた役を演じられない相手には冷酷になれる人だ。実の母親のことをここまで悪く言うなんて、とんでもない親不孝だと思うけど、姉さんの母親でもあるしね。姉さんとじかに会えば、母さんはたぶん、いい顔をしないと思う。完璧な人間ではなかったことを世間に知られるのが怖いんだ。母さんに近づかないでほしい。あの人のことは忘れてほしい。でも、たぶん、姉さん自身がすでにそう決めてるだろうけど」

「コリン」レンは彼に笑いかけた。「今日、わたしのなかの何かが癒されたわ。あのころも善なるものは存在してたのね」

「今夜はきっと夜中に目をさまして、すべて夢だったんだと思うだろう。そして、夢じゃなかったことに気づいて、今夜だけは、目をさましたことを喜ぶだろう。姉さんはほんとに生きてたんだね」

「そうよ。ヴォクソールで楽しんでらっしゃい」

「うん、そうする」コリンはにっこりした。「ミス・パーミターは内気なところがあって、そのため貴族社会でほとんど無視されてる。でも、ぼくは無視しないよ。ロウ、またキスしてもいい？　よくなりますようにって」

「ええ、お願い」コリンが姉の左頬にキスをしてから強く抱きしめると、レンは笑った。抱擁を返し、あのころの闇はけっして真っ暗闇ではなかったのだと思った。人生最初の一〇年間は凝縮されてひとつのかたまりになっているため、ひと筋の細い光が大きな癒しになったことをほとんど忘れていた——明るい顔をした幼い少年が成長し、このハンサムな若者になったのだ。この子がわたしの弟。

明日また顔を出すことをコリンが約束したあとで、レンとアレグザンダーは玄関まで見送った。それから図書室に戻った。夫に手を握られ、指をからめていることに、レンは気がついた。彼がレンをソファにすわらせて片手で抱いた。レンは彼の肩に頭を預けて目を閉じた。彼のもういっぽうの手がハンカチで頬を優しく拭いてくれるのを感じた。

「あれが兄のほうだとわかったら、ぼくは何も話さなかっただろう」

「ジャスティンのこと？　兄もそれなりに苦しんだと思うわ。好きで深酒をして死んでしまう人なんていないでしょ」

「きみにひどいことをしたじゃないか」

「兄はまだ子供だったんですもの。ブランチとルビーもまだ少女だった。許さなくては、アレグザンダー。せめて、わたしの心のなかだけでも。三人の誰かがわたしのような容姿をしてて、わたしが三人の誰かのように容姿端麗で母の影響下にあったとしたら、わたしが似たような態度をとることはなかったと誰に言えて？」

アレグザンダーは顔を傾けて彼女にキスをした。

「会いに行こうと思うの」

彼女の肩を抱いた腕がこわばった。「お母さんに？」

「ええ」

「なぜだ？　レン、そんな必要はない。お母さんには近づくなとコリンが言ったじゃないか。あの子にはよくわかってるんだと思う。強硬な口ぶりだっただろ。会う必要なんてない。田舎へ連れて帰ってあげよう。ぼく自身も帰りたくてうずうずしてるんだ。一緒に帰ろう」

「どこに住んでるかご存じ？」レンは訊いた。

「いや」アレグザンダーはため息をついた。「しかし、見つけるのはむずかしくないだろう」

「見つけてくれない？」レンは頼んだ。「会いに行きたいの」

彼はもう理由を尋ねようとはしなかった。助かった。レン自身にも理由がわからなかったから。わかっていたのは、過去がついに姿を現わしたということだけだ。劇場へ出かけたことに始まり、そののちに、いままでのことをすべて語った。そして、今度はこれだ。始めたことを最後までやり遂げなくてはならない。でないと、自分のなかで過去が永遠にくすぶりつづけることになる。癒しを求めているのではない。癒しが可能かどうかもわからない――

コリンと姉たちもたぶん同じ思いだろう。レンが望んでいるのは記憶と向きあうことだけだ。深く埋もれすぎて意識のレベルまでひっぱりあげるのが無理なものまで含めて。それだけだ。それが理由だ。

「レン」アレグザンダーの両腕が彼女を抱きしめていた。彼の頬がレンの頭に置かれていた。「ぼくはきみと一緒に何をすればいい？　いや、答える必要はない。明日か明後日、きみと一緒に自分が何をするつもりかはわかっている。きみがレディ・ホッジズを訪ねるとき、ぼくも一緒に行くからね」

「ええ。ありがとう。早めに実現させましょう、アレグザンダー。それが終わったら、あなたと田舎に帰りたい」

21

ヴァイオラは翌日、朝食のあとでハリーとアビゲイルを連れて家路につくことにした。しばらくはざわざわと騒がしく、抱擁とキスが交わされ、涙ぐむ者もいた。

「あのう、レン」ハリーがレンに別れの挨拶をしたときに言った。「初めて顔を合わせた日のことで、あなたが気を悪くしてないといいんだけど。〝誰だ？〟って、あなたに不躾に訊いて、〝母さんはここにいないんだね〟と言って、〝その顔、どうしたの？〟とかつぶやいたような記憶があるんだ。それから、ぼくがどんな格好だったか、どんなにひどい臭いだったかを考えるとぞっとする」

「何も覚えてないわ。あなたが誰なのかを知ったときの喜び以外は」負傷していないほうのハリーの腕を軽く叩いて、レンは笑った。「田舎でくつろぎの時間を楽しんでね」母親と妹の願いどおりにくつろぐことがハリーにできるのかどうか、レンはいささか疑問に思った。屈強な体格に戻りつつあって、落ち着きがなく、一週間前に比べるとずいぶん健康になった感じだ。

「ぼくのためにいろいろやってくれてありがとう」ハリーはレンを固く抱きしめた。「それから、母さんとアビーを招待してくれたことにも感謝してる。結婚式を口実にして招待しようというのは、あなたの考えだったんですね。ありがとう、レン」

アビゲイルもレンを抱きしめた。「あたしからもお礼を言います。かわいそうなジェスのために、どうしてもこちらに来たかったの。あたしの運命が大きく変わったことで、ジェスがすごく胸を痛めてるから。こちらで過ごした何日かのあいだに、ジェスに説明することができました――あたしがいまの境遇に満足してて、自分のことを悲劇のヒロインだなんて思ってないから、ジェスがあたしのために自分の夢と幸福を犠牲にする必要はないってことを。手紙よりもじかに話をして納得してもらうほうが楽でした。それに、みんなに再会できたのも、あなたに会えたのもうれしかった。アレックスにとって最高のお相手ね。まず、背の高さがほぼ同じでしょ」そう言って笑った。「いろいろありがとう、レン」

ヴァイオラはレンの手の片方を自分の両手で握った。「お礼を言わせてね。息子を優しく看病してくださったことに。アビーとジェシカに二人で過ごす時間を与えてくださったことにも。二人はいとこというより姉妹みたいなもので、この一年ほど、大騒動のなかで辛い思いをしてきたの。それから、レン……友情をありがとう。あなたとならいい友達になれると思うわ。わたしがこんなことを言う相手はそんなにいないのよ。あなたの静かな勇気に力をもらったわ」

「そんなすてきな言葉をいただけるなんて、めったにないことです。それから、あなたを友達とお呼びできるのがわたしにとってどれほど幸せなことかも、どうかわかってください。

ハリーと過ごす一カ月か二カ月を楽しんでくださいね。手紙を書きます。それから、すぐまた会えるよう願っています」

「わたしも手紙を書くわ」別れの言葉が飛び交う騒がしさとざわめきのなかで、二人はしっかり抱きあった。

レンがふと見ると、ハリーもアレグザンダーを抱きしめ、彼の背中を叩いていた。ハリーの言葉まで聞こえてきた。「恨んでなんかいないよ、アレックス。あなたは半分そう思いこんでるかもしれないけど。あなたが貴族院へ出かけるのを見るたびに、もしぼくがその立場だったらどんなに憂鬱だろうと思ってしまう。それより戦場にいるほうがずっと楽しい」

それからみんなで表の歩道に出て、アレグザンダーがレディ二人に手を貸して待っていた馬車に乗せ、二人のあとからハリーが乗りこんだ。二分後、馬車がサウス・オードリー通りを遠ざかって消えていき、残された者たちは立ったままじっと見送った。

「ヴァイオラは変わったわね」レンの義理の母親が言った。「ヴァイオラのことは昔から大好きだったのよ。とてもエレガントで、気品があって、優雅だった。もちろん、いまもそうよ。でも、昔はどこかよそよそしいところがあったでしょ。以前より少し温かい人になった感じね」

「よそよそしかったのは、結婚生活が不幸だったせいかもしれなくてよ、お母さま」エリザベスが言った。「レン、あなたが生前のカズン・ハンフリーに会ったことがなくても、少しも残念に思わなくていいのよ」

「わたしもカズン・ヴァイオラが大好きです」みんなと一緒に邸内に戻りながら、レンは言った。「それから、アビゲイルはとっても優しい子ね。年齢のわりに大人びた感じ」

「ハリーが自分の好きなようにできるなら、二カ月の休暇が終わる前にイベリア半島へ戻ってしまうに違いない」アレグザンダーが言った。「自分には伯爵の人生より軍人の人生のほうが向いてるってぼくに言ってたから。たぶん、本人はそう信じてるんだろう」

「レン？」階段をのぼりながら、エリザベスがレンの腕に自分の腕を通した。「ホッジズ卿が弟さんなんですって？」

二人の続柄については、アレグザンダーがすでに母親と姉に話していた。「そうなの」レンは答えた。「わたしが家を離れたとき、コリンは六歳だったわ。わたしはあの子が大好きだった。わたしのことは、死んだと聞かされてたそうなの」

アレグザンダーの腕に手をかけたレンの義理の母親が、二人のうしろから階段をのぼってきてハッと息を吸った。ただ、何も言わなかった。

「昨日はわたしよりあの子のショックのほうが大きかったみたい」レンは言った。「わたしにとって最大のショックは、あの子が現在のホッジズ卿だということだった。わたしが家を離れたとき、父は生きていたのよ。わたしの兄も」

「まあ……」エリザベスが言った。

「あの人に会いに行こうと思います」客間に入ったあとで、レンは言った。

「レディ・ホッジズに？」義理の母親はショックを受けた様子だった。「まあ、大変。弟さんと一緒に？」

「いいえ」レンは言った。「弟は母と行き来がありませんし、母にはぜったい近づかないようにと、わたしに強く言っていました」

「でも、とにかく行くつもりなの？」レンの義理の母親は言った。「レン、それは賢明なことかしら？」

エリザベスが腕を離し、それから二人はすわった。「レンがどうしても行こうとする気持ちは理解できるわ、お母さま。ねえ、レン、あなたにどんな過去があるのか、わたしは知らないけど、多少は想像できるような気がする。だって、レディ・ホッジズのことをある程度知ってるから——でも、あなたのお母さまだし、何も言わないほうがいいわね。ええ、もちろん、行くべきだわ。あなたの勇気に拍手よ。アレックスも一緒に？」

「無理やりひきずっていかれそうだ」アレグザンダーは二人を交互に見ながら、しかめっ面で言った。まだ腰を下ろしていなかった。「これはきっと、女性の論理が働いた結果だね。ホッジズとぼくに言わせれば、愚の骨頂だ。それに、ぼくはレンの過去を知っている——とりあえずその一部を。隠された部分がまだまだあると思う。そう、一緒に行くつもりだ。あちらが在宅なら、明日の午前中にでも。それがすんだら、議会の残りの会期は欠席する。レンを連れて故郷に帰る。いや、訂正。レンと二人で故郷に帰る。ブランブルディーンに」

「ぜひそうなさい」彼の母親が言った。「〝故郷〟はまさにぴったりの言葉だわ。レンがあそこをあなたの故郷にしてくれるでしょう、アレックス」

「じゃ、ここらで失礼して、用があるからちょっと出かけてくる」

レンが玄関まで見送りに出た。


レディ・ホッジズは長女とその夫と共に、カーゾン通りの屋敷で暮らしていた。屋敷の所有者は息子だが、ここには住んでいない。レディ・ホッジズが外出することはあまりなく、出かけるとしたら、劇場のような場所にかぎられている。多くの者に姿を見せることができるが、太陽の光や直接照明にさらされる心配がなく——欲を言えば、彼女の姿に見とれる者たちから少し距離を置くことができる場所。自宅にいるときに使う部屋は、窓のカーテンがつねに閉ざされ、照明はいくつもあるが、温かく明るい印象を与えるように、そして、宝石に反射して輝きをひきだすいっぽうでレディ・ホッジズ自身には光があたらないように、巧みに配置されている。彼女からふんだんに与えられる贈物と、絶世の美女という評判に惹かれてやってくる美しい若者たちを周囲に侍《はべ》らせている。その評判は三〇年以上も前から続いていて、すでに伝説になっている。長女のブランチはもう三〇代半ばだが、いまなお美しく、ほかの子供たちはさまざまな理由で実家を出ていったのに、彼女だけは残って母と暮らしている。長男がいなくなったのは死亡したからだ。母は長女をそばに置きたがった。世間から姉妹に違いないと思われていることに虚栄心をくすぐられるからだ。

レディ・ホッジズの虚栄心には際限がなかった。メイド、かつら師、衣装係、爪の手入れ係、化粧係の一団に毎日二時間ほど身を委ねたあとで鏡を見ると、そこに映っているのは、かつて社交界を魅了した一七歳の乙女だった。何十人もの紳士が彼女のとりこになった。とりわけ熱心だったのが、なんでも好きにさせてくれて贅沢も思いきりさせてくれた、妻のいる公爵と、結婚を申しこんできた裕福でハンサムな男爵だった。男爵を選んだときに彼女がひとつだけ残念に思ったのは、二人の男性の身分を入れ替えられないことだった。できることなら公爵夫人になりたかった。

レディ・ホッジズが自宅で化粧と身支度に専念していたとき、従僕が化粧室のドアをノックして、メイドの一人に何やら伝言した。メイドが上級メイドにそれを伝えると、上級メイドはレディ・ホッジズに報告した——リヴァーデイル伯爵夫妻がお越しになり、奥さまにお目通りを願っておられます、と。

レディ・ホッジズは驚いた。正直に言うなら、仰天しただけで、少しもうれしくなかった。まさか向こうから訪ねてくるとは夢にも思わなかった。噂に聞いていた——聞いていない者がどこにいるというの？——リヴァーデイル伯爵が紫色の顔をした醜い女と無理やり結婚させられたことを。気の毒に。伯爵が哀れにも一文無しなのに対して、女のほうは大金持ちだからだ。劇場へ出かけたとき、レディ・ホッジズはほかの人々と同じように、向かいの桟敷席にいるその女に興味津々の目を向けた。まず、女の容姿をめぐる噂がなぜあんなに不正確だったのかと首をひねり、軽い失望も感じていた。

やがて幕間の休憩時間になり、伯爵夫人の顔を真正面から見ることができた。ブランチも伯爵夫人を見た。レディ・ホッジズはひどく落ち着かない気分になった。伯爵夫人の顔が本当に紫色だったからだ——左側だけが。そして、似ていなくもなかった……しかし、似たところには目を向けないようにした。どっちみち、目の錯覚に決まっている。

ところが、その夜、ベッドに横たわったあとで昔の記憶がよみがえった。リヴァーデイル卿が結婚した相手はミス・レン・ヘイデン、〈ヘイデン・ガラス〉の莫大な財産を相続した女性。メガンがかつて、ヘイデン夫人とかいう病弱で大金持ちの男の妻の話し相手《コンパニオン》という仕事を選び、家族に恥をかかせたことがあった。少なくとも、ヘイデンという名字だったことは間違いない。妻は数年後に亡くなった。ひょっとして……？

ぞっとするほど醜いリヴァーデイル伯爵夫人がわたしの生んだ子であることを、誰かに薄々気づかれたらどうしよう？　あの妊娠が判明したときは、またしても自分に重荷を押しつけた夫にわめき散らし、流産をもくろんで自分にできる範囲で手を尽くした。だから、天罰が下ったのだ。

レディ・ホッジズがとっさに考えたのは居留守を使うことだった。でも、会うのを拒まれた伯爵夫妻が立腹し、あれこれしゃべってまわったらどうしよう？　広げた腕とキスで迎えてもらえるとは向こうも思っていないはず。そうよね？　わたしを困らせるために訪ねてきたの？　本当にロウィーナなの？　地味で不格好なメガンが本当に金持ちの夫をつかまえたの？　そして、ロウィーナを育て、名前まで変えさせたというの？　〝レン〟っていったいどこからとった名前？　メガンはいまも生きてるの？　ロウィーナを精神科病院に入れる予定だった日の前日——幼児のころから病院に放りこんでおくべきだったのに——義憤に駆られたメガンがロウィーナを連れて立ち去った夜以来、わたしはメガンに会ったことも、便りをもらったこともない。

「バラの間にお通ししてちょうだい。すぐにまいりますと伝えておいて」レディ・ホッジズは言った。

化粧と身支度はまだ半分もすんでいなかった。でも、待たせておけばいい。もちろん、周囲の者を急がせるつもりもない。一日のうちでいちばん大事な時間だ。「ついでに、サー・ネルソンとレディ・エルウッドに言ってちょうだい。支度をしてわたしと一緒に来るようにと。それから、ラグリー氏とトビン氏がいらしたら、お二人にもすぐ来てもらって」

二人は無言のまま、並んですわっていた。膝の上で左右の手を重ねたレンの手首に、アレグザンダーが軽く指を触れた。レンが夫に顔を向けることはなかった。事業関係のことを考えるときと同じく、神経を集中させていた。注意散漫になってはならない。でも、アレグザンダーのせいで注意散漫になってしまう――支えてくれると同時に、無言で非難している。いえ、それは正しい表現ではない。〝気にかけている〟と言うべきだ――無言で気にかけてくれている。彼がレンの身を案じ、傷つかないよう全力で守ろうと思っていることは、彼女にもわかっている。彼がよけいな口出しを控えることも、レンがすべきことを自由にさせてくれることも、何があろうと支えてくれることもわかっている。愛にあふれている。心がほのぼのとする。でも、そのせいで注意散漫になってしまう。

舞台装置のなかに足を踏み入れたような気がしていた。部屋のなかは薄暗い――夫候補のリストに挙げた上位三人の紳士を招いたころは、レンの屋敷の居間もちょうどこんな感じだった。でも、舞台装置のような気がするのは、カーテンがローズピンクで、部屋全体もピンクで、金箔《きんぱく》仕上げの枝つき燭台と壁の燭台に差しこまれた数多くのろうそくが室内を照らしているからだろう。執事が二人に勧めたソファ以外にも椅子がいくつもあるが、そのうちひとつだけが離れたところに置いてあった。玉座と呼びたくなるような椅子だとレンは思った。バラ色のベルベットを使った甘い感じの布張り椅子だが、肘掛けと背もたれと脚を彫刻で飾って金箔で仕上げてあり、脚の部分がほかの椅子よりも長い。ベルベットを敷いた浅いステップを二段のぼると、椅子にすわれるようになっている。めったに見られないものだ。照明が金箔に反射するのに、どういうわけか、椅子そのものは影に包まれている。薄気味悪いほど見慣れた光景だ。ただ、子供時代のほとんどを自室で過ごした自分がなぜそんなふうに感じるのか、レンにはわからなかった。

母親は自分たちを馬鹿にしているのではないか、一日じゅうここで待たせる気ではないかという思いが、レンの心に一〇回以上も浮かんだ。立ち上がって〝帰りましょう〟と言いそうになったことが何回かあった。そのたびに、ふたたび神経を集中させた。

アレグザンダーは沈黙を通していた。さすがだ。しかし、レンの手首にかけた指先は静止するかわりに、ときたま手首を軽くなでてくれた。

ついにドアが開き、五人の人間が部屋に入ってきた。まずは、先日向かいの桟敷席にいた二人の貴婦人のうち若いほうの女性。ブランチに違いない。桟敷席で彼女のそばにいた男性。たぶん夫だろう。ひどく若い紳士が二人。どちらも愛らしいと言いたくなるほど端整な顔立ちだ。そして……レンの母親。

アレグザンダーが立ち上がり、ぎこちなくお辞儀をした。レンはすわったまま、三人の主な人物を順々に見ていった。ブランチはあまり変わっていないが、それでも年相応に見える。背が高くて、細くて、金髪、目鼻立ちが整っている。夫もハンサムな男性だ。ただ、血色よく顔が少しむくんだ感じなのは、たぶん、深酒が何年も続いているせいだろう。ブランチの母親は……なるほど、少女のようにほっそりしている。もっとも、コルセットの紐をきつく締めているのは明らかだ。白いモスリンのドレスにはフリルとひだ飾りがふんだんにあしらわれ、長い袖は薄く透け、レースのフリルが指先まで覆っている。長く伸ばした爪を染め、その指で指輪がきらめいている。レースの白いストールが胸と首を優雅に包んでいる。髪は金色で、若々しい艶があり、凝った形に高々と結い上げられ、首筋とこめかみにカールがふわりと揺れている。間違いなくかつらだ。顔色は繊細な白さで、目は大きく無邪気な感じ、髪よりやや濃いめの長いまつげに縁どられている。髪と同じくこれも作りものだ。唇はふっくらしていてピンク色。

バラ色を帯びた仄暗い室内の照明のもとだと、その姿は若く、繊細で、美しく、あまりにも現実離れしていて……ええ、そう。ジェシカの言葉が頭に浮かんだ。グロテスクだ。五〇代半ばから後半になっているはずの女性が社交界にデビューしたばかりの乙女のように見えるなんて、どう考えても変だ。

そのあとに続いた光景も異様だった。五人が無言のまま部屋を横切り、愛らしい紳士二人が左右からレディ・ホッジズに手を貸して玉座にのぼらせ、次に、彼女の横のテーブルにのっていたピンクの羽根の扇子を片方の紳士がとってもう一人に渡し、渡されたほうはそれで彼女の顔に風を送った。そのあいだに、サー・ネルソン・エルウッドがもう少し簡素な椅子のひとつにブランチをすわらせた。

「リヴァーデイル卿と奥さま」少女っぽい甘い声でレディ・ホッジズが言うと、レンの心にたちまち記憶がよみがえり、背筋に震えが走った。「お祝いを申し上げるべきですわね。愛しあう若い方々を見るのはつねに喜ばしいものです」

アレグザンダーはすでに椅子にすわっていた。

「ありがとうございます、お母さま」レンは言った。

レディ・ホッジズが優雅に手をふると、扇子を手にしていた紳士が脇に下ろした。「まあ。では、あなたがロウィーナなのね。少しはましなお顔になったみたい。でも、莫大な遺産が入ったのはいいことだわ。幸せな結婚生活を送ってちょうだい」

「ありがとうございます」レンはふたたび言った。

「それで、わたしは何をすればいいの？　あなたの幸せを祈る以外に」

「いえ、何も」レンは言った。「それに、祈っていただく必要すらありません。こうして伺ったのは、伺う必要があったからです。自尊心を持つことを学んだ大人の目で、もう一度あなたを見ておく必要があったから。それに、子供時代の闇と向きあう必要もありました。子供がそんな闇に耐えなきゃいけないなんて、あってはならないことです。誰にも愛してもらえず、優しくしてくれたのは弟だけだなんて。昨日、その弟と再会できたのは、おたがいに大きな喜びでした。わたしは死んだとあなたが弟に告げたのも冷酷だけど、それ以上に冷酷なのは、子供にはなんの責任もないのにあざのある顔で生まれてきたばかりに、あなたがその子に辛くあたりつづけたことです。わたしはあなたの目を見て言いたかった――〝自己崇拝とうわべの美を重視してきたばかりに、あなたは人生で出会えたはずの喜びをずいぶん逃してしまったのよ〟と。そんなものは長続きしません。少なくとも、花の盛りの美しさなんてすぐに消えてしまいます。家族やほかの人々と一緒に経験できたかもしれない愛情と優しさを、あなたはすべて無視してきた。わたしが望んだのは、愛し愛されることだけだったのに。あなたを憎むつもりはありません。辛い思いばかりさせられたせいで、わたしがその影響から完全に脱するのはたぶん無理でしょう。でも、その重荷に憎しみを加えようとは思わないし、重荷のほうは、これから一生かけて軽くしていくつもりでいます。あなたに対して感じているのは憎しみではなく哀れみです。だって、わたしの顔のあざが消せないように、あなたのその性格はどうにもできないんですもの」

アレグザンダーの指先がふたたびレンの手首に触れていた。

「あのね、ロウィーナ」彼女の母親は羽根の扇子を手にとり、ふたたび自分の顔をあおいでいた。「わたしは一〇年ものあいだ、あなたを手元に置いて育ててあげたのよ。ぞっとするほど醜い子で、そんな子はどこかへやって、充分な報酬をもらう者以外はその顔を見ずにすむようにすべきだと、みんなから言われたのに。あなたの顔を見るのはいまでも辛いことだわ――リヴァーデイル卿もお気の毒に――でも、昔の自分がどんな姿だったか、あなたはたぶん覚えていないでしょうね。メガンは殉教者ぶってあなたを連れ去り、妻の死でまだ悲しみに沈んでいたに違いない老人をうまく丸めこんで自分と結婚させ、あなたという重荷をその老人に押しつけた。メガンも亡くなったんですって？　かわいそうに。でも、あなたはお金持ちになり、夫と、さらには爵位までもお金の力で手に入れることができた。もう一度、おめでとうを言わせてもらうわ。わたしに感謝してほしいわね。文句を言うのではなく。ラグリーさん、気付け薬をとってくださらない？」

若い紳士の片方がテーブルの気付け薬をとってレディ・ホッジズに渡した。

「ブランチ」レンは姉のほうへ注意を移した。「あなたとは親しくなれなかったわね。機会を与えてもらえなかったから。もしよかったら、姉妹としてこれから親しくしていけるとうれしいわ」

ブランチは冷ややかな軽蔑を浮かべてレンを見た。「いえ、けっこうよ」と言うと、正式に紹介されていなかった夫がブランチの肩に手を置いた。

レンは立ち上がった。「用件はすみました。あなたを煩わせることは二度とありません、お母さま。それに、あなたの醜い秘密を故意に暴くつもりもありません。もっとも、わたしがホッジズ卿の姉であることは、じきに知れ渡るでしょうけど。コリンとわたしは子供のころ、とても仲良しでした。いままた仲良くなり、今後もずっと仲良くしていこうと思っています」

アレグザンダーもレンの横で立ち上がり、一時間以上の沈黙のあとで初めて発言した。「お会いいただき、お礼を申し上げます。家内にとっては、あなたにふたたびお目にかかってお話しするのが大切なことでした。これで以前より幸せに過ごせることでしょう。そして、ぼくにとっては家内の幸せが大切なのです。それどころか、わが人生におけるほかの何よりも大切です。もちろん、財産目当てで結婚したのではありません。愛しているからです」この言葉と共に向きを変え、妻に腕を差しだした。「レン?」

アレグザンダーは妻をエスコートして部屋を出ると、階段を下り、玄関ホールまで行った。従僕が二人のために玄関ドアをあけた。二人はそれ以上何も言わずに屋敷から出ていくつもりだった。ところが、そこで誰かがレンの名前を呼んだ。二人はふりむいた。若い紳士が二人そろって階段を駆け下りてくるところだった。玄関ホールに下りるまで、どちらの紳士も無言だった。

「レディ・ホッジズのお心を乱しましたね」一人が言った。

「醜いものを目にすると、あの方はお心を乱されるのです」もう一人が説明した。

「あの方のお心が乱されると、われわれの心も乱されます」最初の紳士が言った。次は二人目の番だった。「どうかお願いです。今後、あの方には近づかないでいただきたい」

「われわれも、その他の献身的な友人たちも、あの方の願いが叶えられるようつねに気を配っています。それに、あなたご自身のためでもあると思います、レディ・リヴァーデイル、あの方との続柄については沈黙を通されたほうが――」

この紳士は最後まで言うことができなかった。もう一人の若い紳士も次のセリフを続ける機会がなかった。あっというまの出来事だったため、レンにはまばたきする暇すらなかった。まず、発言中だった紳士がネッククロスをつかまれ、次にもう一人の紳士も同じ目にあって、二人一緒にあとずさりさせられ、最後はそれ以上うしろに下がれなくなった。背中を壁につけたまま、アレグザンダーの手で持ち上げられて、エレガントなブーツの足がタイルの床をかすかにこするだけになり、二人の顔がそろってブルーの色合いに変わった。

「レン」アレグザンダーが言った。楽しそうな声だった。「表に出て、馬車のなかで待っててくれ」

しかし、レンはその場にとどまり、その後の展開に驚きの目をみはった。アレグザンダーはエネルギーや腕力を使った様子などなく、息を切らしてもいなかった。壁に押しつけた二人の紳士に交互に目を向けた。

「きみたちの口から家内の名前を聞かされるのは心地よいものではない」アレグザンダーは言った。柔らかな声なのに、妙に凄《すご》みがあった。「家内にじかに言葉をかける許可をきみたちに与えた覚えはない。こちらの奥方がそういう許可を出されたという記憶もない。そんな許可は出ていないはずだ。ぼくに声の届く場所で家内の名前を口にするのは、今後いっさい控えてもらいたい。家内に警告や脅しを向けることは二度とないようにしてほしい。人前で家内のことを話題にするのも慎んでもらいたい。今後、家内とふたたび顔を合わせる機会があれば、目を伏せ、口を閉じておくことだな。きみたちがそれとは逆の命令を受けて、それに従うことにしたときは、危険を覚悟しておくがいい。それから、ぼくがいま言ったことをきみたちのお仲間に伝えてもらいたい。同じことをぼくの口からお仲間にくりかえすのは退屈だから、その手間を省きたいのでね。わかったか？」

紳士たちの手足が力なく垂れていた。目が飛びでていた。片手で押さえつけられたまま、身を守る術すらわからない様子だ。息をするのも無理なように見える。

「いまのは形だけの質問ではない」返事がないのでアレグザンダーは言った。「答えてもらおう」

「はい」一人目の紳士が泣きそうな声で言った。

「わかりました」同時に、もう一人がゼイゼイ言った。

アレグザンダーは指を広げて二人を落とした。二人とも床にどさっと落ち、次にぶざまな格好で起き上がると、あわてふためいて階段をのぼっていった。アレグザンダーは汚れがついたかのように両手をこすりあわせた。従僕にちらっと視線を向けると、従僕はあけたドアをいまも支えたまま、ぽかんと見とれていた。アレグザンダーの目がレンに向いた。

「さあ、つねに従順なる妻よ。おいで。ここにはもう用はないと思う」

レンは何も言わずに彼の腕に手をかけた。

22

アレグザンダーは妻に続いて馬車に乗りこむ前に、こちらから追って指示するまで走りつづけるようにと御者に命じた。

妻は堅苦しく背筋を伸ばした姿勢で馬車の座席にすわり、顔をやや背けて窓の外を見つめていた。今回の訪問では、アレグザンダーは妻に驚かされてばかりだった。なぜあんな子供時代を送ることになったのか、なぜあんな仕打ちを受けたのかを理解しようとして、彼女が母親にあれこれ質問するものと思っていた。ある種の和解を求め、あんな親にもやはり母親らしき感情と悔恨の情があることを示す証拠を求めるものと思っていた。感情を、涙を、ドラマを――情熱と苦悩の噴出を――予期していた。

かわりに、レンはあっぱれな態度をとった。夫の助言にも弟の助言にも逆らって彼女が母親に会いに行った理由を、アレグザンダーは理解した。〝こうして伺ったのは、伺う必要があったからです。自尊心を持つことを学んだ大人の目で、もう一度あなたを見ておく必要があったから。それに、子供時代の闇と向きあう必要もありました。子供がそんな闇に耐えなきゃいけないなんて、あってはならないことです……わたしはあなたの目を見て言いたかった――あなたは人生で出会えたはずの喜びをずいぶん逃してしまったのよ、と。……あなたを憎むつもりはありません。……あなたに対して感じているのは憎しみではなく哀れみです。だって、わたしの顔のあざが消せないように、あなたのその性格はどうにもできないんですもの〃

しかし、不気味なほど若々しい容貌を保ち、少女のような声をしたあの女性がレンの母親だという事実を、アレグザンダーは無視できなかった。

手袋をはめていないレンの手を握った。その手は冷たく、最初はなんの反応もなかった。しかし、すぐに彼の手を握り返し、やがて馬車が軽く揺れて動きだした。

「ありがとう」レンは言った。「どうしてあんなことができたの？　相手は二人だったのに」

「あいつらにはもうがっかりだ。こっちは格闘したくてうずうずしてたのに、連中ときたら、ぶら下げられることしかできないんだから」

「傷つくものよ……ぞっとするほど醜いなんて言われると。たとえ、〃少しはましなお顔になったみたい〃と言われて、そんなことを言う相手をこちらが軽蔑しててもね」

「だけど、きみの実の母親なんだよ」

「ええ」彼女はしばらく目を閉じ、彼のほうへ身体を少し寄せて肩を触れあわせた。「〃母親〃という言葉から浮かぶイメージがあるわ――あなたのお母さま、あなたのおばさまのリリアン、カズン・ルイーズ、アナ。でも、子供を生んだからって、無理に母親らしくしなきゃいけないという規則はない。そうでしょ？　でも、わたしの母って……どこかおかしいのかしら？　あんな人間でいるのも、あんな生き方を続けているのも、母自身にはどうにもできないことなの？　それとも、どうにかできることなの？　いえ、返事はいらない」彼の腕の下へ手をすべらせて、レンはさらに身を寄せた。「どちらでもかまわないわ。母に会いに行ったのは、母の呪縛からようやく自由になりたかったからなの。もちろん、わたしだって世間知らずじゃないから、そういう単純なことだとは思ってないけど、母を訪ねるのが重要な一歩だと思って、その一歩を踏みだしたのよ。母のことで思い悩むのはもうやめる。母はああいう人なの。そして、ブランチはああいう人なの」そう言って、レンは深いため息をついた。「アレグザンダー、わたしはあなたにどれほど重い荷物を背負わせてしまったのかしら」

「ぼくは一瞬たりとも後悔していない」アレグザンダーは言った。本心からの言葉だった。

「ありがとう」しばらく沈黙したあとで、ふたたび彼女は言った。「〝ぼくにとっては家内の幸せが大切なのです〟と、母に言ってくれてありがとう」

「本当のことだから」

「そして、〝愛しているからです〟と言ってくれてありがとう」

「それも本当だから」

「わかってる」レンは握られた手をくねらせて、二人の指をからめた。「ありがとう」

しかし、レンは知らなかった。〝愛しているからです〟と言ったとき、彼のなかで何かが起きたことを。もちろん、ああいう状況だったら、男らしい男であれば誰しもそう言うだろう。しかし、大事なのは、ほかの言葉と違って、それが彼の頭から生まれたものではないということだった。どこかほかの場所から、無意識の心から生まれたもので、それが真実であることに衝撃を受けた瞬間、アレグザンダーは大きな木槌《きづち》で頭を殴られたような気がした。単に愛しているのではなく、とても、とても、とても、愛している。愛というものの意味が、自分でもよくわからないけれど。

レンはもちろん、彼の言う〝愛〟が慈愛のことだと思っていたし、たしかにそのとおりだった。しかし、慈愛だけではなかった。アレグザンダーは日常生活で使う実用的な言葉は別として、言葉をそれほどうまく操れる人間ではない。秘書に原稿を書いてもらわなくても、貴族院では、理路整然とした力強いとすら言えるスピーチをすることができる。しかし、たったいま気づいた妻への思いを――自分自身に対してさえ――説明する言葉は出てこなかった。愛もそこに含まれているが、それだけでは情けないほど説明不足だ。

その言葉はたぶん、彼の心《ハート》からすなおに出たものだろう。しかし、ハートは言語が専門ではない。ハートの専門は感情だけだ。彼はあくまでも男。感情を分析することには慣れていない。がんばって分析しようとすれば、頭痛が始まりかねない。

「ありがとう」二人のあいだに広がった沈黙のなかで、レンはふたたび言った。「胸がいっぱいで、この言葉しか浮かんでこないの。なんの意味もない場合もあれば、強い力を持つ場合もある言葉だわ。わたしの〝ありがとう〟には強い力がこもってるのよ。ぼくが〝愛している〟という言葉に強い力をこめたのと同じように」

「田舎に帰ろう」アレグザンダーは言った。「明日」

レンは彼のほうへ顔を向けて微笑した。「安らぎと静けさに向けて。そして、あちらで待っている修復作業に向けて」

「そう。二人の新たな人生に向けて。ブランブルディーンで家庭を築こう、レン。領地を豊かにし、いずれ美しい風景式庭園を造って多くの人を雇い、屋敷にも充分な数の召使いをそろえて、その壮麗さにふさわしいものにしよう。しかし、何よりも大事なのはそこを家庭にすることだ。ぼくたち二人の。そして、幸運に恵まれれば、ぼくらの子供たちの」

「話を聞いただけでうっとりするわ。天国みたい。明日？」

「明日だ」アレグザンダーは身を乗りだして仕切り板を軽く叩き、サウス・オードリー通りへ戻るよう御者に合図をした。カーゾン通りを出発したあと、どこを走っていたかはわからない。それどころではなかった。

「議会はまだ会期中でしょ」

「別に出なくても——」アレグザンダーは言いかけた。しかし、レンに遮られた。

「だめだめ。わたし、ずっとそのことを考えてたの。こちらに残るのがあなたの義務だし、あなたはいつだって義務を大切にしてきた人でしょ。これまでずっと、そんなあなたが好きだったし、尊敬してたのよ——わたしと再会したあと、たった二、三日議会を休んだだけで疚しさを感じていたあなたを。結婚したからといって、人が土台の部分から変わってしまうのはよくないわ。その人が前から持っていた美点をさらに高めなくては」

「できれば、明日きみを連れて帰りたい。ぼくにはきみへの義務もあるから」

「わたしはコリンにもっと会いたいの。もっともっと。二〇年の歳月を埋めなくては。あの子のすべてを知りたい。わたしのすべてを知ってもらいたい。わたしの弟ですもの」

アレグザンダーはため息をついたが、何も言わなかった。

「わたし、あなたのリリアンおばさまのことも、リチャードおじさまのことも、ほとんど知らないのよ。シドニーやスーザンやアルヴィンのことも。結婚式の日にお会いして、みなさんのことが好きになり、もっと会えればいいのにと思ったわ。先々代伯爵未亡人のカズン・ユージーニアとも一緒に過ごしたい。長い人生のことをいろいろ伺いたいの。カズン・マティルダにももっと会いたい。ご自分のお母さまのことをあれこれ気遣って、狂おしいほど大切にして、お母さまをムッとさせてる方よね。カズン・ミルドレッドとトマスとはまだほとんど話をしてないし。息子さんたちのことも知りたいわ。まだ寄宿学校の生徒で、ご両親のお話だと、三人とも腕白坊やのようね。カズン・ルイーズとエイヴリーのことだってよく知りたい。アナと赤ちゃんのことも。アビーと再会したあとのジェシカがどうしてるかも知りたい。それから、あなたのお母さまとエリザベスのこともっと知りたい。わたしの母親と姉は生涯その二人だけだし、大切にしていきたいと思ってるのよ」

アレグザンダーは優しく笑った。「いまのはすべて、ぼくを説得して義務を果たさせ、会期終了まで貴族院に通わせるための策略かい？」

「まあ、それもあるわね。でも、本心でもあるのよ。わたしは一〇年間を独房で過ごしたあと、分厚い快適な繭のなかで二〇年間生きてきた。いま、外の世界へおずおずと踏みだしたところで、平和で静かなブランブルディーンに戻る前に、さらに何歩か進む必要があるの。いまここで田舎に帰ってしまったら、ひきこもったままになるかもしれない」

「それがきみの望みだと思っていたが」

「そうだったわ。いまもそうよ。でも、最近、自分自身に関して気づいたことがあるの。レジーおじからもずっと言われてたわ。どうしようもなく頑固な子だって。おじが生きてるあいだ、わたしは世間と向きあうことを頑固に拒んできた。これからは、世間から逃げることを頑固に拒むことにするわ」

「おやおや」アレグザンダーは言った。「ぼくは頑固な女性と結婚してしまったのか。苦労させられそうだ。次は社交界の盛大な舞踏会に出たいと言いだすのかな」

沈黙が流れた。しかし、沈黙にもいろいろある。すべての沈黙が同質なわけではない。ウエスコット邸の表で馬車が揺れて止まった。馬の一頭がいななき、足を踏み鳴らした。通りで二人の人間がしゃべっていた。どこかで犬が吠《ほ》えていた。馬車のなかには静寂があった。

「ええ、そうよ」レンは言った。

ウェスコット一族とラドリー一族とホッジズ卿がウェスコット邸のお茶会に招かれていた。ダイニングルームのテーブルに最高級の磁器が用意され、さまざまな種類のサンドイッチとスコーンとケーキが並んでいた。

「家族会議のために集まったような雰囲気ね、アルシーア」全員が席について食欲を満たしたところで、カズン・マティルダが言った。レディ・ジョセフィン・アーチャーはみんなが抗議の声を上げたおかげで乳母に連れ去られずにすみ、人の手から手へ渡されて、膝の上でジャンプさせてもらったり、抱っこされたり、腕に抱かれて揺らしてもらったり、高い高いをされたりしていた。

「身内のお祝いのためだけに集まってはいけないの?」レンの義理の母親が言った。「ホッジズ卿を迎えて〝わが一族にようこそ〟のお茶会をしてはいけないの? でも、ほんとはあなたの言うとおりよ、マティルダ。みなさんをお招きしたのは、お祝いのためだけじゃないの。レンを貴族社会に紹介するため、舞踏会の計画を立てようと思ってね」

すべての目がレンのほうを向いた。となりにすわったコリンが眉を上げ、レンににっこり笑いかけた。

「わたしが最初からそう言ってたでしょ」マティルダが言った。「なにしろ、リヴァーデイル伯爵夫人なのよ。とても身分の高い人なのよ。ところが、噂によると、この人は世捨て人で、アレグザンダーはこの人のご機嫌とりに徹することにしたそうね」

「レンの意見を尊重することにしたのよ、マティルダ」レンの義理の母親が尖った声で言った。「夫という名に値する夫だったら、それが当然でしょ。でも、どうやらレンの気が変わったようなの」

「お母さまもわたしも大喜びよ」エリザベスが言った。

「わたしだって」リリアンおばが言った。「身内に伯爵夫妻がいたところで、友達や隣人たちに人前で見せびらかす機会がなかったら、なんの意味があるというの?」おばがレンとアレグザンダーに向かって目をきらめかせたので、みんなのあいだに笑いが広がった。

「まさに同感」リチャードおじが言った。

「ダンスはできる、レン?」カズン・ミルドレッドが訊いた。「できなければ、ステップを上達させなくては。知りあいのダンス教師がいるから、その人に頼んで――」

「まさか……」心配そうな声でエイヴリーが言った。「去年、アナにダンスを教えるために雇われた教師ではないでしょうね、おばさま」

「ロバートソン先生よ、ええ」

「あの先生がワルツを教えていたときにぼくが割りこんでいなければ、たぶん、いまもまだアナに教えようとしていたでしょう。パートナーの肩に左手をどう置くか、指をどう広げて、頭をどの角度で傾けて、どんな表情を浮かべるのかといったことを」

「そして、リジーとアレックスがそのやり方を実演してくれなければ」アナが笑いながらつけくわえた。「そして、そのあとで、お気の毒なロバートソン先生が説明なさったばかりのルールをあなたがすべて破って、わたしと踊っていなければね。ロバートソン先生の教え方はとても丁寧ですけど、パートナーの足につまずいたり、踏みつけたりせずにダンスを楽しむことだけが目的の人たちは委縮してしまうかもしれません――ミルドレッドおばさま、失礼なことを言ってすみません。ただ、初めての舞踏会に備えてあらかじめいろんなダンスを練習しておくのはいい考えだと思います。その点はミルドレッドおばさまのおっしゃるとおりです。リジーとアレックスが力になってくれるでしょう。エイヴリーとわたしもお手伝いしましょうか？　それから、たぶんホッジズ卿も？」

「ええ。ついでに、わたしたちも」ウェスコット夫人の姪にあたるスーザン・コールが言った。「いいでしょ、アレックス？　すごく楽しそう。シドニーも連れていくわね。男女の数をそろえるのに、レディ・ジェシカがたぶん喜んで協力してくれるでしょう」

「伴奏は誰がするの？」カズン・ルイーズが訊いた。「みんな、わたしを見ないでちょうだい。少女のころ、ピアノの先生が母にいつも言ってたの。お嬢さんはまことに不器用です、って。自分ではけっこう器用なつもりだったけど。ミルドレッドのほうが上手だわ。いちばん上手なのはマティルダかしら」

「ずっと練習してないからだめ」カズン・マティルダが抵抗した。「それに、ワルツにはあまり興味がなかったし。ワルツ向きの曲なんてひとつも知らないわ」

「わたしの弟のリチャードはなかなかのピアニストよ」レンの義理の母親が言った。「頼んだら弾いてくれる、リチャード？」

「腕を少しねじり上げられればね、アルシーア」リチャードは愛想よく答えた。「ただし、少し練習しなくてはとレンが思っているのなら、という条件つきで。この件に関して、レンはまだ何も意見を言ってないじゃないか」

「そうですね」レンは言った。「ダンスは家庭教師に教わりましたが、とてもきびしい人で、細かい点に関してはたぶん、みなさんのお話に出てきたロバートソン先生に負けないぐらい口うるさかったと思います。でも、はるか昔のことで、ワルツは含まれていませんでした。それに、踊った相手は家庭教師の先生か、おばか、おじだけです。ほかには誰もいなかったので、何人かで組んで踊るのは無理でした」

「じゃ、さっそく練習しましょう」カズン・マティルダが言った。「それから、舞踏会の会場はどこにするの、アルシーア?」

「ここを使うつもりでした」かわりにアレグザンダーが答えた。「客間と音楽室を隔てるドアをすべてあけ放ち、大部分の家具と絨毯《じゅうたん》を片づければ、かなり広いスペースが――」

「ぼくの理解によれば、リヴァーデイル」エイヴリーが言った。「一族が今日ここに呼び集められたのは、貴族社会の舞踏会の計画を立てるためで、少人数の集まりを開くためではないと思う。会場は当然ながら、アーチャー邸の舞踏室だ。きみも覚えているだろうが、去年アナのために舞踏会を開き、今年はジェシカのために開いた。われわれは熟練の舞踏会主催者になりつつある。そう認めるのは自分でもいやなんだが。それから、〝われわれ〟というのは、正直に白状すると、主にぼくの継母と、アナと、長年苦労してきた気の毒なわが秘書を指している。親愛なるレン、貴族社会に姿を見せるつもりなら、大々的にやるべきだ。ひとかどの人物を残らず招待して、ロンドンで最大の舞踏室のひとつと、そこに付随する広間に詰めこみ、翌日、ひどい混雑だったという称賛に満ちた噂が流れるようにすべきだ。そこまでしなくては、あなたの勇気に値しない」

勇気。わたしは勇気に導かれてここまで来たの？　この小さな言葉がわたしの運命を決めたの？〝次は社交界の盛大な舞踏会に出たいと言いだすのかな〟――馬車のなかで、アレグザンダーが冗談っぽく言った。そこで、レンは〝ええ、そうよ〟という短い言葉を返した。母親に残りの人生をめちゃめちゃにされてはならない、わたしの人生にこれ以上干渉されてはならないという強い思いが胸にあふれ、つい、そう答えてしまった。

もうしばらくロンドンにとどまることにしよう。夫が義務を重視しているから。それに、こちらにいるあいだに、夫の身内や弟のコリンともっと親しくなれる。身を隠して心を癒す必要があるというだけの理由で、ブランブルディーンへ逃げ帰るわけにはいかない。そのときが来たら帰ろう。帰れば忙しくなるだろう。隣人たちともっと親しくなるために、自分のほうから彼らに近づくつもりだった。アレグザンダーの屋敷へお茶会に招かれたとき、何人かの隣人に会ったが、あれは幸先のいいスタートではなかった。

自分にできる範囲でふつうの人間になるつもりだった。

でも、社交界の舞踏会？

アーチャー邸で？

不意に気づいた――コリンが二人を隔てるテーブルの上で彼女の手をしっかり握っていた。テーブルの上座にすわったアレグザンダーが、彼女のいちばん好きな表情を浮かべてこちらを見ていた――ちょっと見ると堅苦しい感じだが、目に微笑が浮かんでいる。

「きみが望むなら、少人数の集まり――これはネザービーの言葉だが――にしてもいいんだよ、レン」アレグザンダーは言った。「それから、きみの勇気に関して誰かが何か言おうとしたら、きみにかわってぼくが聞くことにするからね」

レンがふと気づくと、エイヴリーが片眼鏡を目の高さまで持ち上げ、アレグザンダーをじっと見ていた。アナが笑って、エイヴリーの腕に手をかけた。

「アレックスに見とれてるのね、エイヴリー、白状なさい」笑いを含んだ声で、エリザベスが言った。

「母に会いに行く勇気があったのなら、ロウ」レンの耳だけに届くよう、コリンが声を潜めて言った。「どんなことでもできる」

「わたし、ワルツを踊りたいんです」テーブルの全員に向かってレンは言った。「そして、ちゃんとしたワルツを踊りたい。聞くところによると、スペースが必要だそうですね。アーチャー邸の舞踏室なら、きっと充分なスペースがあることでしょう。ありがとう、エイヴリー、アナ――そして、カズン・ルイーズ。お母さまとリジーとわたしも準備をお手伝いします。レディから紳士にダンスを申しこんでもかまいません？　もちろん、答えはわかっています。わたしの家庭教師なら、想像しただけで動悸《どうき》がひどくなったことでしょう。でも、わたしは申しこむつもりです。アレグザンダーとワルツを踊りたいから」

「さすがに目が高いわね、レン」手を打ちあわせてカズン・ミルドレッドが言った。「このなかでダンスがいちばん上手なのはアレックスですもの――ただし、トマスとエイヴリーは別よ。それから、ラドリー氏とシドニー・ラドリーも別。そうそう、コール氏も。ついでに、言った。

「たぶん、ホッジズ卿も」

「そのへんでやめたほうがいいぞ、ミル」みんなが笑いころげるなかで、カズン・トマスが言った。

レンの視線を受け止めて、アレックスの目に浮かんだ微笑が深くなり、顔全体に広がった。

「ぼくが教えてあげる。そして、いいとも、レン。きみを社交界に紹介する舞踏会のとき、二人でワルツを踊ろう。ぼくの命令だ。夫たるもの、たまには権威を示さないと」

その後二週間かけて舞踏会の準備をするにあたっては、本来ならレンが本領を発揮していただろう。しかしながら、レンの義理の母親とカズン・ルイーズが喜んでその役目をひきうけ、準備に必要な作業は、エイヴリーの秘書のゴダード氏が冷静に効率的にこなしていた。レンはひそかに考えた――ゴダード氏が公爵の秘書をやめたくなったら――その可能性はきわめて低いが――スタッフォードシャーで働く気はないか、打診してみよう。

いっぽう、レンも暇を持て余していたわけではなかった。エリザベスに付き添われて仕立屋へ出かけなくてはならなかった。どんな場に出ても恥ずかしくないイブニングドレスを何着か持ってきたが、どうやら考えが甘かったようだ。新しいドレスを仕立てるとしたら、それに合わせてほかの品もすべて新調しなくてはならない――下着、コルセット、ダンスシューズ、絹のストッキング、手袋、扇子、羽根飾りのついた宝石入りのヘッドバンド。もっとも、ヘッドバンドを身につける機会があるかどうか、レンにはまったくわからなかったが。

ふたつの一族ともっと親しくなりたかった。たいていエリザベスに付き添ってもらって全員を訪問した。さまざまな組みあわせの身内と一緒にハイドパークを散策した。ヴァイオラに手紙を書いた。カミールとジョエルに宛てて自己紹介の手紙まで書いた。次のような文面だった――アレグザンダーと一緒に近々バースへ出向き、お二人と、お嬢さまたちと、もうじき出産予定の赤ちゃんにお目にかかれるよう願っております。

コリンは毎日のように屋敷を訪ねてきた。ときにはレンと二人だけで図書室に腰を下ろして、失われた歳月について語り、おたがいをよく知り、姉と弟であることを実感した。ときには客間やダイニングルームで、アレグザンダー、義理の母親、エリザベスを交えて過ごすこともあった。コリンが自分の二輪馬車にレンを乗せてハイドパークへ出かけたことも一度あった。ただし、混雑に巻きこまれる危険の大きな場所は避けることにした。コリンが暇を告げるときはいつも、二人で笑いながら、よくなりますようにと彼がレンの左頬にキスをするのだった。

図書室で二人だけで話をしたとき、レンは前の夜アレグザンダーに相談した件を持ちだした。「コリン、一年じゅうこのロンドンで暮らしてるって、前に言ってたでしょ。ロクシングリーはあなたの家だけど、あそこに戻るのは気が重いわけ？　ウィルトシャー州のウィジントン館で暮らすことを考えてみない？　ブランブルディーンとの距離はわずか一〇キロぐらいよ。売ることも考えたけど、わたしの大好きな家なの。楽しい思い出がいろいろあるし。家族に住んでもらうほうがずっといいわ」

コリンはじっと考えこむ様子でレンを見た。「田舎で自分の家を買おうと思ったこともあるんだ」正直に言った。「じゃ、姉さんから買うことにしようかな。姉さんの近くで暮らせたらすてきだと思うよ」

「いいえ」レンは指を一本立てた。「買う必要はないわ。あなたにあげる。アレグザンダーもきっと賛成してくれるわ」

しかし、もちろん、コリンも頑固だった。ウィジントン館に住むとしても、レンの厚意に甘えるつもりはなかった。

「じゃ、折衷案を考えましょう。今年の夏、あそこへ出かけて、好きなだけ滞在してちょうだい。召使いたちの給金とその他の経費はあなたの負担で。一年後、自分の住まいにしたいかどうか考えて、住む気になったら購入してちょうだい。でも、あくまでも住む気になったらの話よ、コリン。無理に買わなくてもいいのよ」

コリンはにっこり笑うと、片手を差しだし、契約成立の握手をした。

「ああ、大好きよ、コリン」

「ロウ」レンの手を握ったまま、コリンは言った。「ルビーに手紙を書いてくれないかな? 姉さんが生きてて、仲良くしたがってることを知れば、ルビーも喜ぶと思う。ショーン・マーフィと結婚してアイルランドへ行ってしまう前に、ぼくにこう言ったんだ――人生でいちばん後悔してるのは、姉さんが生きてたころ、一度も姉さんの味方になろうとしなかったことだ、と」

レンは握りあった自分たちの手を見下ろし、耳に届くほど大きなため息をついた。長いあいだ返事をためらった。「わかったわ」ようやく言った。「あなたの頼みですもの、コリン。最悪の場合でも、向こうが手紙を無視するだけよね。ひょっとすると、返事が来るかもしれない」

「姉さん、みんなからそんなに苛められてたの？」

レンは首を横にふった。「ルビーに手紙を出すわ」

「ありがとう」コリンは姉の手を唇に持っていった。

この何週間か、レンはガラス工場から届く報告をすべて処理してきた。新しいデザインの色彩をひとつだけ変更してはどうかという提案はこころよく受け入れられ、ほどなく、完成品が市場に出る前にサンプルが送られてくることになった。

また、ダンスも習っていた。自分では多少踊れるつもりだったのに、嘆かわしいほど下手なことがたちまち明らかになったが、不屈の精神で挑むことにした。ピアノフォルテの伴奏をひきうけたリチャードおじは大いなる忍耐力を発揮してくれた。ダンスにつきあってくれるほかの人々も同じで、ほぼ毎日、時間を割いてウェスコット邸を訪れ、レンに協力してくれた。そして、みんなの大笑いや真剣な練習のなかで、レンはぐんぐん上達していった。アレグザンダーの母親はいつも顔を出して、にこにこしたり、笑い声を上げたり、音楽に合わせて首をふったりしていた。アレグザンダーとステップを練習していたレンが午後になってようやくコツをつかんだ日には、カズン・マティルダがワルツもなかなかいいものだと宣言した。エリザベスはシドニーと、アナはエイヴリーと、スーザンはアルヴィンと、コリンはジェシカと踊っていた。

「ただし、血縁者や、夫婦や、婚約者以外の相手と踊るのが適切なことかどうかは疑問ですけどね」カズン・マティルダはそうつけくわえ、ジェシカとコリンにひどく居心地の悪い思いをさせた。

「わたしがあと五〇歳若かったら」先々代伯爵未亡人が言った。「兄弟や父親とワルツを踊って時間を無駄にするようなことはしませんよ。いえ、相手が夫でもお断わり。あと半世紀早くワルツを発明してくれなかった人物を、わたしはぜったい許さないわ」

「完璧だ」アレグザンダーがレンの手を握り、反対の腕を彼女のウェストに置いたまま、微笑みかけていた。「ぼくが完璧な教師なのか、きみが完璧な生徒なのか、どちらかだね」

「あるいは、その両方」レンは言った。

「あるいは、その両方だ」アレグザンダーも同意した。

この二週間はあわただしく過ぎていき、自分は何を解き放ってしまったのかと考えることが多くなるにつれて、レンは少しばかり恐怖を感じるようになっていた。同時に至福の日々でもあった。なぜなら、夫と二人だけで何時間も過ごせる夜をいつも楽しみにしていたからだ。彼とベッドに横たわる時間を愛していた。ときには暗闇のなかで。ときにはろうそくをつけたままで。毎晩愛を交わすわけではなかった。まあ、たいていそうなるし、ときには夜と早朝の両方ということもあった。しかし、おたがいの身体に腕をまわして毎晩おしゃべりを楽しみ、毎晩ぐっすり眠った。彼が好意と敬意を寄せてくれ、大切に思ってくれているのは、レンにもわかっていた。いや、大切に思う以上だ。慈愛の心を寄せてくれている。それで充分だった。夢に見た日々、いえ、それ以上にすてきな日々だった。これがずっと続くよう、蜜月時代だけのことではないよう願うしかない。蜜月時代の甘さは時間と共に消えていくものだ。しかし、レンはそれを信じようとしなかった。蜜月時代が続くかどうか、飽きがきたり色褪せたりしないかどうかは、レン自身の努力で決まることだ。

幸せな結婚生活を築いていくつもりだった。幸せな人生を築こうとするのと同じように。

その前に舞踏会が立ちはだかっていなければいいのに。〝ひとかどの人物を残らず〟——これはエイヴリーの言葉だが——招待することになる。すでに発送済みの招待状に対して、残念ながらという断わりの返事が来たのは三通だけだった。わずか三通。レンの動悸をひどくするのに充分な数字だ。

でも、アレグザンダーとのワルツが待っている。

23

「ぼくに言わせれば、まばゆいほど美しい」アレグザンダーは言った。「もちろん、身びいきかもしれないけどね。どう思う、モード？」

舞踏会の支度はできただろうかと思い、アレグザンダーが妻の化粧室に足を踏み入れたところだった。どうやら、ほぼできたようだ。妻はプリムローズ・イエローの絹に繊細なレースを重ねたドレスをまとい、姿見の前に立っていた。若々しく生気にあふれた姿だった。ハイウエスト、大きくあいた襟元、半袖。裾が大きなひだ飾りとスカラップ模様に縁どられている。手袋とダンスシューズは象牙色だ。濃い色の髪は頭のてっぺんで凝った形に結い上げられて、背がなおさら高く見え、カールした後れ毛がうなじとこめかみに揺れている。ああ、しかし、支度がすべて整ったわけではない。真珠の首飾りがまだ化粧台にのっている。

「伯爵さまがおいでになる五分前に、わたしも同じことを申し上げたんですよ」モードが言った。「今度こそ、わたしの言葉を信じてくださったことでしょう。いえ、わたしたちの言葉を。伯爵さま」

「はいはい、信じますとも」レンは笑った。「わたしは世界最高の美女だと思うわ」くるっと回転すると、スカートもふわりとひるがえった。「ほらね。二人ともご満足?」

「もう一度すわってください」モードが言った。「真珠を忘れてました」

「ぼくがやろう」アレグザンダーは言った。「きみは下がって食事をしてくるといい、モード。夕食を食べそこねただろうから」

「さあ、いよいよ舞踏会ですね」モードはレンに向かって言った。「それから、ヘイデンさまがいつもおっしゃってたことを思いだしてください。本気でぶつかれば、できないことは何もないって」

「忘れないようにするわ、モード。ありがとう」

メイドが出ていったあとで、レンはアレグザンダーに沈んだ目を向けた。「わたしよりモードのほうが緊張してるみたい」

「きみは緊張してないの?」

「緊張なんてしないわ。怯えてるだけ」

アレグザンダーは妻に笑いかけた。ドレスに選んだ色が大胆ではなく繊細なものだったことに、いささか驚いていた。レンも、アレグザンダーの母親も、リジーも、人々に極秘にしていたのだ。レンが選ぶとしたら、ロイヤルブルーか、鮮やかなローズピンクか、ひょっとしたら真っ赤かもしれない、勇気を掻き立てるための大胆な色になるだろう、と思っていた。黄色を選ぶとは趣味がいい。正直なところ、プリムローズの黄色に比べると、こちらの黄色のほうがやや明るめだ。そこでハッと気がついた。そうか。そういうことだったのか……。

「六月に水仙?」両手で彼女のドレスを指して、アレグザンダーは言った。「希望を運んでくれるトランペット?」

「わたし、ウィジントン館では水仙に囲まれて一人ぼっちで踊ってたの。今夜はわたしも水仙になって、みんなと一緒に踊るのよ」

「うん、それがいい。すわって。首飾りをつけてあげる」

レンは腰を下ろし、彼に真珠を渡して首を垂れた。アレグザンダーは真珠をポケットにしまうと、別のポケットからダイヤモンドの首飾りをとりだし、レンの首にかけた。彼女の肩に両手を置いた。

「ありがとう」レンは顔を上げて鏡を見つめ、片手を上げると同時に首飾りに触れようとした。触れる前にその手が凍りついた。鎖が金でできている。小粒のダイヤモンドが全体にちりばめられ、中央に大粒の石が一個、ドレスの襟元の少し上で光っている。「まあ」レンはつぶやき、一本の指で右側の鎖を軽くなでた。「まあ」

「水仙ほどの輝きはなさそうだが、そろそろ結婚の贈物をしようと思ってね」

「きっと、世界でいちばんきれいな首飾りだわ。ああ、ありがとう、アレグザンダー。でも、言葉ってほんとにもどかしいわね」

「耳飾りもある」

レンはスツールの上で身をひねって彼を見上げた。「一度もつけたことがないのよ」ポケットから耳飾りをとりだし、てのひらにのせた彼に、レンは言った。二粒のダイヤモンド、首飾りの中央の石より少し小さめで、金の台にはめこまれている。「なんて精巧な細工かしら。光を反射してキラキラしてる。どうやってつければいいのかわからない」

「ぼくも。つけたことがないから。二人で考えればわかるかな。二人分の頭脳は一人分より役に立つという説がある」

「そして、四本の手は二本の手より役に立ちそう？」レンはそう言いながら、ダイヤモンドを左耳につけてくれる彼の手に自分の手を重ねた。もうひと粒を彼がつけてくれるあいだ、両手を自分の膝に下ろし、そのあとで立ち上がって彼の首に抱きついた。「アレグザンダー、ありがとう。わたしのリストに出ていた最初の紳士二人が合格点に届かなくて、ほんとによかった」レンは笑った。厳密に言うと、クスクス笑いに近かった。

「そして、ぼくのほうは、リストの四番目でなくてよかったと思っている。ぼくの番がまわってくる前に、三番目の候補がきみの心をとらえていたかもしれない」

「ありえないわ。ねえ、アレグザンダー、これまでに後悔したことは――？」

彼はレンの唇に指をあてた。「またその質問？　ぼくが自分の最近の行動を何か後悔してる男のように見えるかい？　そろそろ一階に下りることを考えたほうがいいんじゃないかな。きみのために開かれる舞踏会なのに、アーチャー邸に着くのが遅すぎて招待客を迎える列に並べなかったら、とんだ恥さらしだろう？」

レンの目が驚きのあまり大きくなった。「まさか……そんなことにはならないでしょ？」

「まあね」彼女の手をとって自分の腕にかけさせながら、アレグザンダーは言った。「母とリジーは、ぼくたちが窓から抜けだして、二人を置いて出かけてしまったんじゃないかと思いはじめてるかもしれない」

化粧台の端に置かれた薄く透けるストールと扇子にレンが手を伸ばした。アレグザンダーは彼女が大きく息を吸って止める音を耳にした。そのあとでレンは息を吐きだし、彼のほうに笑顔を向けた。

アーチャー邸に到着し、赤い絨毯が玄関先の石段から歩道まで延びているのを見た瞬間から、レンは心臓が口から飛びだしそうな気分だった。屋敷に入ると、広い玄関ホールも階段も、白や黄色やオレンジ色の花々とおびただしい量の緑の枝葉に飾られていた。従僕の数もふだんより多く、淡い金色のサテンの上着、白い膝丈ズボンと靴下と手袋、バックルつきの靴、髪粉をふりかけたかつらという豪華なお仕着せ姿だった。二階に上がると、ドアをあけ放った客間がいくつもあり、室内にふんだんに飾られた花や、枝つき燭台や、糊のきいた白いクロスのかかったテーブルがちらっと見えた。そうした部屋のいくつかは、ダンスの騒音と活気からしばらく逃れたいと思う客が静かにくつろげるようにと、用意されているようだ。カード遊びが好きな客のための部屋もあった。舞踏室のとなりの大きな客間には軽くつまめるものが並んでいた。夜が更けてから正式な夜食が出る予定だが、それでもやはり、こうした軽食が用意されているわけだ。

何もかもが盛大な催しであることを物語っている。しかも、すべてがレンのためだ。

舞踏室もみごとだった。レンは以前の訪問のときに舞踏室を目にして、広さと豪華さに圧倒された。今夜は、前とはまた違う雰囲気で、大量の花とシャンデリアと壁の燭台が豪華に部屋を飾り、燭台では何百本ものろうそくが燃え、磨いたばかりの床がその光を受けて輝き、濃い緑色のベルベット張りの椅子が部屋のへりに二列に並んでいる。

レンがこんなに怖気づいたのは生まれて初めてだった。わずか三カ月前まで世捨て人同然の暮らしを送り、ごくたまに自宅を出るときは用心のためにベールをつけていた。家にいるときでさえ、知らない客が来るときはベールをつけた。見知らぬ人間の前でベールをはずしたのはほぼ二〇年ぶりで、それはリヴァーデイル伯爵が彼女の招待に応じてウィジントン館を訪ねてきたときだった。本当にわずか三カ月前のことだったの？　そんな短いあいだに、どうやってあそこからここにたどり着けたの？　そして、わたしはなぜこんなことをしているの？　ぜったいにしないと固く決めていたのに。

ほかのみんな――エイヴリーとアナ、カズン・ルイーズとジェシカ、カズン・ミルドレッドとトマス、先々代伯爵未亡人とカズン・マティルダといった身内の人々――が廊下に集まり、最初の招待客が姿を見せるのを待ちながら雑談しているあいだに、レンは舞踏室に何歩か入ってみた。わたしはなぜこんなことをしているの？　誰かに説得されたわけではない。わたしのための舞踏会を提案した人は一人もいない――プライバシーを求めるわたしの気持ちを誰もが尊重してくれた。アレグザンダーだって、あの日の午後、馬車のなかで舞踏会を提案したわけではなかった。では、母のせいなの？　母のせいで、わたしは突飛な想像をさらに超える行動に出てしまったの？　ふたたび母に会い、母の話に耳を傾けたせいで、過去の呪縛から自由になるには子供時代の牢獄の扉を大きく開いて、広い世界のもっとも広い場所へ出ていくしかないと思いこんだの？　それを実現するための手っとり早い方法が貴族社会の舞踏会だったわけ？　それでわたしは自由になれるの？　いまのわたしは自由なの？

　自由ではないと思った。しかし、奇跡はつねに一瞬の光のなかで起きるわけではない。ときには、本能のすべてが〝二歩下がれ〟と叫んでいるなかで一歩進むたびに、奇跡が起きることもある。ときには、単純な勇気を奮い起こして〝もうやめる。もうたくさん〟と言った瞬間に奇跡が起きることもある。片手を上げ、ベールをつけていないむきだしの左頰に触れると、臆病風に吹かれそうになった。そこで、部屋の奥へさらに一歩進んだ。

　誰かの腕がレンの右腕にかけられ、それと同時に、左腕にもういっぽうの腕が伸びてきた。

「ねえ」アナが言った。「去年わたしがこの部屋で感じた、足がすくんでしまいそうな恐怖を、あなたも感じてらっしゃるんじゃないかしら、レン。たぶんそうよね。もっとも、いつものように冷静で落ち着いたご様子だけど」

「スカートが長いから助かるわ」レンは言った。「震えてる膝を見られずにすむでしょ」

「多少の慰めになるなら、もうひとことつけくわえておくと、わたしがここで経験した初めての舞踏会は、この先ずっと、いちばん大切な思い出のひとつになると思うわ」

「あなたの選んだ色で正解だったわね、レン。わたしはちょっと疑問だったんだけど」エリザベスが言った。「そのドレス、完璧よ。出かける前に母も言ってたけど、春の季節と夏を合わせたような感じだわ」

「そして、わたしがアレグザンダーを選んだのも正解だったわ、リジー」レンは言った。「こちらが何も言わなくても、水仙のイメージにちゃんと気づいてくれたんですもの」

やがて、まだまだ心の準備ができないうちに――でも、できるときが来るの？――招待客が到着しはじめ、階段をのぼってきた客の名前を告げるために執事が舞踏室の外の廊下で位置につくあいだに、主催者側が出迎えの列を作る時間になった。アナとエイヴリーがドアを一歩入ったところに立ち、レンとアレグザンダーがその横に立ち、エリザベスと母親がさらにその横に立った。

そして、社交界の頂点に君臨する三〇〇人近い人々がレンに挨拶し、顔をじっくり眺めながら通り過ぎていくあいだ、レンはまる一時間もその場に立ったまま、笑みを浮かべ、頭を下げ、握手をし、ときおりキスされるときは頰を差しだしさえした。顔の左側を隠そうとはしなかった。あざなどないかのようにふるまった。しつこく眺めた者が数人、眉を上げた者が二、三人、柄のついた眼鏡《ローネット》を持ち上げた者が一人、露骨に顔をしかめた者が二人いた。それで全部だった。あとの者はみな、笑顔と礼儀正しい言葉を向けてくれた。ローネットの持ち主が舞踏室に入ったあとでようやく、レンは気がついた――わたしがロンドンに着いた日、アレグザンダーと一緒にサーペンタイン池のほとりを歩いていた二人のレディのうち、年上のほうの人だわ。

「そろそろダンスを始める時刻だ」ようやくエイヴリーが言った。みごとな宝石をちりばめた片眼鏡が目の近くまで持ち上げられていた。「あふれんばかりの祝辞と感謝をきみに捧げなくては、レン。ぼくが公爵になってから三度目のこの舞踏会は、明らかに、前の二回に劣らず悲惨なぎゅう詰めになるよう運命づけられている。そうした成功により、ぼくの名声は高まるいっぽうだ」

レンは笑った。おもしろがっているような鋭い視線をエイヴリーに向けられて、笑いを期待されているのだと気づいたからだ。そして、アレグザンダーに笑顔を向けた。今夜の彼は、黒い燕尾服《えんびふく》、銀色のサテンの膝丈ズボン、刺繡入りの銀色のチョッキ、白い靴下と麻のシャツ、凝った結び方をしたネッククロスと袖口のレースという装いで、なぜかいつも以上にハンサムに見える。

「お芝居の第一幕は終わったわ。いまから第二幕――ダンスよ」

「覚えておく価値のあることを言ってあげよう」今宵《こよい》最初のカントリーダンスの列を作るため、レンをリードしてフロアに出ようとする直前に、アレグザンダーは言った。「ほかの人々もほとんどがダンスに加わって、自分の狭い世界に神経を集中するだろうし、踊っていない人は仲間どうしのおしゃべりに夢中になるか、踊っている一〇〇人ほどのなかの誰かを見つめることだろう。人はいつも、みんなが自分を見ていると思いがちだ。そんなことはめったにないのに」

「まあ」レンは笑った。「謙虚さについての時宜を得たレッスンね」と言ったが、じつは納得していなかった。アレグザンダーのことだから、行く先々で注目の的になってきたに違いない。そして、今夜はわたしもさまざまな理由から注目を集めることになる。舞踏会はわたしのために開かれたものだ。わたしは新たなリヴァーデイル伯爵夫人だが、貴族社会にはまだなじみがない。顔のあざに関する噂がすでに広がっているはずだし、たとえまだだとしても、今夜、みんなにあざをじっくり見られることになる。人並はずれて背が高いからだ。挙式翌日の朝刊には、〝〈ヘイデン・ガラス〉の途方もなく裕福な女相続人〟と書かれていた。ホッジズ卿の姉であることが最近わかったばかりだ。それはつまり、あの有名な——いや、悪名高き——レディ・ホッジズの娘ということだ。アレグザンダーが必死にわたしを安心させようとしてくれているけど、懐疑的になる理由はいくらでもある。でも、かまわない。ここに来た以上、いまさら二歩あとずさるつもりはない——いえ、一歩だって。同じ場所に立ちつづけるつもりもない。夫の腕に手をかけて前に出た。背筋を伸ばし、顎を上げ、笑みを浮かべて。そして——微笑がしかめっ面に見えてはいけないので——目にきらめきを宿して。

最悪のときは終わった。あらゆる人にこの顔を見せた。

いえ、まだ終わっていない。いまからダンスをしなくては。どんなダンスを練習してきたのか、どんなステップを踏み、どんなターンをすればいいのか、何ひとつ思いだせない。脚は木でできているようだし、膝はぎくしゃくしているし、脚の先端にある足がやけに大きく感じられる。

「レン」彼の袖に置かれたレンの手に、空いているほうの自分の手を重ねて、アレグザンダーが言った。「きみに敬服している。ぼくがこれまでの人生で出会ったほかの誰よりもすばらしい人だ」

でも、その言葉がなんの役に立つというの？

アーチャー邸で開かれた三回目の舞踏会は前の二回に劣らず大成功だった――ネザービーがそう自慢できるのは間違いない、とアレグザンダーは夜が更けていくなかで思った。舞踏会が終わったとき、レンの笑顔をひきだそうとしてネザービーは自慢するに決まっている。もっとも、今夜のレンから無理に笑顔をひきだす必要はない。最初の客が舞踏室の入口に姿を見せたときから、彼女が笑みを絶やすことはなかった。しかも、ただの愛想笑いではなかった。笑顔が輝いていた。肩をひき、頭を高く上げて、舞踏会に出ている人々のなかで最高に幸せそうだった。そして、一曲残らず踊った――アレグザンダーと、シドニーと、弟と、弟の友達の一人と、ネザービーと、出迎えの列で初めて紹介された見知らぬ男性たちと。正確にステップを踏み、見るからに楽しそうに踊った。夜食の席へ移るときは、リチャードおじにエスコートされた。

この一夜を乗り切るのにどれだけの勇気が必要とされたかを理解しているのは、たぶん、ぼく一人だろう。いや、それは違うかもしれない。母さんとリジーはもちろん理解している。おそらく、アナとネザービーも。そして……そう、うちの一族全員も。ホッジズも。夜食のあと、二曲のあいだの休憩時間にホッジズがアレグザンダーのところに来てこう言った。

「二〇年も世捨て人の暮らしを送っていたロウが、どうして今夜こんな大成功を収めることができたのでしょう？　落ち着きと勇気をどこで見つけたのでしょう？　正直なところ、ぼくにはもったいないほどの姉です」

「あるいは、ぼくにはもったいないほどの妻だ」アレグザンダーは笑いながら言った。「おじにあたる人がレンという名前をつけたのは、籠に閉じこめられた鳥のように見えたからだそうだ。籠の扉が前々から開いていたことにレンがようやく気づき、羽ばたいて飛びだし、自由とは戦って手にする価値があるものだと知ったのだと思う」

「そうですね」弟も同意した。「姉は戦っている。そうなんですね？」

「うん、そうだとも。この舞踏室がレンの戦場だ」

「次の曲はミス・パーミターと踊る約束なんです」ホッジズは言った。「そろそろ誘いに行かなくては。次はワルツだし、今週、〈オールマックス〉の後援者の一人から、彼女もワルツを踊っていいという許可が出たばかりなので」

レンはそのような許可をもらっていないが、今夜は後援者が何人か来ているので、頼めば許可してくれるに決まっている。しかし、もう三〇歳に近く、しかもリヴァーデイル伯爵夫人という身分だから、何をするにも許可など必要ない。今夜はすでに弟のホッジズ卿とワルツを踊っていて、自分がパートナーになれないことがアレグザンダーはおもしろくなかった。しかし、礼儀作法に従えば、一夜に二回以上妻と踊ってはならないので、今夜はあとのほうのワルツまで待つことにした――それが次の曲だ。パートナーを換えながら一曲残らず踊ったが、ワルツになるのをずっと待っていた。すでに妻と約束している。妻のところへ行ったとき、ほかの誰かに横どりされていたりしたら、まさに大惨事だ。

彼がやってくるのを見て、レンは微笑した。観察眼のない者の目には、彼女の表情にはなんの変化もないように見えただろう。今夜はいっときも笑みを絶やしていないのだから。しかし、アレグザンダーには、彼女の目に深い思いがあふれ、温かさがこもるのが見えた。彼だけのためにとってあったものだ。このへんでそろそろ、双方が認めるべきだ――ウィジントン館でのあの悲惨な初対面のとき以来、復活祭の日曜日に彼女が結婚の提案を撤回したとき以来、ハイドパークで彼が分別くさい理性的な求婚をしたとき以来、どんなことが起きたかを。なぜなら、何かが起きたからだ。それどころか、ありとあらゆることが起きた。そして、アレグザンダーはそれが自分だけに起きたのではないことを確信していた。

「伯爵夫人」彼女の手をとり、彼女に視線を据えたままお辞儀をして、アレグザンダーは言った。「ぼくと踊ってくださる約束でしたね」

レンの横にいたエリザベスが扇子で顔をあおぎながら、愉快そうな顔をしていた。

「伯爵さま」レンは言った。「ええ、たしかそうでした。そして、なんとかお約束できそうです」彼のリードでフロアに出たあとで、レンはつけくわえた。「あなたの足を踏みつけたりしないことを。さっき、コリンと踊ったときも、一度も踏んでいませんもの」

「レン」バイオリン奏者の一人が音合わせを続け、ワルツを踊る人々がまわりに集まってくるあいだに、アレグザンダーは言った。「きみはやり遂げた。大胆不敵に世界へ出ていき、いったんやろうと決めたらどんなことでもできることを証明した」

「あら、大胆不敵なんかじゃなかったわ」

「では、勇敢にと言い換えよう。恐怖がなければ勇気は必要ないからね。そして、きみはぼくが出会ったなかでもっとも勇敢な女性――いや、人物だ」

「でも、英仏海峡を泳いでフランスへ渡るのは無理だと思うわ」

「やるだけやってみたら？」

「しません」二人一緒に笑いだした。

そして、音楽が始まった。二人はおずおずと踊りだし、正確なステップを踏むことと二人のリズムを合わせることに集中した。やがて、彼の手でターンさせられて、レンは上気した笑顔で彼を見上げた。彼の手に押されて、背中を弓なりにそらした。左手は彼の肩の上、右手は彼の手に包まれている。世界はすてきな場所だし、幸福は現実に存在するのだ。たとえ、ごくたまに心に湧き上がり、こういう喜びの瞬間をもたらすだけだとしても。彼の――そして彼女の――身内、友人、貴族仲間、知人たちが同じ喜びに浸って二人のまわりで踊り、人生と友情と笑いを祝福している。そして、妻が彼の腕のなかにいて、二人は結婚生活を始めたばかりだ。神がお許しくださるなら、老齢になるまで、そして、たぶんその先もずっと、この結婚が満足とさらに多くのものをもたらしてくれるだろう。

ほかのカップルも周囲で旋回していて、頭上でろうそくの光が揺れ、花々が強い芳香を放ち、音楽が二人の骨のなかにしみこんだ。というか、そのように感じられた。

レンが彼に笑顔を向けると、彼も笑顔を返し、それ以外のことはもうどうでもよくなった。この世に存在するのは彼女だけ――そして、彼だけ。二人だけだった。

「ああ」音楽がついに最後まで来たとき、レンはため息混じりに言った。「もうおしまいなの？」

「おいで」彼女が次の曲を誰かと約束しているのかどうか、アレグザンダーは知らなかった。気にもならなかった。彼女を連れてフレンチドアの外のバルコニーに出てから、石段を下りて下の庭まで行った。木々の枝に吊《つ》るされた色とりどりのランタンが庭を照らしていた。ただ、そぞろ歩きの人は多くなかった。噴水のそばにある柳の木の下まで来ると、アレグザンダーは足を止めた。屋敷からは見えない場所だ。

「ん……」レンは彼の腕にかけた手に力をこめた。「幸せ？」と尋ねた。「ここまで来ると涼しくて気持ちがいいわね」

「きみはいまもやはり、議会の会期が終わるまでブランブルディーンに帰るのは待つべきだと、強く言うつもりだろうね」

「ええ。だって、大切な義務ですもの。あなたにとって。ということは、わたしにとっても」

「会期が終わったら、翌日すぐ出発しよう。夜明けに。早く帰りたい。きみと二人で」

「そのお言葉、夢のようよ。ねっ？」

「レン」アレグザンダーは彼女のほうを向き、両手で顔をはさんだ。「ぼくは恐ろしい欺瞞《ぎまん》を続けてきた。きみに対してだけでなく、自分自身に対しても。二人のことは終わりにしようとブランブルディーンできみに言われたとき、たしかに薄々感じてはいた。サーペンタイン池のほとりで再会したとき、はっきり気がついた。緑のなかのあの散歩道で求婚したときには、真実がすぐ目の前にあって、ぼくの注意を惹こうとしていたに違いない。真実はそれ以来、注目を求めてずっと騒ぎ立てていた」

レンは両手を上げて、彼の手の甲を包んだ。「なんのこと？」半分ささやくような声だった。そよ風を受けて、揺れるランタンの光が彼女の顔をよぎった。

「愛してる」アレグザンダーは言った。「もっといい言葉がほしいのに。だけど、結局はこれがいちばんいいのかもしれない。なぜなら、ほかのいろんな形の愛も含まれていて、こういう愛だけにとどまらないからだ。きみへの愛は何よりも……ああ、言葉がうまく見つからない。きみを愛してるんだ」

彼女の笑顔は柔らかく、温かく、仄暗い照明のなかで輝いていた。「ああ」感激で声がかすれた。「でも、英語という言語のなかでもっとも貴重な言葉を選んでくれたのね、アレグザンダー。わたしも愛してる。あなたがウィジントン館の客間に入ってきて、ほかに誰もいないことを知ってひどく困惑した表情になった瞬間から、わたしには自分の気持ちがわかっていたと思う。復活祭の日曜日以降は、もちろんずっとわかっていた。あなたに別れを告げたときは胸が張り裂けそうだった。でも、続けたところでさらに辛い思いをするだけ――とにかく、そう思ったの。再会したあとは、慈愛の心を向けてもらえるだけで満足しようと決めたし、本当に大切にされているのがわかってうれしかった。それで充分だと自分に言い聞かせてきたのよ。欲を出さないように努めてきた。でも、いまは……ああ、アレグザンダー、いまは……」

アレグザンダーは二人の額をくっつけた。「ところで、ぼくがこの前気づいてから、少なくとも二、三週間はたったはずだ」と言った。「まだ残ってるかな？」顔を離し、集中するあまりしかめっ面になって、彼女の顔の左側を凝視した。「たしかに残っている。生まれつきのあざがいまもある。どうして目に入らなかったんだろう？」

レンは笑っていた。「たぶん、わたしのことしか目に入らなかったからよ」

「なるほど。たしかにそのとおりだ」

二人は笑みを交わし、レンはキスされながら、温かな手を彼に押しつけた。

〝……わたしのことしか目に入らなかったからよ〟

ああ、レン。

そうだよね。

訳者あとがき

『愛を知らない君へ』『本当の心を抱きしめて』に続くリヴァーデイル伯爵家（ウェスコット家）シリーズの三作目は『想いはベールに包まれて』(Someone to Wed)、新たに伯爵位を継いだアレグザンダー・ウェスコットの物語である。

アレグザンダーは先代リヴァーデイル伯爵ハンフリー・ウェスコットのいとこにあたるデイヴィッド・ウェスコットの長男で、陽気で温厚ながら無責任な浪費家だった父親の死後、財政破綻の危機に瀕《ひん》していた領地の経営に心血を注ぎ、五年の月日をかけて、ようやくかつての繁栄をとりもどすことができた。気がつくと、もう三〇歳、愛する人と出会って結婚し、落ち着いた暮らしを送りたいというのが、彼の唯一の願いだった。ところが、一年ほど前に、先代伯爵の死去に伴って大きな災難がウェスコット一族に降りかかり、先代伯爵の息子のハリーには伯爵位の継承権のないことが判明。ハリーに次ぐ継承者であったアレグザンダーが不本意ながら爵位を継ぐことになってしまった（このあたりの事情は、シリーズ一作目『愛を知らない君へ』に詳しく書かれているので、まだお読みになっていない方はぜひどうぞ！）。

野心や権力欲とは無縁で、ささやかな幸せだけを望んでいた彼にとって、伯爵という身分は重荷以外の何物でもなかった。しかし、生まれついての誠実で生真面目な性格ゆえに、伯爵としての責任を全うするしかないと覚悟を決めて、伯爵家の本邸であるブランブルディーン・コートに移り住み、先代伯爵の時代に顧みられることなく荒れ果ててしまった屋敷と領地の再建に全力でとりくもうと決心する。ところが……悲しいことに、いまの伯爵家にはそのための資金がない。

どこかから金を借りるか、もしくは家屋敷を抵当に入れてもいいのだが、いずれ返済しなくてはならない。そこで、てっとり早い手段として彼が考えたのが、金持ちの妻を見つけることだった。とはいうものの、そんな自分がいやでたまらず、鬱々と過ごしていたところ、一〇キロほど離れた屋敷に住む女性から「お茶にいらしてください」との招待があった。近隣の人々と仲良くするのも伯爵の義務のひとつと考え、出かけていくアレグザンダー。

そちらの屋敷で彼を待っていたのは、ミス・ヘイデンという、きわだって背の高いほっそりした女性だった。奇妙なことに、室内で客を迎えても顔を覆うベールをはずそうとしないため、顔立ちがよくわからない。そして、彼女からさらに奇妙な提案があった。

「わたしはもうじき三〇歳、結婚相手を探しています。こんな姿では結婚など無理ですけど、わたしにはお金があります。そして、あなたにはお金がない。わたしたちが協力しあえば、望みのものを手にできると思います」というのだ。

「それはつまり……結婚しようと？」と尋ねる彼に、ミス・ヘイデンは「ええ」と答えた。初対面の場で不躾な提案をされて、アレグザンダーは呆然としてしまった。

〝こんな姿では結婚など無理〟というのはどういうことか？　その答えは彼女がベールをはずした瞬間に明らかになった。彼女の顔の左半分が紫色のあざに覆われていた。

「これを目にしながら暮らしていけますか？」と尋ねられて、アレグザンダーは考えこむ。あざそのものはさほど気にならないが、生まれつきのあざに悩まされてきた彼女が自分の殻に閉じこもり、冷笑的な人間になっているようで、それがひどく気にかかる。このような相手と果たして暮らしていけるだろうか？

本書のヒロイン、レン・ヘイデンは、ヒストリカルロマンスの主人公としてはまことに稀有な存在だ。おじから譲り受けたガラス工場を経営し、女性実業家として大きな成功を収めている。作品の舞台となっている一八一〇年代当時、自分自身の仕事を持つ女性は上流社会にはほとんどいなかっただろう。頭脳明晰で、つねに冷静で、仕事にかけてはきわめて有能。一人で立派に事業を経営し、経済的にも恵まれているため、男性に頼って生きていこうという気はまったくない。ただ、たまに世間知らずな面を見せることがあるので、読者としては「大丈夫か」と心配になり、思わず応援したくなってしまう。

相手のことを知る暇もないうちにまず結婚話になるという異例の形で始まったこの物語、果たしてどんなふうに展開していくのだろう？　悩み、傷つき、離れようと決意し、でも、どうしようもなく相手に惹かれていく二人の心の揺らぎを、メアリ・バログはいつものように繊細な筆致で丹念に描いていく。ロマンスの名手バログが紡ぎだす愛の物語をどうか存分に楽しんでいただきたい。

※本文において、以下の部分で既訳をお借りしました。

322頁　4行目　それは芝居だ

　　　7行目　……王の本心、みごととらえてみせよう

『ハムレット』（白水社Uブックス）小田島雄志訳より

二〇二三年七月

ライムブックス

想《おも》いはベールに包《つつ》まれて

著　者　メアリ・バログ
訳　者　山本《やまもと》やよい

2023年9月20日　初版第一刷発行

発行人　成瀬雅人
発行所　株式会社原書房
〒160-0022東京都新宿区新宿1-25-13
電話・代表03-3354-0685　http://www.harashobo.co.jp
振替・00150-6-151594
カバーデザイン　松山はるみ
印刷所　中央精版印刷株式会社

落丁・乱丁本はお取替えいたします。

定価は、カバーに表示してあります。

©Yayoi Yamamoto 2023 ISBN978-4-562-06555-4 Printed in Japan